종종이 내게
말을 걸다

중국이 내게 말을 걸다
이욱연의 중국 문화기행

초판 1쇄 발행 • 2008년 4월 25일
초판 9쇄 발행 • 2019년 5월 17일

지은이 • 이욱연
펴낸이 • 강일우
책임편집 • 안병률
펴낸곳 • (주)창비
등록 • 1986년 8월 5일 제85호
주소 • 10881 경기도 파주시 회동길 184
전화 • 031-955-3333
팩시밀리 • 영업 031-955-3399 편집 031-955-3400
홈페이지 • www.changbi.com
전자우편 • nonfic@changbi.com

ⓒ 이욱연 2008
ISBN 978-89-364-7140-8 03810

이욱연의
중국
문화기행

중국이 내게
말을 걸다

창비

책머리에

매주 800여편의 항공기가 한국과 중국을 오가고 1년에 400여만명의 한국인이 중국을 방문한다. 우리나라 사람들이 가장 많이 방문하는 나라는 이제 미국이나 일본이 아니고 중국이다. '메이드 인 차이나' 제품 없이 살아가는 것이 불가능해졌듯이, 중국은 이미 우리 삶의 일부가 되었다. 중국이 우리 삶의 조건이 되고 중국을 직접 체험하는 한국인들이 빠르게 늘어나고 있지만, 중국에 대한 우리의 이해는 아직도 부족하다. 대부분의 한국인들이 중국을 잘 안다고 착각하고 있을 뿐, 실제로 잘 아는 것은 아니다. 더구나 한국인들이 이해하는 중국은 주로 정치적·경제적 차원인 경우가 태반이고, 과거 전통시대와 냉전시대에 형성된 중국 이미지로 오늘의 중국을 해석하는 경우가 다반사다.

이 책은 중국에 관심을 가진 일반인들을 대상으로 중국과 중국인에 대한 문화적 이해를 돕기 위해 씌어졌다. 중국과 중국인에 대한 문화 에쎄이 겸 여행기인 셈인데, 오늘날 중국의 민감한 쟁점을 상징적으로 보여주는 16편의 영화를 해석하는 동시에 그 배경이 된 중국 도시와 지역을 여행하면서 쓴 글들이어서 한편으로는 영화 여행기이기도 하다. 중국은 유달리 깊고 두터운 문화적 전통을 지닌 나라여서 중국을 제대로 이해하기 위해서는 문화를 이해하는 것이 필수적이다. 문화적 이해가 없이는 중국과 중국인의 심층을 제대로 파악할 수도, 온전히 가늠할 수도 없다. 이 책이 '하드 파워 차이나' 일변도의 중국 인식에서 벗어나 '쏘프트 파워 차이나'의 면모를 들여다보고 중국을 문화적으로 좀더 깊이 이해하는 데 도움이 되었으면 하는 바람이다. 칭다오에서 공장을 운영하다 실패한 어느 중소기업인이 얼마 전 텔레비전 인터뷰에서 중국문화를 너무 몰랐던 것이 실패의 원인이라고 자책한 의미를 곰곰이 새겨볼 필요가 있다. 이 책이 중국을 문화적으로 이해하는 데 있어 부족한 부분을 다소나마 채워주었으면 한다.

출판의 단초가 된 것은 2002년부터 서강대 중국문화전공에서 가르쳐온 '영화와 현대 중국'이라는 강의다. 영화를 실마리로 현대 중국, 오늘날의 중국을 문화적으로 풀어가는 강의를 하면서 든 생각들, 학생들과 나눈 이야기들이 이 책의 실마리가 되었다. 까다롭고 요구사항이 많은 강의를 수강하면서 열심히 토론해준 학생들에게 감사의 마음을 전한다. 하지만 강의 시간의 그런 단초들이 이렇게 한권의 책으로 묶이는 계기를 제공한 것은 『신동아』였다. 「스틸 라이프」와 「색·계」에 관한 글을 제외한 나머지 글들은 2006년 9월부터 1년 동안 '영화와 함께 떠나는 중국여행'이라는 씨리즈에 연재한 내용을 수정·보완한 것들이다. 연재의 기회를 준 『신동아』와 연재하는 동안 자신의 블로그에 열심히 옮겨 담으면서 격려도 해주고 지적도 해준 많은 블로거들, 멀리 브라질에서 매회 꼬박꼬박 챙겨 읽으면서 격려해준 어느 독자의 성원이 이 책을 내는 데 큰 힘이 되었다. 깊은 감사의 인사를 드린다. 걸핏하면 혼자서 배낭 메고 중국행 비행기를 타는 남편과 아빠를 이해해준 아내, 그리고 담이, 한이 두 아들에게 이 책으로나마 고마운 마음을 전한다. 손이 많이 가는 잡다한 구성의 책을 만드느라 창비에서 품이 많이 들었다. 특히 안병률씨에게 감사한다.

2008년 봄

이욱연 삼가 씀

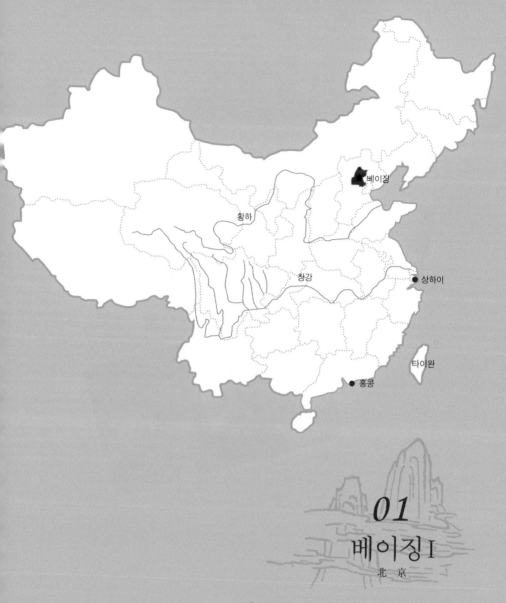

베이징
황하
창강
상하이
타이완
홍콩

01
베이징 I
北京

경극의 무대, 역사의 무대

패 왕 별 희

霸 王 別 姬

● 패왕별희 覇王別姬, 1993
　천카이거 陳凱歌 감독
　장궈룽 張國榮 · 장펑이 張豊毅 · 궁리鞏利 주연

중국문화는 훠궈문화다

중국이 어찌나 빠르게 변화하는지, 머리가 어지러울 정도다. 변신에 변신을 거듭한다. 중국 전체가 그렇지만 올림픽을 앞둔 베이징은 더욱 그렇다. '베이징이 이렇더라'고 말하는 순간, 그 베이징은 벌써 옛것이 되어버린다.

베이징에 오면 베이징 사범대학 게스트하우스에 묵어야 마음이 편하다. 추억 때문이다. 한국과 중국이 수교를 맺은 1992년 겨울, 두려움과 설렘을 안고 중국에 처음 와서 베이징 사범대 유학생 기숙사에 신혼방을 차리고 2년여를 살았다. 베이징에 오면 먼저 신문을 읽고 스무 개가 넘는 텔레비전 채널들을 열심히 돌리면서 이것저것 본다. 지금 이슈가 무엇인지, 어떤 프로그램이 생겼는지, 어떤 드라마 어떤 노

베이징은 머리가 어지러울 정도로 **빠르게** 변한다. 2008 베이징 올림픽 주경기장 전경.

래가 유행인지를 가늠하려는 일종의 보충수업인 셈이다. 중국에 오면 늘 이런 일과를 반복한다.

이번에도 신문과 잡지들을 한아름 사들고 숙소 로비를 지나는데 낯익은 얼굴이 눈에 들어온다. 유학생 기숙사에서 화장실과 세면장을 청소하던 아주머니다. 그런데 이제 주임이 되어 게스트하우스 카운터에서 직원들을 부린다. 이런 승진이 가능하다는 게 흐뭇하고 반갑다. 사회주의 국가라고 하지만 다른 어느 자본주의 국가보다도 더 무시무시하고 가혹한 자본주의 세상이 된 지금 희미하게나마 남아 있는 사회주의시대의 흔적인가.

베이징의 겨울은 눈보다 바람이다. 중국은 바람의 세기를 알기 쉽게 급수로 표시하여 일기예보를 한다. 큰 나뭇가지가 흔들릴 정도인 것으로 보아 5~6급은 족히 될성싶다. 유학생 기숙사 옆에 세워진 자전거들이 바람에 픽픽 쓰러진다. 중국에 처음 왔을 때는 심란하기 짝이 없었다. 자본주의와 사회주의의 나쁜 것만 골라놓은 것 같은 중국의 모습이 한없이 역겹고 불편했다. 그렇게 심란하던 때, 한밤중에 기숙사 창문을 흔드는 거센 바람소리, 바람에 자전거들이 도미노처럼 쓰러지는 소리에 잠이 깨면, 마음이 한없이 처량하고 스산했다.

베이징은 날씨가 사나운 곳이다. 겨울에는 칼바람, 봄에는 황사와 꽃가루, 여름에는 불볕더위, 여기에 사시사철 시야를 가리는 대기오염, 그리고 급수난까지 더하여 베이징은 그리 살기 좋은 곳이 아니다. 그래서 베이징을 찾는 한국인들 가운데 왜 이렇게 열악한 곳에 수도를 정했는지 모르겠다고 불평하는 사람들이 많다. 하지만 베이징에는 그런 고약한 날씨를 견디는 의식이 있다. 황사로 목이 칼칼해지는 봄날이나 매서운 대륙의 칼바람이 몰아치는 겨울날 중국식 샤브샤브 훠궈(火鍋)를 먹으면서 얼궈퉈(二鍋頭)를 마시는 일이 그것이다. 이는 단순히 음식을 먹는 것이 아니라 열악한 일기와 싸우는 베이징사람들의 일종의 제의(祭儀)다.

베이징에 오면 겨울이나 여름이나 훠궈를 먹는다. 베이징 시내에 유명한 훠궈집들이 수없이 들어섰지만, 그래도 고집스럽게 왕푸징(王府井) 둥안(東安) 시장의 둥라이순(東來順)을 찾아간다. 양고기 샤브샤브의 원조집이다. 옛부터 베이징사람들은 우리나라 신선로 같은 솥에 숯을 넣고 양고기를 끓는 물에 데쳐 먹는 솬양러우(涮羊肉)를 즐겼다. 이 집은 그런 '솬양러우'의 옛맛을 간직하고 있다. 양고기꼬치, 그리고 절인마늘과 함께 먹는 양고기 맛이 일품이다.

중국의 훠궈와 우리나라의 찌개는 한솥밥 문화의 상징이다. 중국인과 한국인 모두 음식을 한가운데 놓고 나누어 먹어야 관계가 이루어지고 정이 생긴다는 문화의식을 갖고 있다. 같이 식사하는 것을 인간관계의 시작이자 집단적 유대의 토대로 보는 것이다. 한국인이나 중국

왕푸징의 야경.

인이 '밥 한번 먹자'는 약속을 중시하는 것은 이 때문이다. 그런데 그 사이에는 미묘한 차이가 있다. 우리는 재료를 한꺼번에 넣어 같이 먹는 데 비해 중국인들은 취향에 따라 각자 자기가 좋아하는 것을 넣어 먹는다. 찌개문화가 집단주의 문화의 전형이라면 훠궈문화는 집단주의에 개인주의가 가미돼 있다. 필자가 보기에, 이것이 바로 우리의 찌개문화와 중국의 훠궈문화 사이의 비슷하면서도 묘하게 다른 차이다.

중국의 세가지 독한 것

요즘 베이징사람들은 훠궈를 먹을 때 양고기나 쇠고기만이 아니라

베이징의 두 명물. 둥라이순의 양고기 훠궈(왼쪽)와 훙싱 얼궈퉈(오른쪽).

각종 해산물까지 함께 넣어 먹는다. 훠궈는 겨울에 주로 먹지만, 겨울에는 겨울대로, 여름에는 여름대로 별미다. 먹다보면 한겨울인데도 땀이 솟아 에어컨을 켜기도 하고, 한여름엔 땀으로 목욕을 하면서 먹는 맛이 또 다르다. 베이징에서 훠궈를 먹을 때 빠질 수 없는 것이 베이징을 상징하는 술, 얼궈퉈다. 우리나라 중국집에서 이과두주라고 부르는 술이다. 삼합을 먹어야 전라도를 체험했다고 말할 수 있다면, 얼궈퉈에 훠궈를 먹어야 비로소 베이징을 체험했다고 할 수 있다. 뜨거운 육수에 살짝 데친 부드러운 양고기를 특유의 소스에 찍어 입에 넣은 뒤 '간베이!(乾杯)'를 외치며 얼궈퉈 한잔을 톡 털어넣는 순간, 불줄기가 목줄을 타고 내려가면서 온몸에 불을 지른다. 순식간에 얼었던 몸과 마음이 스르르 풀리면서 한순간 정신이 아득해진다.

흔히 중국에는 세가지 독한 것이 있다고 말하곤 한다. 담배와 여자, 술이 그것이다. 중국술이 독한 것은 증류주여서다. 중국은 맛과 향이 다른 그 지방 대표 명주가 있어서 즐겨 마시는 지역마다 술이 다르다. 얼궈퉈는 베이징의 술, 특히 베이징 서민들의 술이다. 원나라 때 탄생했으니 8백년이 된 술이다. 베이징을 상징하는 술이 된 것은 청나라 중기부터다. 술을 내리는 솥을 '천과(天鍋)'라고 하는데, 이 솥은 다시 첫번째 솥 '증과(甑鍋)'와 두번째 솥 '부과(釜鍋)'로 되어 있어서 '두솥에 내린 술', 즉 이과두(二鍋頭)란 이름이 붙었다. 얼궈퉈 중에서는 붉은 별이 그려진 훙싱(紅星) 얼궈퉈가 제일이다. 우리나라 중국집에서 흔히 나오는 톈진(天津) 얼궈퉈는 격이 그보다 아래다. 얼궈퉈는 두냥(100cc)짜리 작은 병이 우리 돈으로 2,300원 한다. 맛에 비해 값이 싸니 진정 서민의 술이다. 65도, 56도, 39도 등 알코올 도수가 다양한데, 도수가 높을수록 좋은 술이고 값이 비싸다. 요즘 중국사람들도 독한 것을 싫어해서 술 도수가 갈수록 낮아지지만 중국술은 적어도 50도는 넘어야 제맛이다.

중국인들은 술을 품평할 때 술이 맵다거나 힘이 있다고 말한다. 술을 입에 털어넣었을 때 입안이 얼얼한 것을 두고 맵다고 하고, 술이 불덩이가 되어 목을 타고 내려가는 것과 동시에 뜨거운 불기운이 용틀임하면서 코까지 치솟아올라오는 것을 두고 술이 힘이 있다고 말한다. 훠궈와 얼궈퉈를 먹는 일은 베이징사람들이 겨울을 이기는 제의에 동참하는 일종의 문화체험이자, 베이징 여행에서 느낄 수 있는 첫번째 즐거움, 베이징 일락(一樂)이다.

부활하는 중국 전통문화와 경극

경극(京劇)은 훠궈와 얼궈퉈와 더불어 베이징의 문화적 상징이다. 경극은 베이징 인근에서 유행하던 전통극, 그러니까 베이징지방의 지방극을 말한다. 하지만 이제 지방극 차원이나 베이징의 문화적 상징 차원을 넘어서, 중국을 대표하는 문화적 아이콘이 되었다.

중국은 요즘 복고주의 열풍이 불고 있다. 1990년대 후반에 시작되어 갈수록 그 바람이 세지고 폭넓어지고 있다. 전통문화가 되살아나는 것이다. 공자(孔子) 붐이 일어나고, 전통 서당식 학교가 세워지는가 하면 전통찻집이 되살아나고, 전통복장, 각종 전통거리와 민속이 되살아나고 있다. 전통미신까지 부활하여 입구에 재물신을 모신 가게들이 최근 2, 3년 사이에 부쩍 늘었다. 중앙텔레비전에서는 『논어(論語)』와 『삼국지(三國志)』 강좌가 폭발적인 인기를 누렸고 그 교재가 슈퍼 베스트셀러가 되었다. 경제가 발전하면서 민족적 자부심이 높아진 때문이기도 하고 중국정부가 사회통합 이데올로기 차원에서 전통 부활 운동을 추진하고 있기 때문이기도 하다. 2004년부터 정부 주도로 공자 탄생 기념일 행사를 거행하는가 하면, 2006년부터 6월 첫째 주 토요일을 문화유산의 날로 지정하여 대대적인 민족문화 보존 활동을 벌이는 것도 그런 일환이다. 중국 전통문화가 이렇게 중국공산당과 중국인들에게 대접을 받기는 사회주의 정권이 들어선 이후 처음이다. 과거에 중국공산당은 반(反) 전통을 통한 사회주의 문화를 건설하는 데서 정체성을 찾았다. 그런데 요즘은 중화전통의 계승자라는 새로운 정체성을 모색하고 있다. 이만큼 중국공산당이 달라졌다.

이런 전통문화에 대한 관심이 높아진 문화 보수주의의 흐름 탓일까, 최근 들어 경극에 대한 관심도 높아지고 경극극장도 크게 늘었다. 급증하는 외국인 관광객, 특히 한국인들이 경극 관객으로 가세하면서 지금 베이징에서 경극은 1920년대 이래 최대의 호황기를 맞으며 부활하고 있다. 사실, 경극은 중국 역사와 고전에 대한 사전지식이 없으면

경극 공연 장면. 경극은 1920년대 이후 최대 호황을 누리고 있다.

줄거리를 이해하기가 쉽지 않다. 또 모든 동작이 약속된 것이어서 사전에 동작을 알지 못한 채 대사 자막만 보아서는 경극의 참맛을 느낄수가 없다. 경극은 무대장치나 소품이 없이 모든 것을 동작으로 표현하는데, 그 동작의 의미가 관용적으로 약속되어 있다. 예를 들어 팔을괴고 기대면 잠자는 것이고, 발을 슬쩍 들면 문지방을 넘는 것이고,말채찍을 들고 있으면 말을 타는 것이다. 이런 동작의 상징성을 읽어내지 못하면 경극은 그저 시끄럽고 엽기적인 오페라이거나 한편의 무술극일 뿐이다.

이처럼 외국인이 경극을 감상하는 일이 쉽지 않은데도 경극 감상이베이징을 찾는 외국인 관광객들의 필수 관광코스가 된 것은 천카이거감독의 대표작 「패왕별희」의 덕이 크다. 영화가 세계적으로 흥행하면서 베이징의 전통극인 경극을 세계에 알린 계기가 된 것이다. 영화에서 경극학교 사부는 경극을 모르면 사람이 아니라고 말한다. 개와 돼지가 개와 돼지인 것은 경극을 모르기 때문이라는 것이다. 경극을 보아야만 진정 사람이 될 수 있는지는 모르겠지만 적어도 경극을 보아야만 베이징의 참맛을 느낄 수 있다는 것만은 분명하다. 훠궈에 얼궈퉈를 마시는 일이 베이징 여행의 첫번째 즐거움, 일락(一樂)이라면, 차 한잔을 앞에 두고 호박씨를 까먹으면서 경극 한대목을 감상하는 것은 베이징 여행에서 느낄 수 있는 두번째 즐거움, 이락(二樂)이다.

중국인도 그렇지만 한국인, 특히 한국 남성들은 항우(項羽)를 좋아한다. 왜 그럴까? 어렸을 때 재미있게 읽은 고우영(高羽榮)의 만화 『초한지(楚漢志)』때문일까? 장기판의 두 주역이자 『초한지』의 두 주인공인 초(楚)나라 패왕 항우와 한(漢)나라 고조 유방(劉邦)은 중원의 제왕 자리를 두고 싸우지만, 결국 한나라 유방이 이긴다. 항우는 힘이 장사였다. 힘이 센 사람을 가리켜 흔히 항우장사라고 하듯이, 항우는 산을 뽑을 만큼 힘이 좋았고 지혜나 요령, 꾀는 부족하지만 우직하고 순박한 사람이었다. 그런 항우의 모습이 가장 극적으로 드러난 것이 그의 마지막 순간이다.

동아시아의 문화적 영웅, 항우

항우는 한나라 왕 유방에게 포위당해 '사면초가(四面楚歌)'가 되자 한밤중에 일어나 술을 마신다. 늘 그의 곁을 지키던 애마 추(騅)와 애첩 우희(虞姬)를 곁에 두고 자신의 비통한 심정을 시로 노래한다. 우리에게도 익숙한 '역발산 기개세(力拔山 氣蓋世)'로 시작하는 시다.

영화에서 경극을 수련하는 아이들이 교가처럼 부르는 노래이기도
하다.

힘은 산을 뽑을 수 있고 기개는 온 세상을 덮을 만한데
때가 불리하여 추가 나아가지 않는구나
추가 나아가지 않으니 어쩔거나
우여, 우여, 어쩔거나

(力拔山 氣蓋世 / 時不利兮 雖不逝 / 雖不逝兮 可奈何 / 虞兮虞兮 可奈何)

그야말로 사면초가, 적에게 포위당해 산을 뽑을 힘도 세상을 덮을
기개도 쓸모가 없이 승부는 기울었다. 천하의 항우도 어쩔 수가 없다.
이제 사랑하는 여인 우희를 어찌할 것인가? 항우가 슬퍼하며 이렇게
시를 지어 노래하자 우희도 따라 부른다. 주위가 온통 눈물바다로 변
한다. 항우는 우희더러 유방에게 건너가서 목숨을 보전하라고 권한
다. 유방이 한때 우희를 마음에 둔 적이 있다는 것을 알고 있던 터였
다. 적에게 보내서라도 사랑하는 여인을 살리려는 뜻이었다. 하지만
우희는 눈물을 흘리며 말한다. "어찌 한 여인이 두 지아비를 섬기며,
천하통일을 꿈꾸는 황제께서 일개 계집의 안위를 마음에 두십니까?"
그렇게 말하면서 노래에 맞춰 춤을 춘다. 그리고 칼로 자결한다. 세상
에서 제일가는 '역발산 기개세'의 능력을 가졌지만 때가 불리하여, 천
명과 천시가 따라주지 않아서 좌절하는 영웅의 비애와 한탄, 그리고
애절한 사랑이 항우의 마지막을 함께했다. 경극 「패왕별희」는 이런 패
왕과 우희의 최후를 다루고 있다.

『삼국지』에서 제갈량(諸葛亮)은 "일을 도모하는 것은 사람이지만

항우의 동상. 한국인들이 항우를 좋아하는 이유는 무엇일까?

성패를 결정하는 것은 하늘이다(謀事在人 成事在天)"라고 했다. 사람의 노력도 하늘의 명을 넘을 수는 없다. 중국인에게 천명이란 인간의 힘으로 어떻게 해볼 수 없는 경지이다. 아무리 뛰어난 능력을 지닌 인간이라 하더라도 하늘의 뜻을 넘을 수는 없다. 자신이 패할지라도 그것이 하늘의 뜻이라면 순응하고 받아들일 수밖에 없다. 운명론이다. 이 운명론은 자칫 보수적이고 노예적인 심리를 낳을 소지가 있다.

하지만 다른 측면에서 보면, 이런 운명론적 천명관은 곤경에 처한 사람을 위로하고, 한걸음 물러서서 자신이 처한 곤경을 관조할 수 있는 여유를 가져다주기도 한다. 실패한 사람을 정신적으로 구원해주는 구실을 하는 것이다. '내가 실패한 것은 능력이나 노력이 부족해서가 아니라 하늘의 뜻 때문이거나 때를 잘못 만나서다'라고 생각하는 것은 자신의 책임을 하늘에 떠넘기는 일이기도 하지만, 다른 한편으로는 실패와 좌절 속에서 자신을 위로하고 구출하는 방법이기도 하다. 내가 지금 겪고 있는 불행과 좌절이 나의 탓이라기보다는 하늘이 정한 운명, 하늘의 뜻이라고 생각하면 다소나마 위로가 되는 것이 인지상정이다. 적어도 중국인들은 그렇게 생각한다. 중국인들이 열악한 환경과 숱한 고난 속에서도 마음의 평정을 유지하는 이유 중 하나는 이 때문이다. 자신의 실패를 때가 불리한 때문이라고 여기는 항우의 최후에는 이런 중국인의 삶의 철학이 압축되어 있다.

항우의 마지막은 그의 외모답지 않게 대단히 시적이었다. 항우는 사면초가의 상황에서 오강을 건너가서 그곳의 왕이 되어 후일을 도모하라는 주위의 권고를 물리친다. "내가 강동의 젊은이 8천명을 싸움터에서 죽게 했는데 무슨 낯으로 그곳 사람을 보겠느냐"면서 강 건너기를 거부한다. 그러고는 "하늘이 나를 망하게 한 것이지 내가 싸움을 잘못한 것이 아니다"라고 말한 뒤, 사랑하는 여인 우희를 따라 자결한다. 이 순간 항우는 정치적 패배자를 넘어서고, 그의 최후는 우희와 추의 이야기가 곁들여지면서 한편의 시가 된다. 정치적으로는 패배자이지만, 어차피 인간은 천명을 거스를 수 없다고 판단하고 천명에 순응하여 자신의 최후를 시적으로 마감한 문화적 영웅으로 거듭나는 것이다. 항우도 항우지만 한때는 영웅이었지만 지금은 더없이 초라한 항우를 끝까지 지켜주고 함께 삶을 마감하는 우희, 그녀는 모든 남성이 갈망하는 여성상의 한 상징이리라. 그래서 중국인들이 양귀비보다 우희에게 더 매력을 느끼는 것이리라. 항우와 우희가 동아시아에서 전통적인 남성상과 여성상의 상징이 된 것은 이런 사정 때문이 아닐까.

콧대 높고 거만한 베이징사람들

영화 「패왕별희」는 두 경극배우 이야기다. 두 배우의 단골 레퍼토리가 「패왕별희」이다. 두 사람은 초나라 패왕 항우와 그의 애첩 우희 역을 맡는다. 영화는 두 사람이 경극학교에서 만나 연극 파트너를 넘어 사랑과 신뢰를 쌓아가는 과정, 결별과 배반, 비극적인 최후까지를 다룬다. 그 곡절의 인생이 1924년부터 1979년까지 중국 현대사의 중요 사건 속에 배치되면서 두 사람의 인생과 역사가, 예술과 역사가 서로 맞물리고 충돌한다.

영화에는 두 무대가 등장한다. 역사의 무대와 경극의 무대가 그것이다. 두 무대가 사이좋게 화해하는 경우도 있지만, 그것은 한순간에 불과하다. 영화에서 역사의 무대는 경극의 무대를 끊임없이 위협하다가 종국에는 경극의 무대를 사라지게 한다. 역사의 무대와 경극무대 사이의 갈등은 역사와 예술 사이의 갈등이자 영화의 두 주인공 패왕 (샬로, 장펑이 분)과 우희(데이, 장궈룽 분) 사이의 갈등이다. 영화에서 역사가 연출되는 공간은 베이징이다. 국민당시절부터 일본의 침략과 사회주의혁명, 새로운 공화국의 탄생, 그리고 문화대혁명으로 이어지는 중국 현대사가 수도 베이징을 무대로 재현된다.

"베이징사람들은 콧대가 높고 거만하다." 다른 지방에 사는 중국인들이 베이징사람들을 두고 이렇게 말하곤 하다. 그런데 베이징사람은 자기들이 그럴 만하다고 여기며, 베이징사람이라는 것에 강한 자부심을 느낀다. 드넓은 중국의 수도로서 중국 역사의 중요한 고비를 몸소 체험하고 직접 눈으로 본 사람들이 바로 베이징사람들이라는 것이다. 중국 역사의 중심에서 그것을 체험했다는 자부심이 베이징사람들에게는 강하다. 그래서 그런지 베이징사람들은 다른 어떤 지역 사람들보다 정치 이야기를 즐긴다. 원래 베이징사람들은 잡담의 귀재들이다. 수다떨기로 치자면 베이징사람들은 남녀를 불문하고 중국에서 최

고이다. 술 한잔, 차 한잔을 두고서도 몇 시간 동안 끊임없이, 지겹도
록 떠들 수 있는 사람들이 베이징사람들인데, 그때도 단골메뉴는 역
시 정치다.

「패왕별희」를 찍은 천카이거 감독은 베이징에서 나고 자란 사람이
다. 그는 "「패왕별희」를 찍을 때 나도 모르는 어떤 힘에 조종당하는 듯
했다"면서, "베이징이 내게 남긴 것을 모두 찍으려 했다"고 말했다. "베
이징사람은 기침소리에조차 가락이 있고 눈물이 나올 지경"이라면서
지극한 베이징 사랑을 토로하던 그가 경극을 소재로 한 영화 「패왕별
희」를 찍은 것은 우연이 아니다.

중국의 가장 위대한 예술

경극에서는 남자 주인공을 '생(生)'이라고 하고 여자 주인공을 '단
(旦)'이라고 한다. 그런데 특이하게도 여자 주인공인 '단' 역할을 남자
가 맡는다. 봉건시대에 남녀가 함께 무대에 오르는 것을 금지한 탓도
있지만 고대 무속에서부터 남자가 여자 역할을 하는 경우가 많은 데
서 기인한다. 그것이 명나라, 청나라 때가 되면서 남자가 여자 역을
맡는 이른바 '남단(男旦)'은 더욱 확대되어, 마침내 남자가 여자 역할
을 얼마나 잘 하느냐에 경극의 성패가 달릴 정도가 되고, 경극 특유의
신비와 매력을 상징하게 된 것이다.

'남단'을 가장 심하게 비판한 사람은 중국 작가 루쉰(魯迅)이다. 그
는 "중국에서 가장 위대하고 가장 영원하고 가장 널리 보급된 예술은
남자가 여자로 분장하는 것"이라고 비꼬았다. 루쉰의 해석은 이렇다.

메이란팡. 그는 중국 경극사의 전설로 기억되고 있다.

남자가 여자로 분장하면, 남자 관객은 그 사람을 여자로 받아들이고, 반면에 여자 관객은 그 사람을 남자라고 여기게 되어, 결국 남녀 관객 모두에게 사랑과 관심을 받을 수 있는 마술적인 장치가 된다는 것이다. 그렇게 남자로서 여자 역할을 잘해 인기를 얻은 전설적인 경극배우가 있었다. 경극의 최전성기이던 1920~30년대 중국 경극계에서 뛰어난 '남단' 역할로 세계적인 유명세를 탄 중국 경극사의 전설 메이란팡(梅蘭芳)이 바로 그다. 지금 공연하는 경극 「패왕별희」도 그가 여러 판본을 취합하여 새롭게 만든 것이고, 직접 우희 역할을 맡기도 했다.

천카이거 감독은 어려서 메이란팡의 손자와 같은 유치원에 다녔다고 한다. 그 집에 가면 부모는 바빠서 늘 가정부가 아이들을 챙겨주었는데 어린 천카이거의 눈길을 끌던 것이 있었다. 그 집에 있던 텔레비전이었다. 1950년대 후반에는 매우 귀한 것이었는데, 소련정부가 메이란팡에게 선물한 것이었다. 당시 메이란팡의 인기를 짐작할 수 있는 대목이다. 유난히 많은 고양이, 그리고 친구의 할아버지 메이란팡이 아침 일찍 일어나서 검무를 추는 것도 인상적이었다고 한다. 그것이 인연이 됐는지 훗날 영화감독이 된 천카이거는 메이란팡이 가장 잘 연기하던 우희에 관한 영화를 찍는다.

남자가 여자로 변신하는 경극의 마력

영화 「패왕별희」는 남자가 여자로 변신하는 경극의 신비와 마력, 그것이 영화의 시작이자 핵심이다. 경극이 유사 이래 최고의 인기를 누리던 1920년대, 베이징의 경극학교에 한 여자가 곱상한 소년을 데리고 온다. 술집 여인인 어머니는 아이가 커서 더는 홍등가에 둘 수 없으니 받아달라고 간청한다. 경극학교 사부는 얼굴이 곱상한 아이가 마음에 들었지만 손이 육손이라는 이유로 안된다고 거절한다. 그러자 어머니는 아들의 한 손가락을 싹둑 잘라버린 뒤 다시 데려온다. 이 사내아이가 훗날 미인 우희 역을 맡는 '데이'(아명 도즈)이고, 어머니에게 버림받아 들어온 이 아이 옆에서 부모가 되고 연인이 되어주는 경극학교 사형이 훗날 패왕 항우 역을 맡는 '샬로'(아명 시토)다.

스승은 얼굴이 곱상한 데이에게 여자 역할을 훈련시키지만, 이 사내아이는 한사코 여자연기를 거부한다. 극중에서 우희의 대사로 "나는 본래 계집아이로서……"라고 해야 할 것을 자꾸 "나는 본래 사내아이로서……"라고 한다. 자기가 남자임을 포기하지 않는 것이다. 그럴 때마다 사부의 엄청난 체벌이 가해진다. 곁에서 지켜보던 샬로가 "네가 진짜 여자라고 생각하면 틀리지 않을 거야"라며 달랜다. 데이 스스로도 노력해보지만 노래를 하다보면 다시 "나는 본래 사내아이로서……"라고 말해버린다.

그러던 어느날 경극학교에 후원자가 방문한다. 청나라 때 궁중 내시들은 경극의 최대 후원자이자 경극계를 좌지우지하는 실력자였다. 그 내시 밑에서 경극극장 운영 책임을 맡은 사람이 경극학교를 방문한 것이다. 곱상한 얼굴의 데이를 발견하고는 한소절 해보라고 한다. 그 중요한 자리에서도 데이는 "나는 본래 사내아이로서……"라고 해버린다. 사부의 얼굴이 새파랗게 질린다. 지켜보던 아이들도 다들 얼어붙는다.

그때, 패왕 항우 역을 연습하던 샬로가 스승의 담뱃대를 들고 나선다. 평소 데이의 보호자이자 버팀목 노릇을 하던 사형이 데이를 의자에 앉히고는 말한다.

"입 벌려, 입 벌려! 넌 계집애야, 넌 남자가 아니고 계집애라고!"

사형 샬로가 담뱃대를 데이의 입에 넣고 휘젓자 붉은 선혈이 데이의 입가에 흘러내린다. 끔찍한 장면이다. 하지만 정작 그런 폭행을 당한 데이는 처음에는 놀라고 겁먹은 표정을 짓다가 이내 평정을 되찾는다. 그러고는 무엇인가 결심이 선 듯 결연한 표정을 짓는다. 잠시 후 그는 자신에 차고 기쁜 표정으로 밝고 예쁘게 노래한다.

"나는 본래 계집아이로서, 여자로 태어나……"

데이를 경극학교에 넣기 위해 그의 어머니가 여섯번째 손가락을 싹둑 자른 것이 일종의 거세행위라면 샬로가 담뱃대를 데이의 입안에 집어넣은 것은 성폭력이다. 중국 학자 다이진화(戴錦華)의 지적대로,

샬로와 데이. 이들은 패왕과 우희로 큰 인기를 누린다.

담뱃대는 남근이고, 데이의 입에 흐른 피는 성폭행을 당한 뒤의 초혈
(初血)이다. 스승의 지독한 구타에도 성전환은 이루어지지 않았지만
사형의 상징적인 성폭행으로 데이는 이제 여자가 되었다. 그런 뒤 자
신은 본래 계집아이였다고 노래한다. 마침내 패왕 항우와 애첩 우희,
한커플이 탄생한 것이다.

  샬로와 데이는 패왕과 우희로 크게 인기를 누린다. 그런데 우희로
변한 데이를 기다리는 것은 권력자들이었다. 청나라가 망했다는 것을
인정하지 않는 환관 장내시와 중화민국의 권력자 원대인이 그들이다.
이들은 데이를 성적 노리개로 삼는다. 청나라 때에는 관료가 성을 매
수하는 것을 법률로 금했는데, 그러다보니 남성 동성애가 성했다. 그
동성애의 단골 성적 파트너가 남창(男娼)이나 경극에서 여자역을 맡
은 남자들이었다. 이런 이유로 여자역을 하는 '남단'들은 무대에서는
배우지만 무대를 내려오면 남창 노릇을 하는 경우가 많았다. 일부 관

료와 부자 들은 개인적으로 경극단을 만들어 여자역을 하는 경극배우를 자신의 동성애 파트너로 삼기도 했다. '남단'배우를 '상공(相公)'이라고 불렀는데, 이 말이 동성애 파트너를 가리키는 뜻으로도 쓰이게 된 것은 그런 사정 때문이다.

예전 중국은 동성애에 지금보다 훨씬 관대했다. 멀리는 한나라 때부터 궁중에 동성애가 유행했고, 송·명·청대에는 민간에까지 폭넓게 퍼졌다. 명나라 때는 남자가 처나 첩과 성관계를 갖는 것을 '내교(內交)'라 하고, 남자와 남자 사이의 성관계를 '외교(外交)'라고 부를 정도로 유행이었다. 그런가 하면 청나라 때는 남자 커플이 버젓이 손을 잡고 거리를 활보할 정도로 동성애가 성행했다. 지금도 중국 골동품 가게에 가면 남성 동성애를 그린 춘화를 간혹 발견할 수 있다. 당시 동성애가 가장 유행한 지역은 남부 푸젠(福建)성이었다. 사회 분위기도 동성애 커플에게 매우 관대했던 모양이다. 남자 커플은 사회적으로 인정받기 위해서 '계(契)'라는 의식을 치르고 '계형(契兄)' '계제(契弟)'의 관계를 맺었다. 영화에서 장귀룽은 동성애에 빠진 '남단' 연기의 절정을 보여준다. 여성의 섬세한 몸놀림과 부드러운 자태가 가히 압권이다. 당시에야 누가 알았을 것인가? 그렇게 여자 역할을 잘해낸 장귀룽이 실제로 동성애자였을 줄을.

예술이 전부였던 한 인간의 삶

1920년대에는 경극도 그렇고 두 배우 역시 최고의 전성기를 누린다. 하지만 두 사람 사이에 불안한 조짐이 나타난다. 패왕 샬로가 기

남단 연기의 절정을 보여준 장궈룽.

생집을 출입하더니 술집 여자와 눈이 맞은 것이다. 샬로에게 여자가 생기면서 두 사람의 관계는 새로운 국면으로 접어든다. 한 남자를 사이에 둔 두 여자, 현실 속의 여자와 극 속의 여자 우희 사이에서 배신과 질투가 일어나고, 그것이 베이징의 역사, 중국의 역사와 뒤엉킨다.

패왕 샬로는 주선(궁리 분)이라는 술집 여자를 만나 연인 관계를 맺고 나중에 결혼까지 한다. 그는 경극무대는 무대대로, 현실은 현실대로 산다. 경극무대에서는 서초 패왕으로 살고, 무대를 내려와서는 현실 속의 평범한 남성 샬로로 산 것이다. 하지만 우희 데이는 그렇지 않다. 그에게는 오직 경극무대뿐이다. 그는 오직 우희로서만 산다. 데이에게 경극은 삶의 전부이고, 오직 경극무대 위에서만 그의 삶은 의미가 있다. 경극무대가 없으면 그는 존재할 수 없다. 경극이 전부이고 그래서 오직 패왕을 바라보고 산다. 그런데 패왕 샬로는 자신을 배반하고 다른 여자와 바람이 나버렸다.

이런 상황에서 일본군이 베이징에 들어오고, 패왕 샬로는 주선의 권유로 경극무대를 떠난다. 패왕이 무대에서 사라진 것이다. 이제 우희는 어떻게 할 것인가. 우희는 경극무대를 떠날 수 없다. 그에게 우희가 아닌 다른 생은 없다. 그에게 경극은, 우희로 사는 일은 자신의 존재 그 자체다. 그가 패왕이 떠난 뒤에 일본군 앞에서 노래를 부르는 것도 그 때문이다. 그에게는 경극이, 무대가, 우희가, 좀더 추상화해 말하자면 예술이 사는 이유이자 삶의 전부다. 역사와 현실은 안중에 없다. 그러기에 중일전쟁 후 일본군을 위해 노래했다는 이유로 매국노로 몰려 법정에 서서도 그는 당당하다.

"일본군은 경극을 아는 사람들이다. 아오끼 대좌가 살아 있으면 아마 경극이 일본에 전해졌을 것이다. 나를 차라리 죽여라!"

일본이 물러가고 중국공산당이 베이징의 역사 무대를 차지한다. 중국 서부 변방을 전전하던 공산군이 베이징에 입성하면서 마오쩌둥(毛澤東)시대가 열린 것이다. 그런데 마오쩌둥의 시대가 시작되면서 경극은 치명적인 위기를 맞는다. 마오쩌둥이 이끈 신민주주의혁명은 두 가지 혁명을 동시에 수행했다. 하나는 봉건주의를 타도하는 것이고, 다른 하나는 제국주의를 타도하는 것이다. 그런 마오의 혁명 전략에 맞게 새 정권이 들어선 뒤 경극은 봉건주의 문화의 상징으로 여겨지면서 개조의 대상이 되었다. 새 정권이 들어선 이듬해인 1950년 11월 중국정부는 희곡 개량을 지시하고 대대적인 개혁을 시작한다. 제왕과 그의 여인들 이야기가 다수인 경극에 혁명을 찬양하는 새로운 내용이 추가되는가 하면, 남자 대신 여자가 '단' 역할을 하게 되면서 '남단'도 점차 사라지게 된다.

데이는 당연히 이런 경극 개혁 작업을 거부한다. 더군다나 그가 단골로 맡아온 우희 역을 경극학교 후배이자 자신이 데려다 키운 샤오쓰에게 빼앗긴다. 이제 그에게는 패왕도, 경극무대도 사라졌다. 그는 자신이 입던 무대의상을 불사른다. 그리고 1966년 문화대혁명(1966~76, 이하 '문혁'으로 약칭)이 터진다. 한 남자와 두 여자, 패왕 샬로와 우희 데이, 그리고 패왕의 또다른 여자 주선은 팔이 뒤로 묶이고 머리를 숙인 채 비판을 당한다. 문혁 때 벌어진 전형적인 광경이다.

감독 천카이거는 그런 광경을 몸소 체험한 사람이다. 그는 자신의 문혁 체험을 이야기하면서 이렇게 말한 바 있다. "나는 14살 때 이미 배반을 배웠다." 문혁 때 아버지를 배반한 것이다. 당시 그의 아버지는 국민당사람으로, 반혁명분자로 몰려 비판을 받았다. 사람들이 아버지를 향해 '반혁명분자'라고 외칠 때 그도 따라 외쳤다. 그런데 마오쩌둥 배지를 단 사람이 자신의 이름을 부르며 아버지가 무릎꿇고 있는 단상 위로 올라오라고 했다. 천카이거는 사람들의 시선을 받으며 올라가 구호를 외친다. 그런 뒤 아버지의 어깨를 밀친다. 그리 세지는 않았다. 하지만 분명 아버지를 밀쳤다. 천카이거는 그 순간, 아버지를 밀치기 위해 자기 손이 아버지의 어깨에 닿던 순간의 느낌을 아직까지도 기억한다고 말한다.

비판대회에서 패왕과 우희, 그리고 주선은 서로를 고발한다. 그리고 모두 상처를 입고 무너진다. 샬로는 데이가 국민당 고관들의 성 파트너였다고 고발한다. 그러자 우희는 패왕을 향해 이렇게 절규한다. "결국 다 배반하는군, 너마저도. 너는 치사하고 야비한 인간이야. 내가 왜 일본군 앞에서 목단정을 불렀는지 알아? 그래 내 인생은 진작 끝났어, 하지만 너 패왕도 남 앞에 무릎을 꿇었어. 이제 모든 게 끝났어, 끝났어, 경극은 이제 끝이야." 그런 뒤 주선이 술집 여자였다는 사실을 폭로한다.

문혁으로 모든 것이 끝났다. 경극도, 패왕도, 우희도 모두 끝났다. 경극이 사라지고 그 자리를 문혁이라는 광포한 연극, 연극 같은 역사가 대신하였다. 경극무대는 역사라는 무대에 침탈당했다. 패왕과 우희는 천시(天時)를 잘못 만나서가 아니라 문혁과 홍위병 때문에 사랑도, 무대도 잃는다. 애초에 데이는 폭력으로 여성이 되고, 우희가 되었다. 그리고 영원히 우희로만 살았다. 폭력의 현실, 폭력의 역사의 희생자인 그는 자신을 바꾸어 그 폭력의 현실과 역사 속에서 우희로 살았다. 그에게 경극은, 무대는, 예술은 그런 폭력의 역사 속에서 삶을 꾸려가는 동력이었고, 자신의 존재 전부였다. 그런데 그런 경극이 이제 끝났다. 경극무대는 사라졌다. 이제 우희는 어떻게 살 것인가.

　1970년대 말, 문혁이 끝나고 패왕과 우희가 다시 무대에 선다. 두 사람은 이미 늙고 지쳤다. 오랜만에 「패왕별희」의 마지막 대목을 연기한다. 그런데 극중 우희가 자진하는 대목에서 데이는 실제로 자기 목을 칼로 벤다. 이 죽음은 2003년 만우절에 일어난 장궈룽의 죽음만큼이나 돌발적이고 충격적이다. 데이는 영원히 경극 속의 우희로 살다가 끝내 우희로 자신의 삶을 마쳤다. 서초 패왕이 그를 배반하고, 역사가 경극과 무대를 앗아가는 상황 속에서 그는 시종일관 서초 패왕의 여인 우희로 살아가려고 했고, 결국 다시 세워진 경극무대에서 우희로 죽었다. 그는 영원히 우희가 되고, 우희의 전설이 되었다.

　천카이거는 「패왕별희」에서 역사와 경극, 역사와 예술을 맞세웠다. 그 맞세움에서 폭력으로 점철된 중국 현대사는 더없이 허무하고, 그 폭력의 역사에 허물어진 무력한 개인들과 예술은 한없이 서글프고 가슴 아리다. 영화를 보고 나면 중국 현대사가 한없이 허무하게 느껴지지만, 그래도 경극배우이자 예술가로서 폭력의 역사 속에서도 평생을 우희로 산 데이의 비극적 예술정신, 예술 속에서만 삶의 의미를 발견하는 그 처연하도록 집요한 예술혼을 볼 수 있어 위안이 된다. 「패왕별희」가 명작인 이유가 여기에 있고, 이 영화가 문혁의 비극을 다룬 다른 영화들과 구분되는 지점이 바로 여기다.

베이징의 경극극장들

경극 「패왕별희」는 영화 「패왕별희」보다 아무래도 감흥이 떨어진다. 하지만 경극 「패왕별희」를 보는 것도 베이징 여행의 색다른 체험이다. 베이징에는 경극 상설 공연장이 꽤 있다. 올림픽을 앞두고 대대적으로 단장해서 관람 여건도 한층 좋아졌다. 베이징에서 외국 관광객이 경극을 관람하기에 좋은 곳은 세 곳이다. 정이츠(正義祠) 극장은 옛날 전통 건물의 정취 속에 경극을 체험할 수 있는 곳이고, 외국 관광객용으로 영어 자막과 더불어 중요한 대목만 불러주는 곳으로는 리위안(梨園) 극장이 좋다. 쳰먼(前門)에 있는 호텔 젠궈판덴(建國飯店) 안에 있다(베이징에는 젠궈판덴이 두 곳 있다. 쳰먼 젠궈판덴으로 가야 한다). 경극 한대목과 더불어 잡기(雜技) 같은 중국 전통 민간예술을 골고루 감상하기에는 라오서차관(老舍茶館)도 좋다. 천안문(天安門) 광장 남단, 쳰먼 옆에 있다. 베이징을 대표하는 작가 라오서(老舍)의 대표작 「찻집(茶館)」에서 이름을 따온 것으로, 중국 전통찻집을 재현해놓았다. 공연 수준 대비로 치면 가격이 좀 비싼 편이지만 여러 중국 전통예술을 골고루 가볍게 체험할 수 있는 장점이 있다.

황하

창강

● 상하이

타이완

● 홍콩

베이징

02
베이징 Ⅱ
北 京

농민의 아들, 자전거를 잃다

북경 자전거

十七歲的單車

● **북경 자전거** 十七歲的單車, 2001
   왕샤오솨이 王小帥 감독
   추이린 崔琳 · 리빈 李濱 주연

체면이 목숨처럼 소중한 중국인들

베이징 사범대학 숙소에서 나와 택시를 잡았다. 영화 「북경 자전거」의 무대인 베이징의 옛 골목에 가려는 참이었다. 택시기사가 쓱 훑어보더니 단번에 "한국인이지요?" 한다. 그렇다고 하자, "한국사람이 왜 한국 차를 타지 않느냐?"고 묻는다. 순간 어리둥절해하자 한국사람들은 한국 차인 '엘란트라' 택시만 골라탄다고 덧붙인다. 그러면서 한국인은 애국심이 대단하다고, 중국인이 배워야 한다고 치켜세운다. 베이징시는 베이징 택시를 중형으로 교체했다. 이 사업에 '베이징 현대자동차'가 주사업자로 참여하여 '엘란트라'란 이름을 단 '아반떼 XD'가 베이징 시내를 누비기 시작하면서 이런 일이 나타난 것이다.

중국은 요즘 '마이카 붐'이 한창이다. 차 가격도 많이 내렸다. 마이

중국에서 큰 인기를 끈 한국 자동차 엘란트라.

카 붐 속에서 베이징 현대는 중국 진출 2년 만에 투자비를 모두 회수할 만큼 초고속으로 성장하여 중국에 먼저 진출한 외국 자동차회사들을 긴장시켰다. 중국에 진출한 외국 자동차회사들은 모두 중국 특정 도시 이름을 회사 이름 앞에 쓴다. 상하이(上海) 폴크스바겐, 광저우(廣州) 혼다, 이런 식이다. 그동안 대도시 가운데 수도 베이징만 자동차 합작회사가 없었다. 이 공백을 현대자동차가 파고든 것이다. 다른 나라 자동차 회사들은 대개 자국에서 과거에 유행하던 모델을 중국에 가져왔지만, 현대는 한국의 최신 모델을 중국에 선보였고, 결과는 대성공이었다. 낡은 모델이 아닌 새 모델을 들여옴으로써 중국인들의 체면을 세워줘야 한다고 판단한 것으로 체면 마케팅의 성공사례라 할 만하다.

사실, 중국인은 체면, 중국어로 '몐즈(面子)'를 목숨만큼 중요하게 생각한다. 중국인을 대할 때는 최대한 체면을 존중해주고 체면을 깎지 말아야 한다. 못 산다고 무시하지 말아야 하고, 상대가 잘못했더라도 면전에서, 특히 다른 사람이 있는 데서 그 사람 체면에 손상이 갈 만한 말이나 행동을 하지 말아야 한다. 상대가 잘못을 했더라도 체면을 세워주면서 잘못을 바로잡도록 배려하고 그 사람이 스스로 체면을 세울 수 있는 퇴로를 열어주어야 한다. 적어도 그 사람과 관계를 지속하려면 그래야 한다. 중국인들이 자기 스스로를 과장하거나 상대를 지나치다 싶을 정도로 칭찬하여 상대의 체면을 세워주려는 것은 인간

관계에 있어서 체면을 중시하는 관습에서 기인한다. 그러니 중국인과 거래하거나 상대하는 한국인들은 명심할 일이다. '중국인은 체면을 먹고 산다. 상대의 체면을 세워주어라!' 만일 중국인이 당신 때문에 체면을 손상당했다고 여긴다면 아마도 그 사람은 평생 그 굴욕을 가슴에 새길 것이고, 언젠가 기어이 당신에게 복수할지도 모른다.

체면은 마케팅에서도, 중국인 직원들을 관리할 때도 중요하다. 이런 일이 있었다. 예전에 베이징 KFC가 무료로 치킨 도시락을 나누어 주었는데 그것을 받으려고 사람들이 장사진을 이루었다. KFC는 좋은 일을 하려는 취지였다. 하지만 비난이 쏟아졌다. 중국인을 거지 취급했다는 것이다. 중국인의 체면을 깎았다고 생각한 것이다. 이에 비해 베이징 현대의 성공사례는 참고할 만하다. 중국인들은 소득 수준이 낮으니까 자기 나라에서 유행이 지나고 한물 간 모델을 가져다가 팔아도 된다는, 중국인을 얕보는 사고방식을 깨뜨린 것이다. 중국인의 체면과 자존심을 세워주고 중국인의 정서를 존중하는 것, 그러면서도 상품을 구매하면 이 세계의 선진 흐름과 함께한다는 느낌을 갖게 하는 것이 중국에서 성공하는 마케팅 비결이다. 가장 성공적인 사례가 다국적 기업 맥도날드이고, 베이징 현대도 그런 경우다. 물론 중국인의 체면의식이 베이징 택시 사업에 진출한 베이징 현대에 족쇄로 작용할 수도 있다. 얼마 전 칭화(淸華)대학의 한 교수는 '엘란트라'가 좋은 줄은 알지만 택시와 같은 차를 사기가 꺼려져 동급의 다른 회사 차를 샀다고 했다. 체면 때문에 택시 브랜드를 살 수는 없지 않느냐는 거였다. 중국인들의 체면의식을 민감하게 파악하는 일이 이만큼 중요하다.

한류와 한국에 대한 새로운 이미지

　한국인과 접촉이 잦아지고 한국 드라마를 보는 기회가 늘면서 중국인의 눈썰미가 좋아졌다. 택시를 타자마자 한국인임을 알아본 택시기사처럼, 중국인들은 대부분 단번에 한국사람과 일본사람을 구별한다. 한국이 중국과 수교한 1992년 겨울, 베이징 사범대학으로 유학을 가서 학교 옆 시장에서 달걀을 살 때의 일이다. 중국에서는 군고구마, 수박, 달걀을 모두 저울에 무게를 달아 가격을 매긴다. 달걀 한근(500g)을 사는데, 주인 할아버지가 "어디서 왔느냐?"고 물었다. "한국에서 왔다"고 하자, 할아버지가 "한국이 어느 성(省)이지?" 하고 되물었다. 난감했다. 하는 수 없이 "남조선"이라고 고쳐 말하자 할아버지는 그제야 고개를 끄덕였다. 사실, 그럴 만도 하다. 냉전으로 두 나라 사이의 교류가 단절된 반세기 동안, 한국인에게 중국은 '중공'이었고, 중국인에게 한국은 '남조선'이었다. 중국인에게 남조선은, 미국에 대항하여 북조선을 돕기 위해 참전했던 전쟁, 즉 중국인들이 '항미원조전쟁(抗美援朝戰爭)'이라 부르는 6·25 전쟁 때의 적국이자 미국의 식민지, '남조선 괴뢰'였다.

　그런데 이제 한국과 중국이 다시 만난 지 15년이 넘으면서 중국인에게 한국은 '남조선'이 아닌 '한국'으로 뚜렷하게 자리잡았다. 한류(韓流)가 유행하면서 중국의 대표적인 시사 주간지 『싼롄성훠(三聯生活)』가 실시한 여론조사에 나타난 한국의 이미지는 이렇다.

　• 가족: 한국 드라마의 가족 중시. 남성 중심

중국인의 한국 이미지에는 드라마가 큰 작용을 했다. 「대장금」의 포스터.

- 애정: 돈, 권력과 같은 세속적 가치보다 순수한 애정 중시

- 예절: 타인 배려, 겸손, 양보

- 몸: 헬스, 수영, 에어로빅을 통한 몸과 건강 중시

- 오락문화: 음주, 가무, 노래방, 가라오케

- 가요: 창조 정신과 자유 욕망

- 춤: 역동적

- 소비문화: 자가용, 휴대전화, 가전제품

- 음식: 불고기, 김치, 비빔밥, 냉면

- 패션: 옷, 신발, 가방, 액세서리, 화장

- 주택: 현대적 공간

- 민족성: 강인함

- 역사: 외세의 침략과 저항의 역사

- 유교: 교육, 질서, 조상숭배

- 한국정신: 강인성＋창조력＋집단성＋예절

이제 중국인들은 한국을 경제발전을 이룬 현대화된 나라, 전통과 현대가 조화를 이룬 나라, 민주화를 이룬 나라, 애국심과 민족 단결심이 강한 나라, 역동적이고 강인한 기질을 지닌 나라로 생각한다. 한국에 대한 긍정적 이미지가 형성되면서 최근 들어 한국음식이 중국에서 크게 유행하고 있다. 「대장금」이 폭발적인 인기를 누린 이후 더욱 그렇다. 그래서 한국인보다는 중국인을 겨냥한 한국식당들이 많아졌다. 베이징만 하더라도 '한라산' 같은 대규모 한국음식점들이 평일에도 초만원이다. 한국음식 가운데 불고기, 김치, 돌솥비빔밥, 삼계탕을 특히 좋아한다. 대중음악이나 특정 연예인 위주의 한류를 넘어서 이제는 한국문화 자체가 중국에 폭넓게 퍼져가는 것이다. 한국식 교육과 한국식 아파트, 심지어 한국식 사우나와 안마에 이르기까지 한국적인 것이 중국에 폭넓게 퍼지고 있다. 중국에서 한국문화가 유행하는 것은 일본문화와 비교해도 매우 이채롭다. 1990년대 초반, 일본 드라마, 일본 대중가요가 중국에 크게 유행했다. 하지만 일본문화는 주로 대중문화 차원에서 청소년들 사이에서만 유행했다. 그에 비해 한류는 중국 청소년들의 경우는 대중가요를, 성인들의 경우는 한국 가족드라마와 한국음식을 즐기는 등 그 폭이 매우 넓다. 한류는 중국인들이 한국을 새롭게 보고, 두 나라 사이에 오랫동안 존재하던 냉전의 벽을 허무는 데 중요한 촉매로 작용하고 있다.

세상의 중심 자금성

베이징 관광의 첫 코스는 당연히 천안문 광장과 자금성(紫禁城)이

베이징 여행 일번지인 자금성.

다. 자금성은 대개 남쪽 천안문 쪽에서 들어가는데, 남쪽에서 들어가는 것은 신하가 황제를 배알하러 가는 행로이다. 황제에게 머리를 조아리러 가는 것 같아 찜찜하다면 북문에서부터 볼 수도 있다. 어쨌거나 천안문과 자금성을 관광할 때 꼭 놓치지 말아야 할 것 두가지! 첫째, 자금성 뒤편의 징산(景山) 공원에 올라가서 자금성 내려다보기. 둘째, 천안문 정중앙과 국기게양대의 국기봉, 인민영웅 기념탑, 마오쩌둥 기념관 등의 중심을 관통하는 중심축선에 우뚝 서보기. 인공산인 징산 공원에서 자금성을 내려다보면 황금색 유리기와가 파도처럼 굽이치는 장관이 한눈에 들어온다. 천안문 광장 오성홍기 게양대가 있는 곳에 서보는 것은 베이징의 중심, 천하의 중심선이 자신의 몸을 관통하는 것을 경험하는 경이로운 체험이다. 그 선이 천하의 중심선인 것은 자금성과 베이징시 건축에 담긴 상징성 때문이다.

중국에서 황제는 하늘나라 천제(天帝) 옥황상제의 아들이다. 옥황상제는 북극성 주위 작은곰자리나 케페우스자리 등이 모여 있는 자미원(紫微垣) 혹은 자미성(紫微星)이라 불리는 곳에 산다고 한다. 황제는 바로 그 자미원, 자미성에서 내려온 사람이기에 그가 사는 지상의 궁궐에 '자(紫)'자를 붙였고, 황제가 사는 곳은 일반 사람들의 출입을 금한다는 뜻으로 '금(禁)'자를 덧붙여 자금성이라는 이름이 생겨났다. 황제가 사는 궁궐은 하늘의 북극성을 상징하고, 하늘의 천제와 지상의 황제 사이의 연계를 고려하여 궁궐이 설계된 것이다.

지금성과 천안문 광장을 둘로 나누는 중심선 역시 하늘이 북극성에서 남쪽으로 뻗은 자오선을 지상에 실현한 것이다. 그 중심축이 되는 선을 따라 북쪽으로 가면 자금성의 크고 작은 건물과 문 들의 중심을 관통할 수 있다. 황제가 앉던 자리 역시 그 중심축이 되는 선에 놓였다. 그리고 선을 따라 남쪽으로 가면 현대 중국의 황제 마오쩌둥이 자신의 기념관에 방부처리되어 그 중심축 선상에 누워 있다. 과연 상징의 제국 중국다운 건축술이다. 자금성 건물의 이러한 상징성은 방의 숫자에서도 보인다. 자금성 안에 있는 방을 전부 합하면 9,999.5칸이라고 한다. 이것도 하늘의 황제 옥황상제가 1만 칸의 집에 살아서 지상에서는 가장 크되, 옥황상제보다는 반 칸 적게 만들었다는 것이다(겸손하셔라, 지상의 황제시여!).

자금성 뒤편에는 큰 호수가 있다. 황제가 베이징 서쪽의 별장 이허위안(頤和園)까지 갈 때 배를 이용했는데, 그 출발점이 이 호수다. 남부 항저우(杭州)에서부터 쑤저우(蘇州), 난징(南京)을 거쳐 베이징까

베이징 스차하이의 아름다운 풍경.

지 이어지는 대운하의 종착지도 바로 이 호수다. 원나라 때부터 청나라 때까지 인근의 작은 자연 호수를 크게 개축하고, 넓게 파서 거대한 인공호수를 만들었다. 이때 파낸 흙을 쌓아 만든 인공산이 자금성 뒤편에 있는 징산 공원이다. 이 커다란 호수는 6개의 작은 호수로 되어 있는데, 보통 자금성 쪽에 있는 호수 세개를 합쳐 '첸하이(前海)'라 하고, 뒤쪽에 있는 세개의 호수를 '허우하이(後海)'라고 부른다. 첸하이는 황성 안에 있지만 허우하이는 황성 밖이다. 허우하이에서부터 과거 저녁마다 북을 쳐서 시간을 알리던 구러우(鼓樓), 그리고 천안문에 상대되는 디안먼(地安門)에 이르는 일대가 옛날 베이징의 모습을 체험하기에 더없이 좋은 곳이다. 일제 강점기 때 중국으로 피난왔던 신채호 선생과 시인 윤동주도 이 부근에 살았다.

　첸하이와 허우하이는 인딩차오(銀錠橋)라는 다리로 나뉜다. 인딩차오는 길이가 10여미터밖에 되지 않지만 아주 매력적이다. 「북경 자전거」에서 주인공이 자전거를 타고 쫓기다가 밀가루를 싣고 가는 트

인딩차오(위)와 그 위에서 바라본 호숫가(아래).

럭에 치여 곤두박질하는 골목이 바로 인딩차오 앞 골목이다. 인딩차오 일대는 예부터 베이징의 많은 문인이 즐겨 찾던 곳이다. 지방의 문인들도 과거를 보기 위해 베이징에 올 때면 호수와 멀리 보이는 자금성, 인근의 베이징 옛 전통주택들이 한데 어우러진 아름다운 풍광을 감상하기 위해 이 다리를 찾았다. 물론 당시 이 일대에 베이징의 유명한 기생집이 많이 몰려 있던 이유도 있었을 것이다.

자전거를 타고 후퉁을 여행하다

인딩차오에 서서 좌우로 경치를 바라보고 있으니 그 모양새가 영락없는 관광객의 모습이었던지, 이른바 '후퉁(胡洞) 투어'를 하는 자전거 인력거꾼들이 몰려들어 가격을 부른다. '후퉁'은 '우물'이라는 뜻의 몽골어에서 유래했다고 전해진다. 베이징에 신도시를 세웠던 원나라 때의 흔적인 셈이다. '후퉁'은 가옥 대부분이 목조건물이던 시절, 골목마다 화재에 대비해 가옥들 사이에 우물을 파고 길을 낸 데서 연유했다. 베이징은 바둑판 모양의 도시다. 그 사각형 내부를 골목길인 후퉁이 구불구불 관통한다. 예전에는 베이징에 7천여개의 후퉁이 있었다고 하는데, 지금은 3,900개 정도가 남아 있다. 그것도 대규모 도시 개발 때문에 1년에 약 6백개씩 사라진다고 한다. 후퉁 철거와 보존을 둘러싸고 중국 사회가 심하게 갈등을 빚고 있다. 후퉁 보존을 주장하는 사람들 중에는 한국의 청계천 복원 사례를 '반면선생'으로 들면서 개발논리를 내세우는 정부에 대항하기도 한다.

베이징 단체관광에서 빠지지 않는 것이 후퉁 체험이다. 후퉁이 관광 거리로 다시 태어난 것은 최근의 일이다. 자전거 인력거를 타고서 베이징의 옛 골목과 호수 주위, 그리고 사합원(四合院)이라고 부르는 베이징 전통주택을 돌아보는 후퉁 투어가 시작된 것이 1994년. 그런데 갈수록 인기다. 특히 베이징을 찾는 외국인 관광객들에게는 필수 코스가 되었다. 후퉁 투어를 전문으로 하는 여행사가 생겨나고, 외화벌이가 좋아 '후퉁 경제'라는 말도 만들어졌다. 베이징시 당국도 후퉁을 관광자원으로 활용할 방법을 모색하고 있다.

베이징의 관광명물인 자전거 인력거 투어.

후퉁 투어는 대부분 인력거를 이용하지만, 제대로 맛을 느끼자면 아무래도 자전거가 제격이다. 인딩차오에서 호수를 따라 조금 남쪽으로 가다보면 자전거를 대여해주는 곳이 있다. 먼저 보증금 300위안(약 3만 9천원)을 맡겨야 한다(중국에서는 물건을 대여하거나 호텔에 투숙할 때 보증금이 필수다. 보증금, 즉 중국어로 '야진押金'은 일종의 생활문화다). 2인용 자전거는 보증금이 500위안(약 6만 5천원)

후퉁 인근의 카페. 자전거를 타다가 들러 커피 한잔 마시기 좋다.

이다. 자전거 이용료는 한시간에 10위안(약 1,300원)이다. 30분이 지나면 한시간으로 계산한다. 그간의 개인적인 경험으로 보면, 자전거를 타고 단순히 호수 주변을 한바퀴 돌면서 호수 근처의 골목을 구경하는 데 한시간으로 충분하다. 그러나 자전거를 타고 가다 호숫가에 늘어선 분위기 좋은 까페에 들러 차나 맥주를 한잔 한다든지, 예전에 북을 쳐 시간을 알려주던 구러우 부근까지 나간다면 넉넉히 두시간은 잡아야 한다.

보증금 영수증을 단단히 챙겨넣고 호수 주변 길을 따라 자전거를 타고 나간다. 한쪽으로는 호수가 펼쳐지고, 다른 한쪽에는 까페가 길게 늘어서 있다. 베이징은 비가 귀하다. 그런데 이번에 베이징에 머무는 동안 연 사흘째 비다. 드문 일이다. 중국 중부지방까지 올라온 태풍의 영향이라고 해도 그렇다. 덕분에 늘 공해에 찌들어 뿌옇게 찌푸린 베이징 하늘이 모처럼 환해졌다. 더군다나 해가 서쪽으로 막 떨어질 무렵이니 자전거를 타고 호수 주위와 골목길을 누비기에 안성맞춤이다. 우선 호수를 따라 첸하이 쪽으로 방향을 잡았다. 거기에 가면 중국 전통건물에 중국식으로 실내장식을 한 미국산 커피 전문점 '스타벅스'가 있다. 전세계 스타벅스 체인점 중에서 아마도 가장 멋진 곳일 성싶은 그곳에서 커피를 한잔 할 참이다.

특별소비세의 대상이었던 자전거

커피를 마시고 나와 다시 자전거를 타고 본격적으로 후통 투어에 나선다. 영화 「북경 자전거」에서 베이징의 17살 청소년들이 자전거를 타고 무리지어 다니던 그 골목이다. 「북경 자전거」의 주인공 구웨이(추이린 분)는 시골에서 돈을 벌기 위해 베이징에 온 농민노동자, 즉 '농민공'이다. 영화는 이 소년 농민공이 베이징에서 성공하기 위해 안간힘을 쓰지만 결국은 시골 농민의 진입을 허락하지 않는 도시의 장벽에 부딪혀 좌절하는 과정을 담았다. 그가 베이징에 와서 성공을 하고 자기 꿈을 이루기 위한 수단이 바로 자전거다. 그는 자전거 퀵 써비스 회사에 취직하여 돈을 번다. 하지만 그렇게 자신의 모든 것이 달린 자전거를 어느날 도둑맞는다.

영화에서처럼 중국에서는 자전거를 잃어버리는 일이 흔하다. 특히 구웨이가 타고다니던 산악자전거 같은 좋은 자전거는 더 그렇다. 중국에서는 자전거도 자동차처럼 등록을 한다. 2003년에 베이징시가 베이징의 모든 자전거를 일제히 재등록시켜 번호판을 새것으로 교체한 것도 절도를 예방하고 분실시 회수를 쉽게 하기 위해서였다. 하지만 도둑맞은 자전거를 찾기란 거의 불가능하다. 그 많은 자전거 중에서 어떻게 찾겠는가. 중국 인구가 약 12억인데, 자전거는 6억대다. 두 사람당 한대꼴이다. 베이징시는 상주인구가 약 1,400만인데, 자전거는 천만대다. 그야말로 '자전거 도시'인 셈이다. 광저우 같은 곳에서는 자동차에 밀려나 자전거를 타는 사람이 10명 중 1명꼴로 줄어들었다지만 베이징에서는 아직도 자전거가 중요한 교통수단이다.

베이징은 언덕길이 없는 평지여서 자전거 타기가 수월하다. 차가 늘어나고, 어떤 곳은 자동차로와 자전거 전용로 사이의 차단물이나 둔덕을 없애버려 자전거 타기가 예전보다 위험해졌지만 그래도 답답한 시내버스를 타는 것보다는 훨씬 낫다. 자전거 교통 딱지를 떼이지 않기 위해서는 관련 법규를 잘 지켜야 한다. 역주행을 해서는 안되고, 어린아이를 제외하고는 사람을 뒤에 태워서도 안된다. 자전거 주차비도 있다. 방향을 틀 때는 미리 나아가는 방향 쪽으로 손을 뻗어야 한다. 그러지 않고 갑작스럽게 회전을 했다가 추돌사고라도 나면 앞사람이 전적으로 책임을 진다. 그뿐만이 아니다. 자전거를 사면 경찰서에 가서 세금을 내고 등록하고 번호판을 받아야 한다. 번호판이 없으면 불법 자전거다. 지역에 따라 다르지만 베이징의 경우 매년 한대당 4위안(약 520원)씩 자전거세를 징수해오다가 2004년에 폐지했다. 개혁개방 이전인 마오쩌둥시대에는 자전거가 재봉틀, 손목시계와 함께 중국인들이 선망하는 3대 가정용품이었을 정도로 부의 상징이었다. 그래서 분배정책의 일환으로 자전거를 가진 사람에게 일종의 특별소비세 같은 성격의 자전거세를 매년 징수했는데, 이제 마이카 붐이 일 정도로 부유해진 터라 굳이 자전거에 특별소비세를 부과할 필요가 없어진 것이다.

네모와 동그라미의 나라 중국

영화에서 자전거를 타고 누비는 후통 내 집들은 전형적인 베이징 전통주택 양식인 사합원으로, 성냥갑 같은 사각형으로 되어 있다. 중국 주택의 특징은 공간 구성이 매우 폐쇄적이며 외부가 아니라 내부를 향한다는 점이다. 공간을 사각형으로 둘러싸서 외부로부터 내부를 보호하는 구조를 지니고 있다. 이러한 내부지향의 구조는 외부의 간섭과 침입을 막고 독자적 영역을 확고하게 설정하는 방어적 성격을 지닌다. 너무도 넓은 땅에 살아서 역설적으로 이런 관념이 생겼고, 끊임없는 외부의 침략——국가적으로든 개인적으로든——에 대비하기 위한 고려이기도 하다.

사합원에 들어가면 바로 마당이 보이는 것이 아니라 손님을 가로막는 벽이 중앙에 떡 버티고 서 있다. 이른바 영벽(影壁)이다. 영벽의 역할은 대략 이런 것들이다. 우선 영벽은 직진밖에 못하는 귀신이 집안에 들어오는 것을 막기 위한 고려였다고 한다. 그런가 하면, 영벽이라는 이름 그대로 거기에 자신을 비추어보고 옷매무새를 가다듬는 역할을 하기도 했다. 또한 드나들 때 거기에 씌어 있는, 대개 행운을 비는

베이징의 전통주택. 사각형의 폐쇄적인 형태가 특징이다.

글귀들을 보면서 마음을 편하게 갖도록 하기 위한 고려도 있었다.

베이징은 바둑판 모양으로 된 격자 도시이다. 도시 전체가 사각형
의 연속으로 이루어졌다. 왜 그럴까? 몽골족이 한족의 무대인 곳에 원
나라를 세운 뒤, 세조 쿠빌라이 칸은 측근 유병충(劉秉忠)에게 명을
내렸다. 자신들의 정복이 천명을 받아 이루어진 것이라는 이데올로기
적 정통성을 확립할 방도를 찾게 한 것이다. 지금은 국민에게서 정권
의 정통성이 나오지만 과거에는 하늘에서 정통성이 나왔다. 그런 정
통성을 확보하려는 작업, 아니 자신들이 천명을 받은 정통성을 지닌
왕국이라는 것을 내세우기 위해서 정복 왕조 원나라는 새롭게 수도를
건설했다. 더구나 대거 남하하는 북방 유목민족이 살 집을 마련하기
위해서도 새로운 도시 건설이 절실했다. 몽골족 쿠빌라이는 한족 세
계를 무너뜨린 뒤 자신의 정통성을 전시하고 한족을 안정되게 지배하

영벽. 귀신이 들어오지 못하게 하는 벽이라는 설이 있다.

기 위해서 한족의 전통적 세계관을 토대로 새로운 수도를 베이징에 건설한 것이다(지혜로워라, 오랑캐여!).

수도를 어떻게 건설할지에 대해서는 고대부터 『주례(周禮)』에 상세하게 규정되어 있다. "도시는 장방형으로 각 변마다 9리이며, 네 변의 성벽 위에는 각각 3곳의 성문을 내고, 도로의 폭은 마차 아홉대의 폭과 같게 한다"는 등의 내용이다. 이 원리에 따라 지어진 중국의 고대도시가 창안(長安, 지금의 시안)과 베이징이다. 물론 베이징은 이 원리를 더욱 충실하게 따른 신도시로 건설되었다. 하늘의 원리를 땅에 구현하여 우주의 질서와 지상의 질서를 조응시키고 자신의 왕국이 하늘과 감응한다는 세계관을 건축으로 구현하여 건설한 도시가 베이징이자 자금성이다.

중국인들에게 '하늘은 둥글고 땅은 네모지다'는 천원지방(天圓地方)은 전통적인 세계관이자 삶의 원리다. 베이징이라는 도시도, 하늘의 아들이 사는 자금성도, 그리고 황제가 하늘에 제사를 지내던 톈탄

(天壇)의 탑도 이 원리에 따라 세워졌다. 탑의 둥근 외형은 하늘의 원리를 상징하고 탑 안의 네모난 돌은 땅의 원리를 상징한다. 그런가하면, 땅의 원리인 네모 모양을 따라 도시를 만들고 집을 지었다. 황제가 사는 자금성만이 아니라 보통 사람들이 사는 주택도 그러했다. 베이징의 전통주택 사합원이 그러하다. 「북경 자전거」의 무대이자 베이징 관광에서 빼놓을 수 없는 코스가 된 '후통 투어' 지역이 이런 전통주택 밀집지역이다.

'천원지방'의 원리는 도시설계나 건축물에만 해당하는 것이 아니다. 이는 중국인의 행동철학에서 '내방외원(內方外圓)'으로 나타나기도 한다. 자기를 가다듬고 규율하는 데는 네모의 원리에 따라 반듯하고 곧아야 하지만, 다른 사람과의 관계나 사회생활에서는 늘 남들과 조화를 이루며 원만해야 한다는 행동철학이다. 중국인들은 '안으로 네모나고 밖으로 둥근' 사람을 최고로 친다. 땅의 네모 원리는 궁극적으로 하늘의 동그라미 원리에 따라야 하지만 모순되어 보이는 네모의 원리와 동그라미의 원리는 일상생활에서 늘 함께한다. 베이징시가 간선도로를 확장하면서 고집스럽게 2환(環)부터 8환까지 원형의 순환도로를 만들어 네모로 이루어진 도심을 감싸는 도로를 내는 것도 우연이 아니라 '하늘은 둥글고 땅은 네모지다'는 세계관의 연장이다. 하여, 중국은 네모와 동그라미의 나라다.

찬것을 싫어하는 중국인

자전거를 타고 후통을 드나드는 재미에 빠져 골목을 한참 돌다가 그만 길을 잃었다. 조그만 골목에 갇혀 어디가 동쪽이고 어디가 남쪽인지 도대체 분간이 되지 않는다. 구불구불 연결된 골목을 돌다보면 가끔 이런 일이 생긴다. 마침 양고기꼬치를 굽고 있는 사람이 눈에 들어왔다. 불 같은 여름 태양이 기울면 베이징사람들은 너나없이 골목으로, 거리로, 공원으로 나온다. 공원에서는 서로 어울려 춤을 추기도 하고, 골목에서는 삼삼오오 모여앉아 마작이며 장기며 포커를 즐긴다. 그러다가 하나에 1위안(약 130원) 하는 양고기꼬치에 맥주나 얼궈퉤를 마시는 것이 하루를 정리하는 최고의 낙이다.

골목에서 길을 잃어 길을 물어본 댓가로 숯불에 구운 양고기꼬치 다섯개와 맥주 한병을 사서 꼬치구이 화로 옆에 쭈그리고 앉았다. 이런 데서 먹는 양고기꼬치가 번듯한 식당에서 먹는 것보다 세배는 맛있다(중국인들 특유의 과장을 섞자면!). 최근에는 베이징정부에서 공기를 정화한다면서 거리에서 숯불 꼬치구이 굽는 것을 단속해서 이런 재미를 누리기도 점점 어려워졌다. 양고기꼬치는 좋은데 여름날의 후끈한 열기에 덥혀진 맥주는 질색이다. 중국인들은 찬것을 싫어한다. 찬것이 속에 좋지 않다고 생각해서다. 그래서 맥주도 수박도 차게 해서 먹지 않는다(가끔 중국인들과 회식하는 자리에서 중국인들의 술 공격에 대비한 선제공격으로 폭탄주를 돌리는 경우가 있다. 이때 중국인들이 싫어하는 차디찬 맥주에 중국 고량주를 섞은 폭탄주를 돌리면 중국인들은 우선 심리적으로 녹다운된다). 중국 식당에서 찬 음료를 원할 경우 주문할 때 찬것을 달라고 일부러 말을 해야 한다.

화로 옆에 쭈그린 채 양고기꼬치와 따끈한 맥주를 병째로 마시고서 다시 자전거를 탔다. 중국에서 가장 자전거 타기에 좋은 시간은 해가 막 떨어지고 아직 채 어둠이 깔리기 전의 시간이다. 지금이 딱 그렇다. 자전거 도로 양측으로 플라타너스가 우거진 길이라면 더 좋겠지만 마지막 남은 노을이 엷게 물든 후퉁도 매력 만점이다.

베이징에 몰려드는 농민공들

우리나라에도 자전거타는 사람들이 많아졌다. 그런데 어찌보면 우리나라 라이더들의 모습은 참 불쌍하다. 고급 산악자전거에 라이더 전용 복장을 하고 마스크까지 동원하여 중무장을 하고 탄다. 그런데 중국인들은 정장 차림을 한 채로 허름하기 짝이 없는 자전거를 타기도 한다. 자전거타기가 나날의 일상이자 생활이어서 그렇다.

그런데 사회주의 시장경제시대의 기관차인 베이징에 자전거가 일상의 도구를 넘어 자신의 삶의 전부인 새로운 중국인이 등장했다. 영화 「북경 자전거」의 주인공 구웨이다. 그에게 자전거타기는 생존 그 자체이고, 베이징에서 살아남기 위한 유일한 버팀목이다. 베이징은 구웨이처럼 시골에서 온 농민공들로 넘쳐난다. 베이징 인구 중 시골에서 온 농민공과 같은 유동인구가 300만이다. 네명 중 한명은 베이징에 주민등록, 이른바 '후커우(戶口)'가 없는 사람들이다. 이 숫자는 해마다 30만명가량씩 늘어난다. 사회주의 정권이 들어서고 중국정부는 법적으로 거주이전의 자유를 제한하는 주민등록제도를 실시했다. 모든 국민은 고정된 거주지에 등록을 해야 하는데, 그 종류는 농업 주민등록과 비농업 주민등록 두가지였다. 마오쩌둥시대에는 주민등록제도를 철저하게 지켰다. 예컨대 시골 출신이 베이징의 대학을 졸업해도 2년 안에 베이징에서 직장을 잡지 못하면 다시 시골로 돌아가야 했

구웨이에게 자전거는 생존의 유일한 버팀목이다.

다. 농촌 인구가 도시로 유입되는 것을 철저하게 차단한 것이다.

그런데 1990년대 초반 사회주의 시장경제 정책이 도입되고, 돈을 벌기 위해 많은 농민들이 도시로 몰려들면서 농민공 문제가 심각해졌다. 이들은 도시의 불법거주자들이다. 이들이 베이징 시민이 되는 길은 막혀 있다. 때문에 의료보험 혜택을 받을 수 없고, 자녀를 학교에 보낼 수도 없다. 물론 돈이 있으면 가능하다. 돈만 있으면 주민등록을 문제삼지 않는 사립 귀족학교에 보내거나 공립학교에 거액의 특별 기부금을 내고 입학할 수 있다.

하지만 돈을 벌기 위해 베이징에 와서 막노동을 하거나 노점상을 하는 사람들에게 그만한 돈이 있을 리 없다. 최근 통계를 보면 농민공의 월수입은 평균 600위안(약 7만 8천원)이다. 월수입이 300위안(약 3만 9천원)에 불과한 사람도 수두룩하다. 그마저 추석 같은 명절 때까지 체불되기 일쑤다. 2005년에 농민공 왕빈위(王斌余)가 사형을 당한 사건을 계기로 중국이 들끓었던 것도 이 때문이다. 왕빈위는 체불임금 때문에 사업주 측과 다투다가 4명을 살해한 죄로 사형선고를 받았다. 그러자 인터넷과 언론들이 그에 대한 사형선고가 정당한지 여부를 두고 문제를 제기했다. 한 인민대표회의 위원(국회위원)은 "공산당이 집권하는 곳에서 왕빈위를 총살해서는 안된다"면서 사형판결에 항의하기도 했다. 요즘 중국 대도시를 새롭게 탈바꿈하는 공사현장의 인부 대부분은 농민공이다. 농민공의 피와 땀이 도시를 나날이 새롭게 변신시키고 있지만 도시인들은 그런 사실을 간과한 채 농민공들 때문에 치안이 불안해졌다고만 불평한다. 농민공의 값싼 노동력은 이용하면서 법적으로 주민등록 취득의 기회를 박탈해 도시 진입을 막는 이중적인 상황이 벌어지고 있는 것이다. 농민공문제는 중국 사회의 그늘이자 뇌관인 셈이다. 최근 들어 중국 문학계에서 이들의 비참한 처지와 고통을 담은 이른바 '기층문학'과 '노동문학', 그리고 80년대 우리나라의 박노해 시 같은 '노동시'가 새롭게 대두하고, 노동운동이 새롭게 일어난 것도 이런 현실 때문이다.

한대의 자전거, 두가지 의미

영화에서 농민공 구웨이는 자전거 퀵 써비스 일을 한다. 배달할 때마다 10위안(약 1,300원)을 받는데 그중 8위안(약 천원)은 회사 몫이고, 그에게 돌아오는 것은 나머지 2위안(약 260원)이다. 2위안을 차곡차곡 모아 600위안(약 7만 8천원)이 되면 회사 소유의 자전거가 자기 것이 되고 회사와 수입을 5:5로 나누게 된다. 하루라도 빨리 자전거를 갖기 위해 구웨이는 베이징 곳곳을 죽어라고 달린다. 600위안만 모으면 최고급 산악자전거가 자기 것이 되고 수입도 절반씩 나누게 되니 금방 돈을 벌 수 있을 것이라는 꿈에 부풀어 있다. 드디어 그날이 하루 앞으로 다가왔다. 그런데 하필 그날 사건이 터진다. 퀵 써비스 물건을 배달하러 싸우나에 들어갔다 나온 사이 자전거가 없어진 것이다. 베이징에서 성공할 밑천이자 그의 전부인 자전거, 오늘만 일하면 자기 것이 되는 자전거가 사라져버린 것이다.

중국의 성장통은 치유될 것인가

구웨이는 자전거를 찾아 베이징 시내를 뒤지다가 한 학생이 도둑맞은 자기 자전거를 갖고 있는 것을 발견한다. 베이징의 동갑내기 17살 소년 지안(리빈 분)이다. 지안은 전통가옥 사합원에 사는 평범한 가정 출신이다. 하지만 아버지와의 관계가 썩 좋지 않다. 아버지가 재혼하여 이복여동생이 있다. 아버지는 공부 잘하는 여동생에게만 관심이 있다. 자전거를 사준다는 약속을 매번 어기자 지안은 아버지 돈을 훔쳐 자전거를 사는데 그 자전거가 바로 구웨이가 도둑맞은 자전거였다. 이때부터 자전거 한대를 두고 17세 동갑내기 사내아이들의 뺏고 뺏기는 일진일퇴가 거듭된다. 농촌에서 올라온 구웨이에게는 자기를 도와줄 친구가 없지만 베이징에 사는 지안에게는 도와줄 친구가 여럿 있다. 친구들이 나서서 구웨이에게서 자전거를 빼앗으려 한다. 하지만 구웨이는 두들겨맞고 짓밟히면서도 손에서 자전거를 놓지 않는다. 지안의 친구들은 그 모습에 질려서 자전거를 가져가는 대신 돈을 내라고 한다. 처음에는 500위안을 요구했다가 300위안까지 값을 내리지만 구웨이는 응하지 않는다. 구웨이에게 자전거는 돈으로 바꿀 수 없는 자기 몸의 일부인 까닭이다.

방법이 없자 양측은 하는 수 없이 합의를 한다. 두사람이 하루씩 번

갈아가면서 자전거를 타는 것이다. 「천국의 아이들」이라는 이란 영화에서 오누이가 헌 운동화를 번갈아신으며 학교에 가듯이, 둘이서 자전거를 교대로 나누어탄다. 그러던 중 지안에게 사건이 터진다. 지안은 원래 한 여학생을 마음에 두고 있었지만, 접근할 방법을 찾지 못하고 있었다. 그런데 지안이 새 자전거를 타고 나타나자 그 여학생이 "자전거가 멋있네"라고 말을 걸어오고, 둘은 빠르게 가까워진다. 하지만 이제 자전거를 둘이서 나누어타게 되자 여자친구가 떠나가버린다. 훨씬 좋은 자전거를 타고서 더 멋진 묘기를 부릴 줄 아는 선배에게로 간 것이다.

영화에서 두 동갑내기 17살 소년에게 자전거는 각기 다른 의미를 지닌다. 농민공 구웨이에게는 생계의 수단이자 베이징 세계에 진입할 수 있는 입장권이어서 소중하다. 그런가 하면 베이징의 방황하는 청소년 지안에게 자전거는 짝사랑하던 여자를 사귀게 해주고, 또래 친구들과 어울려 묘기를 부리면서 멋지게 폼을 잡을 수 있게 해주는 것이어서 소중하다. 자전거가 한쪽에게는 생계이고 다른 한쪽에게는 오락과 정신적 만족, 자존심의 대상이다. 이를 중국정부가 즐겨 쓰는 용어를 빌려 표현하자면, 구웨이는 아직 먹고사는 문제를 해결해야 하는 '온포(溫飽)' 단계에 처해 있고, 지안은 그 단계를 지나 정신문명을 추구하는 '소강(小康)' 상태에 있다. 자전거에 대한 의미는 다르지만 두 사람에게 자전거는 페티시즘의 대상이라고 해야 할 정도로 목숨만큼 소중하고 절대적인 가치를 지닌 대상이다.

여자친구를 빼앗기고 더구나 여자친구의 새 애인에게 모욕까지 당한 지안은 복수할 것을 결심한다. 지안은 여자친구를 빼앗아간 그의 머리를 벽돌로 찍은 뒤 "이제 자전거가 필요없으니 네가 타라"면서 구

지안에게 자전거는 여자친구를 사귀게끔 해준다.

웨이에게 자전거를 양보한다. 폭행을 당한 여자친구의 새 애인과 그의 친구들이 쫓아오고 자전거의 공동 주인이던 지안과 구웨이는 그들에게 붙잡혀 얻어맞는다. 자전거 역시 형편없이 짓밟힌다. 그들 중 하나가 구웨이의 자전거를 부수자, 이번에는 구웨이가 벽돌을 들고 달려들어 그 아이의 머리를 찍는다. 영화의 마지막 장면, 옷이 다 찢어지고 피투성이가 된 구웨이가 부서진 자전거를 어깨에 메고서 천천히 횡단보도를 건넌다.

구웨이는 결국 베이징 사회에 진입하지 못했다. 그가 부잣집 여자인 줄 알고 흠모하던 옆집 여자가 비슷한 처지의 시골 출신 가정부로 밝혀져 그의 환상이 깨져버렸듯이, 베이징 세계에 진입하려는 그의 꿈도 깨져버렸다. 자전거가 있어야 베이징에서 살 수 있고, 베이징에서 꿈을 실현할 수 있지만 자전거는 결국 형편없이 뭉개져버렸다. 도시는 그를 이용하고 착취하기만 할 뿐이다. 영화에 나오는 대사처럼 도시는 "시골 출신이라면 무조건 가지고 놀려고만 한다." 베이징은 17살 농민공에게 진입을 허락하지 않는다. 17살 베이징 소년 지안에게는 자전거로 시작되었다가 다시 떠나버리는 사랑의 기쁨과 아픔은, 청소년기 성장 과정에서 흔히 겪을 수 있는 성장통일 수 있다. 그렇다면 동갑내기 농민공 소년 구웨이에게도 그 같은 고통과 좌절이 성장 과정에서 겪기 마련인 하나의 성장통일 수 있을까.

후진타오(胡錦濤)정부는 베이징이나 상하이 같은 소강 수준의 사회가 중국 전역에 전면적으로 실현되는 것을 목표로 내세우고 있다. 구웨이와 지안이 자전거를 하루씩 번갈아가며 타다가 서로 통성명을 하고 마음을 열듯이, 중국에서 농촌과 도시가 통성명을 하고 상생발전하는 길을 가고, 사회주의 시장경제의 혜택이 농촌이나 도시의 농민공들에게도 돌아간다면, 구웨이가 겪은 고통과 좌절은 훗날 하나의 성장통으로 기억될 수 있을 것이다. 하지만 후진타오 체제가 '신농촌' 운동을 펼치고 고루 잘사는 '조화사회'를 내걸고 있지만 농촌과 도시 간의 소득격차, 계층간의 소득격차는 더욱 확대되고 있다. 사회주의 시장경제는 구웨이 같은 17살 농민공 청년에게 과연 희망을 줄 수 있을 것인가? 다 부숴진 자전거를 어깨에 걸치고 베이징 거리를 걷는 숱한 구웨이들에게 중국정부는 어떤 희망의 처방을 내놓을 수 있을 것인가? 베이징 여행에서 자전거나 인력거를 타고서 허우하이 호수의 멋진 경치와 고풍스러운 후퉁, 그리고 전통가옥 사합원의 매력에 취하는 것도 좋지만, 그 골목 어딘가에서 죽도록 맞고 피흘리면서도 결코 자전거를 놓지 않던 17살 농민공 소년의 절규를 한번쯤 떠올려볼 일이다.

베이징

황하

창강

상하이

타이완

홍콩

03
상하이
上海

신여성들의 신천지는 없었다

완령옥 색 · 계
阮玲玉 色 · 戒

● 완령옥 阮玲玉, 1991
　관진평 關錦鵬 감독
　장만위 張蔓玉 · 량자후이 梁家輝 주연

● 색 · 계 色 · 戒, 2007
　리안 李安 감독
　량차오웨이 梁朝偉 · 탕웨이 湯唯 주연

안개낀 야경의 와이탄

상하이는 현대 중국의 상징이다. 중국의 모던이 이곳에서 싹텄다. 현대문명과 현대문화가 상하이에서 시작되어 내지로 퍼져갔고 중국 공산당이 이곳에서 창당되었다. 상하이는 현대 중국의 발상지다.

상하이에 오면 늘 먼저 와이탄(外灘)에 온다. 가랑비가 슬쩍 지나가더니 저녁안개가 엷게 내렸다. 황푸(黃浦)강변을 따라 늘어선 건물의 조명 불빛이 안개를 따라 너울거린다. 안개 때문에 흐릿한 야경이 꿈속 같다. 와이탄은 상하이의 관문이다. 예전에는 와이탄이 상하이의 동쪽 끝이었지만, 지금은 사정이 달라졌다. 푸둥(浦東) 지역이 개발되면서 황푸강이 상하이의 과거와 현재, '뉴 상하이'와 '올드 상하이'를 나누는 경계가 되어버렸다. 중국으로 들어가는 관문이 상하이라

상하이 푸둥. 신개발지역으로 상하이의 미래를 상징하는 곳이다.

면 상하이의 관문은 와이탄이다. 와이탄은 상하이 동쪽 바깥, 즉 황푸
강 동쪽 강둑길을 따라 남북으로 길게 나 있다. 쑤저우허(蘇州河)와
황푸강이 만나는 곳에 걸린 멋진 철제다리 와이바이두(外白渡)교에서
부터 시작하여 남쪽으로 1.5킬로미터가량 이어진 길이 와이탄이다.

이 길을 따라 남쪽으로 걸어가면 상하이의 과거와 현재, '뉴 상하
이'와 '올드 상하이'를 한눈에 볼 수 있다. 황푸강 동쪽으로는 사회주
의 시장경제시대를 맞아 화려하게 부활하는 '뉴 상하이'가 있다. 푸둥
신개발 지역이다. 높이 468미터짜리 텔레비전 송신탑 둥팡밍주 타워
(東方明珠塔)와 상하이에서 가장 훌륭한 빌딩으로 손꼽히는 88층짜리
진마오 빌딩(金茂大廈)이 눈길을 사로잡는다. 덩샤오핑(鄧小平)이 푸
둥 지역 개발을 지시해 상하이 푸둥 신개발지 공사가 시작된 1990년 4

월 이전까지 이곳은 황무지나 다름없었다. 그런데 지금은 상하이의 미래를 상징하는 곳으로 탈바꿈했다. 2010년에 이곳에서 상하이엑스포가 열린다. 확장공사를 마친 신공항과 아시아 최대규모의 항만도 푸둥 지역에 있다.

화려한 신식 건물이 늘어선 푸둥 지역의 뉴 상하이 맞은편, 그러니까 황푸강 서쪽으로 올드 상하이가 있다. 상하이의 화려했던 과거를 상징하는 건물들이 줄지어 늘어섰다. 1872년에 네오 르네상스 양식으로 세워진 옛날 영국 총영사관(현 상하이시 제2청사) 건물을 시작으로 100여년의 역사를 간직한 멋진 서구식 건축물들이다. 1937년에 지어진 중국은행, 1929년에 세워진 허핑호텔(和平飯店), 1927년에 세워진 상하이 세관, 1923년에 건축된 홍콩상하이은행(HSBC) 상하이지점 등 18채의 건물이 경쟁하듯 줄지어 섰다. '억만불짜리 스카이라인'을 이루는 이 서양식 옛 건축물의 행렬은 1920∼30년대 상하이의 전성시대, 올드 상하이의 진면목을 유감없이 보여준다. 와이탄의 절정은 야경이다. 저녁이 되면 이들 건물에 화려한 조명이 들어오고, 오색의 조명을 받은 고색창연한 석조건물이 장관을 이룬다.

중국인과 개는 들어갈 수 없다

상하이의 상징인 '억만불짜리 스카이라인'은 상하이 식민역사의 산물이다. 아편전쟁(1840)에서 승리한 댓가로 영국, 미국, 프랑스는 1845년부터 상하이를 나누어 차지한다. 조계지(租界地)를 정하고 치외법권 지역을 선포하여 상하이에 자신들의 나라를 세운 것이다. 독

황푸 공원. 1928년까지 중국인은 이 공원에 출입할 수 없었다.

자적인 행정기관을 설립하고, 자신들의 법률에 따라 그 지역을 관할했다. 처음 조계가 설치되었을 때 중국인은 조계지역에 출입할 수도 없었다. 1868년 와이탄이 시작하는 북쪽 끝에 황푸 공원이 생겼다. 상하이에 세워진 첫 공원이었다. 그런데 이 공원에 중국인은 출입할 수 없었고, 1881년 몇몇 중국인이 항의하자 당시 조계정부는 '상등 중국인(上等華人)'중 허가를 받은 자에 한하여 출입할 수 있다고 했지만 허가를 내준 적은 없었다. 그후 1885년 들어서는 아예 공원 이용시 주의사항을 적은 안내판에 '중국인과 개는 들어갈 수 없다'(華人與狗不准入內)고 적었다. 이런 굴욕적인 출입금지는 1928년까지 계속되었다. 제국주의가 중국을 한창 유린하던 시절, 영국과 미국, 일본인들 눈에 중국인은 사람이 아니었다. 그들에게 한없이 더럽고 게으르고 무지하고 어리석게만 보이는 중국인은 아직 인간 이하의 단계에서 사람의 자격을 획득하지 못한 축생일 뿐이었다. 이렇듯 공원 입구에 중국인과 개는 들어갈 수 없다는 간판을 내걸고 난징에서 수십만명을 살해한 것은 그들 눈에 중국인이 사람으로 보이지 않았기 때문이다. 하기야 어디 영국이나 미국, 일본만 그러할 것인가. 예나 지금이나 침략자, 제국주의자들에게는 원주민과 식민지사람들은 인간 이하의 동물이다. 그런 가운데 그들이 저지르는 끔찍한 만행은 인간 이하의 삶을 사는 야만인들에게 인간의 삶을 전하고 문명을 전파하는 행위로 둔갑하곤 한다. 상하이 와이탄의 화려한 불빛에는 영국과 미국에 개 취급을 당하던 중국인의 굴욕이 서려 있다. 상하이 모던의 화려함에는 식민의 어두운 그림자가 동전의 양면을 이루고 있다. 물론 이제 그 굴욕의 상징인 와이탄 황푸공원에는 인민영웅기념탑이 세워지고, 그 치욕과 굴욕을 씻어내려는 듯 중국이 비상하고 있으며, 그렇게 비상하는 중국의 선두에 상하이가 있다.

올드 상하이 열풍에 휩싸이다

요즘 중국에서는 올드 상하이 열풍이다. 1920~30년대 상하이를 소재로 한 사진, 책, 영화, 드라마가 쏟아져나오고, 당시를 재현한 거리와 식당, 재즈 바, 커피숍, 댄스홀이 대유행이다. 상하이는 1910년대 말부터 전성기를 맞아 1930년대에 절정에 이른다. 아편전쟁에서 패한 뒤 청나라는 홍콩을 영국에 할양하고 광저우 등 5개 항을 개항하기로 조약을 체결했다. 이렇게 개항한 5개 도시 가운데 창강(長江)과 바다가 만나는 교통 요충지인데다 풍부한 생산력을 갖춘 강남을 배후 지역으로 둔 상하이에 서구인들이 몰려들었다. 그리고 불과 3,40년 만에 상하이는 중국에서 제일가는 도시, '동양의 빠리'가 되었다.

당시 상하이는 동아시아에서 가장 근대적인 도시였다. 풍부한 경제력을 바탕으로 서구 근대문화를 가장 빨리 받아들인 지역이었다. 상하이 거리에는 한편으로는 선진적이고 세련되면서 다른 한편으로는 퇴폐적이고 세기말적인, 다소 이중적인 상황이 펼쳐졌다. 그것이 조

상하이 와이탄. 서양식의 옛 건축물은 올드 상하이의 진면목을 보여준다.

숙한 근대 도시이자 식민지 도시인 상하이의 숙명이었고, 그 숙명이 상하이의 독특한 매력을 만들어냈다. 올드 상하이는 바로 그런 매력을 지닌 곳이다. 최고급 음악회와 초대형 신식 영화관, 경마장과 댄스홀, 아편굴, 기생집과 매춘굴, 서커스 등이 상하이의 상징이었다.

그런 동양의 빠리가 침체의 길로 접어든 것은 중일전쟁이 발발한 후, 특히 1941년 영미 공동조계와 프랑스 조계가 일본군에 점령당한 뒤부터다. 그러다 일본이 패전하고 1949년 공산정권이 들어서면서 올드 상하이의 전성시대는 막을 내린다. 요즘 중국에서 올드 상하이 열풍이 부는 것은 그렇게 막을 내린 상하이의 전성기가 다시 도래하고 있기 때문이다. 1992년 사회주의 시장경제 정책이 채택된 이후 상하이가 빠르게 발전하면서 다시금 옛 영화를 되찾고 있다. 아마도 2010년 상하이엑스포를 전후하여 상하이는 제2의 전성시대를 맞을 것이다. 19

세기에 빠리가 세계 제1의 도시였고, 20세기에 뉴욕이 그러했다면, 21세기에는 상하이가 세계 제1의 도시가 될 것이라는 이야기도 나온다.

절정의 상하이를 재현한 영화 「완령옥」

관진펑 감독의 영화 「완령옥」(중국어로 「롼링위」)은 올드 상하이 전성시대에 상하이 영화계의 최고 여배우이던 롼링위의 생애를 다룬 다큐멘터리 형식의 영화다. 롼링위는 16세에 영화계에 데뷔해 상하이 최고의 여배우가 된 뒤 올드 상하이의 절정기인 1935년에 25세의 나이로 생을 마감했다.

영화가 다루는 롼링위의 마지막 6년은 상하이의 절정기였다. 영화는 그런 절정기의 상하이를 다큐멘터리 기법으로 여실하게 재현한다. 이 영화가 중국인은 물론 해외 관객에게 호응을 받은 이유 중 하나가 바로 올드 상하이에 대한 향수를 자극한 덕이다. 영화는 상하이 영화계를 중심으로 당시 영화인의 사교문화와 댄스 홀, 옛 노래, 신여성이 즐겨 입던 치파오(旗袍) 등을 생생하게 재현한다.

영화에서 롼링위와 그의 동료 영화배우들이 자주 드나들던 댄스 홀이자 롼링위가 마지막으로 춤을 춘 곳이 파라마운트 홀(Paramount Hall), 중국어로 바이러먼(百樂門)이다. 이곳은 위안루(豫園路)와 화산루(華山路)의 교차지점에 있다. 1931년에 짓기 시작하여 1933년에 문을 연 이곳은 공산정권이 들어서고 문을 닫았다가 2002년 한 타이완 기업인이 2,500만 위안(약 30억원)을 투자해 30년대의 모습을 복원했다. 4층으로 되어 있고 차와 술을 파는데 30년대에 상하이에 유행하

바이러먼(왼쪽)과 올드 상하이 여배우들의 모습(오른쪽).

던 재즈음악을 연주하고 당시 유행하던 춤도 가르쳐준다. 치파오를
입은 아가씨들이 영화에서 롼링위가 두손을 옆으로 모아서 추던 춤을
재현하기도 한다. 혁명에 의해 지워진 올드 상하이가 시장경제시대
자본의 힘으로 다시 복원된 것이다. 입구에 올드 상하이 시절 유명 여
배우들 사진을 내걸어놓는 등 당시를 재현하려고 애쓴 모습이 역력하
다. 200위안(약 2만 6천원)을 내면 차를 마시며 잠시 30년대 올드 상하
이를 느껴볼 수 있는 곳이다.

사람들 말이 무서웠던 배우의 자살

한 시대를 상징하는 유명 배우였던 롼링위는 어머니가 부잣집 하인
으로 들어간 덕에 주인의 도움을 받아 여학교를 다닌 신여성이었다.
그러던 중 주인집 아들 장다민(張達民)이 그녀를 마음에 두게 되고,
이를 안 주인은 롼링위 모녀를 쫓아냈다. 롼링위는 생계가 막막해지

자 학교를 그만두고 배우의 길로 들어선다. 그리고 신식교육을 받은 신여성 역할을 실감나게 연기해 순식간에 최고의 배우가 된다. 그 사이 롼링위는 주인집 아들과 동거를 했다. 주인집 아들은 갑자기 죽은 아버지로부터 많은 재산을 물려받지만 술과 노름으로 탕진하고 롼링위에게 돈을 요구했다. 결국 1933년, 두 사람은 동거를 끝내고 각자의 길을 간다. 그로부터 4개월 뒤, 롼링위는 광둥성 출신의 사업가와 사귀기 시작한다.

그런데 옛 주인집 아들이 롼링위를 가만 내버려두지 않았다. 그는 계속 돈을 뜯어갔고, 1935년엔 마침내 롼링위와 새 애인을 간통죄로 법원에 고소했다. 상하이 최고의 여배우가 간통죄로 고소당하자 신문은 연일 그 뒷이야기를 자신들의 입맛에 맞게 가공해 보도했다. 한동안 롼링위 집 앞에 사람들이 구름처럼 몰려들었다.

언론과 사람들의 입방아에 지친 롼링위는 결국 다량의 수면제를 복용하고 자살한다. 그녀가 죽은 날은 1935년 3월 8일, 바로 세계 여성의 날이었다. 롼링위는 이날 여고 교장으로 있는 친구의 부탁을 받고 여성의 날 기념 강연을 하기로 되어 있었다. 그녀는 유서에서(영화에서는 자막을 통해) 이렇게 말했다.

"나는 장다민 때문에 죽는다. 그는 은혜를 원수로 갚고, 원한으로 덕에 보답했다. 그런데도 사람들은 잘 알지도 못하면서 내가 나쁘다고만 한다. 아아, 대체 어떻게 하면 좋을 것인가. 아무리 생각해보아도 내게는 오직 죽음뿐이다. 정말이지, 사람들의 말이 참 무섭다. 나는 죽는 게 두렵지 않다. 사람들의 말과 소문이 두려울 뿐이다."

예전이나 지금이나 배우에게 언론과 대중은 물과 같은 존재다. 배우라는 배를 띄워주는 것도 그들이지만 전복시키는 것도 바로 그들이

롼링위. 한시대를 풍미한 여배우는 자살로 삶을 마감했다.

다. 롼링위 개인에게는 불행한 일이지만, 이 사건은 언론과 대중문화가 어느정도의 세력을 형성할 만큼 상하이의 근대문화가 무르익었음을 짐작케 한다.

근대 초기 중국에서는 롼링위처럼 신여성이 자살을 택하는 일이 빈번했다. 가장 큰 이유는 신식 교육을 받은 딸을 부모가 강제로 결혼시키려 하거나 자신의 자유연애를 실현할 수 없어서였다. 사실, 근대의 가장 중요한 역사적 사건 가운데 하나는 여성들이 집단적으로 거리에 나왔다는 것이다. 규방에 갇혀 지내던 여성들이 밖으로 나와 기생이 독점하던 거리를 점령하기 시작한 것이다. 여성을 규방에서 거리로 끌어낸 일등공신은 전국적으로 세워진 학교였다. 신학문을 배우기 위해 여성들이 거리로, 학교로 나오기 시작한 것이다. 한국에서도 그렇고, 중국에서도 그러했다. 근대의 발명품인 자유연애는 그렇게 거리로, 학교로 나온 신여성이 있었기에 비로소 탄생할 수 있었다.

하지만 그렇게 거리로 나왔다고 해서 신여성이 진정 해방된 것은 아니었다. 거리로, 학교로 나온 신여성에게는 늘 이중의 시선이 따라다녔다. 국가와 민족을 위해 헌신할 새로운 시대의 리더이자 신지식을 갖춘 계몽자의 역할을, 과거 여성이 맡지 않은 새로운 역할을 할 것으로 기대하는 시선이 있는가 하면, 서양물이 들어서 자유연애를 탐닉하며 도덕적으로 타락했다며 못마땅해하는 시선이 늘 따라다녔다. 물론 그런 시선으로 신여성을 바라본 이는 남성이었다.

신여성에게 근대는 자신의 재능을 발휘할 수 있는 해방공간인 동시에 또다른 감옥이었다. 롼링위의 죽음은 그런점에서 상징적인 의미를 갖는다. 롼링위는 죽기 전 영화계 동료들과 마지막 파티를 연다. 이미 죽음을 결심한 그녀는 동료 영화인들에게 마지막 포옹과 키스를 하며 25세의 짧은 생을 정리한다. 그러면서 여자 동료들에게 이렇게 말한다.

"3·8 여성의 날을 축하하러 모였는데 무엇을 축하하지요? 여성들이 5천년에 걸친 남성의 역사 위에서 일어선 걸 축하합시다!"

평범한 여성이던 그녀는 점점 여성으로서의 자신의 정체성을 발견해간다. 그리고 생의 마지막 순간, 처음이자 마지막으로 여성의 날을 축하하고 죽는다.

난징루의 올드 상하이 정취

상하이에서 와이탄을 보는 것이 첫번째 코스라면, 그다음 코스는 난징루(南京路)다. 상하이의 바깥쪽을 보았다면 이제 본격적으로 속내를 들여다볼 차례다. 난징루는 상하이의 명동 격으로 유명 백화점이 즐비한 거리다. 상하이의 거리 이름은 중국 각지의 지명을 따서 지었다. 동서로 난 길은 중국 도시명을, 남북으로 난 길은 중국 각 성의 이름을 따서 지었다. 1862년에 영국과 미국이 공동조계지역을 선포한 뒤 가로 정비를 위해서 그렇게 한 것이다.

상하이에서 가장 번화한 중심가를 난징루라고 이름붙인 것은 아편전쟁에서 승리한 뒤 맺은 조약이 난징조약인 데서 연유했다. 난징조약에서 더없이 막대한 이익을 챙긴 승리를 자축하는 의미였던 것이다. 원래 영사관 길이던 것을 베이징루라고 바꾼 것을 보면 서양 세력이 상하이를 시작으로 언젠가는 중국 전역을 지배하겠다는 야욕을 가졌던 게 아닌가 싶다. 중국 각 성과 도시의 이름이 붙은 상하이 거리에는 그렇게 식민지 상하이의 역사가 스며 있다.

난징루는 와이탄쪽에 있는 난징둥루(南京東路)에서부터 시작한다. 이 길 초입에 허핑호텔이 있다. 1929년에 완공된 이 호텔은 상하이에서 가장 고급스러운 호텔 가운데 하나다. 하루 숙박비가 30만원을 호가한다. 과거에 상하이에 온 유명인사들, 예컨대 찰리 채플린 등이 이곳에 묵었다. 고풍스러운 이 호텔의 매력은 둘이다. 하나는 1층에 있는 '올드 재즈 바'나. 상하이에서 가장 유명한 재즈 바 가운데 하나인데, 연주자들이 모두 70세가 넘은 사람들로 주로 1930년대 상하이에서 자주 연주되던 오래된 곡을 연주한다. 연주 수준은 그리 높지 않지만 이 고풍스러운 호텔에서 올드 상하이의 정취를 느낄 수 있다. 이 호텔의 또다른 매력은 옥상에서 상하이 와이탄을 내려다보는 것이다. 맨 꼭대기층까지 엘리베이터를 타고간 뒤 한층을 걸어서 올라가면 와이탄을 가장 매력적인 각도에서 내려다볼 수 있다.

상하이의 새로운 랜드마크 신톈디

지금은 난징루를 대대적으로 정비해 길을 걷기가 한결 편해졌다. 더구나 차량통행이 금지된 보행자 전용도로까지 생겼다. 하지만 이런 거리 정비는 난징루에서만 느낄 수 있던 독특한 정취를 앗아가버렸

난징루. 대대적인 정비로 지금은 옛 정취를 잃어버렸다.

다. 필자에게는 지금 난징루보다 예전 난징루가 훨씬 좋았다.

예전의 난징루는 빵빵거리는 차소리, 찌르릉대는 자전거 소리, 사람 소리 그리고 사람과 전차, 자전거가 뒤엉킨 거리였다. 이 거리에 서면 1920~30년대 상하이의 모습이 떠오르고, 난징루만의 독특한 아우라가 느껴졌다. 저만치에 조국을 잃고 이국에서 방황하는 조선 지식인이 걸어갈 것 같았고, 저 건물 안에 아편 담뱃대를 빠는 흐릿한 눈망울의 젊은이가 있을 것만 같았으며, 불현듯 거침없이 권총을 쏘아대는 겁없는 상하이 갱들이 달려나올 것도 같았다. 조숙한 모더니티의 향연이 난만하게 펼쳐지던 상하이의 옛 모습이 되살아난 듯했다. 그런데 거리가 말끔하게 정비된 뒤로 옛 상하이의 정취가 사라져버렸고, 이제는 마사지 호객꾼들이 괴롭힐 뿐이다.

난징루를 따라 옛 경마장이 있던 런민공원까지 갔다가 남쪽으로 내려오면 영국과 미국이 공동으로 관할하던 조계지역을 벗어나 옛 프랑

신톈디. 세계적인 수준의 바와 중국 전통찻집이 어울린 곳이다.

스 조계지역으로 접어든다. 프랑스 조계 서쪽 끝 부분인 마당루(馬當路)에 우리 임시정부 청사가 있다. 우리나라 단체 관광객은 대개 임시정부 청사를 본 뒤 발길을 다른 곳으로 돌리곤 하지만, 임시정부 청사에서 작은 길 하나만 건너면 외국인과 외지인 들이 가장 많이 찾는 상하이의 새로운 명소가 있다. 신톈디(新天地)가 바로 그곳이다.

중국공산당 창당대회가 열렸던 곳을 중심으로 펼쳐진 이 일대는 상하이 근대주택 양식이 가장 잘 보존된 지역이다. 우리 임시정부 청사역시 전형적인 상하이 전통주택 양식으로 지은 건물이다. 스쿠문(石庫門)이라는 문의 안쪽으로 골목이 있고 이 골목을 중심으로 벽돌로된 다층 건물들이 늘어선 형국이다. 하나의 작은 골목인 룽(弄)을 가운데 두고 여러 집들이 공동체를 이루는 것이다.

상하이 전통주택 양식이 가장 잘 보존된 이 지역을 홍콩 자본이 1999년부터 우리돈으로 약 200억원을 투자해 재개발했다. 총설계는 미국 디자이너 벤저민 우드가 했다. 그가 이 지역을 설계할 때 세운 기본 컨셉트는 옛것을 새롭게 정비하면서도 여전히 옛것다움을 유지하는 것이었다. 그 결과 과거와 현재, 중국의 전통적인 것과 서구적인 것이 절묘하게 융합된 새로운 천지가 탄생했고, 상하이의 새로운 명소가 됐다.

스타벅스 커피숍과 독일식 맥주집, 그리고 세계 수준의 바와 클럽, 가장 전통적인 중국 찻집 들이 절묘하게 섞여서 독특한 도시경관을 이루는 곳이 신톈디다. 이곳 거리를 걷다보면 한쪽에서는 재즈가 흘러나오고 다른 한쪽에서는 중국 전통악기 얼후가 연주된다. 난징루와 와이탄이 20세기 상하이, 올드 상하이의 상징이라면 신톈디는 푸둥과 더불어 21세기 뉴 상하이를 보여준다. 푸둥이 21세기 비상하는 상하이의 경제력을 상징한다면, 신톈디는 21세기 상하이의 문화적 힘을 상징한다.

개방과 혼종문화의 국제도시 상하이

관광차 상하이를 찾은 한국인 중에는 그동안 알던 중국 이미지와 너무 달라 놀라곤 한다. 그중에는 공포를 느끼는 사람도 있다. 한국이 중국보다 훨씬 앞섰다고 뿌듯해했는데 상하이를 보고 나면 중국에 곧 추월당할 것 같아 자존심도 상하고, 초고속으로 발전하면서 강대국으로 부상하는 중국이 눈앞에 현실로 서 있는 것 같아 위협을 느낀다는 것이다. 한국인이 느끼는 '상하이 공포'라고나 할까.

한국인이 상하이에서 느끼는 공포는 주로 푸둥으로 상징되는 상하이의 경제발전 때문이다. 하지만 지금 상하이의 발전은 경제력 때문만은 아니다. 경제적 힘과 문화적 힘이 한데 결합하여 상하이 발전을 쌍끌이한다. 상하이가 지닌 문화적 힘은 상하이의 경제력을 추동하는 중요한 토대다. 상하이의 경제만 보고 문화를 보지 못하면 상하이의 겉만 보는 셈이다.

상하이 문화의 특징은 혼종성에 있다. 상하이는 원래 혼성의 도시, 잡종의 도시다. 상하이는 중국 각지에서 이주해온 외지인들로 채워진 도시다. 그래서 상하이 말에는 적어도 네가지 계통 이상의 사투리가 뒤섞여 있다. 그런 타지 출신 이주민의 공간에 외국사람들까지 가세했다. 처음에는 영국과 미국, 프랑스인이 들어왔고, 이어 러시아사람이 쏘비에뜨 정권 수립을 피해 노망해왔나. 그뒤에는 일본인이 왔고, 최근에는 한국인이 왔다. 상하이는 그런 도시다. 다양한 언어와 문화가 서로 뒤섞이고, 그 뒤섞임 자체가 상하이의 개성이 됐다. 중국 여러 지방의 특징과 서구적인 것, 일본적인 것, 그리고 최근 들어 강력하게 유포되는 한국적인 것이 한데 뒤섞여 특유의 혼성 문화 공간, 잡종 문화 공간이 된 것이다.

그런 까닭에 상하이는 태생적으로 다른 도시보다 개방적이고 너그럽다. 상하이사람들은 기이한 것, 색다른 것을 좋아한다. 자기가 좋아하지 않는 것이라도 배척하지 않고 관대하게 포용한다. 다양한 문화를 뒤섞어 그 뒤섞임 자체를 자신의 문화적 개성으로 만드는 곳이 바로 상하이다. 여러가지 문화가 뒤섞이는 문화의 혼종성이 결국은 상하이 문화의 강한 생산력이 되고 상하이 고유의 문화적 정체성이 되며 상하이의 힘이 된다. 경기도 고양시에 착공한 차이나타운은 상하이 신톈디를 벤치마킹해 독특한 거리를 조성할 계획이라고 한다. 하지만 상하이에서 배워올 것은 단순한 거리 치장이 아니다. 거리 형상만 따오는 것은 겉포장만 베끼는 것이다. 상하이가 가진 문화적 개방성과 혼종성을 배워오는 것이 진정으로 국제적인 거리를 조성하는 일이다.

시소를 타는 쌍둥이 도시 홍콩과 상하이의 운명

영화 「완령옥」은 구조가 매우 독특하다. 영화를 찍은 1991년 홍콩과 1930년대 상하이가 교차되면서 이야기가 진행된다. 장만위가 연기하는 상하이 배우 롼링위와 홍콩 배우 장만위가 교차된다. 영화를 촬영하다 스태프들이 당시 상하이에 대해서, 롼링위에 대해서 토론하기도 하고, 주연 배우 장만위가 자신이 연기하는 롼링위에 대한 생각을 피력하는 모습이 그대로 영화에 담겼다. 롼링위의 마지막 생애와 그것을 촬영한 과정이 함께 영화가 된 것이다.

이런 독특한 구조로 홍콩과 상하이가 교차되는 가운데, 영화는 1930년대 올드 상하이를 다룬 영화인 동시에 대륙으로 반환될 운명에 처한 1990년대 초 홍콩을 다룬 영화가 된다. 사실, 상하이와 홍콩은 중국 근대에 태어난 쌍둥이 도시다. 상하이와 홍콩은 도시 탄생 과정이나 도시의 성격이 매우 흡사하다.

그런 쌍둥이 도시가 시소를 타듯이 운명의 부침을 주고받았다. 홍콩이 국제도시로 발전하기 시작한 것은 상하이가 전성시대를 마감하고 침체되면서부터다. 중일전쟁으로 상하이가 일본에 점령되고, 이어 대륙이 공산화되면서 상하이의 전성기는 막을 내린다. 그러자 상하이에 몰렸던 외국 자본과 중국 자본, 외국인과 공산체제에 들어가기를

「완령옥」에서 장만위는 현실과 과거를 교차하는 연기를 펼친다.

거부한 많은 중국인이 홍콩으로 이동한다. 홍콩이 그동안 영광을 누린 큰 이유 중 하나는 상하이가 침체 상태에 빠졌기 때문이다. 1930년대 상하이가 홍콩으로 옮겨간 것이다.

그런데 이제 시소가 반대쪽으로 기울고 두 도시의 운명이 달라졌다. 1990년대 이후 상하이가 비상하면서, 올드 상하이의 화려한 영광을 되찾고 있다. 상하이는 갈수록 홍콩을 닮아간다. 거리도 그렇고 문화도 그렇다. 이제 홍콩이 상하이로 옮겨오면서 상하이가 홍콩을 대체한다. 홍콩이 다시 대륙으로 귀속되면서 홍콩이 기울고, 반대로 상하이가 점점 부상하는 것이다. 홍콩과 상하이는 그렇게 운명이 상호 교차되는 쌍둥이다.

영화 촬영을 하는 동안 장만위는 진짜 롼링위가 되고자 한다. 그러나 감독의 컷 소리와 동시에 1990년대 홍콩 배우 장만위로 돌아와

1930년대 상하이 배우 롼링위와 거리를 유지한다. 그러면서 자신 같았으면 롼링위와는 다른 선택을 했을 것이라고 말한다. 감독은 사실한 작품에 두가지 이야기를 담았다. 하나는 배우 롼링위의 생애고, 다른 하나는 그 영화를 찍으며 1930년대 상하이와 롼링위의 생애를 이야기하는 홍콩사람들의 이야기다.

대륙으로 복귀하는 시간이 다가올수록 홍콩인은 일종의 세기말적 비관과 불안에 젖어들고 화려하던 홍콩의 과거에 대한 향수에 빠진다. 영화에서는 그 향수가 롼링위가 살던 1930년대 올드 상하이에 대한 향수로 투영된다. 영화 속 1930년대 올드 상하이 시절에 대한 향수는 기실 화려했던 홍콩의 과거에 대한 향수다. 문제는 그저 향수일 뿐이제 중국대륙으로 복귀하는 홍콩은 과거 화려한 시대를 다시는 재현할 수 없다는 것이다. 영화로는 그 시절을 재현할 수 있지만 현실에서는 재현할 수 없다.

홍콩 감독 관진펑은 그러한 곤혹을 독특한 구성으로 풀어나갔다. 이 영화에는 상하이의 화려한 시절에 무한한 향수를 느끼면서 다른 한편으로 어쩔 수 없이 그것과 거리두기를 시도해야 하는 1990년대 홍콩인의 곤혹이 들어 있다. 이런 의미에서 보자면 이 영화는 배우 롼링위에 관한 영화이기도 하지만, 상하이와 홍콩이라는 근대 중국이 낳은 쌍둥이의 운명의 역전(逆轉)을 다룬 영화이기도 하다.

상하이 모던의 상징인 치파오의 매력

영화 「완령옥」에서 장만위는 주로 치파오를 입고 나온다. 중국 여배우 중 치파오가 가장 잘 어울리는 배우가 장만위다. 장만위는 「완령옥」에서 치파오의 매력을 한껏 발산한 데 이어, 홍콩 영화 「화양연화」에서 50여벌의 다양하고 멋진 치파오 패션을 보여준다. 최근 몇년 동안 중국에는 치파오가 대유행이다. 이런 대유행에는 올드 상하이 열풍과 장만위의 영향이 크다. 하얼삔에는 장만위가 입은 갖가지 치파오를 맞춤판매하는 옷가게도 등장했다.

치파오는 올드 상하이의 상징, 특히 신여성의 상징이다. 원래 청나라 만주족 여인이 입던 옷이 상하이 모던 걸의 첨단 패션으로 거듭난 것이다. 원래의 치파오는 치마 안에 바지를 입고, 통도 넉넉하고 소매도 길었다. 그런데 지금은 여성미를 한껏 드러내는 모던 스타일로 바뀌었다. 예전보다 훨씬 더 타이트해지고, 치마 길이도 짧아져 여성의 곡선미를 드러낸다. 소매도 긴 것에서부터 반팔에 민소매까지 다양하다. 원래는 걷거나 말을 타는 데 편하도록 치마 옆을 튼 것이었는데, 지금은 여성의 섹시함을 강조하는 은근한 노출장치가 되었다. 치파오가 이처럼 유행을 한 것은 무엇보다 여성이 신체적 매력을 과시하고, 노출욕구를 표출하기에 더없이 좋은 스타일이기 때문이다. 또한 기본 스타일에서 자유롭게 변형이 가능하다는 점, 자신의 경제적 형편에 따라 재료를 구해 옷을 제작할 수 있다는 점도 치파오가 대유행하는 데 한몫을 했다.

영화에서 롼링위는 외출할 때나 파티에 참석할 때 늘 치파오를 입는다. 치파오는 당시 상하이의 사교복장이자 상하이 거리를 지배한 신여성과 모던 걸을 상징하는 패션이었다. 1929년부터는 국민당정부가 여자 공무원의 근무복장을 치파오로 정했을 정도였으니 치파오가 누린 지위를 짐작할 만하다. 그 시절 상하이에서는 결혼하지 않은 여성은

치파오를 입은 장만위. 치파오는 올드 상하이 신여성의 상징이다.

'미스'로 불렸다. 그런데 치파오는 공산정권이 수립된 이후 사라졌다. 마오쩌둥시대에는 남녀를 불문하고 인민복을 입었다. 남녀 구분없이 서로 '동지'라 칭했다. 개혁개방 이후 여성이 다시 자기 성을 찾기 시작한 뒤에는 여성을 부르는 호칭으로 '샤오제(小姐)'가 등장했다. 그런 가운데 여성의 신체적 특징과 매력을 드러내는 옷으로서 치파오도 부활했다. 하지만 1980년대만 해도 주로 써비스업에 종사하는 여성들이 치파오를 입었다. 그런데 1990년대 후반, 특히 2000년대 들어서 치파오가 대유행하면서 고급 여성 패션으로 자리매김하고 있다. 새로운 세기의 중국에서 올드 상하이가 부활하고, 치파오가 부활한 것이다.

뉴 상하이의 새로운 여성들

란링위가 1930년대 올드 상하이의 신여성이었다면, 지금 상하이에는 시장경제시대 신여성들이 넘쳐나고 이들이 상하이 문화를 바꾸어놓고 있다. 요즘 상하이 소비를 주도하는 부류는 젊은 화이트칼라 계층, 그중에서 화이트칼라 미인이란 뜻으로 '바이링리런(白領麗人)'이라 불리는 고소득층 커리어 우먼이다. 이들은 독신을 즐기는 고소득의 화려한 씽글족으로 상하이 소비를 주도한다. 이들 중에는 한달 수입을 모조리 소비한다고 해서 이름붙여진 '웨광쭈(月光族)'가 흔하다. 이들은 생활의 질을 중시하고, 고급 브랜드 의류와 스타벅스 커피, 특히 카푸치노와 에스프레쏘(요즘 중국에서는 이것을 마셔야 첨단이다!)를 즐기고, 교육 수준이 높다. 이들 여성의 월수입은 5,000위안(약 70만원)부터 15,000위안(약 200만원) 선이다.

롼링위가 올드 상하이의 신여성이었다면, 최근 상하이에 출현한 화이트칼라 여성들은 뉴 상하이시대의 신여성이다. 경제도 그렇고 문화도 그렇고 올드 상하이시대가 뉴 상하이시대와 결합하면서 상하이가 새롭게 태어나고 있다. 치파오의 부활은 그 상징이다. 과거 1930년대 올드 상하이의 전성시대는 식민시대의 산물이었다. 그래서 올드 상하이의 '화양연화' 시절에는 탈출구를 찾을 수 없던 시대의 비애와 좌절, 절망이 함께 들어 있다. 올드 상하이 시절이 한편으로는 아편 담배 향기가 진동하던 시대였던 것은 이 때문이다. 그런데 지금 21세기를 맞아 시장경제시대에 화려하게 부활하는 올드 상하이에는 더이상 식민의 기억은 없다. 한걸음 나아가 혁명의 기억마저도 없다. 식민의 기억을 지우고 혁명의 기억을 지우고 올드 상하이가 시장경제시대에 부활하고 있다. 상하이가 이렇게 변하고 있다.

올드 상하이의 전성시대가 기울어가다

'동양의 빠리' '마도(魔都)'로 불리던 올드 상하이의 전성시대는 일본이 중국을 침략하고 상하이를 점령하면서 막을 내리기 시작한다. 영화 「완령옥」이 올드 상하이의 전성시대 이야기라면, 리안 감독의 영화 「색·계」는 올드 상하이의 화려한 시절이 기울어가던 때, 상하이의 운명이 바뀌던 때가 배경이다.

일본은 1931년 만주사변을 일으켜 중국을 침략한다. 그러자 중국 전역에서 항일운동이 거세게 일어났는데, 상하이는 그중에서도 가장 격렬했다. 이에 분개한 일본은 1932년 1월, 한 일본계 방적회사가 불에 탄 것을 빌미로 상하이에 군대를 파견하여 항일운동과 배일(排日)운동을 단속하라고 중국정부와 상하이시에 요구한다. 일본이 제시한 최후협상 시한이 지나자 1932년 1월 28일 일본은 상하이에 공격을 개시하여, 3월에는 중국군을 상하이 밖으로 밀어낸다. 이른바 '상하이사변'이다. 그후 일본은 1937년에 중일전쟁을 본격적으로 일으켜 중국 주요도시를 일사천리로 점령한다. 일본이 난징과 상하이를 점령하자 당시 장제스의 국민당정부는 충칭으로 옮겨가고 일본은 난징에 친일파 왕징웨이(汪精衛)를 내세워 친일 괴뢰정부를 세운다(1940). 제2차 세계대전이 터지고 상하이에서 일본의 위협이 높아지자 미국과 영국은 조계를 포기해버린다(1941). 이제 상하이는 일본의 차지가 되었다. 일본이 왕징웨이 친일정부를 통해 상하이를 실질적으로 지배하게 된 것이다.

화려하되 퇴폐적이고, 모던하되 식민성이 넘쳐나던 올드 상하이 시절은 1942년을 기점으로 빠르게 기울기 시작한다. 공장들이 속속 문을 닫고 서양인들은 홍콩으로 철수한다. 상하이는 종말론적 분위기에 휩싸인다. 그런 가운데 국민당은 특수부대를 조직하여 상하이에서 일본인과 친일파에 대한 지하 테러활동을 조직적으로 벌인다. 일본과 왕징웨이 친일정부가 이런 움직임에 가만있을 리 없다. 이들 지하 테러조직을 분쇄하기 위해 특수조직을 꾸리고 대대적인 색출 작업을 벌인다. 이제 상하이는 숨막히는 정보전과 테러전이 벌어지는 공간으로 바뀐다. 이런 테러의 공간 상하이를 연출하는 데 중국에서 망명활동을 벌이던 우리나라 독립투사들도 크게 한몫한 것은 물론이다. 이렇게 전환점을 맞은 1942년의 상하이가 영화 「색·계」의 배경이다.

친일논란에 휩싸인 원작 소설

영화 「색·계」는 상아이링(張愛玲, 1920~95)이 쓴 같은 제목의 소설을 영화로 만든 것이다. 원작 소설을 쓴 장아이링은 상하이 문학의 개성을 상징하는 작가다. 상하이를 무대로 사랑을 다룬 작품을 주로 썼다. 그녀의 작품에서 상하이는 사회주의운동이 일어나고 제국주의 세력의 침략으로 신음하는 공간이기보다는 사랑의 공간이다. 상하이를 배경으로 남녀간의 사랑의 엇갈림, 동양과 서양, 전통과 현대가 교차되는 가운데 이루어지는 사랑과 그 비극을 다룬 작품이 많다.

장아이링은 영화 「색·계」의 원작 소설을 1950년에 썼다. 그러나 30년 가까이 지난 1978년 4월 11일, 타이베이에서 발행되는 『중국시보(中國時報)』에 발표했다. 왜 이렇게 긴 시간 동안 발표하지 않은 채 묻어두었는가. 이 소설이 몇가지 측면에서 논란을 일으킬 소지가 있었기 때문이다. 작가 자신도 그것을 알았기 때문에 발표를 주저했다. 그녀의 예상대로, 30년이 지나서 발표했지만 소설이 나오자마자 타이완과 중국에서 격렬한 비판이 쏟아졌다. 장아이링이 친일 매국노를

「색·계」의 포스터. 장아이링의 동명 원작소설을 각색한 영화다.

사랑했던 자신의 삶을 변호하고 매국노를 찬양하기 위해 이 소설을 썼다는 비난이었다.

　이런 비난이 쏟아진 것은 우선 장아이링의 개인사 때문이었다. 장아이링의 첫남편은 왕징웨이 친일 괴뢰정부의 선전부 차장으로서 항일 테러조직을 색출하는 일을 담당하던 후란청(胡蘭成, 1906~81)이다. 당시 장아이링은 중국 문단에서 촉망받는 신예작가이자 빼어난 미모와 패션 감각으로 주목받는 작가였다. 그런 장아이링과 친일파 거두이자 여자관계가 복잡하기로 유명한 후란청과의 교제는 당시 상하이에서 일대 스캔들이었다. 두 사람은 1943년부터 사귀기 시작하여 이듬해 결혼한다. 그사이 일본이 패망하고, 후란청은 숨어서 상하이 인근지역을 전전하며 도망다닌다. 그런 그를 장아이링이 찾아가곤 했다. 하지만 그에게는 새로운 여자가 있었다. 결국 두 사람은 결혼 3년 만인 1947년에 이혼한다. 어찌보면 이 둘의 연애 자체가 좋은 영화감이다. 이혼한 뒤 후란청은 일본을 거쳐 타이완으로 가서 책도 쓰고 대학에서 강의도 한다. 그러다가 1974년에 타이완 문화계에서 매국노라

장아이링. 높은 문학적 성취에도 그녀는 친일
이라는 굴레를 벗어나지 못했다.

는 비판이 거세게 일면서 쫓겨나듯 이 일본으로 옮겨가 토오꾜오에서 죽는다. 장아이링은 중국이 공산화된 이후, 중국을 빠져나와 홍콩을 거쳐 미국으로 가서 1995년에 생을 마친다. 높은 문학적 성취에도 불구하고 장아이링이 제대로 평가받지 못했던 이유는 그녀에게 이런 친일이라는 굴레가 따라다녀서다. 개혁개방 이전까지만해도 그녀의 이름과 문힉은 중국 현내문학사에서 전혀 거론되지 않았다.

소설 「색·계」가 발표되자 장아이링의 친일 논란에 다시 불이 붙었다. 그녀와 후란청의 관계가 사람들 입에 오르내리기 시작한 것이다. 소설에 등장하는 남자 주인공이 장아링의 남편이었던 후란청과 흡사한 면이 있어서 더욱 그러했다. 소설에서 남자 주인공은 비열하고 이기적인 친일파가 아니라 '남자가 독을 품지 않으면 사내대장부가 아니다'라면서 자신의 그런 면을 여자도 사랑했다고 생각하는 '사나이'다. 이에 대해 친일 매국노였던 후란청을 변호하기 위해 이렇게 쓴 것이 아니냐는 비난이 쏟아졌다.

하지만 이 소설은 작가 장아이링 자신과 남편 사이의 사랑이 아니라 당시 상하이에서 실제로 일어난 유명한 사건에서 모티프를 얻었다. 그 사건은 1939년 상하이에서 일어난 유명한 미인계 스파이 사건이었다. 정핀루(鄭蘋如)라는 여성이 미인계를 써서 당시 왕징웨이 친일정부의 비밀공작기관 책임자 딩모춘(丁默邨)을 살해하려다가 실패로 끝난 사건이 그것이었다. 정핀루는 계획대로 딩모춘의 마음을 사로잡고, 크리스마스를 앞두고 외투를 사달라고 유인한다. 가게를 나서는 딩모춘을 향해 그녀의 동료들이 총을 발사하지만 실패한다. 정핀루는 붙잡혀 처형당했다. 실제 사건에서는 외투지만 소설에서는 6캐럿짜리 다이아몬드 반지를 사주는 등 몇가지 점에서는 다르지만 기본 모티프는 비슷하다.

민족서사를 거부하는 여성서사

그런데 실제 사건과 소설 사이에는 중요한 차이가 있다. 그리고 이 차이는 장아이링 소설의 중요한 개성이기도 하지만 장아이링이 비난받는 원인이기도 하다. 원래 정핀루 사건은 '친일/항일'의 선명한 이분법 구도 속에서 여성으로서 몸을 던져 항일구국을 실천하는 민족영웅 이야기다. 적어도 대부분의 중국인은 그렇게 평가하고, 그렇게 기억한다. 이 소설을 본 뒤 많은 중국인이 정핀루 사건을 떠올렸고, 이 소설을 읽기 전에 그런 기대를 가지고 읽었다.

하지만 소설은 그런 기대를 배반했다. 소설에서 장아이링은 그런 민족영웅 이야기를 재현하는 데 관심이 없다. 아니, 오히려 그런 식의 민족영웅 이야기에 반발한다. 문제는 소설 속 인물들이 친일파를 처단하기 위해 홍콩에서 미인계를 훈련하는 부분에 있었다. 소설에서 여주인공 친구들은 친일파 이(易)선생을 처치하기 위해 미인계를 쓰기로 작정하고 여주인공 왕지아쯔(王佳芝)에게 성경험을 갖도록 한다. 영화에서와 마찬가지로 그녀는 그녀가 사랑하던 친구가 아니라 친구들 중 유일하게 성경험이 있는 다른 친구와 성관계를 갖고 일종의 섹스경험을 습득하는 훈련을 한다. 문제는 그뒤였다. 왕지아쯔가 그렇게 성경험을 갖게 되자, 왕지아쯔를 대하는 친구들의 태도가 달라진 것이다. 소설의 표현을 옮기자면, "호기심 어린 이상한 눈으로 그녀를 쳐다보았다." 친일파 이선생과 그의 부인이 갑자기 홍콩을 떠나버려 거사계획도 실패로 돌아가고, 순결을 잃은 그녀는 이상한 눈초리만 받게 된 것이다. 결국, 그녀는 친구들과 소원해진다. 친구들은 상하이로 전학을 가고, 그녀는 혼자 홍콩에 남는다.

물론 이 소설의 핵심은, 소설 속 표현대로, 원래 "포수와 사냥감 관계"이던 두 사람 사이에서 일어난 사랑이다. 그런데 장아이링은 이 사랑 이야기에 항일구국이라는 대서사에 수단으로 동원되는 여성, 그리고 그렇게 동원되어 순결을 포기한 뒤에는 남자들에게 순결을 잃은 여성으로 배척당하는 이야기를 곁들였다. 소설에서 여주인공 왕지아쯔는 실제 사건의 주인공 정핑루와 같은 항일구국 열사가 아니다. 장아이링의 소설 「색·계」는 항일구국이라는 성스러운 민족제단에 기꺼이 한몸을 바치는 민족해방의 서사가 아니라 그런 민족의 서사에 가려질 수 없는 여성의 서사인 것이다. 버지니아 울프(Verginia Woolf)가 "여성에게는 조국이 없다. 여성으로서 나는 조국을 원하지 않는다"고 언급한 바로 그 지점에 장아이링의 소설 「색·계」가 놓인 것이다. 장아이링만의 개성이 여기에 있다. 그리고 이 개성으로 장아이링은 비난에 직면했다. 친일 매국노를 사랑한 작가가 소설을 통해 자신의 사랑과 매국노를 옹호하는 동시에 항일운동을 위해 몸바친 젊은이들을 악의적으로 조롱했다는 비난을 받게 된 것이다.

왕지아쯔, 무대가 주는 짜릿함에 빠지다

리안 감독이 이 소설을 영화로 만들겠다고 했을 때, 도대체 어떤 영화가 나올지 민감하게 주시한 것은 원작 소설이 일으킨 논란 때문이었다. '친일'이라는 중화권의 가장 민감한 쟁점을 어떻게 처리할 것인지를 주목한 것이다. 그런데 영화에서 리안 감독은 현명하게 우회하는 방법을 택했다. 홍콩에서의 거사가 수포로 돌아가고 여주인공 왕지아쯔(탕웨이 분)와 동료들 사이가 소원해지는 부분을 뺀 것이다. 그 대신 그녀와 동료들이 우연히 살인을 저지르고 상하이로 오는 것으로 처리했다. 영화는 원작 소설의 줄거리를 매우 충실하게 재현했지만, 민감한 부분만 바꾸는 방법으로 중화권의 민족정서를 건드리지 않고 슬쩍 비켜간 것이다(물론 이렇게 처리했음에도 불구하고 중국대륙에서는 이 영화가 매국노를 찬양하는 영화라고 비판이 나왔지만).

영화 「색·계」의 전체 줄거리는 일단의 청년들이 미인계를 써서 친일파 우두머리를 처치하려 하지만 미인계의 주인공인 여자와 처단하려는 친일파 사이에 사랑이 싹터 결국 실패하고, 모두 처형당한다는 이야기로 돼 있다. 어찌보면 새로울 것 없는 모티프와 이야기로 돼 있다. 자신이 처치하려는 상대 혹은 원수를 사랑하게 되는 모티프는 충분히 진부하다. 그리고 몸이 언어가 되어 몸이 통하고 그런 뒤 마음이 통하여 마침내 사랑이 싹트는 역류의 사랑법도 그다지 새로울 것은 없다.

그렇다면 「색·계」의 새로움은 무엇인가. 작품 후반의 화려하고 격정적인 섹스 씬인가? 우리에게 익숙한 모티프와 줄거리를 가지고 있으면서도 이 영화가 새로운 것은 그 익숙한 모티프와 줄거리를 두 편의 연극, 두 개의 무대와 연결시켜 다루었다는 점이다. 「색·계」는 여주인공 왕지아쯔가 무대에 올랐던 두 편의 연극, 두 개의 무대에 관한 영화이다. 첫 무대는 홍콩에서였다. 일본 침략으로 자신들이 다니던 대학이 홍콩으로 피난해오고, 여기서 그녀와 친구들은 항일애국 연극을 무대에 올린다. 연극을 꾸미고 그녀를 무대에 오르도록 권유한 것은 애국 열정에 불타는 청년이자 왕지아쯔가 사랑하게 되는 인물 쾅위민(왕리홍 분)이다. 그녀는 연극에서 주인공을 맡고 연극은 크게 성공한다. 그녀와 친구들은 흥분한다. 밤새워 술을 마시고 밤참을 먹은 뒤 새벽에야 학교로 돌아간다. 빗속에 전차를 타고 학교로 돌아가는 길에 왕지아쯔와 쾅위민은 서로 사랑하는 눈길을 주고받는다.

그런데 연극의 성공이 문제였다. 첫번째 연극이 두번째 연극으로 이어지면서 비극의 씨앗이 된 것이다. 그들은 연극을 현실로 만들기 위해 또하나의 연극을 준비한다. 연극 무대에서가 아니라 현실에서 친일파를 처단하기 위해 또다른 연극판을 벌이는 것이다. 각자 사업가와 동생, 운전기사 역할을 맡고, 왕지아쯔는 가장 중요한 역할을 맡는다. 사업가의 부인 '마이(麥)' 부인 역이다. 왕징웨이 친일정부의 관료 이선생(량차오웨이 분)을 유인하는 역할이다.

그런데 왕지아쯔는 왜 두번째 연극판에 기꺼이 참여한 것일까? 쾅위민과 다른 친구들이야 애국이라는 동기가 있었지만 왕지아쯔에게는 그런 애국심이나 항일의 열정은 보이지 않는다. 그런데도 그녀는 왜 자신을 던져 그 위험한 연극에 참여하는가? 원작자 장아이링은 첫번째 연극에 성공한 뒤 왕지아쯔의 심리상태에 주목한다. 그녀는 "연기를 한번 해본 뒤 완전히 그 매력에 빠져버렸다" "연극이 끝난 후에

왕지아쯔의 연기는 현실로 바뀌고 이선생과 그녀는 하나가 된다.

도 너무나 흥분한 나머지 도무지 긴장을 풀 수가 없었다"는 것이다.
그녀는 첫번째 무대에 올라 자신의 존재를 확인하고, 무대가 지닌 매
력에 빠져버린 것이다. 더구나 홍콩에서 거사가 실패하고 상하이로
온 뒤 그녀의 삶은 기댈 곳도 출구도 없었다. 그녀의 아버지는 이미
다른 여자와 결혼해버려 영국으로 갈 희망도, 기댈 곳도 없어져버렸
다. 쾅위민과 사랑이 이루어진 것도 아니었다. 기댈 곳도, 출구도 없
는 현실에 놓인 그녀에게 홍콩에서 같이 거사를 도모했던 친구들이 찾
아와 다시 연극을 하자고 권유한다. 그녀는 다시 무대를, 연기를 택한
다. 그리고 주인공이 된다. 이 선택은 우선, 삶의 새로운 출구를 찾으
려는 모색이다. 하지만 무대가 주는 황홀한 매력에 대한 자성(磁性)이
그녀에게 이미 생겼다는 것을 감안하면 이 선택은 어찌보면 당연한
것일 수 있다. 다시 오른 무대에서 그녀는 자기가 맡은 마이 부인 역
을 연기하면서 위험하고도 흥분되는 아슬아슬한 긴장의 나날을 산다.
　다시 무대에 올라 한편으로는 흥분되고 한편으로는 위험한 연기를
하고, 한편으로는 원하면서도 다른 한편으로는 원하지 않는 섹스를

한다. 그런 가운데, 그녀의 적 이선생과 갈수록 가까워진다. 먼저 몸이 열린 뒤 마음이 열리고, 결국 몸과 마음이 함께 열리며 두 사람의 사랑이 싹튼다. 그녀는 이제 진정으로 마이 부인이 되고, 그녀의 연기는, 점점 절정으로 치닫는다. 그녀는 그렇게 절정으로 치닫는 연극이 두려워진다. "내가 하는 것들이 연기가 아니라 진짜라는 것을 그가 알고 있어요"리고 고통을 호소하시만, 부대를 거둘 수도, 무대에서 내려올 수도 없다. 그녀를 무대에 올린 국민당 특수요원이 그것을 허락하지 않을 뿐만 아니라 그녀의 마음이 벌써 그에게로 너무 많이 건너가버렸다. 그녀는 이미 마이 부인이다. 더구나 이선생도 이제 마이 부인에 대한 경계를 풀고서 그녀가 연기하는 무대에 올라섰다. 그리고 그 둘은 마침내 격렬하게 섹스를 하면서 하나가 된다. 7분 동안의 섹스 장면(중국대륙판에서는 이 장면이 삭제되어 네티즌들의 원성을 샀다)에서 이선생은 이제 마이 부인에 대한 경계를 완전히 풀고, 그녀를 사랑의 파트너로서 대한다는 것을 보여준다(그는 여자가 섹스 중에 베개로 눈을 가려도 개의치 않는다). 그런 이선생의 변화에 마이 부인은 더욱더 깊이 그에게 빠져든다. 그 둘의 길고도 격렬한 섹스는 둘이 진정으로 하나가 되었다는 것을 보여준다.

왕지아쯔를 위한 진혼곡

그런 믿음과 사랑이 싹튼 뒤, 두 사람은 보석가게에 앉아 보석을 고른다. 보석가게 주위에는 그녀의 친구들이 둘러싸고 있다. 이선생을 해치우기 위해서다. 그가 그녀에게 6캐럿짜리 다이아몬드 반지를 선물한다. 반지를 중국어로 '지에즈(戒指)'라고 한다. 경계하기 위해서 손에 끼우는 것이라는 의미다. 원래 '계(戒)'자는 사람이 창을 들고 있는 모습에서 생겨났다. 지키고 경계한다는 뜻이다. 반지를 끼는 것은 사랑을 위해 지키고 경계하기 위해서다. 여기서 지키고 경계하는 일은 이중의 의미이다. 둘 사이의 사랑을 위해 다른 사람으로부터 나의 마음과 몸을 지키고 경계하는 일이자 나의 몸과 마음이 혹여 다른 사람에게 나아가지 않도록 지키고 경계하는 일이다. 반지를 한자로 '계지(戒指)'라고 쓰면서 사랑의 증표로 삼는 중국인의 마음이 여기에 있을 것이다. 그런 사랑의 마음이 담긴 반지를 받는 순간, 그녀는 그가 진정으로 자신을 사랑한다는 것을 알게 된다. 그래서 외친다.

"콰이조!(快走, 빨리 가요!)"

이 한마디로 남자를 지키고, 남자에 대한 그녀의 사랑은 연극 무대에서 현실로 내려와 진실이 된다. 이 한마디로 연극은 끝나고, 그녀는 무대에서 내려온다. 마이 부인에서 왕지아쯔로 돌아오는 것이다. 그리고 붙잡힌다. 남자는 그녀 덕분에 살았다. 하지만 그녀는 친구들과 함께 일망타진되어 총살당한다. 그녀는 원래 친구들의 권유에 이끌려 항일연극에 참여했고, 친일파를 처치하는 연극에 참여하여 마이 부인 역할을 했다. 이를테면 그녀는 역사에 호명되어 두차례 무대에 오른 셈이다. 하지만 그녀에게 그 두번의 무대는 항일과 친일로 뒤엉킨 역사의 무대가 아니라 그저 삶의 의미를 찾고 사랑을 찾는 무대였다. 그녀를 역사의 무대에 올린 친구들이나 항일 지하조직이 어떻게 생각했든 간에 적어도 그녀에게는 그러했다. 그녀는 무대에서 사랑을 느꼈다. 자신의 존재감을 느꼈다. 위험하고도 황홀하여 삶에 팽팽한 긴장을 가져다준 무대에서 내려오는 순간 그녀는 죽었다. 쾅위민을 비롯한 그녀 친구들의 죽음은 역사가 항일 민족영웅의 죽음으로 기억할 것이나. 그런데 사랑 때문에 민족적 거사를 망친 그녀의 죽음은 누가, 어떻게 기억할 것인가? 장아이링인가? 리안인가? 장아이링의 소설과 리안의 영화는 민족의 위기가 가중되면서 올드 상하이의 영화가 막을 내리던 1942년 상하이에서 역사의 그늘로 흔적없이 죽어간 숱한 왕지아쯔들을 기억하는 세의이자 그 혼을 달래는 씻김굿이 아닐까.

베이징

황하

창강

상하이

광둥성

홍콩

타이완

04
홍콩
香港

바람은 피워도 연애는 하지 않는 도시

중경삼림
重慶森林

첨밀밀
添蜜蜜

● **중경삼림** 重慶森林, 1994
  왕자웨이 王家衛 감독
  진청우 金城武 · 린칭샤 林靑霞 · 량차오웨이 梁朝偉 · 왕페이 王菲 주연

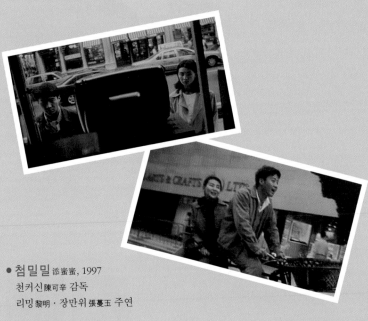

● **첨밀밀** 添蜜蜜, 1997
  천커신 陳可辛 감독
  리밍 黎明 · 장만위 張蔓玉 주연

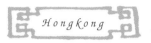

홍콩 영화의 토양이 된 홍콩 반환

아편전쟁(1840~42) 때의 일이다. 영국군은 광저우, 상하이 등 남부 주요 도시를 점령한 뒤 1842년 8월 대포를 난징성에 조준한 채 청나라가 항복하기를 재촉한다. 청나라는 영국군이 요구하는 투항 조건이 무엇인지 탐색하려고 흠차대신(欽差大臣)을 파견한다. 하지만 단 한 차례의 정식 협상도 못해보고 영국의 요구 사항을 모두 들어주고 만다. 1842년 8월 29일, 난징 앞강에 정박한 영국군 군함에서 중국 근대사상 최초의 불평등 조약인 '난징조약'이 맺어진다.

이 조약으로 조그만 시골 어촌이던 홍콩은 다시 태어난다. 영국으로 넘어간 것이다. 이때 영국에 넘어간 것은 홍콩이라는 '섬'뿐이다. 그런데 홍콩 섬만으로는 아무것도 할 수 없다. 그래서 영국은 1860년에 다시 홍콩 섬과 마주한 주룽(九龍, 홍콩에선 카오룽으로 발음) 지구를 차지한다. 그후 1898년에는 주룽반도 북쪽의 이른바 신제(新界) 지역을 99년간 임차한다. 신제 지역의 임대 만료 시기가 다가오자 영국과 중국은 1982년부터 협상을 진행한다. 영국의 새처 수상은 덩샤오핑에게 신제 지역의 조차(租借)기간을 연장해달라고 할 생각이었다. 엄밀히 말하면 영국이 중국에 돌려줘야 할 곳은 99년간 임차하기로 한 신제 지역뿐이다. 하지만 신제 지역을 중국에 돌려주고서 주룽과 홍콩 섬이 생존할 방법은 없다. 신제 지역은 주룽과 홍콩 섬에 물과 식량 등을 공급하는 생존기반이기 때문이다. 덩샤오핑은 영국의 요구를 단호히 거절하고, 홍콩 전체를 반환하라고 요구했다.

결국 1984년까지 2년에 걸친 중·닝 회남 끝에 조차기간이 만료되는 1997년 7월 1일에 영국은 홍콩을 중국에 반환하고, 중국은 50년 동안 홍콩의 현행 제도를 바꾸지 않고서 한나라 안에 두가지 제도를 시행하는 이른바 '일국양제(一國兩制)'를 유지하기로 합의한다. 실제 반환협상은 1982년부터 시작되었다. 사실 홍콩사람들은 한 세기 전의 약속이 정말 실행에 옮겨질지 실감하지 못한 채 살아왔다. 하지만 협상이 타결되고 반환 시간표가 나오자 홍콩인들은 '그날'이 다가오고 있다는 것을 실감하기 시작했다. 홍콩인들에게 '97'이라는 숫자는 종말이자 새로운 시작을 의미했다. 하지만 그 시작은 미지의 것이었다. 세상이 어떻게 바뀔지, 완전히 새로운 세상이 펼쳐지는 것은 아닌지 불안과 초조가 홍콩인들을 사로잡았다. 1980년 이후 홍콩인 40여만명이 해외로 이민을 떠났다. '97 씬드롬'이 1980년대 중반 이후 홍콩 영화의 토양이 된 것은 이런 배경에서였다.

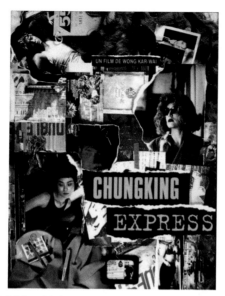

「중경삼림」은 임대 만료 시기가 임박한 홍콩에서 벌어지는 사랑 이야기다.

'이 세상에 유통기한이 없는 것은 없을까'

왕자웨이 감독의 「중경삼림」은 '1997'이라는 임대 만료 시기가 임박한 홍콩에서 벌어지는 사랑과 이별 이야기다. 영화에는 두가지 에피쏘드가 들어 있고, 네명의 주연배우가 나온다. 첫번째 이야기의 주인공은 사복형사 223호(진청우 분)와 노랑머리 마약 밀매상(린칭샤 분)이다. '아미'라는 여자친구에게 차인 진청우는 이별한 그날부터 여자친구가 좋아하던 파인애플 통조림을 사모은다. 통조림의 유통기한은 모두 5월 1일이다. 4월 30일 저녁에도 유통기한이 2시간밖에 남지 않은 통조림을 찾는다.

5월 1일은 그의 생일이다. 그는 자신의 나이와 같은 30개의 통조림

을 다 먹을 때까지 그녀가 돌아오지 않는다면 사랑도 끝날 것이라고
생각한다. 내일이면 유통기한이 지나는 통조림을 모조리 먹어치운 진
청우는 느글느글한 속을 달래기 위해 술을 마시러 간다. 그리고 술집
에 처음 들어온 여자와 사귀기로 마음먹는다. 그 여자가 마약 중개상
린칭샤다. 인도사람들을 고용해 운반책으로 이용하려던 린칭샤는 공
항에서 인도인들이 마약을 가지고 사라져버리는 바람에 그들을 찾아
헤매는 중이다. 둘은 함께 술을 마신다. 취해 곯아떨어진 린칭샤를 호
텔에 재운 뒤 진청우는 생일인 5월 1일 아침, 몸안의 눈물을 땀으로
모두 배출하기 위해 조깅을 한다.

그날 아침 린칭샤는 자신을 배신한 보스에게 권총세례를 퍼붓는다.
옆에는 유통기한이 적힌 통조림이 어지럽게 뒹군다. 권총세례를 받은
보스는 백인이다. 영화에서 린칭샤는 백인 보스에게 배신당하고, 진
청우는 애인에게 버림받는다. 진청우는 생각한다.

'이 세상에 유통기한이 없는 것은 없을까.' 기억이 통조림에 들어
있다면 유통기한이 영원히 지나지 않을 수는 없을까. 유통기한을 꼭
적어야 한다면 만년 후로 적어야지.'

영화에서는 사랑도 통조림도 5월 1일이면 유통기한이 만료된다. 영
국이 7월 1일이면 홍콩에서 유효기한이 만료되듯이. 1997년 7월 1일
이면 홍콩을 떠나는 영국은 홍콩인들에게 흡사 유통기한이 찍힌 통조
림 같다. 유통기한이 만료되면 영국은 홍콩을 버리고 떠날 것이다. 그
렇게 떠날 영국은 홍콩인들에게 애인이고, 자신을 돌보고 거두어주는
보스였다. 그런 영국이 이제 떠난다. 그것은 배신일지도 모른다. 애인
이 떠나고, 백인 보스에게 배신을 당한 뒤 새로운 둥지를 찾지 못하는
진청우와 린칭샤의 방황과 고통, 피로감은 당시 홍콩인 대다수의 느

낌 그대로였다.

하지만 그렇게 애인과 보스가 떠난 뒤에도 삶은 계속된다. 진청우
는 쏟아지는 비를 맞으며 조깅을 하면서 슬픔을 잊고 새출발을 하려
한다. 린칭샤는 백인 보스를 살해한 뒤 그동안 쓰고 다니던 금발 가발
을 벗어던진다. 보스에게 배신당한 린칭샤 옆에는 구두를 신고 자면
다리가 붓는다면서 구두를 벗겨주고, "예쁜 여자는 구두가 깨끗해야
해" 하면서 정성껏 구두를 닦아주는 진청우가 있다. 애인과 보스가 떠
난 뒤 새롭게 출발하는 두 사람은, 영국이 떠난 뒤 새롭게 출발하는
홍콩인 셈이다.

네이선 로드의 청킹맨션

「중경삼림」의 첫번째 이야기의 무대는 주룽반도다. 주룽에서 가장
번화한 곳이 침사추이(尖沙咀)다. 침사추이를 가로지르는 네이선 로
드(Nathan Road)에 청킹맨션(重慶大厦)이 있다. 이곳이 영화의 주요
무대다. 「중경삼림」의 영어 제목은 「Chungking Express」다(예전에는
충칭을 Chung King으로 표기했다). 영화에 나오는 첫번째 이야기가 청킹
맨션을 배경으로 진행되고, 두번째 이야기의 배경이 '미드나이트 익스
프레스'(Midnight Express)라는 패스트푸드점이어서 두 공간을 합성해
제목을 만든 것이다.

네이선 로드는 주룽에서 번화한 곳이자 가장 혼잡한 곳이다. 그것
이 바로 이 거리만의 매력이다. 하얏트 호텔 등 최고급 호텔도 있지만
우리나라 여인숙쯤에 해당하는 싸구려 숙박시설도 즐비하다. 네이선

청킹맨션. 영화 「중경삼림」의 주요 무대다.

로드 36번지 대로변에 높이 솟은 낡은 빌딩이 청킹맨션이다. 홍콩의 대표적인 저가 게스트하우스다. 4층부터 숙소이고 3층까지는 상가인데, 환전소와 도색잡지 가판대, 기념품 가게, '짝퉁' 가게들이 널렸다. 어둠침침한 복도에서 엘리베이터를 기다리고 있으면 누군가 달려들어 칼을 들이대지 않을까 조마조마할 정도로 무섭고 위험해 보이는 건물이다. 청킹맨션은 방값이 싸서 돈을 벌기 위해 동남아나 아프리카, 인도, 네팔에서 온 사람들이 장기 체류하곤 한다. 그래서 인도 식당, 네팔 식당 등이 있다. 진청우는 범죄가 빈발하는 이곳 일대를 순찰하는 사복경찰이다. 린칭샤는 청킹맨션에서 마약 운반책 노릇을 할 인도사람들을 구하고, 보스에게 매수되어 도망간 인도사람들을 찾아 헤맨다. 그러면서 청킹맨션의 어지러운 광경이 뮤직비디오의 한장면

홍콩 스타거리에 있는 '장만위'의 핸드 프린팅.

처럼 현란하게 화면을 채운다.

청킹맨션이 있는 네이선 로드에서 남쪽으로 홍콩 문화쎈터, 홍콩 예술박물관, 그리고 홍콩 섬으로 가는 스타페리 선착장까지 이어지는 길은 홍콩 최고의 산책로 가운데 하나다. 해변을 끼고 반대편 홍콩 섬을 볼 수 있기 때문이다. 홍콩상하이은행, 중국은행 등 홍콩을 대표하는 멋진 건축물이 연출하는 세계 최고의 항구 풍경을 볼 수 있다. 특히 야경이 일품이다. 홍콩에서 환상적인 야경을 감상할 수 있는 최고의 장소는 두곳이다. 한곳은 홍콩 섬에서 급경사를 오르는 재미있는 픽 트램을 타고 빅토리아파크로 가서 주룽 쪽을 바라보는 것이고, 다른 하나는 주룽 남쪽 침사추이 해변에서 홍콩 섬 쪽을 구경하는 것이다. 설이나 추석, 크리스마스, 연말에는 침사추이 해상에서 불꽃놀이를 하는데, 불꽃놀이와 홍콩 빌딩의 조명이 어우러져 연출하는 야경이 장관이다.

2004년에는 침사추이 해변공원에 '스타의 거리'가 생겨 볼거리가 늘었다. 홍콩 유명 배우와 감독 73명의 싸인과 핸드 프린팅이 길바닥에 이어져 있다. 수많은 배우의 손바닥 도장에 자신의 손을 맞춰보다 보면 홍콩이 영화의 도시라는 사실을 실감할 수 있다. 하지만 안타깝게도 내가 좋아하는 장궈룽의 것은 없다. 장궈룽이 '스타의 거리'가 생기기 1년 전인 2003년 만우절에 거짓말처럼 세상을 떠나서 그렇다.

뮤직비디오를 닮은 영화

「중경삼림」 두번째 이야기는 줄거리보다도 영화 전편에 흐르는 '마마스 앤 파파스'(Mamas & Papas)의 명곡 「캘리포니아 드리밍」 (California Dreaming)과 감각적인 화면으로 기억되는 영화다. 많은 영화 팬이 「중경삼림」 하면 이 노래를 떠올린다. 노래가 워낙 강렬한 인상을 남긴데다가 촬영감독 크리스토퍼 도일의 카메라가 현란하게 움직여서 「중경삼림」의 두번째 이야기는 「캘리포니아 드리밍」의 뮤직비디오 같다.

두번째 이야기의 주인공은 633호 경찰(량차오웨이 분)과 패스트푸드점 점원(왕페이 분)이다. 량차오웨이의 주 임무는 거리 순찰이다. 늘 단골 패스트푸드 가게 '미드나이트 익스프레스'에서 주방장 쌜러드를 먹는다. 주인이 제발 입맛을 바꿔보라고 권하지만 그는 늘 쌜러드만 먹는다. 그 집에는 미국으로 유학갈 돈을 벌기 위해 가게 주인인 숙부 밑에서 일하는 왕페이가 있다. 일할 때면 늘 「캘리포니아 드리밍」을 크게 틀어놓는다. 량차오웨이에게는 스튜어디스 애인이 있다. 그런데 어느날 비행에서 돌아온 그녀가 량차오웨이를 떠난다. 량차오웨이의 집 열쇠와 편지를 미드나이트 익스프레스의 왕페이에게 맡기고. 왕페

왕페이는 량차오웨이의 집에 몰래 숨어들기를 즐긴다.

이는 열쇠를 량차오웨이에게 돌려주지 않고 그가 출근한 뒤 빈집에 몰래 들어간다.

「중경삼림」의 두번째 이야기의 배경은 홍콩 섬이다. 홍콩 섬의 명물 가운데 하나가 세계에서 가장 긴 옥외 에스컬레이터다. 길이가 무려 800미터나 되는 '미드 레벨 에스컬레이터'가 그것이다. 오전 10시까지는 내려오고 이후에는 올라가기만 한다. 에스컬레이터를 타고 오르다보면 주위의 집안 풍경이 자연스럽게 눈에 들어온다. 「중경삼림」의 촬영감독 크리스토퍼 도일도 이 에스컬레이터 옆에 있는 아파트에 살았다고 한다. 영화에서 량차오웨이의 집도 에스컬레이터 옆에 있다. 그래서 왕페이는 에스컬레이터를 타고 가면서 짝사랑하는 량차오웨이의 집을 몰래 훔쳐본다.

량차오웨이가 출근하면 왕페이는 몰래 그의 집에 들어가서 옛날 애인이 입던 스튜어디스 복장을 감춰버리고 집안을 말끔히 청소하고 새로 통조림을 사서 선반에 채워놓는다. 옛날 애인의 흔적을 지워버리고 자기 식으로 집을 바꾸는 것이다. 그러다 결국 량차오웨이에게 들킨다. 그는 왕페이의 마음을 알아챈다. 그리고 떠난 애인에게 새 남자

란콰이펑 거리. 동서양 문화가 뒤섞인 홍콩의 특징을 잘 보여준다.

가 생겼으며 그녀가 다시는 돌아오지 않으리라는 것도 안다. 결국 량차오웨이는 왕페이에게 데이트를 신청한다.

"내일 8시에 '캘리포니아'에서 기다릴게요."

두 사람의 약속 장소인 '캘리포니아'란 바는 홍콩 섬 란콰이펑에 있다. 쎈트럴역 D1출구에서 나와 랜드마크 백화점을 지나 위쪽 언덕길을 올라가면 조그마한 바가 늘어선 보행자 전용 거리가 나온다. 이곳이 란콰이펑이다. 동서양 문화가 뒤섞인 홍콩문화의 특징을 여실히 체험할 수 있는 매력적인 곳이다. 주로 혼자 여행하는 나로서는 발바닥이 아프고 다리에 힘이 빠질 정도가 됐을 때, 특히 홍콩처럼 덥고 눅눅한 거리를 걷다가 지쳤을 때, 거리의 까페에서 이국 풍경을 내다보며 시원한 생맥주를 한잔 하는 것이 최고의 즐거움이다. 란콰이펑에 줄지어선 멋진 바들은 낯선 여행객이 그런 즐거움을 만끽하기에 더없이 좋은 곳이다.

란콰이펑 언덕을 중간쯤 올라가다 왼쪽의 작은 골목으로 들어서면 입구에 '캘리포니아'란 바가 있다. 「중경삼림」이 세계적으로 유명해진 뒤 같은 이름을 가진 바가 여럿 생겼다. 영화에서 량차오웨이의 단골 집이자 왕페이의 직장인 미드나이트 익스프레스는 그 골목을 따라 10 미터쯤 더 들어가 길이 갈라지는 곳 왼쪽 모퉁이에 있다. 지금은 담뱃 가게로 바뀌었지만.

사람들은 홍콩과 결코 연애를 하지 않는다

량차오웨이는 약속 장소인 캘리포니아에서 기다리지만 왕페이는 나타나지 않는다. 냅킨에 손으로 쓴 항공권을 남긴 채 진짜 미국 캘리 포니아로 떠난 것이다. 1년이 지난 뒤, 량차오웨이는 경찰을 그만두고 미드나이트 익스프레스를 넘겨받아 개점을 준비한다. 영국제국의 경 찰복을 벗고 새로운 삶을 시작하는 것이다. 옛날 왕페이가 즐겨 듣던 노래 「캘리포니아 드리밍」을 들으면서. 그때 왕페이가 량차오웨이의 옛 애인처럼 스튜어디스가 되어 나타난다.

많은 이에게 홍콩의 이미지는 머무는 곳이 아니라 거쳐가는 곳, 비 행기를 갈아타는 곳이었다. 홍콩에 뿌리내리는 것이 아니라 홍콩을 거쳐 다른 곳으로 간다. 홍콩인들마저 그렇다. 홍콩인은 기본적으로 외지에서 온 이주민들이다. 그런데 그들은 홍콩을 거쳐 다시 미국이 나 캐나다, 호주로 간다. 그래서 영국인 식민지 통치자들은 홍콩을 두 고 이렇게 말하기도 했다.

"홍콩은 정거장이다. 사람들은 이곳에 왔다가 이곳을 떠난다. 이 거리와 바람을 피우거나 섹스를 나눌지도 모른다. 하지만 결코 연애는 하지 않는다."

그렇게 홍콩은 그곳을 거쳐 늘 어디론가 떠나는 사람들의 정거장이자 항구였고, 공항이었다. 영국이라는 제국의 태양도 기울어 이제 홍콩을 떠난다. 물론 사랑에도 통조림처럼 유통기한이 있다. 그토록 절절한 사랑도 유통기한이 지나기라도 한 것처럼 떠나간다. 그리고 그 빈자리에 다른 사랑이 온다. 다른 사람이 온다. 그 사랑도, 그 사람도 결국은 옛 사랑처럼, 옛 사람처럼 유통기한이 있을까. 그래서 량차오웨이 앞에 나타난 새로운 사랑, 새로운 사람 왕페이도 옛 애인처럼 스튜어디스 차림으로 나타난 것일까. 대관절 유통기한이 없는 사랑이란 없는 것일까. 99년 동안 계속된 영국 식민지 홍콩의 유통기한은 끝났다. 그렇다고 유통기한이 없거나 혹은 영화에서 진청우가 바라던 대로 유통기간이 1만년쯤 되는 통조림이 홍콩인들 앞에 새롭게 나타난 것은 아니다. 홍콩사람들에게는 또하나의 유통기한이 생겼다. 중국정부가 보장하여 50년 동안 지속될 '일국양제'가 그것이다. 그리하여 아무래도 「중경삼림」에 담긴 홍콩인들의 숙명적인 유한한 사랑 이야기는 앞으로도 계속될 것 같다.

전세계 중국인들을 연결하는 노래

「중경삼림」이 홍콩사람들의 이야기라면 「첨밀밀」은 중국대륙에서 돈을 벌기 위해 기회의 땅 홍콩으로 온 '대륙인' 남녀의 사랑 이야기다. 홍콩이 대륙으로 반환되던 1997년에 천커신 감독이 내놓은 작품으로, 『타임』이 선정한 1997년 최고의 영화 10편에 선정되기도 했다. '첨밀밀'이라는 제목은 중국인에게 이미 전설이 된 가수 덩리쥔(鄧麗君, 1953~95)의 노래에서 따온 것이다.

덩리쥔. 중국인이 있는 곳이면 어디나 덩리쥔의 노래가 있다.

영국인에게 비틀즈가 있다면 중국인에게는 덩리쥔이 있다. 덩리쥔은 1995년 5월 8일 태국에서 지병인 천식이 악화되어 죽었다. 그래서 그녀의 팬들에게 5월은 '덩리쥔의 달'이다. 중국대륙, 홍콩, 대만, 그리고 해외 화교들까지 전세계 중국인이 덩리쥔을 기억하고 기념하며 해마다 5월 8일을 전후로 중화권에서는 추모 콘서트가 여기저기서 열린다. 그녀가 죽은 지 10년이 넘어가도 그녀를 추억하는 열기는 식을 줄을 모른다.

중국인이 있는 곳이면 어디나 덩리쥔의 노래가 있다. 그녀의 노래는 전세계 중국인의 마음을 연결하고 중화세계를 연결하는 문화적 메씬저이고, 중국인을 하나로 상상하게 만드는 매개체다. 중국인이라면 의당 덩리쥔을 좋아한다. 아니 덩리쥔을 좋아하기에 비로소 중국인이다. 중국인들 사이에서 공통의 취향과 정서를 고리로 하여 상상의 공동체를 만드는 것이 덩리쥔의 노래다. 그래서 중국인이라면 공자의 후손임을 자부하듯이, 누구나 덩리쥔의 팬이라고 자처한다. 덩리쥔을 좋아한다는 점에서 대만이나 홍콩, 대륙, 세계 각지에 흩어져 있는 중국인들은 하나다.

물론 덩리쥔이 중국인들 사이에서만 인기를 누린 것은 아니다. 1973년에 일본에 진출해 그 이듬해 최고 인기 가수상을 수상하면서 대성공을 거두었다. 하지만 우리나라에 대중적으로 알려지기 시작한 것은 그녀가 죽고 나서다. 그것도 덩리쥔의 노래 자체가 아니라 영화 「첨밀밀」 때문이었다. 영화가 인기를 끌면서 노래가 유행하자 두리안이 「I'm still loving you」라는 제목으로 리메이크하고, 그것이 한 텔레비전 드라마의 주제곡으로 사용되면서 원곡을 부른 덩리쥔도 유명해졌다.

영화 「첨밀밀」은 리밍이 남자 주인공 소군을, 장만위가 여자 주인공 이교를 맡았다. 홍콩은 원래가 이민자들의 도시다. 내륙, 지금의 중국대륙에 살던 사람들이 이주해 도시 규모가 커졌다. 일본이 중국을 침략해 상하이까지 점령하자 상공인들과 자본이 홍콩으로 대거 유입되었고, 1949년 사회주의 정권이 들어선 이후에 다시 한번 대규모 난민이 홍콩으로 왔다.

한동안 주춤하던 대륙 출신 이민자들이 다시 홍콩으로 몰려든 것은 대륙에서 문화대혁명이 종결되고 개혁개방이 시작되던 1970년대 말부터다. 한해 10만명씩 몰려올 정도였다. 소군도 그중 하나다. 1986년 3월 1일 '신이민자'의 한사람으로 대륙인임을 상징하듯 푸른 인민복 차림으로 홍콩에 왔다. 다행히 홍콩에 사는 고모가 내준 다락방에서 자면서 음식점에 닭을 배달하는 일을 맡았다. 털 뽑은 닭을 자전거에 줄줄이 달고 홍콩 시내를 경쾌하게 달린다. 소군의 얼굴에는 기회의

남녀 주인공이 만났던 네이선 로드의 맥도날드점.

땅 홍콩에 와서 성공을 위해 일한다는 기쁨이 넘친다.

그런 그의 모습을 비추는 화면에 중국 국가가 경쾌하게 흘러나온다. 고향 우시에 있는 여자친구에게 편지를 쓰면서 당 간부도 자신만큼은 돈을 벌지 못할 것이라고 자랑한다. 첫 월급을 타면 "고향 우시사람들이 가보지 못한 곳을 가보겠다"고 여자친구에게 말한다. 바로 맥도날드다. 당시 우시에는 당연히 맥도날드가 없었다. 우시가 작은 도시여서가 아니라 중국에 맥도날드가 처음 들어간 것이 1992년 4월 23일이다. 중국 최초이자 세계 최대의 맥도날드점이 베이징의 중심 왕푸징 입구에 문을 열었다. 개업 당일 4만명이 몰려들었다. 천안문 사태(1989) 이후 중국이 사회주의 시장경제를 도입하고 개혁개방을 계속해나갈 것임을 세계에 알리는 상징적 메씨지였다. 소군은 맥도날드 포장지에 여자친구에게 보내는 편지를 쓴다. 중국 도처에 맥도날드가 널린 지금의 중국과 비교하면 천양지차다. 불과 10년 사이에 그렇게 되었다.

홍콩은 맥도날드 천국이다. 홍콩에 처음 간 것이 1985년인데, 아침에 맥도날드에 갔다가 깜짝 놀랐다. 아이들로 만원이었다. 맥도날드에서 아침을 해결하고 등교하는 것이었다. 요즘은 대륙에서도 이런 일이 일어난다. 그래서 중국 맥도날드는 아침 일찍 문을 연다. 대륙사람들도 그렇지만 홍콩사람들도 집에서 밥을 잘 해먹지 않는다. 아침은 더구나 그렇다. 출근하다가 죽이나 샌드위치 등으로 해결하고, 저녁도 밖에서 주로 사먹는다. 여성들이 편할 수밖에 없다. 번 돈의 대부분을 먹는 데 쓴다. '먹는 것을 하늘로 여기는 사람들'(民以食爲天)이라 그렇다.

처음 탄 월급을 들고 맥도날드로 달려갔지만 소군은 당황스럽다. 주문 방법을 모르기도 하지만 더 큰 문제는 말이었다. 대륙 출신 소군은 광둥어를 할 줄 몰랐다. 보통화는 성조가 넷이지만 광둥어는 성조가 여섯개에서 아홉개까지 된다. 그러니 중국인들 사이에서도 글이 아닌 말로는 소통이 되지 않는 경우가 있다. 광둥어에는 아직도 입성(入聲)이 남아 있어 어떤 음은 우리 한자음과 흡사하다.

영국의 식민 지배에서 벗어난 뒤 홍콩에서도 보통화를 쓰는 사람이 크게 늘었다. 대륙으로 반환된 후 홍콩의 언어 정책은 '양문삼어(兩文三語)'를 기본으로 한다. 글은 영문과 중문으로 표기하고 말은 영어, 중국어, 광둥어를 쓴다는 것이다. 중국대륙에서처럼 반드시 보통화를 써야 한다고 강제하지는 않는다. 하지만 1997년에는 보통화가 초·중등학교의 필수교과목으로 편성되었고, 2000년부터는 중학교 입시 필수과목이 되었다. 그런가하면 홍콩에서 실시되는 보통화 언어능력시험에 1996년에는 141명만이 참가했는데, 10년 사이에 3만 5천명이 시험을 치렀다. 영어와 광둥어만 통용되던 홍콩에서 보통화가 약진하는 것이다. 학교에서 보통화 교육이 늘어나고, 무엇보다 대륙과 교류가 늘어나 경제적 이유로 자발적으로 학원에 가서 보통화를 배우는 사람도 많아지고 있다. 하지만 반환 이전, 특히 한창 대륙인들이 몰려들어 사회문제가 되던 1980년대와 90년대 홍콩에서 보통화를 쓰면 대륙인이라고 무시당하기 일쑤였다. 그래서 외국인인 나조차 홍콩에서는 보통화보다 영어를 쓰곤 했다. 그래야 대접받을 수 있었다.

광둥어를 몰라 더듬거리는 소군을 구해준 사람이 여주인공 이교다. 맥도날드에서 아르바이트를 하던 이교가 고맙게도 보통화로 상대해준 것이다. 나중에 밝혀지지만 이교도 소군과 같은 처지의 대륙인이다. 그리고 영화 맨 끝장면에서야 밝혀지지만 두 사람은 같은 날 같은 기차를 타고 홍콩에 오면서 머리를 맞대고 잤었다. 두 사람은 운명적으로 만나게 되어 있던 것이다.

이교는 광둥성 출신이라 광둥어를 할 줄 안다. 그래서 홍콩인 행세를 하며 닥치는 대로 일한다. 홍콩 물정에 어두운 대륙인들을 영어학원에 소개해주고 커미션을 받고, 학원 청소도 하면서 악착같이 돈을 모은다. 소군도 이교의 꾐에 빠져 영어학원에 다닌다. 소군은 이교가 가진 호출기라는 것을 처음 보고, 은행 카드라는 것도 처음 알게 된다. 소군은 이교한테 홍콩에서 사는 법을 배운다. 그런 가운데 둘은 가까워진다.

어느날 학원 수업을 마치고 소군이 이교에게 말한다. "차가 있으니까 바래다주겠다"고. 이교가 놀라며 "차가 있느냐"고 묻는다. 중국어로

소군과 이교가 자전거를 타는 장면에서 「첨밀밀」이 흘러나온다.

자전거는 '自行車'다. 그래서 중국어로 '여우처(有車)'라고 하면 자전거가 있다는 뜻도 되고, 자동차가 있다는 뜻도 된다. 이교는 처음에 자동차가 있다는 뜻으로 알아들은 것이다. 소군 자전거에 타면서 이교는 "이런 것은 홍콩에서 차라고 하지 않는다"고 말한다. 하지만 평소 닭을 배달하던 소군의 자전거 뒷좌석에 앉은 이교의 표정은 무척 밝다. 흡사 고향에 온 듯하다. 이때 덩리쥔의 노래 「첨밀밀」이 흘러나온다. '첨밀밀'(톈미미)이란 달콤하다는 뜻으로, 연인 관계를 상징한다.

달콤해요, 당신의 미소가 달콤해요

봄바람에 꽃이 핀 듯

봄바람에 피어

어디서 본 듯한 얼굴

당신의 웃는 모습이 이렇게 낯익은데

생각이 나지 않아요

아, 꿈에서

꿈에서 꿈에서 보았어요, 당신을

얼마나 달콤하게 미소를 짓고 있던지

당신, 꿈에서 본 사람이 당신이에요

거기서, 거기서 당신을 보았어요

당신 웃는 모습이 이렇게 낯익은데

생각이 나지 않아요

덩리쥔은 원래 타이완에서 태어났다. 아버지는 국민당 군인으로, 장제스(蔣介石) 군대를 따라 타이완으로 옮겨갔다. 어려서부터 노래에 재능을 보여, 6세 때부터 돈을 받고 노래를 불러 가난한 집안을 도울 정도였다. 11세 때 타이완의 한 방송국 가요제에 입상한 뒤로 학교를 그만두고 가수의 길을 걷는다. 타이완, 홍콩, 일본에서 인기를 모으던 덩리쥔의 노래가 중국대륙에 알려진 것이 1977~78년부터다. 문화대혁명이 끝나고 덩샤오핑 정권이 들어서던 무렵이다. 처음에는 광저우 등 동남 해안지역에서 유행하더니 마침내 베이징까지 덩리쥔 바람이 북상한다. 당시 "두 '덩'씨가 중국을 지배한다"는 말까지 나돌았다. 낮에는 덩샤오핑이, 밤에는 덩리쥔이 중국을 지배한다는 것이다.

중국의 밤을 지배했던 덩리쥔

급기야 중국정부는 1983년 덩리쥔의 음악을 퇴폐음악으로 규정하고 금지한다. 하지만 이런 조치는 아무런 영향이 없었다. 혁명가요와 군가풍의 노래만 듣던 대륙사람들에게 여리고 처량한 목소리로 사랑을 노래하는 덩리쥔은 또다른 차원의 문화혁명이었던 셈이다. 대륙사람들은 시간이 갈수록 덩리쥔의 노래에 더욱 깊숙이 빠져들었고, 가

홍콩의 명품 거리. 이교와 소군은 이곳에서 꿈을 키운다.

수들은 그녀의 노래를 모방하느라 바빴다.

덩리쥔의 노래가 유행하게 된 데에는 당시 중국대륙에 널리 보급되기 시작한 카쎄트 플레이어가 크게 기여했다. 카쎄트 플레이어가 보급되면서 그동안 방송에서 틀어주는 노래만 듣던 데서 벗어나 중국인들 스스로가 좋아하는 노래를 선택하게 된 것이다. 이렇게 되자 금지조치는 아무 효과도 거두지 못한 채 덩리쥔의 노래는 1985년 해금된다. 그리고 덩리쥔은 명실상부 모든 중화세계를 아우르는 중국인의 가수로 거듭 태어난다. 그러나 덩리쥔은 중국대륙 팬들이 그렇게 원했음에도 중국대륙에는 가보지 못하고 생을 마친다.

「첨밀밀」 노래가 흐르는 가운데 즐겁게 자전거를 타고가는 소군과 이교의 뒤로 세계적인 유명 브랜드 매장들이 지나간다. 이들이 지나가는 거리가 캔톤 로드다. 주룽에서 가장 화려한 거리다. 고급 옷가게와 세계적인 명품매장이 모였고, 한국과 일본 단체 관광객들이 주로 찾는 갤러리아 쇼핑몰도 이 거리에 있다. 두 사람이 처음 만난 맥도날

스위트 다이너스티. 영화에서 이교와 소군이 자주 들르던 식당이다.

드도 캔톤 로드에서 주룽공원 쪽으로 접어드는 길 지하에 있다.

캔톤 로드에서 침사추이역 쪽으로 가는 길에 두 사람이 자주 들르던 레스토랑도 있다. '스위트 다이너스티'(Sweet Dynasty, 唐朝)란 곳이다. 광둥요리의 대표 음식 가운데 하나가 죽이다. 홍콩이나 광저우에 가면 아침에 갖가지 죽을 먹는 재미를 빼놓을 수 없다. 이 집에서는 40여가지의 죽을 판다. 뜨거우면서도 고소한 연두부 요리, 예쁘고 맛있는 딤섬도 있다. 가격도 비싸지 않다. 무엇보다 맛이 일품이다. 그런데 한번 맛을 보려면 하루 중 언제 가더라도 최소 30분 이상은 줄 서서 기다려야 한다.

홍콩에 온 지 얼마 안된 두 사람이 허름한 차림으로 홍콩의 부를 상징하는 명품 거리 캔톤 로드를 자전거를 타고 지나면서 행복을 느끼는 것은 홍콩에서 이룰 꿈이 있어서이고, 외로운 홍콩에서 동병상련의 친구를 만났기 때문이다. 1987년 설 전날, 둘은 노점을 열어 덩리쥔의 테이프를 판다. 하지만 비가 내려 전혀 팔리지 않는다. 이교가 무심결에 말한다. "작년에 광저우에서는 10만개나 팔았는데⋯⋯." 그 동안 이교는 소군에게 자신이 홍콩사람이라고 속여왔다. 그런데 자신이 광둥성의 광저우사람이라는 것을 드러내고 만 것이다. 이교는 홍콩에서 대륙인이라고 무시당하지 않기 위해, 그리고 광저우는 홍콩과 가깝고 같은 말을 쓰기 때문에 자신은 '준(準)홍콩인'이나 다름없다고 생각했기에 대륙인이라는 사실을 숨긴 것이다. 사실 요즘은 광저우와 선전(深圳), 홍콩이 갈수록 통합되고 있다. 세 도시가 거의 하나의 경제권으로 묶이고 있고, 홍콩과 광저우, 선전 사이를 출퇴근하는 사람들이 갈수록 늘고 있다. 하지만 홍콩 반환 이전에는 전혀 그렇지 않았다.

홍콩인과 대륙인 사이의 애증

홍콩인은 1980년대에 돈을 벌기 위해 건너온 대륙인을 철저히 무시하고 차별했다. 홍콩사람들은 이들 대륙인을 재난으로 여겼다. 대개는 불법으로 들어온 대륙인들을 언제라도 범죄를 저지를 수 있는 잠재적 범죄자이자, 홍콩인의 일자리를 빼앗아가는 약탈자라고 여겼다. 홍콩의 혜택에 무임승차하기 위해 몰려든 탐욕스러운 무리이자 하등인간으로 여긴 것인데, 무엇보다도 그들은 공산주의 사회에서 온 사람들이었다. 홍콩사람들에게는 '우리 홍콩인, 그들 대륙인'이라는 이분법적 사고가 확고하게 자리잡은 가운데 공공연하게 대륙인을 멸시하고 차별했다. 당시 홍콩에서 제작된 많은 영화에서 대륙 출신들이 한결같이 범죄자로 등장하는 것은 이런 배경에서다.

홍콩사람들은 이중의 정체성을 가지고 있다. 서구인과 만날 때 홍콩인은 중국인이라고 자처하면서 자기 정체성을 서구에 내보인다. 하지만 대륙사람들과 만나면 그들은 중국인이 아니라 서양인, 영국인으로 자처한다. 대륙사람들을 대할 때면 영국의 입장에서, 중국대륙보다 훨씬 잘 살고 우월한 서구 선진국의 입장에서 사회주의 중국대륙인을 바라보는 것이다.

1967년 홍콩 대학생들이 지배자 영국에 맞서 반영(反英) 폭동을 일으킬 무렵에는 자신은 중국인이며 대륙과 연결되어 있다고 생각하는 사람이 더 많았다. 그런데 1970년대 이후 경제적으로 성장하고 홍콩에서 나고자란 세대가 늘어가면서 자신을 홍콩인으로 규정하는 정체성이 형성되기 시작한다. 더구나 이 무렵 중국에서 문화대혁명이 진행되면서, 자신을 대륙에서 분리하여 중국인이 아니라 홍콩인으로 인식하는 사람들이 크게 늘었다. 대륙인을 대할 때에도 민족적 차원보다는 정치적 차원의 정체성을 앞세우게 된 것이다. 공산주의 중국대륙에 대한 부정적 인식을 기초로 하여 '낙후되고 자유가 없고 민주화되지 않은 중국 본토 대 발전하고 자유롭고 민주화된 홍콩'이라는 이원대립을 통해 자기 정체성을 구성한 것이다. 사실, 홍콩에서도 영국이 통치하던 기간에 민주제가 실현된 것은 아니었다. 영국은 중국에 반환하기 직전에야 민주제를 실시했다. 짐을 중국에 떠넘기고 가버린 셈이다. 하지만 중요한 것은 그런 사실이 아니라 홍콩인이 그렇게 상상하고 믿고 있다는 것이다.

홍콩이 중국으로 반환되는 것은 제국주의 침략으로 고통당하던 중국 근대사의 비극이 한 세기가 지난 뒤에야 마무리되었음을 의미한다. 이러한 차원에서 보면 홍콩 반환은 중국인의 정체성으로라면 마땅히 경축해야 할 일이다. 그러나 홍콩인들은 반환에 대해 두려워하고 초조해했다. 그중 40만명은 아예 홍콩을 떠났다. 중국이 자본주의 씨스템을 계속 홍콩에 적용할지 확신할 수 없었고, 자신들이 중국인, 특히 중국 대륙정부의 국민이 되는 것을 꺼린 때문이다. 중국인으로서보다 홍콩인으로서의 정체성을 중요하게 생각한 것이다.

덩리쥔이 이어준 둘의 만남

소군과 이교가 공동 투자한 사업이 완전히 실패한 그날 밤, 홍콩의 이방인인 두 대륙인은 소군의 방에서 함께 중국인의 설 음식 만두를 먹는다. 그리고 섣달 그믐날 밤을 함께 보낸다. 이제 둘은 연인이 되고 허름한 호텔을 전전하며 사랑을 나눈다. 하지만 얼마 뒤 둘은 헤어진다. 이교가 주식에 투자했다가 실패해 빈털터리가 되고 빚까지 떠안았기 때문이다. 돈을 벌기 위해 마싸지 걸이 된 이교는 자신이 홍콩에 온 것은 "너(소군) 때문이 아니라 돈을 벌어 고향 어머니에게 집을 사드리기 위해서"라며 소군에게 절교를 선언한다.

그후 이교는 마싸지 단골손님이던 암흑가의 대부를 만나 동거하며 부를 거머쥔다. 부동산업으로 성공해 꿈을 이룬 것이다. 소군도 한 식당에서 요리사로 일하다가 미국으로 이민간 주인 대신 가게를 꾸려 성공한다. 그리고 고향에 있던 여자친구를 데려온다. "여기는 홍콩이야. 뭐든지 할 수 있어"라던 이교의 말처럼 두 대륙인은 홍콩에서 마침내 성공한다. 소군의 약혼식날 이교와 소군이 재회한다. 둘은 자신들이 진정 사랑하는 사람이 누구인지를 안다. 서로 감정을 더이상 속

이고 살 수 없음을 확인하고는 각자 연인에게 이 사실을 밝히기로 한다. 하지만 공교롭게도 그날밤, 이교와 같이 사는 암흑가의 보스가 경찰에 쫓겨 홍콩을 떠나게 되고, 이교도 그와 함께 미국으로 간다.

그렇게 헤어진 두 사람은 뉴욕에서 다시 만난다. 미국으로 도망와서 이교와 같이 살던 예전의 보스가 거리의 불량배들에게 허무하게 살해당하고, 이교는 불법체류자로 추방될 처지에 놓인다. 미국을 떠나기 위해 공항으로 차를 타고 가던 중 이교의 눈앞에 자전거를 탄 소군이 지나간다. 그 순간 이교는 차에서 내려 소군의 자전거를 쫓아간다. 하지만 어느새 사라져버려 찾지 못한다.

시간이 흘러 결국 미국 영주권을 얻은 이교는 관광 가이드를 한다. 고향으로 가기 위해 티켓을 사고 여행사에서 나오다 차이나타운 전자제품 가게에 전시된 텔레비전에서 가수 덩리쥔이 죽었다는 뉴스를 본다. 그런데 그 옆에서 소군도 뉴스를 보고 있다. 두 사람이 고개를 돌려 서로를 확인하고는 웃는다. 그리고 「첨밀밀」 노래가 흐른다. 결국 두 사람을 다시 만나도록 이어준 것은 덩리쥔이었다. 맨 처음에도 그랬고, 마지막도 그러하다. 둘은 운명처럼 다시 만났다.

지금 중국대륙에는 소군과 이교처럼 기회의 땅을 찾아 홍콩으로 가는 사람은 없다. 이제 중국대륙이 홍콩이다. 옛날 홍콩인들이 차별하고 무시하던 중국대륙이 아니다. 요즘 홍콩은 중국대륙 관광객들로 넘쳐난다. 대륙 관광객들을 상대하기 위해 홍콩 써비스업 종사자들은 보통화를 배운다. 홍콩과 대륙의 관계가 역전되었다고나 할까. 홍콩과 대륙은 갈수록 하나가 되어가고 있다. 과거에는 돈을 벌기 위해 홍콩에 밀입국하던 대륙인들이 요즘은 쇼핑하기 위해 홍콩에 간다. 사람과 언어와 돈이 뒤섞이면서 홍콩과 대륙은 빠르게 결합하고 있다.

홍콩의 변화하는 정체성

몇해 전 홍콩의 한 민영방송에서 매일 저녁 뉴스 전에 중국 국가를 내보내 논란을 불러일으켰다. 많은 홍콩인이 자신을 중국인이기 이전에 홍콩인이라고 여겨왔다. 하지만 중국대륙으로 반환된 후 중국은 영국이라는 제국주의가 홍콩 식민지 사람들에게 남겨놓은 정체성을 걷어내고 중국인이라는 정체성을 심겠다는 것이다. 그런 작업을 조용히, 천천히, 갖가지 방식으로 진행하고 있다. 그리고 시장경제 씨스템이 지속적으로 유지되어 경제가 발전하고 정치적 민주화가 진척되어 갈수록 더 많은 홍콩인이 자발적으로 중국인으로 변해갈 것이다. 그런 가운데 홍콩과 중국대륙은 점차 하나로 통합될 것이다.

그런데 식민시대와 냉전시대의 산물인 홍콩인이라는 정체성만을 고집하는 것도, 중화인민공화국 국민으로 완전히 복속된다는 의미에서 중국인이라는 정체성을 강요하는 것도 온당해 보이지는 않는다. 홍콩인과 중국인의 정체성이 공존하는 길은 없을까. 동아시아 중화세계는 원래 세개의 꼭지점으로 이루어져 있었다. 중국대륙, 홍콩, 타이완이 그것이다. 중국대륙과 타이완에 각각 사회주의와 자본주의 독재정권이 유지되고 있을 때, 홍콩은 두 중국 밖에서 그 두 세계를 비추는 중화세계의 공공영역 노릇을 해왔다.

이런 과거의 경험을 생각하면 홍콩의 정체성은 새롭게 재편될 필요가 있어 보인다. 홍콩인과 중국인의 정체성이 교차하지만 그렇다고 전적으로 포개지지도 않는 가운데, 때로는 화해하고 때로는 갈등하면서 서로를 되비추는 그런 정체성이 '일국양제'시대 홍콩사람들에게 자리잡는 것은 불가능할까. 식민시대와 냉전시대를 거치면서 갈라졌던 민족 구성원들이 어떻게 다시 만나야 하는지, 그 의미있는 실험을 홍콩에서 볼 수 있으면 하는 바람이다. 분단시대를 사는 우리로서는 그것이 남의 일만은 아니기 때문이다.

베이징

황하

상하이

충칭 창강

타이완

홍콩

05

충칭

重 慶

창강의 착한 사람들은 어디로 갔을까

스틸 라이프

Still Life

● 스틸 라이프 Still Life, 2006
자장커 賈樟柯 감독
한싼밍 韓三明 · 자오타오 趙濤 주연

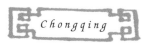

중국영화의 새로운 희망, 자장커

　자장커는 요즘 중국 영화의 새로운 희망으로 불린다. 장이머우가 문화대혁명 이후 시작된 1980년대 중국의 빛나는 문화적 상징이자 치열한 시대정신이었다면, 자장커는 시장경제시대 중국의 문화적 상징이다. 자장커는 오랫동안 중국정부의 허가를 얻지 않은 '지하 영화(地下電影)'를 만들었다. 그의 영화는 지하의 비합법적인 어두운 공간에서 형형한 눈빛으로 지상의 밝고 화려한 세계의 이면에 가려진 어둠을 투시한다. 그의 영화의 독특한 개성이다. "자장커만이 중국을 아름답지 않게 찍는 방법을 알고 있다"는 장이머우의 지적은 전적으로 옳다. 그의 영화는 장이머우의 영화처럼 아름답지도, 화려하지도, 현란하지도 않다. 그는 현대화라는 광풍에 휩싸인 시장경제시대 중국의 그늘을 담담하게 기록한다. 그의 영화는 늘 그늘과 어둠에서, 지하에서 지상의 화려한 빛을 관조한다.

그런 그의 영화세계가, 「스틸 라이프」(중국어 원제 三峽好人)로 지상의 화려한 빛을 받고 있다. 「스틸 라이프」는 2006년 베니스 영화제에서 황금사자상을 받았다. 상을 탄 뒤 세상이 그를 지상으로 호출하고 있다. 그의 작품은 중국에서 공개 상영되지 못했는데(물론 인터넷으로 볼 사람은 다 보았지만), 「스틸 라이프」가 황금사자상을 타면서 이 영화만이 아니라 전작인 「세계」까지도 중국에서 공개 상영되어 중국 관중들과 만났다.

물론 전세계적으로도 자장커 열풍이다. 우리나라 경우는 특히 그러해서 '자장커 스페셜'이 열리는가 하면, 지루하고 밋밋하다는 일부 관람객의 불평에도 불구하고 「스틸 라이프」는 사상 유례 없이 장기간 상영되는 기록을 세우기도 했다. 좋은 영화, 의미있는 영화를 애써 찾아서 즐기는 우리 영화 인구가 이토록 많다는 것이 놀라울 정도다. 물론 이런 열기에는 젊은 영화팬들에게 막대한 영향력을 발휘하는 영화평론가 정성일의 극찬도 한몫을 했으리라. 물론 자장커 스스로도 말했듯이 자장커 영화 중에서도 가장 훌륭한 영화인 것만큼은 분명하다.

강렬한 연극 본능을 지닌 중국인들

「스틸 라이프」의 무대는 충칭시 펑제(奉節)현이다. 자장커 말대로 "2천년 된 도시가 2년 만에 물에 잠겨버린 곳"으로, 창강에 건설중인 쌴샤댐으로 수몰된 대표적인 지역이다. 충칭에서 육로로 가면 한참

싼샤협곡의 장관. 창강 여행은 충칭에서 이창까지 이어진다.

멀고, 창강 물길을 따라 배로 가야 가깝다.

창강 여행은 대개 충칭에서 시작한다. 배들이 밤 7시 이후에 출발하는데 충칭에서 시작하여 2박 3일 동안 배를 타고 새로 건설한 싼샤 댐이 있는 후베이성 이창(宜昌)까지 간다. 세계에서 세번째로 길다는 창강 물길을 따라 동쪽으로 내려가면서 배에서 자고먹고, 그러다가 내려서 구경하면서 창강의 유명한 3개의 협곡, 즉 싼샤(三峽)를 구경하는 것이다. 펑제는 싼샤가 시작되는 곳이다. 싼샤의 첫번째 협곡 취탕샤(瞿塘峽)가 이곳에 있다.

창강을 타고 내려가려고 창강 여행의 시발점인 충칭에 왔다. 쓰촨

(四川)성 러산에서 열린, 현대 중국을 대표하는 시인 궈모뤄(郭沫若) 국제학술회의에 참석하고 가는 길이다. 궈모뤄의 고향에서 열린 회의는 그가 시인이면서도 중공당과 정부의 고위 정치인이자 관료였던 까닭에 반은 학술회의였고, 반은 중국공산당대회를 방불케 했다. 이번 경우처럼 그 지역 당 서기가 참석하는 자리는 음식이 좋고, 무엇보다 술이 좋다. 최고급 명품 술이 나온다. 아마 담배를 피우는 사람이라면 최고급 담배 '중화(中華)' 중에서도 가장 고급품을 피워볼 수도 있을 것이다. 물론 그 댓가는 만만치 않다. 거듭되는 건배 제의에 연신 일어서서 술잔을 비우면서 '간베이!'를 외쳐야 하고, 높은 사람들, 이른바 '링다오(領導)'의 장단도 적절히 맞춰주어야 한다. 무엇보다 판에 박힌 연설을 들어야 하고, 연설이 거의 끝나갈 무렵 '링다오'께서 예컨대 "여러분을 열렬히 환영합니다"나 "대회가 성공적으로 끝나길 기원합니다" 등등의 말을 갑자기 속도를 늦추어서 천천히 또박또박 말할 때쯤이면, 청중으로서 당신도 미리 박수칠 준비를 해야 하고, 말이 끝나자마자 우뢰와 같은 박수를 쳐야 한다.

중국공산당이나 정부기구가 관련된 행사에 참석할 때마다, 미국 선교사 아서 스미스(Arthur H. Smith)가 20여년 동안 중국에서 선교사업을 한 뒤 쓴 『중국인의 특성』(*Chinese Characteristics*, 1894)에서 중국인들은 강한 연극 본능을 지니고 있다고 한 말을 실감한다. 누구든지 일단 구성원의 하나로서 연극에 참여하고 무대에 오른 이상 주어진 자기 역할을 해야 한다. 무대에 참여한 인물들 사이의 상호관계 속에서 사전에 약속된 역할을 성실히 수행해야 하는 것이다. 그것이 상대방을 존중하고 중국인이 목숨처럼 중요하게 여기는 체면을 세워주는 일이자, 상호관계 속에서 자기자신도 인정받는 길이다. 중국공산당이나 중국정부가 관련된 행사는 바로 이러한 연극이자 유희다. 때로는 학술대회조차도 그러하다. 약속된 멘트를 해야 하고, 판에 박히고 과장된 칭찬과 겸손을 주고받아야 하고, 늦지도 빠르지도 않게 열렬한 박수를 쳐야 한다. 물론 그런 연극과 유희에 참여하지 않거나 연극판 자체를 뒤집어엎으려고 시도할 수는 있다. 하지만 중국에서 그것은 개인에게 더없는 고난의 선택이다. 어디서나 정치적 억압에 저항하기보다 더 힘이 드는 것이 문화적 억압에 저항하는 일이다. 우리도 그러하지만, 중국에서도 그러하다.

매운 훠궈와 불화로의 도시 충칭

학술회의가 끝난 뒤 러산 대불을 휭하니 구경하고는 비포장길과 국도, 고속도로를 두루 달려 7시간 만에 충칭에 도착했다. 다행히 오늘은 햇살이 눈부시다. 충칭 일대에 연일, 보름 가까이 큰비가 내렸다. 1백년 만에 내리는 큰비라고 한다. 오는 길에도 도로가 유실되어 우회하기도 했다. 이틀 전, 후진타오 서기가 수해지역을 다녀갈 정도였다. 충칭 일대에 이렇게 큰비가 내리면 그 물이 창강으로 모여들고 얼마 뒤 창강 하류는 큰 수해를 입게 된다. 그런데 올해는 하류에서 수해를 입지 않았다. 지상에서 가장 거대한 댐을 세우면서 자연 대개조 프로그램을 진행중인 중국정부가 싼샤댐 건설이 옳았다고 내세울 증거가 하나 늘어난 셈인가?

충칭은 여름이 제철이다. 관광객 때문이다. 싼샤 관광객이 몰려들어 도시가 활기차다 못해 어지럽다. 말투가 외지인이다 싶으면 한철

창강의 유람선. 대목을 노리는 상인들로 장사진을 이룬다.

대목을 보려는 장사꾼, 호객꾼, 짐꾼 들이 겁이 날 정도로 순식간에
벌떼처럼 몰려들고, 더구나 중국인 특유의 끈질김을 발휘하여 줄기차
게 따라온다. 유람선 표를 사라고 따라온다. 이곳 사투리를 모르니 외
지인으로 몰려 이런 고역을 치를 수밖에 없다. 뱃시간을 알아보려고
택시로 부두에 있는 여객터미널로 가는데 택시기사가 차에서 내리면
메고 있는 조그만 배낭과 지갑을 조심하라고 주의를 준다. 택시 문을
열자마자 7,8명이 몰려드는데 정신이 없다. 몰려든 사람들과 씨름하
는 사이에 택시는 잔돈도 주지 않고 그냥 가버린다. 누가 강도인지 모
르겠다.

충칭은 4대 직할시 가운데 하나다. 1997년 쓰촨성에서 세개 현을
떼어내 충칭을 직할시로 만들었다. 동부 해안 지역에 비해서 상대적
으로 낙후된 서부 개발의 전초지로 삼겠다는 중국정부의 의지의 표현
이었다. 충칭은 도시 이미지가 홍콩을 많이 닮았다. 홍콩 영화 「중경
삼림」에 나오는 낡은 아파트 이름이 청킹맨션인 이유가 짐작이 간다.
충칭의 옛날 영문 표기가 'Chung King'이었는데, 충칭의 낡은 아파트

는 영락없이 홍콩의 청킹맨션을 닮았다.

충칭은 난징, 우한과 더불어 3 대 화로(火爐) 도시다. 1년 최고 기온이 35도를 넘는 날이 20일 이상이라는 이야기다. 강을 끼고 있어서 안개의 도시이고, 훠궈의

충칭의 훠궈. 매운 고추가 둥둥 떠다닌다.

도시다. 충칭은 어디가나 훠궈집이다. 충칭 훠궈는 맵되, 톡톡 쏘면서 화하게 맵다. 중국어로 '마라(麻辣)'라고 한다. 훠궈탕이 담긴 냄비는 고추와 산초로 뒤덮여 있다. 목이 막히도록 맵고 코가 아리도록 톡톡 쏘는 국물에 갖가지 재료를 넣어 먹는다. 35도의 더위에도 맵고 뜨거운 훠궈를 먹는 사람들로 훠궈집들이 만원이다. 그야말로 이열치열로 더위를 식히는 제의 수준이다.

충칭에는 자전거가 드물다. 강을 따라 산언덕 쪽으로 도시가 늘어서 있어서 언덕이 많기 때문이다. 길은 산길처럼 좁지만, 중심지 대개의 길이 일방통행이어서 그런지 차가 덜 막힌다. 충칭은 방공호의 도시이기도 하다. 국민당정부 시절에, 그리고 소련과 관계가 악화되어 중소분쟁이 치열하던 1960년대 중국정부는 충칭의 산 곳곳에 전쟁에 대비하여 방공호를 팠다. 지금도 이들 방공호가 충칭 도처에 남아 있다. 또한 피난도시의 역할을 하기에 적합한 곳이 충칭이다. 창강의 물길을 따라서 쉽게 이동할 수 있고, 또한 산을 끼고 있어서다. 1938~45년까지 일본군에 밀린 국민당정부의 전시 수도가 충칭이었다. 우리나라 임시정부도 당시 국민당정부를 따라 충칭으로 옮겨왔다.

창강 배 위의 한류스타 안재욱

　유람선은 시간이 너무 많이 걸려서 콰이팅(快艇)이라 부르는 쾌속선을 타고 펑제까지 갈 셈이다. 쾌속선으로 이창까지는 7시간, 펑제까지는 2시간 30분가량 걸린다. 창강을 오가는 쾌속선들이 꽤 많아졌다. 그런데 쾌속선은 충칭에서 출발하는 것이 아니라 충칭에서 버스로 3시간가량 걸리는 창강 유역의 도시인 완저우(萬州)에서 출발한다. 충칭에서 완저우까지는 수시로 버스가 오간다. 9시에 충칭 차오톈먼(朝天門) 장거리 버스 터미널에서 버스를 탔다. 뉴질랜드에서 왔다는 대학생 셋이 내 옆자리와 앞자리에 앉아 있다. 남학생 하나 여학생 둘이다. 산만한 배낭을 지고서 한달 보름째 중국을 샅샅이 훑는 중이라고 했다. 놀랍게도 세사람 모두 중국어를 못했다. 영어에 손짓 발짓, 그리고 철저하게 준비한 파일과 여행 책자에 의지하고 있었다. 물론 모든 행선지의 티켓은 사전에 중국 국제여행사를 통해 완벽하게 끊어가지고 다닌다. 시안, 청두(成都)를 거쳐왔는데 이창을 지나 상하이까지 갈 작정이라고 했다. 중국을 보려면 저렇게 돌아다녀야 한다는 생각과, 저들은 무려 한달 반 동안 도대체 중국 화장실에 어떻게 적응하며 다녔을까라는 우려와 존경심이 함께 들었다.

　그동안 내린 폭우로 고속도로가 군데군데 끊겨서 뱃시간에 대지 못할까 걱정했는데 다행히도 제시간에 닿았다. 얼떨결에 뉴질랜드 대학생 세사람의 가이드 꼴이 되어 넷이서 1인당 20위안씩 받는 택시를 타고 완저우 부두로 왔다. 절묘하게 뱃시간에 닿았다. 12시 30분에 이창으로 떠나는 배를 탔다. 그들 셋은 이창까지 가고, 나는 중간에 「스틸 라이프」의 무대인 펑제에서 내릴 참이다. 펑제에서 다시 쾌속선을 타고 완저우로 되돌아올 수도 있고, 창강을 따라 이창으로 내려갈 수도 있다. 어디로나 꼬박 하룻길이다. 쾌속선은 주로 현지 사람들이 이용하고 관광객은 별로 이용하지 않는다. 물론 쾌속선을 타면 유람선을 탔을 때처럼 거의 같은 풍경을 다소 지루하게 보는 일은 없지만, 관광지에 내려서 구경할 수가 없고, 밖을 내다보기도 불편하다.

중국 컵라면을 하나 사고 바나나를 한근 샀다. 점심용이다. 옆자리에 앉은 10대 후반쯤 되어 보이는 청년이 거의 1분에 한번씩 선실 바닥에 침을 뱉는다. 베이징에서는 올림픽을 앞두고 '침 뱉지 않기' '머리 자주 감기' '웃통 벗지 않기' '새치기 안하기' 같은 문명운동을 펼치는데 베이징의 문명화운동이 아직 창강을 타고 채 올라오지 못한 모양이다. 중국에서 여행하다보면 겪기 마련인 더럽고 불편한 것에 어지간히 적응이 되었다 싶었는데, 이번에는 컵라면 면발이 목에 걸려 넘어가지 않는다. 배가 떠난 지 30분이 지나도 그칠 기미가 보이지 않고, 옆에 앉은 사람들도 전혀 개의치 않는다. 여기서 외국인인 내가 한마디하면 상황이 미묘해질 것이다. 중이 떠나는 수밖에 없다. 뱃머리 쪽의 선실로 옮겼다. 가운데 놓인 텔레비전에 우리나라 TV 미니씨리즈 「오! 필승 봉순영」 DVD를 틀어놓았다. 젊은 사람들은 넋을 놓고 본다. 최초의 한류 스타 안재욱, 중국발음으로 안자이쉬가 창강의 쾌속선에서 중국인들의 시선을 사로잡고 있다.

모든 것이 파괴되고 변하는 오늘 중국의 이야기

햇살은 투명하고 바람은 맑다. 황톳빛 창강물과 짙푸른 하늘, 착하고 여리게 솟은 산들이 어울려 그대로 한폭의 동양화다. 배가 산과 산 사이로 난 창강 물길을 따라 시원스럽게 달린다. 「스틸 라이프」의 또 다른 무대 윈양(雲陽)의 아름다운 윈양대교를 지나 1시간쯤 달리자 텅 빈 건물들이 곳곳에서 눈에 들어온다. 수몰에 대비해 주민들이 이주한 때문이다. 싼샤댐 건설로 1백만명이 고향을 떠나 이주민이 되었다. 1993년에 시작된 공사는 2009년에 끝난다. 완공이 다가오면서 많은 곳이 물에 잠겼다.

자장커는 원래 이곳 수몰지역을 찍는 다큐멘터리 작업을 하러 왔다. 그가 이곳을 배경으로 다큐를 찍기로 한 것은 화가이자 중국 중앙미술대학 교수인 류샤오둥(劉小東) 때문이었다. 류샤오둥은 2002년 말에 싼샤를 여행하던 중 이주 상황을 보고는 「싼샤 대이민」이라는 그림을 그렸다. 류싸오뚱이 싼샤에 가서 철거작업을 하는 11명의 노동자를 그릴 계획이라면서, 그것을 다큐로 찍을 생각이 없냐고 제안했다. 그렇게 따라나서 만든 다큐가 우리나라에도 개봉된 「동(東)」이다. 제목은 화가 이름에서 따왔다.

다큐 「동」은 영화 「스틸 라이프」의 모태인 셈이다. 다큐 작업을 하던 자장커는 이주작업과 철거작업, 그리고 새로운 거주지를 건설하는 작업이 이루어지는 수몰지구와 그곳 사람들에 대해서 흥미를 갖기 시작했다. 그는 이렇게 말했다. "모든 것들이 파괴되고 깨지고 무너지고 모든 것이 변화한다. 오늘은 이 사람이 여기에 있지만 내일은 없게 될

평제에 새로 건설된 다리. 옛 평제현은 모두 물에 잠겼다.

지도 모르고, 여기를 떠나거나 아니면 죽을지도 모른다. 모든 것들이 변화한다." 이런 눈앞의 현실에서 영감을 받은 자장커는 다큐 작업을 조감독에게 맡기고 일주일 동안 씨나리오 작업을 하고 한달 동안 촬영 준비를 하여 영화를 찍는다. 그 작품이 「스틸 라이프」다.

2000년의 역사가 물에 잠기다

배가 평제 가까이 다가가자 마을보다 먼저 새로 건설한 다리와 영화에서 갑자기 우주선처럼 솟구쳐 올라가는 기이한 건축물인 '이주 기념탑'이 맞는다. 완저우에서 2시간 30분이 걸렸다. 2000년부터 수몰이 시작되어 지금은 옛날 평제현은 거의 다 물에 잠겼다. 부두도 높은 곳에 새로 만들고 마을도 세웠다.

영화는 한 남자와 한 여자가 각각 부인과 남편을 찾아 펑제에 오면서 시작된다. 둘 다 외지인이다. 외지인의 시선으로 영화를 이끌어간 것에 대해 자장커는 자신이 싼샤에 온 지 열흘밖에 되지 않았는데 이곳 사람들의 시선으로 영화를 찍으면 거짓말이라는 것이 금방 탄로날 것이기 때문이었다고 말했다.

남자 주인공 싼밍(한싼밍 분)은 배를 타고 펑제에 온다. 그가 도착한 부두는 옛 펑제인데 지금은 물에 잠겨 사라졌다. 싼밍은 황하의 유명한 후커우 폭포가 있는 산시성 펀양(汾陽)의 탄광 노동자다. 부인을 찾으러 왔다. 원래 그는 이곳 출신의 여자를 돈으로 사서 결혼했다. 아이를 임신한 무렵 돈으로 여자를 사온 사실이 경찰에 들통나서 부인을 이곳으로 돌려보냈다. 그 일이 있고 16년 뒤, 남자는 여자를 찾아 여자의 고향에 온 것이다. 여자의 동네는 벌써 물에 잠겼고 여자는 다른 곳에서 뱃일을 돕고 있어서 만나게 될지 알 수가 없다.

남자는 여자를 수소문하면서 새 일을 시작한다. 수몰되는 건물을 철거하고 파괴하는 일이다. 원래 펑제는 우(禹)나라의 수도였다. 인근의 바이디청(白帝城)은 이백(李白)의 시로도 유명한 곳이다. 예부터 창강을 오가던 배들이 쉬어가던 곳이다. 그런 곳이 장차 수몰되려 한다. 싼밍은 수몰에 대비하여 건물을 철거하고 파괴하는 일을 한다. 요즘 중국은 거대한 공사판이다. 올림픽의 도시 베이징과 세계박람회의 도시 상하이만 그런 것이 아니다. 어디를 가나 그렇다. 낡은 길, 낡은 건물을 부수고 새로운 길, 새로운 건물을 짓는다. 그런 공사로 건물이 바뀌고 도시가 바뀌고 길이 바뀌고 사람이 바뀐다. 낡은 것들이 흔적 없이 사라지고 하루가 다르게 새것이 들어선다. 그 속도가, 그 변화가 너무 빨라서 어지럽다. 어제의 것들이 흔적도 없이 빠르게 사라진다.

여자를 찾아 펑제에 온 싼밍은 수몰지역의 집을 철거하는 일을 한다.

지금 중국은 현대화를 향한 질풍노도의 시기에 놓여 있다. 싼샤댐 건설은 이렇듯 오늘날 중국의 드넓은 대지에 몰아치는 현대화라는 질풍노도의 상징이다. 2천년 역사의 흔적과 기억, 삶의 흔적이 묻어 있는 도시 펑제는 그 현대화의 질풍노도에 휩쓸려 물에 잠긴다.

한순간에 무너지는 집들, 깨지는 유리창, 담장을 무너뜨리는 끊임없는 망치소리가 남자 주인공 싼밍을 따라 쉼 없이 울린다. 싼밍 일행의 나날의 노동은 창조하는 노동이 아니라 파괴하는 노동이다. 과거의 역사와 흔적, 기억들을 수몰시키고, 철거하고, 지우고, 영화의 한 장면에서 보이듯이 흡사 불결한 병균처럼 소독한다. 자장커가 싼샤는 오늘날 변화가 가장 극심한 곳이라고 했듯이, 싼샤댐이 현대화의 빛을 상징한다면 물에 잠길 운명의 펑제는 현대화의 그늘을 상징한다. 사람들은 고향을 잃고 몇푼 보상금을 받고 불안해하며 낯선 곳으로 떠나고, 그들 삶의 지난 흔적과 과거의 역사는 가뭇없이 사라진다.

과거와 흔쾌히 작별하고 새로운 미래를 긍정하는 것, 과거에 미련을 두기보다 과거의 것을 늘 지워가면서 끊임없이 새것을 추구하는 것이 현대성(modernity)의 기본 속성이라고 한다면, 지금 중국은 지상의 어느곳보다도 현대성이 적나라하게 자기를 실현하고 있는 곳이다. 그럴 때 영화 「스틸 라이프」는 현대화를 신처럼 숭배하는 시대와 현대성이 물신이 되어 모든 것이 변하고 사람 관계마저 변하는 오늘날의 중국 현실에 대한 이의제기이자 저항이다. 자장커는 삶의 기억, 역사의 기억을 지우고 수몰시키는 중국 현실에 싼밍을 내세워 기억으로 맞선다. 그래서 영화에서 두 남녀는 모든 것이 사라지고 수몰되는 평제에 과거의 인연을 실마리로 삼아 사랑하는 사람을 찾으려고 와서 그 사람을 찾아헤매는 것 아니겠는가. 사랑하는 사람을 찾아나서는 주인공들의 방황은 변화무쌍한 현대화의 질풍노도 속에서 자기 삶의 터전과 안식처를, 새로운 희망을 찾으려는 몸부림이다. 지금 중국에서 일어나는 변화를 계속해서 영화의 주요 테마로 삼는 자장커 영화의 개성과 의미가 여기에 있다.

삶의 막장에서 다시 사람을 찾아나서다

싼밍은 왜 17년이 지나서야 여자를 찾아온 것일까? 헤어질 때 뱃속에 있던 딸은 다 커서 남쪽으로 돈 벌러 갈 정도로 까마득한 세월이 흘렀는데, 왜 이제야 새삼스럽게 여자를 찾아나선 것일까? 영화에는 그 이유가 명료하게 드러나지 않는다. 원래 그의 처가 왜 이제야 나를 찾느냐고 묻고 싼밍이 답하는 대사로 처리하려고 했다. "봄에 탄광에 사고가 나서 깔렸어. 죽을 뻔했지. 그때 생각했어. 살아나가면 당신을 꼭 찾겠다고. 당신과 딸을 꼭 한번 보아야겠다고." 이런 대사가 나오는 장면을 다 찍었다. 그런데 싼밍 역을 맡은 배우가 꼭 그 이유를 말할 필요가 있느냐면서 이 대사를 빼고 다시 찍자고 한다. 싼밍 역을 맡은 배우 한싼밍은 원래 감독의 이종사촌으로 실제 탄광 노동자다. 그는 탄광이 어떤 곳인지는 누구나 다 아는데 그것을 말로 하면 느낌이 줄어버린다면서 빼자고 했고, 결국 이 부분은 다시 찍었다.

싼밍은 삶의 고비, 삶의 막장에서 다시 과거 삶의 흔적과 기억에 추동되어 여자를 찾으러 펑제에 왔다. 그는 삶의 끝에서 과거의 삶을 다시 불러내고 그것을 다시 자신의 현실로 만든다. 일하는 틈틈이 여자를 찾아 수소문하다가 마침내 여자의 오빠에게서 여자가 왔다는 연락을 받는다. 그는 여자가 일하는 배로 가서 여자를 만난다. 서로가 많이 늙었다. 더구나 여자는 고생을 하고 있다. 여자를 거두고 있는 남자가 여자를 데려가려거든 3만위안(약 360만원)을 내라고 한다. 다시 여자를 돈으로 사야 될 처지다. 그는 그러겠다고 한다. 2년 안에 돈을 가지고 반드시 돌아오겠다고 약속한다. 그는 여자를 데려오기 위해 수시로 사람들이 죽어나가는 탄광 막장으로 다시 들어가기로 한다. 이미 늙어버린 여자, 고생하는 여자를 끌어안고서, 과거를 끌어안고서 살아가겠다는 선택을 한 것이다. 기꺼이! 물론 이 선택이 사랑에서 나왔다고 보기는 어렵다. 하지만 적어도 인간으로서의 깊은 정과 진심에서 나온 것임은 분명하다. 속임수와 폭력, 그리고 사람도 변하고 모든 것이 변하는 오늘의 냉혹한 중국 현실에서 시종일관 무뚝뚝하던 싼밍은 영웅으로 거듭난다. 크고 휘황한 영웅이 아니라 사람 가슴에 온돌의 불기운처럼 잔잔하고 느리게 온기를 지피는 영웅이다. 펑제로 오는 배에서 하마터면 사기꾼들에게 술과 돈을 빼앗길 뻔했지만 잘도 숨겨가지고 내렸듯이, 그는 평범하되 충분히 지혜롭다.

과거의 기억을 묻고 상하이로 떠나다

평제에 도착한 배들은 새로 지은 부두에 사람을 부린다. 여객 청사는 까마득한 계단 위에 있다. 수몰에 대비하여 높은 곳에 지은 때문이다. 배에서 내려 뙤약볕에 급경사진 계단을 올라서자 오토바이들이 몰려든다. 이곳의 주 교통수단은 오토바이다. 5위안에 어디든 간단다. 영화에서 싼밍도 부두에서 오토바이를 탔다가 사기를 당한다.

5위안을 내기로 하고 오토바이를 타고 이주 기념탑으로 가자고 했다. 이주 기념탑을 못 알아듣는다. 산언덕에 있는 이상한 탑 같은 것이 있는 곳으로 가자고 하자 그제야 알겠다고 한다. 이곳 사람들은 이것이 무슨 물건인지조차 모른다. 잡초밭에 선 이주 기념탑은 콘크리트로 현대적인 설계를 했는데 돈이 모자라 만들다 만 채 기괴한 흉물 상태로 방치되어 있다. 자장커는 이 탑이 계속 거슬렸다고 한다. 평제와 어울리지 않는다고 생각한 것이다. 이런 생각은 결국 영화에서 탑을 멋지게 날려버리는 계기가 된다. 영화에서 탑은 로케트가 되어 하늘로 발사된다. 영화에는 유에프오(UFO)도 등장하는데, 감독은 원래 싼샤는 신비로운 곳이고, 더구나 지금 중국처럼 복잡하게 급변하는 현실에서 초현실적인 것이 얼마나 많냐면서 그런 초현실적인 것들을 현실의 일부로 그려넣었다고 했다. 그런데 싼샤의 오늘을 상징하는 이주 기념탑은 영화에서 컴퓨터 그래픽으로, 환상으로 날려버릴 수 있지만, 고향을 떠나야 한다는 현실은 여전히 그대로다.

싼밍이 아내를 찾아온 것과 반대로 간호사 선훙(자오타오 분)은 2년간 연락이 없는 남편을 찾아 평제에 왔다. 싼밍의 이야기는 지금은 거

짓다 만 이주기념탑. 영화에서 이 탑은 로케트가 돼 발사된다.

의 물에 잠긴 옛날 펑제가 무대이고, 선훙이 남편을 찾아다니는 곳은 새로 건설한 펑제다. 선훙의 남편은 예전에는 한 공장에 다녔지만 지금은 낡은 건물을 철거하고 새로운 건물을 짓는 회사에서 일한다. 돈도 많이 벌었고 늘 바쁘다. 더구나 여사장과 그렇고 그런 사이다. 선훙은 남편을 찾지 못하여 남편의 옛 군대 친구에게 찾아달라고 부탁한다. 그는 수몰지역에서 고대 유물을 발굴하는 사람이다. 둘은 남편을 찾아 이곳저곳을 오간다. 여름날 이곳 날씨처럼 덥고 습하고 답답하고, 출구가 보이지 않는다. 선훙은 목이 말라 늘 생수를 손에 들고 목을 축인다. 친구 집에서 하룻밤을 보내게 된 선훙은 선풍기를 따라돌며 바람을 맞는다. 그만큼 여자는 초조하고 심란하다.

선훙은 마침내 남편을 만났다. 둘은 싼샤댐 앞에서 어색하게 포옹하고서 춤을 춘다. 남편의 사업을 상징하는 장소다. 중국인들이 때와 장소를 가리지 않고 즐겨 추는 사교춤이다. 2년 만에 만난 부부가 그

마침내 남편을 만난 선홍. 둘은 댐 앞에서 어색하게 춤을 춘다.

춤을 춘다. 평제 모퉁이에 서 있는 이주 기념탑처럼 그 장면은 그로테스크하다. 그런데 뜻밖에도 두 사람이 춤을 추다가 선홍이 남편에게 말한다. 남자가 생겼다고, 이혼을 해달라고, 자신은 상하이로 갈 것이고 나중에 서류에 싸인을 하자고. 물론 거짓말이다. 선홍은 이 말로 그동안 남편을 기다리고 찾아다니고, 늘 수세에 처했던 자신의 위치를 단번에 역전시킨다. 그녀는 그렇게 자신이, 자신의 기억이 훼손되는 것을 막아, 보존한다. 그녀의 선택은 남편과 작별하고, 과거의 기억을 과거인 채로 과거 속에 묶어두고, 새로운 세계를 찾아 떠나는 것이다. 그녀는 과거의 기억을 되새김하거나 다시 불러오지 않는다. 과거의 기억을 과거에 묶어둠으로써 그 기억을 온전하게 하고, 그러고 나서 새로운 출발을 선택하여 싼샤를 떠난다. 그녀는 창강의 끝에 있는 상하이로 간다. 현대의 심장으로 들어간다.

소통과 관계의 도구인 네가지 정물

「스틸 라이프」에는 담배와 술, 차, 사탕이라는 네가지 정물(靜物,

still life)이 등장하고, 이 네가지 물건을 따라 이야기의 단락이 나뉜다. 중국인의 일상에서 사람과 사람 사이의 관계, 교제와 소통에서 필수 불가결한 것들이다. 중국은 담배 인심이 가장 후하다. 만나면 먼저 담배를 권한다. 남에게 양해를 구할 때나 아쉬운 소리를 할 때도 먼저 담배를 권한다. 상대가 권하는 담배를 받으면 일단 둘 사이에 관계가 성립했다는 것, 상대가 자신을 받아들였다는 것을 뜻한다. 중국에서 담배는 사람 사이의 관계, 교제의 수단이다. 술도 그렇고, 차도 그렇다. 중국에서 차와 술은 혼자 즐기는 것이 아니라 더불어 즐기는, 사람 사이 관계의 도구다. '담배와 술은 네것내것이 없다'(煙酒不分家)란 말은 그래서 생겨났다.

사탕은 아픈 사람에게 치유를 기원하는 뜻으로 보내기도 하지만, 무엇보다 사랑의 상징이다. 우리는 언제 결혼하느냐고 물을 때 언제 국수 먹느냐고 말하는데, 중국인들은 언제 사탕 먹느냐고 말한다. 옛날 결혼 때 보내던 하얀 이바지 엿이 오늘날 하얀 사탕으로 변한 것이다. 달콤하고 쫀득쫀득하게 사랑하라는 상징이다. 영화에서 싼밍과 여자가 철거되어가는 건물 앞에 쪼그리고 앉았다가 여자가 하얀 사탕을 건네고 싼밍이 그 사탕을 받는 것은 두 사람의 관계가 회복되었다는 상징이다.

영화에서 싼밍 전처의 오빠는 처음 싼밍이 가져온 술(산시의 명주 펀지우汾酒)을 받기를 거절한다. 담배도 받지 않는다. 싼밍에 대한 거부의 표시다. 선홍은 남편을 찾다가 남편이 다니던 공장에서 이미 폐물이 된 남편의 물건 중에서 차(茶)를 발견한다. 그 차로 인해 선홍은 남편을, 남편과의 사랑을 추억한다. 기억은 사물을 통해 보존되는 법이다. 남편이 마시던 차가 남편에 대한 기억을 불러일으키지만 남편은 지금 자신의 곁에 없다.

그런데 이 영화에는 네가지 이외에 또하나의 정물이 등장한다. 과거 중국인의 생활에는 없던 것이지만 중국이 현대화되면서 중국인의 일상에서 차와 술, 담배, 사탕처럼 중요해진 것, 바로 휴대전화다. 목이 다 늘어진 후줄근한 백색 런닝셔츠 차림의 싼밍이 가방에서 휴대전화를 꺼낸다. 이 장면에서 중국 밖의 관객들은 뜻밖이라고 여기겠지만, 그것이 오늘 중국의 현실이다. 사람과 사람을 연결시켜주고 소통시켜주는 휴대전화는 영화에서 소통의 도구이기도 하지만 단절의 상징이기도 하다. 주윤발의 팬인 새끼 조폭과 싼밍 사이를 연결하고 나중에 그의 주검까지 발견하게 해주는 것이 휴대전화다. 하지만 선홍의 전화는 남편에게 닿지 않는다. 자신의 휴대전화로 줄기차게 남편을 호출하지만 연결되지 않는다. 싼샤에도 휴대전화 물결이, 갈수록 높아지는 창강의 수위처럼 밀려들고 있다.

싼샤의 착한 사람들은 어떻게 될 것인가

「스틸 라이프」의 중국어 원제는 「싼샤의 착한 사람들」이다. 제목은 브레히트의 희곡 「사천의 착한 사람들」에서 암시를 받아 지었다. 글씨는 마오쩌둥의 글자에서 집자한 것이다. 마오에 대한 자장커의 평가는 후하다. 그는 마오가 중국 정치인들 가운데 중국 인민의 힘을 진정으로 인식한 유일한 사람이고, 중국 인민들에게 자신들이 힘이 있다는 것을 깨닫게 해준 사람이라고 평가한다. 그런데 싼샤댐으로 상징되는 현대화의 물결에 휩쓸리면서 규모면에서나 속도면에서 사상

초유의 변화를 겪고 있는 평범한 싼샤사람들이 자신들에게 진정 힘이 있다는 것을 느끼고 있을까? 자장커의 말대로 황금숭배의 시대에 착한 사람들은 누구이며, 그들에게 희망은 있는 것일까?

　영화의 마지막에서 싼밍은 같이 철거작업을 하던 동료들과 함께 고향 탄광으로 돌아간다. 그의 고향 산시는 중국에서 석탄이 가장 많이 나는 곳이자, 최근 탄광 붕괴 사고가 가장 많이 발생하는 곳이다. 개발 열풍을 타고 밤낮없이 탄광에서 채탄을 하는 과정에서 수시로 사람들이 죽어나가는 위험한 곳으로 그는 동료들과 함께 간다. 돌아가서 3만 위안을 벌어 아내를 찾으러 올 것이다. 그가 이불과 옷가지를 든 동료들과 펑제를 떠날 때 화면에는 줄타기하는 장면이 등장한다. 장대로 아슬아슬하게 균형을 잡으면서 폐허의 건물 사이로 이어진 줄 위를 걸어간다. 수몰로 고향을 떠난 사람도, 상하이로 떠난 선훙도, 다시 목숨을 걸고 돈을 벌기 위해 막장으로 들어가는 싼밍도 이제 현대를 살아야 한다. 현대는 이미 그들에게 주어진 현실, 불가피한 현실이다. 현대의 삶이란 더 많은 돈을 벌기 위해 더 어둡고 더 깊은 막장으로 들어가는 싼밍의 삶과 다를 바 없다. 외줄에 올라선 사람에게는 두가지 선택밖에 없다. 줄에서 뛰어내리거나 아슬아슬하게 균형을 잡으면서 위험하고 힘든 현실을 버티며 앞을 향해 한걸음 한걸음 내디디며 삶을 밀고나가는 것이다. 마오시대 인민들이 그러했듯이 자신의 힘을 믿고 나아가는 수밖에 없다. 그럴 때 희망이 생길 것이다. 중국 작가 루쉰이 「고향」이라는 소설에서 말하지 않았던가. "희망이란, 본래 있다고도 할 수 없고, 없다고도 할 수 없다. 그것은 마치 땅 위의 길과 같은 것이다. 본래 땅 위에는 길이 없었다. 걸어가는 사람이 많아지면 그것이 곧 길이 되는 것이다"라고. 걷지 않으면, 앞으로 나아가지 않으면 지상에도 자신의 인생에도 길은 생기지 않는다. 희망은 생기지 않는다. 한 사람의 발길이 여러 사람의 발길로 이어질 때 지상에 희망의 길이 날 것이다.

싼밍의 선택은 줄에 오른 사람이 자신과 미래를 믿고 자신의 길을 가는 선택이다. 스스로 희망을 만들어가겠다는 선택이다. 싼밍의 선택은 싼밍만의 선택이 아니라 날마다 외줄을 타는 심정으로 현대를 사는 우리의 선택이기도 하다. 더없이 인상깊은 마지막 장면에서 싼밍의 선택이 우리의 마음에 훈기를 가져다주는 것은 이 때문이다. 싼밍의 휴대전화에 컬러링된 노래 가사에는 '착한 사람은 일생이 편안하다'는 소절이 있다. 중국이 지금 맹진하는 현대의 길에서 일생을 편하게 살 싼샤의 착한 사람들이 창강의 물결만큼 넘쳐날 수 있을까? 이것을 기대하는 것이 싼샤의 하늘을 나는 유에프오가 환상이 아닌 현실이 될 날을 바라는 것만큼이나 어려운 일일까? 중국의 미래는 싼샤의 착한 사람들을 얼마나 소중하게 생각하고 얼마나 많이 만들어낼 수 있을 것인가?

베이징●
●텐진

황하

상하이●

창강

타이완

●홍콩

06

텐진
天 津

웃어야 중국인이다

인　　생
人　　生

● 인생 活着, 1994
　장이머우 張藝謀 감독
　거여우 葛優 · 궁리 鞏利 주연

중국인들의 구경꾼 심리

베이징역이다. 톈진에 가는 참이다. 기차표를 사고 시간이 남아 대합실에서 중국 컵라면 '캉스푸(康師傅)'와 치킨 한쪽으로 점심을 해결하고 있다. 그런데 갑자기 대합실 한구석에 사람들이 동그랗게 몰려선다. 구경거리가 생긴 모양이다. 한사람이 쓰러져 있다. 입가로 거품이 나오는 것이 상태가 심상치 않아 보인다. 베이징역은 시골에서 돈을 벌기 위해 상경한 이른바 '농민공'들로 늘 붐빈다. 농촌에서 일자리를 찾아 베이징에 온 사람들의 대표적인 노숙지였는데, 요즘은 티켓이 없는 사람들의 출입을 막아 그래도 좀 나아진 편이다. 쓰러진 사람은 30대 후반쯤 되었을까, 머리는 형편없이 헝클어지고, 때에 전 카키색 작업복을 입었다. 행색으로 보아 농민공이거나 시골 사람이다.

그런데 쓰러진 사람 주위로 순식간에 구름처럼 몰려든 사람들은 그저 구경만 하고 있다. 누구 하나 쓰러진 사람을 부축해 일으키거나, 응급 전화를 하는 사람이 없다. 참으로 무심하게 바라만 본다. 중국에서 자주 접하는 풍경이다. 중국에서는 길거리에서 작은 말다툼만 벌어져도 사람들이 금세 벌떼처럼 몰려든다. 관광지에서 요금 때문에 시비가 붙어도 그렇다. 외국인이 이런 일을 당하면 자신이 잘못했는지의 여부를 떠나서 공포스러울 수밖에 없다. 자신을 가운데 두고서 수많은 사람이 한순간에 에워싸는 형국이 되기 때문이다. 하지만 다투는 사람이 외국인이어서 몰려드는 것이 아니다. 중국인끼리 다투고 있더라도 마찬가지 상황이 벌어진다.

하지만 그렇게 몰려든 사람들은 그저 구경꾼일 뿐이다. 시시비비에 관여할 생각, 남의 일에 간섭할 마음이 전혀 없다. 역 대합실에 사람이 쓰러져 신음하고 있는데 다들 구경만 할 뿐 나서서 손을 쓰는 사람이 없다. 왜 저렇게 아파하는지, 어떻게 저 사람을 도울지에 전혀 관심이 없다. 시골에서는 그래도 덜하지만 도시에서는 흔한 풍경이다.

이런 현상은 중국에 자본주의 시장경제가 도입되면서 나타난 것이 아니다. 중국 작가 루쉰이 살던 시대에도 그러했다. 루쉰은 「경험」(1933)이라는 글에서 "중국에서는, 특히 도시에서는 길에서 병으로 갑자기 사람이 쓰러져도, 교통사고로 사람이 다쳐도 둘러싸고 구경하거나 심지어 재미있어 하는 사람은 많아도 도움의 손길을 뻗치는 사람은 극히 적다"고 개탄했다. 중국인들이 왜 이렇게 되었을까. 루쉰의 진단은 이렇다. 다른 사람이 위급할 때 도와주려고 나섰다가 도리어 오해를 산 경험, 옳은 일에 나섰다가 도리어 '짐승 같은 권력자'들에게 당한 역사적 경험이 쌓여 이렇게 무관심하게 되었다는 것이다. 그래서 "자기 집 앞 눈이나 치울 것이지, 남의 집 지붕 서리는 신경 쓰지 말라"는 속담이 생겨났고, 이제는 무관심과 구경꾼 심리가 중국 국민성이 되었다는 것이다. 중국 국민성의 병폐를 가차없이 비판하던 루쉰다운 해석이다. 주인은 무수히 많이 바뀌었지만 스스로 주인을 바꾸어보거나 주인이 되어보지 못하고 그저 구경꾼이자 희생양에 머문 중국 민중들의 고난의 경험도 이런 구경

루쉰의 초상. 그는 중국인의 구경꾼 심리를 신랄하게 비판했다.

꾼 심리에 작용하고 있을 것이다. 여기에 "그 자리에 있지 않으면 그 일에 신경 쓰지 말라"(不在其位, 不謀其政)는 공자의 가르침도 한몫을 했으리라.

중국 대중은 영원히 구경꾼이다

루쉰은 이런 구경꾼이 사라지지 않는 한 중국에는 희망이 없다고, 새로운 중국이 탄생할 수 없다고 생각했고 이런 구경꾼 심리를 마비된 국민성의 상징이라고 간주하고서 신랄하게 비판했다. 루쉰의 대표작 「아큐정전」에도 이런 구경꾼들이 등장한다. 아큐가 죽임을 당하는데도 구경꾼들은 아큐가 왜 죽는지, 아큐가 죽임을 당하는 것이 옳은 일인지의 여부에는 전혀 관심이 없다. 아큐가 조리돌림을 당할 때 노

래를 제대로 못 불렀다고 불만이고 총살은 참수형보다 재미없다고 투덜댈 뿐이다. 루쉰은 중국인들의 이런 구경꾼 심리, 중국 민족성으로 고착된 구경꾼 심리를 극복하지 않는 한 중국의 변혁은 어렵다고 본 것이다. 그래서 그는 「노라는 집을 나간 뒤 어떻게 되었는가?」(1923)라는 제목의 한 강연에서 이렇게 말한다.

> 대중, 특히 중국의 대중은 영원히 연극의 구경꾼입니다. 희생하는 장면이 등장한다고 합시다. 그 장면이 감격적이면 그들은 비극을 구경한 셈이 되고, 비겁하면 그들은 희극을 구경한 셈이 될 뿐입니다. 베이징의 양고기 정육점 앞에는 언제나 입을 벌린 채 양가죽 벗기는 것을 구경하는 사람들이 있습니다. 매우 재미있는 모양입니다. 인간의 희생이 그들에게 주는 유익함이란 어쩌면 그러한 것에 불과할 뿐인지도 모릅니다. 게다가 그들은 일이 끝나면 몇발짝 안 가서 그 보잘것없는 즐거움조차도 잊어버리고 말지요.
>
> 이런 대중에게는 다른 방법이 없습니다. 그저 그들이 구경할 연극을 없애버리는 편이 오히려 구제책일 것입니다.

하지만 지금도 중국 대중들이 구경할 연극은 계속되고 구경꾼은 기차역에, 거리에 넘쳐난다. 봉건왕조시대와 국민당의 중화민국시대, 공산당의 인민공화국시대, 그리고 이제 사회주의 시장경제시대가 되었는데도 구경꾼 심리는 그대로이고 이들 구경꾼은 여전히 공적인 일에 무관심하고 정치적 민주화에 관심이 적다. 중국의 문화적 고질병이다. 중국의 대중이 연극의 구경꾼이 아니라 주연으로 무대에 설 때, 눈앞에서 벌어지는 연극을 남의 무대가 아니라 나의 무대라고 생각할 때, 중국은 전혀 새로운 시대로 들어설 것이고, 중국 민주화의 전기가 마련될 것이다.

중국의 인생관이 담긴 영화 「인생」

영화 「인생」은 장이머우 감독의 영화다. 장이머우는 이 영화로 1994년 깐느 영화제에서 심사위원 대상을 받았고, 남자 주인공 역을 맡은 배우 거여우는 최우수 남우주연상을 받았다. 장이머우 영화가 대부분 그렇듯이 이 영화도 원작 소설이 있는데 우리나라에도 번역된 위화(余華)의 소설 『살아간다는 것(活着)』이 그것이다. 장이머우 감독에 따르면 위화가 소설을 완성하고 발표하기 전에 그에게 보여주었다고 한다. 그날 밤으로 소설을 다 읽은 장이머우는 소설을 영화로 만들기로 결심한다. 장이머우는 소설에 담긴 평범한 중국인의 인생철학, 인생을 살아가는 태도에 흥미를 느꼈다. 숱한 고난에 대처하는 주인공의 태도에서 중국인의 전형적인 삶의 태도와 중국인의 인생관을 본 것이다.

원래 소설의 무대는 중국 남부지방의 농촌인데, 장이머우는 북방의 소도시를 배경으로 했다. 작품의 무대를 바꾼 것은 두가지 이유에서다. 하나는 톈진 서쪽 교외에 있는 '석가대원(石家大院)'이란 곳에서 영화의 초반부를 찍기 위해서이고, 다른 하나는 소설에 없는 그림자극을 영화에 추가했기 때문이다. 그림자극은 주로 중국 중북부지방의 예술이다. 이 두가지 요구를 충족시키는 촬영장소로 톈진이 가장 적당했다. 결과적으로 보면 영화에 담긴 중국인의 인생관과 유머와 웃음이 톈진과 썩 잘 어울린다.

톈진은 베이징, 상하이, 충칭과 더불어 중국 4대 직할시 가운데 하나다. 충칭은 1997년에야 직할시가 되었으니 사실상 중국의 3대 도시 중 하나인 셈이고, 베이징으로 통하는 관문이기도 하다. 지금은 그 명성이 남부 도시들에 밀리고 있다. 최근 들어 부진한 발전을 만회하기 위해 중국정부가 항공산업을 유치하는 등 톈진 특별 발전계획을 수립하고 있는데, 중국 최대의 공업도시로서의 명성을 찾을 수 있을지 모르겠다.

톈진에는 몇가지 명물이 있다. 한동안 베이징 시내를 주름잡으며 베이징사람들의 발 노릇을 하다가 지금은 한국의 '아반떼 XD'에 점점 밀려나는 빨간색 소형 택시 '샤리(夏力)', 그리고 중국 즉석라면의 상징 '캉스푸', 조그맣지만 매우 단 밤(眡栗), 우리나라에도 진출한 유명한 만두 '거우부리 바오쯔(狗不理包子)'다.

유머의 도시, 톈진

그런데 톈진에는 이런 것들보다 더 유명한 '무형의 명물'이 있는데 바로 톈진사람들의 유머 감각이 그것이다. 톈진은 유머의 도시다. 중국인들이 즐기는 오락 가운데 '샹성(相聲)'이란 것이 있다. 예전에 우리나라에서 고춘자·장소팔이 하던 만담과 비슷하다. 샹성의 인기는 지금도 대단하다. 중국 택시기사들이 가장 즐겨 듣는 것도 샹성이다. 샹성은 톈진의 명물이다. 허우바오린(侯寶林), 마리싼(馬立三)과 같은 인기 샹성 배우들 대부분이 톈진사람일 정도로 톈진사람의 '입'은

샹성 배우들의 연기 모습. 우리나라의 만담과 비슷하다.

그만큼 유명하다.

만담에서 유창한 말솜씨도 중요하지만 가장 중요한 것은 역시 유머다. 물론 그 유머는 포복절도할 정도로 웃기는 것도 아니고 허무맹랑한 것도 아니다. 소재가 거의 일상생활에서 나온 것들이고, 서민과 소시민의 삶의 애환이 담긴 것들이다. 그런 소박한 유머로 서민들의 힘들고 지친 삶을 슬쩍 위로하는 것인데 예컨대 이런 유머가 그렇다.

술꾼이 밤늦게 술에 취해 길을 막고 차를 세웠다. 그런데 택시가 아니라 110이라 적힌 경찰차였다. 차에서 경찰이 내렸다. 중국 서민에게 경찰은 공포의 대상인데, 술에 취해서 경찰을 건드렸으니 큰일이 난 것이다. 경찰이 "당신 뭐하는 거야?"라며 화를 낸다. 순간 술꾼은 술이 확 깬다. 이제 어떡할 것인가. 당황하면서 말한다. "택시 타고 집에 가려고……." 그러자 경찰이 윽박지르며 말한다. "뭐야? 차에 110이라고 적힌 게 안 보여?" 난감한 술꾼이 얼버무린다. "저는, 그게…… 이 택시는 1킬로미터에 1위안 10전이라는 표시인 줄 알고……."(중국 택시에는 1킬로미터 요금이 얼마라는 스티커가 붙어 있다)

톈진은 어떻게 중국에서 유머 감각이 가장 발달한 도시가 되었을까? 혹자는 톈진사람들의 언어습관에서 그 이유를 찾기도 한다. 톈진 사람들은 긴 단어와 말을 짧게 줄여서 말하는 데 기막힌 재주를 보인다. 다른 지역 사람들은 30자를 써서 말할 것을 톈진사람들은 25자면 족하다. 그렇게 축약을 잘할 뿐만 아니라 말이 빠르고 유창하며 중간에 쉼이 없다. 만담을 하기에 제격인 것이다. 그런가하면 톈진이 항구도시여서 생존경쟁이 치열했기 때문에 생존의 압박감에서 다소나마 벗어나기 위해 유머가 생겨났다고 보는 사람도 있다.

하지만 따지고 보면 고난의 세월을 살아온 것이 어디 톈진사람들뿐인가. 중국에서 톈진보다 살기 힘들고 생존을 위해 고생을 겪은 곳은 수없이 많다. 사실 유머는 고난에서 나오는 것이 아니라 고난을 대하는 삶의 태도에서, 삶의 고난을 어떻게 대하느냐는 인생관에서 나온다. 영화 「인생」에는 고난이 있고, 유머와 웃음이 있다. 이 영화에 나오는 유머와 웃음은 다분히 중국식 유머와 웃음이다. 인생에서 어쩔 수 없이 접하기 마련인 고난을 대하는 중국인들의 고유한 태도에서 나오는 유머이자 웃음인 것이다.

대저택의 전용극장

「인생」은 1940년대부터 문화대혁명이 끝나는 1970년대까지 한 집안이 격동의 중국 현대사 속에서 겪은 고난의 이야기다. 주인공은 푸구이(富貴)라는 사내다. 이름 그대로 부잣집에서 귀하게 자란 주인공은 노름으로 집과 가산을 탕진한다. 그가 부자이던 시절 노름을 일삼던 장면을 찍은 촬영지가 톈진 서쪽 교외의 '석가대원'이라는 곳이다.

석가대원의 내부. 중국 전통 대저택의 면모를 느낄 수 있다.

옛날 톈진 대갑부의 저택으로 톈진 서쪽 교외에 있어서 택시 요금을 흥정해야 한다.

요즘 중국에서는 여행산업이 대호황이다. 최고의 여행상품은 우리 민속촌처럼 옛 모습을 재현한 거리나 아직까지 훼손되지 않고 남아 있는 옛 마을을 찾는 것이다. 석가대원 주위도 톈진시정부가 새롭게 관광지로 단장하고 있다. 이런 고택으로 중국에서 가장 유명한 곳은 영화 「홍등」을 찍은 산시(山西)성의 교가대원(喬家大院)이다. 석가대원은 규모면에서는 교가대원에 못 미치지만, 베이징에서 2시간 거리 내에서 중국 전통적인 대저택의 면모를 느껴보기에는 손색이 없다.

석가대원은 청나라 때 톈진 8대 부자로 꼽히던 부잣집이다. 건평이 2천평이고, 방이 무려 278칸이나 되는 대규모 저택이다. 그런데 집 밖에서 보면 어마어마한 규모가 드러나지만 안으로 들어가면 전혀 그런 규모를 느낄 수 없다. 밖에 큰 사각형이 있고, 그 안에 여러 개의 작은 사각형이 들어 있는 구조로 되어 있기 때문이다. 하늘은 둥글고 땅은 네모지다는 '천원지방(天圓地方)'의 원리에 따라 지은 전형적인 중국식 주택이다. 우리나라 전통 양반집과 비교해보면 중국의 부잣집은 대단히 폐쇄적이다. 밖으로 큰 성곽이 있고, 안에 다시 작은 성곽들이 있는 겹겹의 성냥갑 구조다. 재미있는 것은 남향인 입구에서 집 안쪽으로 들어갈수록 조금씩 지반이 높게 설계되었다는 것이다. 여기에는 '한걸음 한걸음 더 높이 오르라'(步步高)는 축원의 뜻이 담겨 있다.

저택을 둘러보다가 집안 한가운데 설치된 개인 극장을 보고 깜짝 놀랐다. 여느 대형 극장과 비교해도 손색이 없을 만큼 훌륭한 시설을 갖추었다. 200여명을 수용할 수 있는 규모로, 못을 쓰지 않고 지었다. 극장은 소리가 울리지도 않고 밖으로 새나가지도 않도록 설계되었다. 자연 채광을 비롯하여 공연에 필요한 온갖 시설이 완벽하게 설계되었다. 중앙 홀에는 네모난 탁자가 마련되어 있어서 차를 마시면서 공연을 감상할 수 있다.

영화에서 이곳 극장은 찻집으로 등장한다. 주인공은 이 찻집을 드나들면서 밤새 놀음을 해 재산을 다 날리게 되는데 이 찻집에서는 항상 '잉시(影戱)'라는 그림자극을 공연한다. 주인공은 노름빚으로 찻집 주인에게 집을 넘겨주면서 그림자극 도구가 든 상자를 얻는다. 그것으로 밥벌이를 하려는 생각에서다. 그렇게 밥벌이를 하다가 돌연 국민당군과 공산당군에 차례로 끌려가 군인이 되고, 사회주의 정권이 들어선 뒤 신중국의 인민이 된다. 「인생」은 주인공 푸구이의 인생을 통해 중국 현대사를 상징적으로 보여준다. 푸구이 집안의 몰락은 봉건 중국의 종말이자 현대 중국의 시작이다.

정치적 재난으로 두 아이를 잃다

　주인공 푸구이가 군대에 끌려가 있는 동안 아내가 집안을 건사한
다. 푸구이의 아내 역은 중국의 국민 여배우 궁리가 맡았다. 그녀는
뜨거운 찻물을 배달하면서 집안을 꾸려나가고, 열병을 앓아 귀머거리
가 된 딸과 아들을 돌본다. 전쟁터에서 죽을 고비를 넘기고 집에 돌아
온 푸구이는 새로 탄생한 인민공화국의 인민으로 새로운 삶을 시작한
다. 그리고 얼마 지나지 않아 이른바 대약진운동(1958~60)이 일어난
다. 대약진운동은 '영국을 따라잡고 미국을 추월하자'(赶英超美)는 당
시 구호가 말해주듯이 서방 선진국을 따라잡겠다고 추진된, 전국민이
동원된 사회주의 공업화 운동이다. 이 운동은 중국 사회가 공유제와
평균제의 원리로 완전히 재편되는 계기가 되기도 했다. 영화에서처럼
마을 사람들은 모두 한곳에 모여 이른바 '한솥밥(大鍋飯)'을 먹으며,
모두 인민공사라는 공동농장에 편입되어 같이 먹고 같이 일하고 같이
나누는 사회주의 공동체를 건설하려고 했다. 특히 마을마다 소형 용
광로를 만들고는 집에 있는 쇠붙이란 쇠붙이는 모두 가져다 녹여 철
을 만들었다. 영화에서처럼 당시 중국인들은 밤새워 일했다. 고통스
럽고 힘들었을 이 대약진운동에 다수의 중국인들은 기꺼이 동참했다.
미국과 영국을 추월하자는 민족주의적 욕망에 들떠 있었던 것이다.
영화에서 마을 사람들이 즐거운 표정으로 쇳덩이를 녹이는 일에 나서
는 것은 당시 중국 현실의 여실한 재현이다. 영화에서처럼 대다수 중
국인은 쇠를 만드는 일에 기꺼이 나서 집안의 온갖 쇳덩이를 모으고
집단급식을 했으며 밤새워 일했다. 하지만 대약진운동은 처참한 실패

대약진운동 때 푸구이 가정은 아들 여우칭을 잃는다.

로 끝났다. 시골 마을 사람들이 제련한 철을 어디다 쓸 것인가. 더구나 집단농장제가 도입된 뒤 생산력이 떨어지고, 1959년에 가뭄 등의 자연재해로 기아의 고통마저 겪게 된다.

대약진운동 기간 동안 푸구이 가정은 아들 여우칭을 잃는다. 아이부터 노인까지 너나없이 용광로 앞에서 철을 제련하느라 밤샘을 하던 어느날 밤 학교에서 전갈이 온다. 철을 제련하는 상황을 점검하기 위해 당 간부가 시찰 나오기로 되어 있으니 아이들을 급히 학교로 보내라는 내용이다. 아이 엄마는 잠든 아이를 학교에 보내지 말고 그냥 자게 내버려두자고 하지만, 푸구이는 아이를 깨워서 만두 도시락을 들려 학교에 보낸다. 그런데 잠이 덜 깬 아들이 학교 담장 밑에서 잠을 자다가 무너진 담장에 깔려 죽고 만다. 학교 시찰을 나오던 당 간부가 연일 계속되는 밤샘 때문에 졸음운전을 하다가 학교 담장을 들이받는 사고를 낸 것이다. 공교롭게도 사고를 낸 당 간부는 주인공과 같이 군 생활을 하면서 생사고락을 나눈 전우다. 주인공은 후회한다. "그때 학교에 보내지 않았더라면 아들이 죽지 않았을 텐데……" 아들은 다른 사람이 일으킨 사고로 죽었다. 하지만 푸구이는 자기 탓으로 돌리면서 후회한다.

'아버지 죽이기' 운동, 문혁

대약진운동 기간에 아들을 잃은 주인공은 문화대혁명 기간(1966~76)에 딸마저 잃는다. 초기의 문화대혁명은 '부르주아적인 반동 학술 권위자'들을 타도하는 운동이었다. 마오쩌둥은 중국이 사회주의 사회를 위한 경제적·정치적 토대는 만들었지만, 사람들의 의식이나 사상 같은 상부구조는 여전히 봉건적이고 부르주아적인 상태에 머물러 있다고 생각했다. 더구나 사심없이 혁명에 뛰어들었던 혁명가들조차 새로운 정권에서 관료가 된 뒤에는 예전의 순수함을 잃고 관료주의에 빠져 새로운 특권계급 행세를 하는 것이 못마땅했다. 이 문제를 어떻게 해결할 것인가. 마오는 때묻지 않은 청년들, 기성의 권위에서 자유로운 청년들이 주축이 된 대중운동의 방식으로 문제를 해결하려고 했다. 문혁은 '아버지 죽이기' 운동이었다. 적어도 문화적으로 보자면 그렇다. 아버지로 상징되는 기성의 권위와 기성문화를 타도하려는 아들의 반란이 문혁이었다. 스승과 고위관료, 유명인사 등 일련의 아버지 계열을 향한 아들들의 적대감과 타도의식이 문혁을 추동하는 기본 동력이었다. 문혁이 프랑스 '68혁명' 세대와 미국의 반전운동 세대, 그리고 한국의 1980년대 학생운동 세대에게 폭넓게 영향을 미친 것도 이러한 아버지 죽이기라는 문화적 반역 메씨지 때문이다. 마오의 사상은 기본적으로 아버지의 사상이 아니라 아들의 사상, 청년의 사상이다.

더구나 마오는 혁명시절부터 지식·지식인에 기본적으로 불신을 가졌던 사람이다. 지식인보다는 농민이, 정신노동을 하는 사람보다는 육체노동을 하는 사람이 더 깨끗하다고 생각한 사람이 마오다. 그는 「옌안 문예 좌담회 연설」(1942)에서 이렇게 말한 바 있다.

나는 학생 출신이다. 학교에 다니면서 몸에 밴 학습 습관 때문에 어깨로 짐을 지지 못하고 손으로 물건을 들지 못하는 학생들 앞에서 짐을 지는 것과 같은 약간의 노동이라도 하게 되면 체면이 깎이는 것처럼 느꼈다. 그때 나는 세상에서 가장 깨끗한 사람은 지식인들뿐이고 노동자와 농민은 어쨌든 비교적 더럽다고 느꼈다. (…) 혁명을 하게 되어 그들을 점점 알게 되었고, (…) 나는 아직 개조되지 않은 지식인과 노동자 농민을 비교해보고서 지식인은 깨끗하지 못하며 가장 깨끗한 사람은 노동자 농민이라고 느끼게 되었고, 그들의 손이 검고 그들의 방에는 소똥이 묻어 있다고 해도 부르주아, 쁘띠부르주아 지식인보다 깨끗하다고 느끼게 되었다.

마오가 평생토록 떨치지 못한 지식과 지식인계급에 대한 집요한 불신과 회의를 넉넉히 짐작할 수 있는 대목이다. 기성의 지식과 지식인을 근본적으로 불신하던 혁명시절의 마오는 민중과의 결합을 통해 지식인들이 자신들을 개조하라고 요구했다. 그런데 문혁시기에는 대중운동 방식을 통해 기성 지식과 지식인을 타도했다. 기성 지식인과 반동적인 학술 권위자들을 타도하라는 마오의 메씨지, 아버지 세대의 반동적인 권위와 지식을 타도하라는 마오의 호소에 가장 열렬히 호응한 것은 당연히 청년들, 아들들이었다. 홍위병이 들고 일어난 것이다.

베이징에서 점화된 불꽃은 전국으로 들불처럼 번졌다. 타도의 대상은 봉건주의와 부르주아 의식에 사로잡힌 반동적 학술 권위자로 지목된 교사와 작가, 의사 같은 지식인들과 관료주의에 빠진 고위관료들이 었다.

세가지 다른 만두

문혁이 「인생」 주인공의 집안에도 비극을 가져온다. 주인공의 딸 펑샤(鳳霞)는 문혁 시기에 결혼을 한다. 마오쩌둥 찬가가 밤낮없이 울려 퍼지던 문혁 때, 마을 이장이 푸구이에게 사윗감으로 다리를 저는 노동자를 추천한다. 장애가 있지만 노동자이기에 사상적으로 더없이 흠잡을 데 없는데다가 안전하다고 생각하여 푸구이 부부는 무척 좋아한다. 딸 펑샤는 마오쩌둥 찬가를 부르며 마오쩌둥 초상화 앞에서 마오 주석에게 경례를 하면서 결혼식을 올린다. 딸이 임신을 하고 아이를 낳던 날, 주인공 부부는 딸이 있는 병원으로 간다. 그런데 병원에 의사는 하나도 없고 온통 홍위병뿐이다. 홍위병이 의사들을 반동적인 학술 권위자로 몰아 비판하고 내쫓은 뒤 병원을 접수한 것이다. 아버지를 몰아내고 아들이 아버지 노릇을 하는 셈이다. 아들은 아버지를 반동이라고 비판하면서 부정했다. 학교에서는 선생과 교수가 쫓겨났듯이 병원에서는 의사가 쫓겨났다.

붉은 완장을 찬 학생들이 진료하는 상황이 푸구이에게는 아무래도 불안하다. 홍위병 학생들이 아이를 받아낼 수 있을지, 마음이 편치 않던 푸구이는 사위더러 거리에서 비판을 당하고 있는 의사 한 사람을

마오 초상 앞의 결혼식. 그러나 푸구이 가정은 이 딸마저 잃는다.

몰래 빼오라고 한다. 사위가 죄목이 적힌 목판을 목에 건 의사를 데려온다. 거의 초죽음 상태다. 주인공은 굶주린 의사가 안쓰러워 만터우를 사준다.

우리는 흔히 만두라고 부르지만, 중국에서는 만두를 세가지로 나눠서 부른다. 우선 바오쯔는 속에 고기나 채소 같은 소가 들어 있다. 텐진의 명물 거우부리 바오쯔가 여기에 속한다. 바오쯔 가운데 상하이의 샤오룽바오(小籠包)도 유명하다. 만두를 둥근 대나무통에 쪄내는데, 만두 안에 육즙이 들어 있어서 먹을 때 색다른 맛을 느낄 수 있다. 자오쯔(餃子)는 우리나라 물만두다. 딤섬용으로 많이 쓰이는데 그믐날 저녁에 먹는다. 자오(餃)의 발음이 바뀌고, 오고간다는 의미의 '자오(交)'자와 같아서 두 해가 교차하는 그믐날 저녁에는 꼭 자오쯔를 먹는다. 우리나라에서 특히 중북부지방에서 설날 만두를 먹는 풍속은 여기서 온 것이다. 그런가하면, 만터우는 어른 주먹만한 크기지만 반죽 속에 아무것도 들어 있지 않다. 무슨 맛으로 먹느냐고 할지 모르지만 먹다보면 나중에 가장 많이 생각나는 중국 음식 중 하나가 바로 만터우다.

주인공이 의사에게 사준 것이 바로 만터우다. 의사는 굶주린 나머지 주먹만한 만터우 일곱개를 단숨에 먹어치운다. 그 사이 딸은 아이를 낳지만 출혈이 멈추지 않는다. 홍위병 학생들은 자신들이 수습할 수 없는 지경이 되어서야 급히 의사를 찾는다. 하지만 의사는 만두를 급하게 너무 많이 먹고는 탈이 나서 바닥에 누워버렸다. 결국 딸은 과다출혈로 죽는다. 딸이 죽은 뒤 주인공은 이렇게 후회한다. "그때 내가 의사에게 만두만 안 줬어도 펑샤가 죽지 않았을 텐데……." 학교에 보내지만 않았어도 아들이 죽지 않았을 것이라는 자책과 후회가 이렇게 반복된다.

'우연'을 통해 드러내는 중국인의 인생관

인민공화국이 들어선 뒤 주인공은 아들과 딸을 잃었다. 아들과 딸이 죽은 것은 엄밀히 말하자면 대약진운동과 문화대혁명이라는 정치적 사건 때문이다. 대약진운동 기간에 인민을 동원해 밤새 철을 제련하지만 않았다면 아들이 담장 밑에서 졸지도 않았을 것이고, 당 간부도 졸음운전을 하지 않았을 것이다. 문화대혁명 기간, 병원에 홍위병이 아니라 의사가 있었다면 딸이 과다출혈로 죽는 일은 일어나지 않았을 것이다. 사실, 원작 소설에서는 아들과 딸이 영화에서와 다르게 죽는다. 정치적 사건과 크게 관련이 없다. 아들은 교장 부인(옛 전우의 부인)이 아이를 낳다가 출혈이 심해지자 자진하여 도와주러 갔다가 너무 많이 헌혈을 하는 바람에 죽는다. 딸은 출산하다가 죽기는 하지만 홍위병이 의사를 병원에서 몰아낸 때문이 아니다. 출혈이 심해지자 의사들이 산소통을 들고 병실로 뛰어들어가지만 살려내지 못한다. 원작 소설과 달리 영화는 아들과 딸의 죽음에 정치적 사건을 배경으로 설정한 것이다. 이를 두고 장이머우 감독이 서구 관객들을 고려한 때문이라는 지적이 나오기도 했다.

하지만 「인생」에서 장이머우 감독의 역량은 정치적 사건을 강조하는 데서가 아니라 정치적 재난과 개인의 비극 사이에 우연을 개입시키는 데서 발휘된다. 주인공은 두 아이를 잃었을 때, 그때 아이를 학교에 보내지 않았거나 의사에게 만두를 주지 않았으면 아이들이 죽지 않았을 것이라고 후회한다. 정치적 비극과 개인의 비극 사이에 주인공 푸구이의 우연한 선택을 개입시킨 것이다. 바로 이것이 중국 현대사의 정치적 비극과 가족·개인의 비극을 직접 연결시키는 다른 5세대 감독의 영화(가령 톈촹촹田壯壯의 「푸른 연」)와 구별되는 장이머우 감독의 개성이 빛을 발하는 지점이다. 물론 정치적 비극과 개인의 비극 사이에 개인의 우연한 선택을 매개시키는 것이 정치에 응당 물어야 할 책임을 희석하는 결과를 낳았다는 비난이 가해질 수도 있다. 하지만 장이머우 감독이 「인생」에서 표현하려고 한 것이 중국 현대사의 비극과 정치적 재난이 아니라 비극의 현대사를 살아내는 중국인의 삶과 삶에 대한 태도라고 한다면 사정이 달라진다. 여기서 정치적 사건과 역사는 그저 하나의 배경일 뿐이다.

영화에서 주인공 푸구이는 아들과 딸의 죽음이 정치적 사건과 밀접하게 관련돼 있는데도 그렇게 생각하지 않는다. 중요한 것은 푸구이의 이러한 발상, 이러한 태도다. 정치적 재난이 초래한 불행과 비극, 일종의 역사적 필연이 초래한 재난을 바라보고 해석하는 푸구이의 생각과 태도에 이 영화의 핵심이 들어 있다. 주인공 푸구이는 아들과 딸을 앗아간 재난의 시대를 원망하지 않는다. 자식들의 죽음을 우연한 실수 탓으로 돌리며 자책하고 후회할 뿐이다. 그러면서 웃음으로 비극을 넘긴다. 영화는 매우 심각한 정치적 비극과 재난을 다루면서도 간간이 에피쏘드를 통해 웃음을 유발한다. 세상에 대한 불평이나 불만이 없어 보이고, 삶의 재난과 비극을 있는 그대로 받아들인다. 장이머우는 이런 푸구이의 태도가 평범한 중국인의 삶의 태도, 중국인의 인생관이라고 본 것이다. 「인생」을 두고 현대 중국 역사의 비극을 드러내는 영화라기보다 중국인이 어떤 사람들인지를 보여주는 영화라고 하는 것은 이런 이유에서다.

인생은 어차피 새옹지마다

중국에 살거나 여행하면서 놀랄 때는 중국 경제가 비약적으로 발전하는 모습을 볼 때가 아니라 고통을 참으면서 끈질기게 버티는 중국인들을 만날 때다. 적어도 나는 그렇다. 그런 중국인을 만나면 한편으로는 어리석고 한심해 보이지만 다른 한편으로는 놀랍고 무섭기까지 하다. 가령 10위안(약 130원)을 벌기 위해 어깨에 짐을 메고 타이산(泰山) 정상까지 6,660개나 되는 계단을 올라가는 사람들을 만날 때 그렇다.

내가 보기에 중국인은 세계에서 고난을 견뎌내는 인내심이 가장 강한 사람들이다. 중국인의 인내심이란 불만, 불평을 하지 않고 화를 내지 않으며 어떤 고난이라도 묵묵히 참아내는 태도다. 그리고 이런 인내심은 곧잘 끈질김으로 이어진다. 아무리 열악한 환경이라도 죽는 것보다는 사는 것이 낫고, 아무리 댓가가 적더라도 없는 것보다는 낫

다시 꾸려진 세 가족. 푸구이의 인생은 새옹지마의 전형이다.

다고 생각하면서 어떤 어려움 속에서도 절망하지 않고 끈질기게 한걸음 한걸음 앞으로 나아간다. 요컨대 중국인은 두가지 '인'의 특성을 가진 민족이다. 첫번째 인은 인내를 뜻하는 '참을 인(忍)'이고, 두번째 인은 끈질기다는 뜻의 '질긴 인(靭)'이다('靭'자에는 잘 손질한 가죽처럼 부드럽고 탄력있다는 뜻도 있다. 부드럽고 탄력있어서 질긴 것이다). 중국인의 약점인 동시에 강점이 바로 이것이다.

이런 중국인의 품성이 중국인 특유의 운명론과 결합되면서 삶에 대한 낙관주의를 낳는다. 불행과 재난에 처해도 '이게 내 운명이야'라고 생각하면서 안정을 찾고 마음을 다스린다. 중국인은 흔히 이렇게 말한다. "고칠 수 없는 병이라면 그냥 견딜 수밖에 없지 뭐." "잘 죽는 것보다는 구차하게라도 살아가는 것이 나아"(好死不如癩活着). 우리 속담에도 있듯이 '죽은 정승이 산 개만 못하'고, '말뚝에 굴러도 이승이 저승보다 낫다'는 삶의 철학이다. 더구나 중국인에게 인생은 어차피 '새옹지마(塞翁之馬)'다. 행과 불행은 언제든지 바뀔 수 있다. 행운이 언제까지나 행운인 법이 없고 불행이 언제까지나 불행인 것도 아니다. 불행 속에 행운이, 행운 속에 불행이 깃들 수도 있다. 영화에서 노름빚 대신 푸구이의 집을 차지한 찻집 주인은 사회주의 정권이 들어서자 지주 판정을 받고, 정부의 명령에 대항하다가 결국 총살당한다. 이를 본 주인공은 안도의 한숨을 내쉬면서 이렇게 말한다. "그때 집과 전답을 노름으로 잃지 않았으면 내가 저 자리에서 총살당했을 거야." 노름으로 집을 잃은 불행이 목숨을 보존해주는 행운을 가져다준 것이다. 인생 새옹지마의 전형이다.

삶이란 어차피 새옹지마라는 판단에서 '자기만족을 아는 사람은 늘 즐겁고 인내할 줄 아는 사람은 스스로 편안하다'(知足者常樂, 能忍者自安)는 인생철학이 나오고, 실패나 좌절, 고난과 시련에도 너그러운 관용의 태도를 취할 수 있으며, 담담하게 그것을 관조할 수 있다. 장이머우 감독이 이 영화의 주제는 죽는 사람은 죽더라도 사는 사람은 잘 살아야 한다는 것이라고 말한 것도 이런 맥락에서다. "잘 죽는 것보다는 비참하더라도 버티며 사는 것이 낫다는 태도는 분명 구차한 것이다. 하지만 이는 중국인의 몸에 밴 생명의 진실한 존재 상태이다."라고 장이머우는 말했다. 비참하고 치욕적이더라도 버티며 사는 것, 그것은 분명 구차하다. 그렇지만 그 구차함이 중국인의 진실한 삶의 상태라는 것이고, 영화 「인생」은 그런 중국인의 인생관을 다루려고 했다는 것이다.

안분지족의 인생철학

그런데 이런 인생관은 상황에 대해 지나치게 수동적이고, 심하게 말하면 상황을 변화시키는 것이 아니라 상황에 그저 추수하고 적응만 하는 노예적이고 수세적인 태도 아닐까? 다분히 그런 측면이 있다. 영

푸구이는 거듭된 재난 속에서 그림자극의 인물처럼 조종당하며 산다.

화에는 '피잉'이라는 그림자극이 등장한다. 그림자극에서 인물들은 스스로 연기하는 것이 아니라 그저 다른 사람에게 조종당하고 빛에 비추어져서 자신의 존재를 드러내는 객체일 뿐이다. 그들은 연극 무대에 서 있되 전혀 자신의 의지대로 역할하지 못하고 조종당하는 존재다. 영화에서 푸구이는 거듭된 재난과 비극 속에서 그림자극의 인물들처럼 정치적 사건에 조종당한 채 살았다. 그러나 주인공은 자신이 당하는 불행과 비극이 정치적 사건 때문에 일어난 것이라고 생각하지 않고, 살다보면 겪을 수 있는 인생의 한 양상, 운명의 한 형식으로 받아들인다. 재난과 불행, 비극까지를 포함하여 그런 삶이 바로 운명이고, 그렇게 사는 것이 삶이라고 생각한다. 슬프고 절망적이고 구차하더라도 그래서 생은 살아야 하는 것이고 죽는 것보다는 그래도 살아가는 것이 낫다고 생각한다. 더구나 그는 그렇게 살아가다보면 새옹지마처럼 좋은 날이 올 수도 있다고 생각한다.

영화에서 대약진운동 때 아들이 "병아리가 크면 뭐가 되냐"고 묻자 주인공은 이렇게 답한다. "병아리가 커서 거위가 되고, 거위가 커서 양이 되고, 양이 커서 소가 되고, 소가 크면 공산주의가 되지." 그런데 문화대혁명이 끝난 뒤에 주인공은 이번에는 손자에게 끝부분만 바꿔 이렇게 대답한다. "병아리가 커서 거위가 되고, 거위가 커서 양이 되고, 양이 커서 소가 되고, 소가 크면 기차를 타고 비행기를 타지." 대약진시대에 가졌던 공산주의에 대한 꿈이 문화대혁명이 끝난 뒤에는 기차와 비행기를 타는 세상에 대한 기대로 바뀌었지만, 고난의 세월을 이겨내고 살다보면 언젠가는 분명 좋은 날이 올 것이라는 믿음에는 변함이 없다. 대갓집 도련님으로 태어나 그 많던 재산을 잃고 생과 사의 고비를 넘나들었으며, 정치적 재난의 시대에 자식 둘을 잃었지만 여전히 웃음을 잃지 않으면서 미래에 대해 낙관적인 믿음을 가지고 있는 것이다. 이것이 정녕 진짜 중국인이런가?

진짜 중국인 푸구이

사실, 영화 속에 담긴 주인공의 이러한 인생관은 원작 소설에 상당 정도 빚지고 있다. 원작의 작가인 위화의 소설 속 인물들이 그렇듯이 영화 주인공 푸구이는 진짜 중국인이고, 소설과 영화는 진짜 중국인의 인생관을 다루고 있다. 루쉰이 「아큐정전」에서 중국 국민성을 비판하기 위해서 진짜 중국인 아큐를 발굴한 데 비해 위화와 장이머우는 「인생」에서 진짜 중국인 푸구이를 그저 보여주고 제시하면서 차갑게 비판하고 조롱하는 것이 아니라 따뜻하게 감싸안는다. 중국 관중이 이 영화에 열광하는 것은 이런 이유에서였다. 자신들과 닮은 진짜 중국인을 발견한 것이다. 하지만 원작과 영화에서 보이는 주인공 푸구이의 삶의 태도는 그것이 아무리 진짜 중국인의 삶의 태도라고 하더라도, 심하게 말하면 노예적이라는 비판을 받을 수 있다. 정치적으로 초래된 재난과 불행을 정치적 차원에서 추궁하거나 저항하지 못할 뿐 아니라 살다보면 겪을 수 있는 비극, 운명의 한 형식으로 받아들인다. 게다가 그렇게 자신이 고난을 당하는 것이 옳은 일인지에 대한 판단마저 유보한다. 위화가 한국을 방문했을 때 이와 관련하여 이런 이야기를 한 적이 있다.

푸구이는 온갖 고난을 몸소 겪은 인물이다. 그의 시대는 반항을 허가하지 않는 시대였다. 개인적인 요소만이 아니라 시대적인 요인이 있었던 것이다. 내 작품을 영어로 출간할 때 여러 출판사에서 출판을 거절당했다. 물론 최근에는 출간이 되었다. 그런데 당시 내 책의 출판을 거절했던 출판사의 편집 관계자가 내게 편지를 보냈다. 그는 전형적으로 서구인의 관점에서 내 작품을 이해하고 있었다. 자기는 이 소설을 좋아하지만 한 가지 받아들이기 어려운 점이 있다는 것이었다. 당신의 작품은 가정에 대한 책임은 지지만 사회적 책임은 지지 않는다는 것이다. 뒤에 답장을 썼다. 중국은 오랜 동안 봉건시대를 겪었다. 중국은 국가의 역사만 보더라도 3천년이나 된다. 봉건시대가 끝난 뒤에 국민당의 독재와 공산당의 독재가 있었다. 중국인은 사회생활에서 개인공간이 없었다. 사회생활에서 자기 가치를 찾을 방법이 없었다. 자기 가정에서만 자신의 공간과 가치를 찾을 수 있었다. 중국과 미국과 서구의 가장 큰 차이점 중의 하나는, 미국과 서구 사회의 유대는 개인과 개인 사이의 연결인데, 중국의 경우는 가정과 가정 사이의 연결이라는 것이다. 내 소설 속의 인물은 사회적 책임을 지고 싶지 않아서가 아니라 그것을 허가받지 못한 것이다. 물론 1990년대 이후에는 상황이 바뀌고 있다.

푸구이가 아들과 딸을 잃은 것은 자기 탓이 아니라 궁극적으로는 대약진운동이나 문화대혁명 때문이라고 생각하면서 얼굴에서 웃음과 유머를 거둘 때, 정치적 재난을 그대로 받아들여 그 책임을 추궁하고 항쟁할 때, 중국의 정치적 민주화는 한층 빨라질 것이다. 하지만 진짜 중국인의 상징인 푸구이에게 그럴 가능성이 있을까? 위화의 말대로 1990년대 이후 상황이 바뀌고 있는 것도 사실이다. 지금 중국은 봉건시대도 국민당시대도 마오시대도 아니다. 사회주의 시장경제시대 중국에서, 푸구이는 그림자극의 인물이 아니라 역사의 무대에서 주연이 될 수 있을까? 중국 정치의 민주화는 우선은 정치의 문제다. 하지만 찬찬히 중국의 속내를 깊이 들여다보면 문화의 문제이기도 하다. 영화 「인생」에서 주인공 푸구이를 들여다보면 그것을 절감한다.

톈진의 명물들

톈진에 가는 사람이라면 빼놓지 않고 맛을 보는 것이 '거우부리 바오쯔'라는 만두다. 톈진의 거우부리 바오쯔는 고기만두인데 역사가 백년이나 되었다. 고기가 많이 들었는데도 느끼하지 않고 피가 얇으면서 쫄깃한 것으로 유명하다. 워낙 유명해서 톈진뿐만 아니라 베이징의 왕푸징 거리 등 중국 어디를 가도 맛볼 수 있다. 더구나 요즘은 톈진 기차역에 체인점이 있어서 굳이 본점에 갈 필요가 없어졌다.

사실 이 집은 만두 맛도 맛이지만 이름 때문에 더 유명하다. '거우부리 바오쯔'를 우리말로 번역하면 '개가 상대하지 않는 만두집' 혹은 '개도 상대하지 않는 만두집'이라는 뜻이다. 이런 괴상한 이름이 붙은

거우부리 바오쯔. 백년 전통의 만두로 쫄깃한 맛이 일
품이다.

데는 두가지 설이 있다. 원래 이 집 주인의 아명이 '개(狗子)'였다고 한다. 그런데 커서 만두집을 열었는데 장사가 잘되어 사람들이 불러도 아는 체를 할 틈이 없을 정도였다고 한다. 그래서 사람들이 "개가 만두를 파느라 도무지 상대를 안하네"라고 말하던 데서 이런 이름이 생겼다는 것이다. 다른 설은 이 집 만두는 맛은 좋지만 만두집 주인 성질이 워낙 나빠서 그런 성질이면 개도 상대하지 않을 것이라고 말한 데서 생겨났다는 것이다. 이름은 괴상하지만 맛은 좋으니 틀림없는 톈진의 명물이다.

베이징

황하

시안
산시성

창강

상하이

타이완

홍콩

07
시안
西安

진나라인가 당나라인가

신 화 영 웅
神 話 英 雄

● 신화 神話, 2005
　탕지리 唐季禮 감독
　청룽 成龍 · 김희선 주연

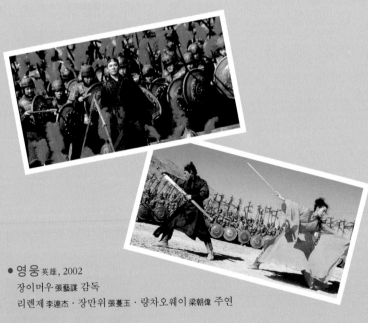

● 영웅 英雄, 2002
　장이머우 張藝謀 감독
　리롄제 李連杰 · 장만위 張蔓玉 · 량차오웨이 梁朝偉 주연

폐도 시안

'시안(西安)'이라 하면 낯설고 멀고, '창안(長安)'이라 하면 익숙하고 그립다. 동아시아 사람이라면 대개 그럴 것이다. 창안은 한 시대, 한 왕조의 특정 도시 이상이다. 찬란했던 동아시아의 문화제국 당나라, 그 수도였던 세계도시 창안은 동아시아인의 기억 속에서 하나의 문화적인 상징이다. '오래도록 편안한' 도시가 되라는 소망을 담아 이름을 지은 창안이 시안이라는 새 이름을 얻은 것은 명나라 때다. 서북지방을 안정시킨다는 뜻으로 그렇게 불렀다. 시안의 과거, 즉 창안의 역사는 찬란했다. 하지만 시안의 현재는 찬란한 창안의 역사가 퇴색해가는 과정을 보여준다.

시안은 중국에서 제일가는 역사도시다. 역대 13개 왕조가 시안을 도읍으로 삼았다. 아테네, 로마, 카이로와 더불어 세계 4대 고도(古都)로 꼽힌다. 그래서 중국에 이런 말이 있다. "1만년의 역사를 보려면 시안으로 가라. 1천년의 역사를 보려면 베이징으로 가라. 1백년의 역사를 보려면 상하이로 가라. 10년의 역사를 보려면 선전(深圳)으로 가라." 1만년의 역사를 간직한 시안은 중국을 이해하기 위해 반드시 거쳐야 할 곳이다. 하지만 지금의 시안은 초라하다. 특히 사회주의 시장경제시대를 맞아 나날이 성장하는 동해 연안의 도시들과 비교하면, 시안은 몰락한 귀족, 빛바랜 골동품 같다.

현재 중국 문단을 대표하는 작가 중에 자평와(賈平凹)가 있다. 시안의 문화적 상징으로 대접받는 작가다. 자평와는 1993년에 시안을 무대로 한 장편소설을 발표해 베스트셀러 작가가 되었다. 시안 문인과 고위관료의 타락상을 선정적으로 다룬 이 소설의 제목은 『폐도(廢都)』인데, 우리나라에도 같은 제목으로 출판되었다. 소설에서 폐허의 도시는 물론 시안이다. 자평와는 "지구 차원에서 보면 중국이 폐허의 도시이고, 중국 차원에서 보자면 시안이 폐허다"라고 말한 바 있다. 대표적인 시안사람으로서, 화려하던 창안은 사라지고 폐허 같은 시안만 남았다는 자조다.

1998년 미국 대통령 클린턴(B. Clinton)이 중국을 방문했을 때의 일이다. 클린턴은 베이징이나 상하이가 아니라 시안에 가장 먼저 들러, 시안 종루(鐘樓)에 올라 들뜬 목소리로 이렇게 말했다. "한 민족을 이해하려면 이 민족이 어디에서 왔는지를 이해해야 한다." 클린턴의 행보와 말에 시안사람들은 감격했다. 폐허의 도시, 몰락한 귀족의 집에 비유되면서 자존심이 형편없이 상했던 시안사람들의 마음을 클린턴이 달래준 것이다. 이것이 오늘날 시안의 초상이다.

시안 종루. 클린턴이 이곳을 방문하여 시안사람들의 자존심을 세웠다.

옛 성에 올라 창안을 떠올리다

시안 여행은 아무래도 여름이 더 나을 성싶다. 겨울에도 그리 춥지는 않지만 문제는 안개다. 시안 지역은 분지여서 겨울에 한번 안개가 끼면 좀처럼 가시지 않고, 안개가 끼는 날이면 아무것도 볼 수가 없기 때문이다. 물론 여름에는 35도를 육박할 정도로 덥다. 한여름 더위에 진시황릉을 오르는 일이 쉽지 않지만 그래도 공기가 건조한 덕에 그늘로 들어가면 견딜 만하다. 베이징 공항에서 네시간이나 시안의 안개가 걷히길 기다린 끝에 겨우 시안 시엔양(咸陽) 공항에 내렸다. 오후 세시인데도 안개가 우유처럼 뿌옇다. 시안은 시엔양에서 남쪽으로 1시간가량 가야 한다. 중간에 유명한 위수(渭水)가 있다.

시안에는 불행히도 옛날 화려했던 창안을 느낄 수 있는 흔적들이 거의 없다. 904년 당의 마지막 황제 소종(昭宗)은 창안을 떠나 러우양

(洛陽)으로 간다. 당나라는 이미 기울었고 화북지방의 패권을 장악한 세력들이 황제를 러우양으로 옮기도록 한 것이다. 황제와 함께 창안에 살던 주민도 이주했다. 그후 군벌들은 궁궐과 민가 등 창안 도시 전체를 철저히, 조직적으로 파괴했고, 해체된 건축물은 황하를 통해 러우양으로 실어갔다. 러우양에 새 왕도를 세운 것이다. 그렇게 3백년 왕도가

현장의 동상. 현장은 동아시아 불교 전파에 크게 공헌했다.

사라졌다. 그나마 옛날 왕도를 둘러쳤던 내성이 비교적 완벽하게 보존되어 다행이다. 물론 이 성벽도 명나라 때 증축한 것이긴 하지만 성벽 위에 올라서서 당나라를 떠올려볼 만하다.

시안 시내를 내려다보기에는 성벽 위도 좋지만 다옌타(大雁塔)도 훌륭하다. 맑은 날, 탑의 7층까지 한층한층 오르면서 시안의 경치를 즐기는 것이다. 다옌타는 현장(玄奘)이 가져온 불경을 보관하기 위해 세워진 탑이다. 현장이 자기가 본 인도 불탑의 형식을 모방하여 직접 설계했다. 현장은 허난(河南)성 선비집안 출신으로. 13세에 출가하여 27세(627)에 서역행에 나섰다. 당시는 당나라가 전국을 통일하기 이전이어서 변경의 정세가 안정되지 않았다는 이유로 출국을 금하던 때다. 그런데 그해 가을 창안에 기근이 들자 조정은 승려들이 나라 밖으로 탁발하러 나가는 것을 허락했고, 현장은 이 틈을 타서 창안을 떠난다. 뒤늦게 조정에서 알고 관리를 시켜 그를 붙잡지만 그의 뜻이 워낙

강해 결국 그를 잡은 관리가 놓아준다. 원래는 서역사람 하나를 길잡이로 삼았지만 중국과 서역의 경계인 옥문관을 나선 뒤 곧장 도망가 버려서 혼자 인도까지 그 머나먼 길을 갔다. 설산과 사막을 건너 인도에 도달하여 인도 전역과 동남아까지 주유하고 공부한 뒤 불경을 들고 18년(645) 만에 창안으로 돌아왔다. 창안성 사람들이 모두 나와 그를 환영하고, 황제는 오직 황제만이 드나드는 남문을 열어 그를 예우했다. 그후 현장은 1,335권의 불경을 번역했다. 그 번역으로 불교가 동아시아에 퍼지면서 동아시아사람들의 세계관이, 사상이 바뀌었다. 인류 문명 교류의 중요한 전환점이 불굴의 의지로 밀고 나간 고행으로 마련된 것이다.

믿기지 않은 진시황릉

이 산이 정말 진시황릉이란 말인가? 진시황릉을 처음 보면 다들 이렇게 생각한다. 나도 그러했다. 도무지 실감이 나지 않았다. 그저 석류나무로 뒤덮인 평범한 시골 야산이었다. 능 한가운데로 난 돌계단을 오르면서도, 내가 딛는 발밑에 정말로 진시황이 잠들어 있고, 인어 기름으로 만든 영원히 꺼지지 않는 초가 타고, 수은이 강물처럼 흐르며, 외부 침입자가 침투하면 화살이 비오듯 발사될까, 도무지 믿기지가 않는다.

사실, 무덤을 만드는 데 동원된 사람들은 모두 생매장되고 지금까지 발굴 작업이 제대로 이루어지지 않은 까닭에 진시황릉 내부가 어떻게 생겼는지 정확히 아는 사람은 없다. 진시황릉에 대한 유일한 정

진시황릉의 돌계단. 그 명성에 비해 너무 평범해 놀라게 된다.

보이자, 진시황릉에 대한 숱한 신화를 만들어낸 주인공은 사마천(司馬遷)이다. 사마천의 『사기(史記)』에 수록된 「진시황 본기」의 내용이 전부라고 해도 과언이 아니다. 그 내용은 대략 이렇다. 진시황이 천하를 통일한 후에 전국의 죄인 70만명을 동원해 땅을 깊이 파고 구리물을 부어 외관을 만들었다. 자동으로 발사되는 화살을 만들어 접근하는 자가 있으면 쏘게 했고, 수은으로 강과 내, 바다를 만들어 기계장치를 통해 흘러가게 했다. 또한 위는 해와 달, 온갖 별을 수놓은 천문모양으로 장식하고 아래는 산과 강을 형상화한 모형을 설치했다. 무덤 내부에는 인어기름(도롱뇽 혹은 사람을 닮은 물고기라는 등의 해석이 있음)으로 촛불을 밝혀 영원히 꺼지지 않도록 했다.

물론 『사기』의 내용이 맞는지는 진시황릉이 발굴되기 전까지 아무도 모른다. 다만 최근에 진시황릉 토양의 수은 함량이 인근 지역보다 훨씬 높다는 사실이 밝혀지면서 『사기』에 적힌 내용이 신빙성을 얻었다.

진시황릉의 신화를 다룬 영화 「신화」

탕지리 감독이 연출하고, 청룽과 김희선이 주연한 영화 「신화—진시황릉의 비밀」의 제목처럼 진시황 무덤은 신화 그 자체다. 영화 「신화」는 주인공 잭(청룽 분)이 진시황릉의 비밀을 풀어가는 과정을 그렸다. 고고학자 잭은 전생에 진시황을 지키는 근위대 장수 몽의였다. 영화는 진나라와 현재를 오가며 진행된다. 자연히 청룽은 잭과 몽의, 두 인물을 연기한다. 기본 구성은 「인디아나 존스」에서 빌려왔다. 해리슨 포드가 「인디아나 존스」에서 고고학자이면서 싸움도 잘하듯이 「신화」에서 청룽도 마찬가지다.

영화에서 진시황릉 내부는 무중력 상태다. 모든 것이 떠 있다. 그런 무덤 속에서 2천년이 넘도록 아직까지 살아 있는 두 사람이 있다. 한 사람은 우리의 조상으로 아주 오래전 나라의 안정을 위해 진시황의 후궁이 된 여인 옥수다(영화에서는 '조선의 여인'이라고 나오지만 진나라와 조선, 혹은 고조선은 연대가 전혀 맞지 않는다). 중국에서 안재욱과 더불어 최초로 한류 바람을 일으켰고, 지금도 중국인들 사이에서 최고의 인기를 누리는 한류 스타 김희선이 옥수 공주 역할을 맡아 이 영화가 중화권에서 흥행에 성공하는 데 크게 기여했다.

진시황릉에 살아 있는 다른 한 사람은 진(秦)나라 근위대 남궁 장군이다. 두 사람이 지금까지 살아 있는 것은 불로장생의 선단(仙丹)을 먹어서다. 원래 진시황을 위해 구해온 선단을 신하들이 이 두 사람에게 먼저 먹어보라고 했다. 진짜 불사(不死)약인지 시험해본 것인데, 그 약은 진짜였다. 두 사람은 진시황을 따라 순장된 뒤에도 무덤 속에서 오늘날까지 2천여년 전 모습 그대로 살아남게 된다. 옥수 공주는 진시황의 무덤에서 몽의 장군을 기다린다. 진나라로 끌려오는 길에 자기를 지켜준 몽의 장군을 사랑하게 된 것이다. 진시황 무덤 속에서 아직까지 살아 있는 또다른 한 사람, 남궁 장군은 몽의 장군의 부하다. 몽의 장군이 반란군에게 죽임을 당하면서 끝까지 옥수 공주를 지키라고 한 명령을 수행하고 있다.

그런 진시황의 무덤을 고고학자 잭이 찾아낸다. 옥수 공주는 자기가 기다리던 연인 몽의 장군이 나타난 것으로 생각한다. 잭도 꿈에서 늘 보던 여인을 실제로 만나게 된다. 하지만 옥수 공주는 자기 앞에 나타난 사람이 진나라 장군 몽의가 아니라 고고학자 잭이라는 것을 알고는 잭을 따라나서지 않는다. "몽의가 아니라면 못 가요, 난 몽의를 기다려야 해요" 하면서 진시황릉에 남는다.

영화 말미에 잭은 "이 유물은 영원히 지하에 묻혀 있어야 한다"면서 『신화』(The Myth)라는 제목의 책을 덮는다. 이렇게 신화는 영원히 계속되는 것으로 끝을 맺는다. 이제 진시황릉에는 우리 조상 옥수 공주가 불로장생의 약을 먹고 아직도 살아 사랑하는 몽의 장군이 돌아오기만을 기다리고 있다. 이 영화 덕분에 진시황릉에 대한 상상거리가 하나 더 늘었다고 해야 할까?

그런데 영화에서 우리나라 배우 김희선이 맡은 조선 여인 옥수 공주의 이미지에 불만을 갖는 국내 관객들이 꽤 있다. 조선의 공주가 진나라에 잡혀간다는 설정, 능란하게 중국어를 구사하는(더빙한 성우의

청룽은 고고학자 잭과 근위대 장수 두 인물을 연기한다.

중국어 대사가 한국말을 하는 김희선의 입 모양과 맞지 않는 게 거슬리지만) 가련한 표정의 옥수 공주가 하는 일이라고는 오로지 몽의 장군을 기다리는 일뿐이라는 설정 등에 불만을 갖는다. 하지만 적어도 영화 「신화」에서만큼은 김희선을 한국인으로 보기보다는 배우 김희선으로 보는 것이 합당한 일 아닐까. 한국 배우가 꼭 좋은 역할을 해야 할 필요는 없는 것이고 주어진 역을 훌륭하게 연기하느냐의 여부로 판단하는 일이 필요할 것이다. 앞으로 한국과 중국, 홍콩의 영화시장이 한층 통합되면서 「신화」처럼 각 나라의 콘텐츠와 배우를 공유하는 일이 더욱 빈번해질 것이고, 중국 영화에 등장하는 한국 배우들도 갈수록 늘어날 것이며, 한국, 중국, 홍콩의 영화가 아니라 동아시아 영화가 만들어질 것이다. 영화 「묵공」만 하더라도 일본 만화를 원작으로 하여 동아시아 자본이 총동원되고 중국과 홍콩, 그리고 한국의 유명 배우들이 골고루 동원되었다. 앞으로 더욱 늘어날 이런 동아시아 영화에서 한국 배우를 한국인으로 호명하는 것이 아니라 한 배우로서 보는 것도 국가를 넘어 동아시아의 감각을 훈련하는 일이 될 것이다.

동아시아 상상력의 샘, 진시황릉

진시황릉은 1974년에 병마용이 발굴된 이래 1981년까지 황릉 주변을 중심으로 부분적으로 발굴 작업이 진행되었지만, 지금은 중단 상태다. 현재 발굴된 지역은 전체 진시황 무덤의 10퍼센트도 되지 않는다. 본격적인 발굴을 하지 않는 가장 큰 이유는 내부가 어떻게 되어 있는지 정확히 모르는 상태에서 자칫 능을 훼손할 수 있기 때문에 섣불리 손을 쓰지 못하는 것이다. 그리고 조금만 파면 물이 나오는 지형의 특성상 물을 효과적으로 통제해야 할 뿐만 아니라, 발굴할 때 진시황릉 전체를 덮을 수 있는 돔 형식의 구조물을 설치해야 하는데 그럴 만한 기술이 없어서라고 한다.

진시황릉은 중국인은 물론이고 동아시아인들에게도 무한한 상상력을 제공하는 영원한 신화이자 상상력의 샘이다. 요즘은 『사기』의 내용을 토대로 진시황릉 내부를 디지털로 생생하게 복원해내기도 하지만 진시황릉은 여전히 신화 자체다. 아직껏 발굴되지 않았기 때문이다. 만약 진시황릉을 발굴해버리면 이제 진시황릉에 관한 더이상의 신화는, 더이상의 상상은 사라지게 된다. 그동안 진시황릉을 소재로 다양한 영화가 만들어졌듯이 진시황릉은 무수한 문화 콘텐츠를 생산할 수 있는 디지털 자원이다. 영화와 게임, 만화, 소설, 숱한 콘텐츠가 쏟아져나오는 지금, 상상력의 보고라고 할 수 있는 진시황릉을 발굴해 신화를 해체하고 신비를 벗겨버리면 동아시아인들의 상상을 자극해온 신화가 사라져버릴 것 아닌가. 그렇게 보면, 영화에서 잭의 말대로 진시황릉은 그대로 지하에 신화로 묻어두는 것이 낫지 않을까.

황릉이 무중력 상태라는 상상력도 발굴되지 않았기에 가능한 일이다.

「신화」에서 진시황릉 내부가 무중력 상태라고 상상하는 것도 진시황릉이 발굴되지 않았기 때문에 가능한 일이었다. 이 영화에서는 진시황시대에 하늘에서 떨어진 운석을 이용해 무덤 안을 무중력 상태로 만들었다고 나온다. 오락영화인만큼 발상이 기발하면서도 황당하다. 물론 진시황 때 운석이 떨어졌다는 기록이 『사기』에 남아 있다. 진시황 36년의 일이다. 당시 누군가 땅에 떨어진 운석에 "진시황이 죽고 땅이 나뉠 것이다"(始皇帝死而地分)라고 새겼다. 이 소식을 들은 진시황이 당장 그자를 찾아내라고 명한다. 군사들이 동원되어 인근 마을 사람들을 일일이 심문하지만 찾아내지 못한다. 결국 진시황은 마을 사람들을 모두 잡아죽이고 돌을 불태워 없애버리라고 명한다.

사마천의 『사기』에서 운석은 폭군 진시황이 죽고, 결국 진나라도 망할 것이라는 하늘의 계시다. 진시황을 보는 천심(天心)과 민심(民心)의 묵시록인 셈이다. 하지만 진시황은 운석에서 천심과 민심의 징후를 읽고 자신을 돌아보는 것이 아니라 도리어 백성을 무자비하게 죽인다. 사마천은 진시황이 얼마나 난폭했는지 보여주는 일례로 운석 사건을 들었다. 그런데 영화 「신화」에서 운석은 그것과 정반대의 역할을 한다. 진시황릉의 위대한 신화를 창조하고, 나아가 진시황시대가 얼마나 위대했는지를 암시하는 매개체로 둔갑한 것이다. 진시황과 그의 시대를 보는 눈은 시간을 거쳐 이렇게 바뀌어버리기도 한다.

스스로 칼을 거두는 자객, '진왕을 죽여선 안된다!'

「신화」가 진시황릉에 관한 신화라면 장이머우 감독의 영화 「영웅」
은 진시황에 관한 신화다. 「영웅」은 중국 영화사에서 중요한 의미를
지닌다. 중국 영화사상 최대의 자본(약 360억원)을 투자했으며 그것도
모두 순수한 중국 자본이었다. 중국 영화사상 최대의 무협 블록버스
터인 셈이다. 개봉 후 중국에서 최고의 흥행 기록을 세웠다. 해외에서
도 대인기였다. 일본, 대만, 홍콩 등 동아시아권에서 크게 인기를 누
린 것은 물론이고, 2004년 미국에서 개봉되어 2,031개 스크린에 걸렸
다. 박스오피스 1위를 차지하는 가운데 4,500만달러(약 450억원)의 수
익을 올렸다.

영화는 2천년 전 전국시대가 배경이다. 당시 중국은 7개 나라로 나
뉘어 천하 패권을 두고 치열하게 다퉜다. 7개 나라 가운데 진나라가
제일 강했고, 조(趙)나라를 포함한 나머지 6개국은 합종도 하고 연횡
도 하면서 진나라에 대항했다. 진이 전국을 통일하기 전, 왕이 '시황'
(始皇)이라는 호칭을 쓰기 전이다. 영화는 '무명(無名, 리롄제 분)'이
진나라 왕을 만나는 장면으로 시작된다. 진나라 왕이 무명을 부른 것
은 그가 왕을 놀라게 할 공을 세웠기 때문이다.

당시 진나라 왕은 10년 동안 하루도 편히 잠들지 못했다. 조나라 자
객 장천과 비설, 파검이 진나라 왕의 목숨을 노렸기 때문이다. 특히
비설(장만위 분)과 파검(량차오웨이 분)은 3년 전 3천명이나 되는 왕의

호위병을 뚫고 왕의 침소에까지 침입해 왕을 살해하려 했다. 이렇듯 진시황은 늘 자신을 살해하려는 자객들의 위협에 시달렸는데, 그도 그럴 것이 진나라가 중국을 통일하고 최초로 통일왕국을 건설하는 과정에서 얼마나 많은 원한을 샀을 것인가.

그런데 무명이 나타나 그 자객들을 모두 물리쳤다. 무명은 그 공로를 인정받아 특별히 왕의 10보 앞까지 다가가도록 허락받는다. 하지만 무명 또한 자객으로 진나라 때문에 가족이 몰살당한 복수를 하기 위해 10년 동안 암살 계획을 세워온 인물이다. 10보 안에만 들어서면 진시황을 반드시 죽일 수 있는 '10보 필살 검법'을 연마한 그가 마침내 10보 안에 들어설 수 있게 된 것이다.

무명은 진나라 왕에게 자신이 어떻게 자객들을 살해하고 지금 여기까지 오게 되었는지를 이야기한다. 그러나 무명의 이야기를 다 들은 진시황은 무명의 이야기가 거짓이고, 그 또한 자객임을 간파한다. 진왕은 무명 앞에 놓인 초의 흔들리는 불꽃에서 무명의 살기(殺氣)를 느낀다. 하지만 이미 늦었다. 자신을 살해하기 위해 10보 필살 검법을 연마한 자객 무명이 10보 안에 있고, 호위대는 100보 밖에 있기 때문이다. 진왕은 체념한 듯 말한다.

"오늘이 짐한테는 운명의 날이겠구나."

무명이 왕을 향해 뛰어올라 칼을 날린다. 하지만 칼은 왕을 아슬아슬하게 빗겨간다. 무명이 일부러 왕을 살려준 것이다. 「영웅」은 익히 알려진 자객 형가(荊軻)가 진시황을 살해하려 했던 이야기를 토대로 만들어졌다. 형가는 칼을 지도에 숨겼다가 진시황을 향해 휘두른다. 하지만 놀란 진시황이 황급히 뒤로 물러나는 바람에 옷소매만 자르고 실패한다. 붙잡힌 형가는 사지가 찢기는 형벌을 당한다. 형가 이야기

파검에게 설득당한 무명은 결국 진시황을 죽이지 않는다.

와 달리 「영웅」에서는 무명의 시도가 실패하는 것이 아니라 스스로 포
기하는 것으로 돼 있다. 장이머우가 만든 「영웅」의 개성이지만, 이 장
면은 두고두고 논란이 된다.

무명은 왜 진시황을 죽이지 않았을까. 파검에게 설득당한 때문이
다. 무명은 10보 안까지 왕에게 접근하기 위해 파검에게 도움을 청하
러 간다. 하지만 파검은 왕을 죽이는 것에 반대한다. 3년 전, 그가 연
인 비설과 함께 진시황을 살해하러 갔다가 그냥 나온 것도 실은 일부
러 놓아준 것이다.

파검은 "진왕을 죽여서는 안된다"고 말한다. 백성을 도탄에 빠뜨린
전쟁은 오직 진나라만이 종식시킬 수 있고, 그래야 천하를 통일할 수
있다는 것이 파검의 생각이다. 즉 천하통일이란 대의를 위해 진왕을
암살하지 말라는 것이다. 그는 무명에게 '천하(天下)'라는 글자를 모
래 위에 써 보이면서 말한다. "한 사람의 고통은 아무것도 아니다. 조
와 진의 원한도 천하라는 대의 아래선 사소하다"라고. 550년 동안 계
속된 전쟁을 끝내기 위해, 천하를 위해, 평화를 위해 진시황을 죽이면
안된다는 파검의 생각에 무명이 설득당하고, 결국 무명은 진왕을 살

해하는 것을 스스로 포기한다.

비운의 영웅으로서 진시황을 해석하다

사실 무명이 진정한 협객이라면 그렇게 스스로 포기해서는 안된다. 협객의 정신은 '말은 신의가 있어야 하고, 행동은 결과가 있어야 하며, 승낙을 했으면 반드시 이행해야 한다'(言必信, 行必果, 諾必誠)이기 때문이다. 사실 무(武)와 협(俠)의 결합으로서의 무협은 필연적으로 폭력성을 지닐 수밖에 없다. 칼은 무의 상징이고, 길을 가다 불의를 보면 칼을 뽑아 도와주는 것이 무협의 정신이다. 무협에서 정의를 실현하는 방법은 '폭력을 통해 폭력을 제압하는 것'(以暴制暴)이다. 더구나 중국의 문화전통에서 자기의 체면을 손상시킨다거나 자기에게 치명적 위해를 가한 사람에게 보복하는 것은 정의를 실현하는 방법의 하나로 정당화되었다. 무협 영화나 소설이 보복을 기본 모티프로 하는 것은 이 때문이다.

협객은 원래 무로써 세상의 금기를 범하는 사람이다(俠以武犯禁). 그들은 관의 세력과 기존 질서 밖에서 떠도는 유민이고 무정부주의자다. 협객의 이러한 특징은 봉건 통치 세력에는 커다란 위협이었다. 그런데 「영웅」에서 파검과 무명은 이제 기존 질서를 승인하고 그것을 유지하기 위해 스스로 칼을 거둔다. 이 점만 보자면, 「영웅」은 무협의 기본 공식에서 완전히 이탈한 영화다.

「영웅」이 이처럼 무협 정통 계보에서 이탈한 것은 장이머우 감독이 의도한 바다. 장이머우는 형가 이야기를 새롭게 변화시킨 이유에 대해 "무협 주제의 틀을 넘어서고자 했다"고 말한다. 정의로운 폭력을 행사하여 폭력을 제압하고 복수하는 무협의 기본 틀을 벗어나려고 했다는 것이다.

무명에게서 파검의 이야기를 전해들은 진왕은 감격한다.

"짐을 이해하는 유일한 사람이 짐을 암살하려 했던 자라니. 짐은 수많은 비난과 음모, 계략을 견뎌왔다. 누구도 내 뜻을 이해하지 못했다. 짐의 신하조차 짐을 독재자라고 간주했다. 파검이 짐을 가장 잘 이해하고 짐의 뜻을 간파할 줄이야!"

사마천의 『사기』에 기록된 진시황이 야심과 권력욕이 가득하고 난폭하여 걸핏하면 백성을 살해하는 폭군이라면, 영화 「영웅」이 묘사한 진시황은 그 스스로 더 많은 사람을 죽이지 않으려고 불가피하게 살인을 하고, 천하의 통일과 평화를 위해 전쟁을 벌일 수밖에 없다고 생각한다. 그는 역사의 악역을 고통스럽게 자임하는 비운의 영웅인 것이다. 그런 영웅이 천하의 통일과 평화를 이루는 데 약자와 개인은 희생해야 하고, 사적인 원한은 접어야 한다.

영화의 메씨지가 여기까지 이르는 순간, 이 영화는 위험해진다. 천하의 통일을 위해서라면 모든 것이 유예되어야 한다는 파시즘과 강자의 철학을 옹호하고 선전한다는 비판을 받을 여지가 생기는 것이다. 중국에서도 그런 비판이 나왔고, 우리나라에서는 비판의 강도가 더욱 심했다. 중국이 강대국으로 도약하는 것을 목도하면서 많은 사람이 세계에, 동아시아에 새로운 제국이 출현하는 것이 아닌가 하고 우려하는 상황에서 영화 「영웅」이 던진 메씨지가 위험스럽게 보인 것이다. 지금 중국정부와 중국공산당, 관방 학자들은 중국이 장차 강국이, 대국이 되는 것을 기정사실로 가정하고 어떤 강국, 어떤 대국이 될 것인지를 고민한다. 그들은 멀게는 과거 로마와 중국의 전통적인 중화체제와 천하체제, 가까이는 스페인, 영국, 일본, 미국 등 제국의 경험을 가진 나라들의 역사를 연구하는 가운데 바람직한 모델을 찾고자 한다. 우리나라 교육방송 텔레비전에서도 방영된 중국 중앙텔레비전의 「대국의 부상(大國崛起)」이 2006년에 중국에서 큰 호응을 일으킨 것도 이런 중국의 분위기 때문이었다. 중국은 과연 어떤 강국의 길을 갈 것인가, 아니면 이전의 제국들처럼 위협과 전쟁의 길로 나아갈 것인가? 주변국들과 조화를 이루는 평화로운 부상의 길을 갈 것인가, 아니면 이전의 제국들처럼 위협과 전쟁의 길로 나아갈 것인가? 우리로서는 더욱 절박한 관심사가 아닐 수 없다. 미국과 일본에서 퍼뜨리는 중국 위협론에 부화뇌동할 필요는 없지만, 거인을 옆에 두고 사는 우리로서는 중국을 평화롭고 좋은 나라로 만나는 일이 결코 남의 일이 아니다.

천하통일의 군주, 진시황

저장(浙江)성 이우(義烏)는 이제 우리에게도 낯설지 않다. 우리나라에 들어오는 장난감과 여성 액세서리의 대부분이 이곳 도매시장에서 가져온 물건이다. 기절할 정도로 가격이 싸다. 이우에서 두시간 가량 떨어진 헝디엔(橫店)이라는 조그만 시골에 중국의 헐리우드를 목표로 지은 초대형 쎄트장이 있다. 말로만 듣고 인터넷으로만 보았을 때는 그저그런 쎄트장인 줄 알았는데 실제로 보니 그 규모가 놀라웠다. 항저우에서부터 이우를 거쳐 4시간 넘게 차를 타고 간 보람이 있

이우의 「영웅」 촬영지. 우리나라 사극을 이곳에서 찍기도 한다.

었다. 장차 영화 관련 산업을 모두 이곳에 유치하려는 당찬 포부만으로도 중국 영화산업의 미래가 밝아 보일 정도였다. 차원이 다른 쎄트장이었다. 전자제품에 들어가는 자석을 생산하는 공장으로 돈을 번 이곳 출신 사업가가 고향에 투자하여 세운 것이다. 쎄트장을 세울 때 고향 주민들에게 혹시 폐가 될까 우려하여 주민들의 토지와 주택은 하나도 건드리지 않고 산과 버려진 땅을 이용했다고 한다. 한 고향 출신 기업가 덕분에 조그만 시골 마을은 세계적으로 유명한 영화 도시가 되었고, 마을 사람들은 엑스트라로 수시로 영화에 출연하다보니 이제는 다들 영화배우 수준이다.

쎄트장은 여러 곳으로 나뉘어 있어 걸어서 돌아볼 수가 없다. 거의 매일 촬영이 있기 때문에 슬쩍 구경하는 재미도 있다. 자금성과 옛 홍콩, 광저우 거리를 재현해놓았고, 진나라 궁전도 있는데 이곳들이 각각 떨어져서 거대한 성을 이룬다. 물론 입장권은 따로 살 수도 있고, 패키지로 모두 살 수도 있다. 「무극」「황후 화」 등을 모두 이곳에서 찍었고, 요즘에는 우리나라 사극조차 이곳에서 찍는다. 「영웅」의 진나라 궁정 장면도 이곳에서 찍었다. 진나라의 황궁과 성터 흔적은 중국 어디서도 볼 수 없는데, 이곳에서 어렴풋이 느껴볼 수 있다. 관광객을 위해 진시황제가 등극하는 의례를 연출하기도 하고, 궁전 안에서는 진시황제 복장을 하고 사진 촬영을 할 수도 있다.

영화에서 무명은 진나라 황궁을 살아서 걸어나오지 못한다. 진시황을 일부러 살려두었으니 살려줄 법도 한데 말이다. 진시황이 머뭇거리자 늘어선 신하들이 간한다. "천하를 노린 자는 죽여 마땅하옵니다. 천하를 얻으려면 법이 지켜져야 하옵니다. 전하께서 만든 법이 아닙니까? 모범을 보이십시오, 전하." 결국 무명은 진황궁의 문앞에서 폭우처럼 쏟아지는 검은 화살을 맞고 죽는다. 영화 마지막에 이런 자막이 올라간다.

"기원전 221년, 진의 왕은 중국을 통일한 후 전쟁을 끝내고, 장성을 세워 나라와 백성을 지키고, 중국 역사상 첫 황제가 되어 진시황이라 불렸다."

진시황은 마침내 지루한 전쟁을 끝내고 중국 역사상 최초의 통일 왕조를 세웠다. 물론 영화 「영웅」에서는 통일 군주로서 고뇌에 찬 진시황만 있을 뿐 모든 것을 통일한 전제군주로서의 진시황은 없다. 진시황은 나라를 통일한 뒤 모든 것을 하나로 통일했다. 「영웅」에서 진시황은 '검(劍)'자 쓰는 방법이 19가지나 있다는 것을 이해하지 못한다. 그래서 그는 "한 글자를 쓰는 데 19가지 방법이나 있다니, 얼마나 불편한가. 내가 그렇게 어지러운 문자를 전부 없애버리겠다"고 말한다. 과연 진시황은 다양한 이체자가 많던 한자를 소전체(小篆體) 하나로 통일한다(병마용 갱坑 현판이 모두 소전체로 된 것은 이 때문이다).

그뿐만이 아니다. 분서갱유(焚書坑儒)를 통해 사상을 통일하고, 글자를 통일했다. 군복과 깃발도 통일하고 국가를 상징하는 색깔을 모두 검은색으로 통일했다. 중국 전통사상에 따르면 오행은 서로 순환하고 상극 상생 작용을 한다. 오행에서 진나라 이전의 왕소 수(周)나라는 불(火)의 나라였다. 그러니 진나라가 주나라를 대체하려면 불을 제압하는 물(水)의 원리를 지녀야 한다. 오행에서 물은 오방색으로 보자면 검정색이어서, 검정색이 진나라의 색깔이 되었다. 영화에서 무명이 진시황을 만나는 부분에서 검은색이 등장하는 것은 이 때문이다. 지금은 중국에서 검은색이 사상적인 반동이나 불법을 상징하는 색깔이 되었지만, 이는 현대에 와서 일어난 변화다. 원래 검정색은 불길한 색이 아니다. 중국인이 가장 불길하게 생각하는 색깔은 흰색이다. 그래서 중국인에게 돈을 건넬 때는 흰 봉투에 넣지 말아야 한다. 꼭 붉은 봉투에 넣어 건네야 한다.

진나라는 또한 숫자가 들어가는 모든 것을 6으로 통일했다. 중국어에서 6자의 발음은 물처럼 순조롭게 흐른다는 뜻의 '류(溜, 流)'자 등과 같아서 행운을 상징한다. 진시황은 어사의 모자 크기를 여섯 치로, 가마의 너비도 여섯 자로 정하고, 수레도 여섯 마리의 말이 끌게 했다. 이렇게 모든 것을 하나로 통일한 뒤, 그것을 어기는 자는 법으로 엄하게 다스려 추호도 용서하지 않고 무자비하게 처단했다. 그것이 진이라는 제국의 통치원리였다. 그런데 이렇게 천하의 모든 것을 하나로 통일했던 진나라는 겨우 15년 만에 멸망했다.

진나라의 역사는 시안의 또다른 왕조 당나라의 역사와 여러 모로 비교된다. 당나라는 무려 290년을 지속했다. 시안에 있던 두 제국, 즉 진나라와 당나라 사이의 이러한 차이는 어디에서 오는 것일까. 여러 가지 원인이 있을 것이다. 하지만 그중 한가지 이유는, 진나라가 일통(一統) 천하를 만들었던 반면 당나라는 서로 다른 것들이 뒤섞이면서 다양성의 공간을 연출했던 문화제국이었다는 점 아닐까.

진나라에 비하면 당나라는 혼성의 제국이었다. 서역문화와 중국문화가 뒤섞이는 가운데 다양한 인종과 문화가 만나는 국제도시가 바로 당시의 창안이었다. 창안은 비단길의 출발지였다. 그런 까닭에 창안은 동서 문명이 뒤섞이고, 원측(圓測)이나 혜초(慧超) 같은 신라의 승려를 비롯해 서역인들까지 몰려든 국제도시였다. 동서양의 모든 문물이 흘러들어 서로 다른 것들이 공존하는 공간, 다양성이 존재하는 공간이 창안이었다. 그리고 그 혼성과 다양성이 찬란한 당나라 문화를 꽃피웠다. 당나라를 최고의 문화제국으로 만든 원동력이 여기에 있었다.

당나라 때 창안사람들은 서역에서 전해오는 이국적인 정취에 매료되었다. 악기, 향료, 약품, 음악…… 심지어 술집의 아름다운 서역 아가씨, 즉 호희(胡姬)가 이백의 시에 등장할 정도였다. 불에 구워먹는 둥글고 넓적한 이란풍의 밀가루 빵으로 샤오빙(燒餅)이라 부르는, 중국인들이 즐겨 먹는 빵도 이때 유행하기 시작했다. 창안의 호풍(胡風)은 무려 100년 동안이나 유행했고, 이 거센 호풍은 당나라 문화에 생기를

시안의 명물 요리 양러우바오모. 양고기 국물에 빵을
찍어 먹는다.

불어넣었다.

우리나라 사람들은 별로 좋
아하지 않지만 시안의 명물 요
리 가운데 양러우바오모(羊肉泡
沫)라는 요리만 해도 그런 호풍
의 상징이다. 1950년대 저우언
라이(周恩來)가 호치민(胡志明)

에게 대접하기도 했다. 원래는 간단한 스낵 수준이었는데 요즘은 요
리로 격상되었다. 베이징 민족문화궁에서도 맛볼 수 있다. 양러우바
오모라는 기이한 요리를 처음 맛본 것이 1993년 여름, 처음 시안에 학
술회의 참석차 갔을 때였다. 회의가 끝나고 시안 토박이 하나가 시안
의 명물을 사주겠다면서 이슬람 식당에 데리고 갔다. 그런데 이상했
다. 사람들이 손바닥만한 빵을 먹지 않고, 손으로 뜯어서 그릇에 담고
있었다. 자리에 앉자 종업원이 우리에게도 빈 그릇을 가져다주었다.
영문도 모른 채 다른 사람들처럼 빵을 뜯어서 그릇에 담았다. 다 뜯은
빵조각을 종업원이 다시 가져가고, 10여분 뒤에 양고기가 가득 담긴
탕을 내왔다. 그 탕에 내가 뜯은 빵조각이 들어 있었다. 중국사람들에
게 양러우바오모는 병마용과 함께 시안의 명물로 꼽을 정도로 유명하
다. 양러우바오모를 처음 먹을 때는 탕 안에 내 손으로 뜯은 빵이 들
었는지, 혹시 다른 사람 손으로 뜯은 빵을 준 게 아닌지 마음에 걸린
다. 하지만 일단 식당에 들어가면, 종업원이 그릇을 가져가면서 건네
준 번호표에 따라 내 손으로 뜯은 빵이 다시 돌아올 것이라고 믿고 기
다리는 수밖에 없다. 양러우바오모는 그렇게 마음을 놓고 즐길 때, 그
리고 정성을 다해 빵을 최대한 작게 뜯어서 양고기 국물이 빵에 제대

로 스며들게 할 때 그 맛을 제대로 즐길 수 있다. 양러우바오모로 유명한 곳은 구러우(鼓樓) 주변의 톈시러우(天錫樓)와 퉁성샹(同盛祥)이라는 곳이다. 한 그릇에 13위안가량 한다. 다칭전쓰(大淸眞寺) 부근 이슬람 거리를 비롯하여 간판에 초록색으로 '칭전(淸眞)'이라고 적힌 이슬람 요리 전문 식당에는 거의 다 있다.

시안에 가면 이슬람 요리를 맛보면서, 진시황릉 정상에서 중화문명의 터전이던 관중(關中)평야를 아득히 바라보면서, 중국 역사를 대표하는 두 제국 진나라와 당나라의 운명을 떠올려볼 일이다. 천하의 평화를 염원하던 영화 「영웅」 속 두 인물 파검과 무명을 생각하면서 그들의 순진한 꿈이 헛되지 않을 제국은 어떠해야 할지를 생각하고, 강자의 논리로서의 제국의 원리가 아니라 지상의 모든 것들이 더불어 화해하고 공생하는 평화로운 제국의 원리를 소망해볼 일이다. 미국이라는 제국과 중국이라는 제국의 틈바구니에 끼인 우리로서는 그런 고민이 더욱 절실한 일 아닐 것인가.

당나라와 진나라를 따라가는 시안 여행

시안 여행은 당나라 여행과 진나라 여행이다. 병마용과 진시황 무덤으로 가는 길이 진나라의 흔적을 따라가는 길이라면, 양귀비가 목욕했다는 온천지 화칭츠(華淸池)와 현장이 인도에서 가져온 불경을 모시기 위해 지은 다옌타와 샤오옌타(小雁塔)로 가는 길은 당나라의 흔적을 따라가는 길이다. 한국인이라면 여기에 한곳을 추가해야 시안을 제대로 보았다고 할 수 있다. 시안 교외에 있는 싱자오쓰(興敎寺)

로 가는 길이 그것이다. 커다란 와불이 인상적인 이곳은 대웅전 앞에 있는, 『서유기』에 나오는 현장법사의 사리탑으로 유명한 절이다. 하지만 한국인이 눈여겨봐야 할 것은 현장탑 왼쪽에 있는 3층짜리 원측타(圓測塔)다. 원측은 신라 왕손으로 15세에 창안에 와서 고승들에게 수학하고 인도에 유학을 다녀온 뒤 현장법사의 수제자가 되었다. 원측은 신라로 돌아오지 않았고, 신라 불교와 직접적인 관계는 없었다고 한다. 오히려 중국 불교사에 큰 영향을 끼쳤는데, 현장의 수제자로서 법상종을 창립하고, 산스크리트어가 능해 불경을 중국어로 번역했다.

이 절과 한국의 인연은 이뿐만이 아니다. 일제 강점기에 일본군에서 탈출한 학병 출신들은 국내에 침투하기 위해 미국 정보기관에 들어가 훈련을 받았다. 장준하, 김준엽이 그랬다. 이들이 이범석 장군 지휘 아래 국내 침투 훈련을 받은 곳이 싱자오쓰다. 하지만 한국인 관광객이 이곳 싱자오쓰를 찾기는 쉽지 않다. 단체관광이라면 더욱 그렇다. 시안 관광의 동선은 병마용을 중심으로 이루어지는데, 싱자오쓰는 그 반대 방향에 있다.

시안에 가서 빼놓을 수 없는 것이 '서태후 교자연'(餃子宴)이라고 하는, 종류가 108가지나 된다는 각양각색의 교자 요리를 먹는 일이다. 더파창(德發長)이란 곳이 유명하다. 하지만 여러가지 요리를 여럿이서 맛보는 교자연의 특성상 단체손님이 아니면 이 집에서 먹을 수가 없다. 1층에서 몇가지를 맛보는 것으로 만족할 수밖에 없다. 이 집 고기만두도 맛있다. 일전에 초등학생 아들하고 왔을 때, 녀석은 세끼를 이곳 고기만두로 때우기도 했다.

베이징

황하

상하이

창강

광저우
광둥성

타이완

08
광저우
廣 州

황비홍, 황금 산을 찾다

황 비 홍
黃 飛 鴻

● 황비홍 黃飛鴻, 1991
쉬커 徐克 감독
리롄제 李連杰 · 위안뱌오 元彪 주연

먹기 위해 사는 광저우사람들

광둥성의 성도(省都) 광저우 하면 역시 음식이다. "먹는 것은 광저
우에서"(食在廣州)라고 하지 않던가. 중국인은 먹는 데 돈을 다 쓰는
사람들이다. 그래서 중국인의 종교는 도교가 아니라 '식교(食敎)'라고
하는 편이 나을 것이다. 식교의 가장 열렬한 교도는 광둥사람들이다.
광둥사람들은 먹기 위해 태어나고 먹기 위해 사는 사람들 같다. 아침
부터 저녁 야식까지 끊임없이 마시고 먹는다. 그래서 중국인 중에서
광둥사람의 위가 가장 크다고 하는 것일까.

먹기도 자주, 많이 먹지만 세상의 온갖 것들을 다 먹는다. 날아다니
는 것 중에서는 비행기만 빼고, 네발 달린 것 중에서는 책상만 빼고
다 먹는다는 이야기는 바로 광둥사람을 두고 한 말이다. 뱀, 고양이,

광둥인의 식성은 다양하다. 악어를 진열한 식당의 모습.

원숭이, 쥐, 지네, 박쥐, 심지어 악어까지 먹는다. 뱀 요리는 광둥사람이 2천년 전부터 먹어온 광둥의 대표 음식이다. 뱀을 그렇게 다양하게 요리해 먹는 이들은 세계에서 광둥사람이 유일할 것이다. 나도 뱀 국물을 한번 먹은 적이 있다. 한 저녁자리에서 닭고기로 국물을 낸 탕이라고 생각하고 먹었는데, 나중에 알고 보니 뱀 국물이었다. 뱀이라면 질색이어서 기분이 좋지 않았지만 그래도 그 맛은 지금까지 먹어본 중국요리 가운데 가장 기억에 남는 요리로 남아 있다. 뱀 요리라고 말하지 않고 준다면 다시 한번 먹어보고 싶을 정도다. 광둥 여행은 차라리 먹는 여행이라고 해야 옳다. 그래서 온갖 기기묘묘하고 맛있는 음식을 순례하는 것은 광둥 여행의 최고의 코스다.

광둥사람은 '음식이 가장 좋은 보약'이라는 생각에 여러가지 기이한 재료로 갖가지 음식을 만들어먹고 보신(補身)한다. 차를 마실 때도 다양한 보약 재료를 우려낸 뒤 식힌 '량차(凉茶)'를 마신다. 광둥사람의 일상생활에서 빼놓을 수 없는 것이 '얌차(飮茶)' 습관이다. 아침에는 차를 마시면서 죽을 먹고 오후에는 딤섬을 먹는다.

적극적이고 진취적인 광둥인의 기질

광저우는 중국 제일의 부자 도시다. 중국 도시 거주 인구 가운데 1인당 연평균 소득이 가장 높다. 광저우사람은 기질적으로 부자일 수밖에 없다. 우선 광저우사람은 돈 버는 것에 대한 생각이 남다르다. 돈 버는 수완이 뛰어나고, 돈 버는 것, 부자가 되는 것을 인생에서 가장 중요한 일이라고 생각한다.

요즘 중국에서 가장 인기있는 숫자는 8이다. 전통적으로 중국인이 좋아하는 숫자는 3이나 9다. 그런데 돈 좋아하고 부자가 인생의 꿈인 광저우사람들이 8을 가장 좋은 숫자로 바꾸어버렸다. 8의 광둥어 발음이 '돈을 벌다'(發財)라고 할 때 '발(發)'의 발음과 같아서 8을 부(富)를 가져다주는 숫자라고 생각하는 것이다. 광둥인의 이러한 숫자 관념은 차츰 다른 지역으로 퍼져 나가 지금은 모든 중국인이 8이라는 숫자를 좋아하게 되었다. 전화번호, 차번호에 8이 들어가는 것을 좋아하고, 건물을 지을 때 층계 수를 8개로 할 정도다. 베이징 올림픽의 개막도 2008년 8월 8일 오후 8시다(오! 상징의 제국, 중국이여!).

베이징, 상하이, 광저우 사람의 경제관념을 비교한 이런 농담이 있다. 베이징사람에게는 '내 것이 네 것이고, 네 것이 내 것이다.' 베이징 사람들에게는 내 것 네 것 구분이 없다는 것이다. 상하이 사람에게는 '내 것은 내 것이고, 네 것은 네 것이다.' 내 것과 네 것의 구분이 확실하다. 이에 비해 광저우사람에게는 '내 것은 내 것이고, 네 것도 내 것이다.' 광저우사람은 이기적이다 싶을 정도로 현실적이고, 경제적이라는 이야기다. 가난을 부끄럽게 여기고 부자를 부러워하는 것이 광저우의 전통이고, 광저우사람의 천성이다.

베이징사람이 논쟁을 좋아하고 어떤 일의 동기를 따진다면, 광저우사람은 논쟁보다 현실을, 동기보다는 일의 결과를 중요하게 여긴다. 중국인은 기본적으로 경험주의자다. 어떤 일을 할 때 먼저 돌을 던져보고 그 반응이 어떤지 확인한 뒤에 실행할지 말지를 정한다. 중국정부가 광저우 일대를 경제특구로 만들어 시장경제 도입을 실험한 것도 먼저 '돌을 던져 갈 길을 묻는'(投石問路) 중국인의 삶의 태도가 반영된 것이다. 이러한 신중함은 종종 지나치게 소심하거나 소극적인 기질로 나타나기도 한다. 많이 달라졌다고는 하지만 여전히 중국인은 '좀처럼 자신이 먼저 나서려 하지 않는다'(不敢爲天下先). 한국인처럼 불같이 달려들거나 앞뒤 가리지 않고 부딪쳐보는 도전 정신이 부족하다. 자신이 먼저 실험용 돌이 되려 하지 않고 다른 사람의 경험을 보고나서 길을 가려고 한다.

그런데 광둥사람은 다르다. 광둥사람의 기질을 반영한 광둥 사투리가 있다. 중국어로 "나 먼저 가"라고 하거나 "나 먼저 갈게"라고 말할 때, 표준어 보통화(普通話)의 어순은 '我先走'다. 주어, 부사, 동사의 순이다. 그런데 같은 말을 광둥어로는 '我走先'이라고 한다. 동사가 부사보다 먼저 온다. 행동을 먼저 하고 그 결과는 뒤에 따지는 광둥사람의 기질을 보여주는 표현이다. 다른 지역 중국인과 달리 광둥사람은 기꺼이 자기가 '세상에서 가장 먼저 하겠다고 나선다'(敢爲天下先). 그래서 광둥사람을 상징하는 한자로 흔히 '앞 선(先)'자와 '빠를 쾌(快)'

자를 든다.

돈벌이와 부를 중시하며 적극적이고 진취적인 광둥사람의 기질이 중국정부의 개혁개방 정책과 만나면서 광저우는 날개를 달았다. 경제특구로 지정된 후 초고속으로 성장하기 시작한 것이다. 광저우는 중국이 시장경제 씨스템을 도입하는 첨병이자 리트머스 시험지가 되었고, 그런 만큼 개혁개방의 혜택을 가장 먼저, 가장 많이 누렸다.

하지만 조금 멀리 보면 광저우가 지금처럼 발달하게 된 토대는 청나라 때 만들어졌다. 1685년 중국은 영국의 끈질긴 통상 요구에 따라 마침내 광저우를 개방했다. 이로써 광저우는 중국에서 유일하게 외국에 개방된 항구로 중국이 해양세력, 특히 서양과 만나는 창구 노릇을 했다. 중국 최초의 개항장으로서 서구 근대 문물을 가장 먼저 받아들인 것이다.

물론 광저우는 중국과 서구가 대결하는 장소이기도 했다. 광저우가 근현대 혁명의 발상지가 된 것도 이 때문이다. 중국 근대의 위기를 가장 먼저, 가장 절실하게 체험한 광저우 일대에서는 청나라를 타도하고 새로운 중국을 만들려는 혁명운동이 끊임없이 시도되었다. 이곳에서 홍수전(洪秀全)은 중국 전통사상과 기독교를 결합한 태평천국 운동을 시작했고, 쑨원(孫文)은 공화제 혁명을 일으켰다. 캉유웨이(康有爲)는 서구 침략으로 인한 근대 위기에 맞서 유교적 대동사회를 실현해 중국을 개혁하려 했고, 그의 제자 량치차오(梁啓超)는 중국인을 근대적 국민, 민족주의 의식을 지닌 국민으로 만들어 중국의 위기를 타개하고자 했다. 마오쩌둥과 중국공산당은 광둥에 농민교습소를 차려 농민혁명의 씨앗을 키웠고, 광둥 꼬뮌을 세우기도 했다. 광저우 시내에 그런 혁명의 역사를 기리는 기념물과 공원, 건물들이 많은 것은 이 때문이다. 광저우에서 싹튼 근현대 개혁과 혁명의 씨앗들은 속속 내지로 북송되어 상하이와 베이징에서 그 열매를 맺었다. 특히 근현대 정치가 그러했다. 상하이의 근현대사가 식민과 함께했다면 광둥의 근현대사는 혁명과 함께했다.

기네스북에 오른 황비홍 드라마와 영화

광저우에서 포산(佛山) 시로 가는 길이다. 광저우 광포(廣佛) 시외버스 터미널에서 1시간이면 포산에 도착한다. 포산에서 다시 40분 정도 택시를 타고 가면 시차오(西樵)라는 산 밑에 황비홍(중국어 발음으로는 황페이훙)의 고향이 있다. 80위안가량을 들여 택시를 타고 왔는데 허술하기 짝이 없어 허망할 뿐이다. 2001년에 세워진 황비홍 무술관이다. 여름방학이 되어 무술을 배우러 왔다는 초등학생 몇명과 허름한 기념관이 있을 뿐이다. 전시물들도 조잡하다. 기념관 안의 모든 것이 그야말로 믿거나 말거나 수준이지만, 마당에서 무술을 연마하는 자칭 '황비홍의 후예'라는 어린 학생들과 황비홍이 이곳 출신이라는 것만은 진짜다.

황비홍은 1847년생으로 알려졌다. 무술 고수이던 아버지에게서 6세 때부터 무술을 배웠다. 황비홍의 아버지는 포산과 광저우 일대를 돌아다니며 무술을 가르치거나 약을 팔아 생계를 꾸렸다. 아버지를 따라다니며 무술을 배우던 황비홍은 13세 때 당시 무술계 고수에게서 철선권(鐵線拳) 등을 배워 출중한 무술 실력을 지니게 되었다. 16세가 되자 마침내 광저우로 나와 무관(武館)과 '바오즈린(保芝林)'이라는

포산의 황비홍 기념관. 황비홍은 당대 최고의 무술 고수였다.

중의원을 열었다. 이후 광저우의 민간 자위부대라고 할 수 있는 민단에서 무술을 가르치기도 했다. 만년에는 주로 중의원에서 환자를 치료하는 데 전념하다 1924년에 병으로 죽었다.

쉬커 감독의 1991년 히트작 「황비홍」은 바로 이런 실존인물 황비홍을 바탕으로 만들어졌다. 영화는 광저우 이야기이자 중국 이야기다. 중국이 서구와 만나는 창구이자 중국 근대의 발상지인 광저우 일대에서 전설이 된 영웅 황비홍의 이야기이자, 우주의 중심이라고 자처하던 문명제국 중국이 서양 오랑캐에게 형편없이 무너진 뒤 재기를 모색하는 이야기인 것이다. 영화 속 황비홍은 광저우의 무술 고수 황비홍인 동시에 중국 자체다.

「황비홍」 첫 작품이 흥행에 성공하자 속편이 6편이나 만들어졌다. 물론 쉬커의 「황비홍」 이전에도 황비홍을 다룬 영화와 드라마는 꽤 많았다. 홍콩에서 그러했다. 영화와 텔레비전 드라마를 합쳐서 모두

황비홍의 초상. 황비홍은 영남 문화와 자존심의 상징이다.

85편이나 된다. 한 사람의 일생이 이렇게 많이 영화로, 드라마로 만들어진 경우가 없어서 이 방면에서 기네스북에 올랐다. 황비홍은 왜 이렇게 인기를 누리면서 끊임없이 영화로, 드라마로 만들어진 것일까. 우선 황비홍은 무술의 고수다. 「황비홍」 영화를 본 사람이라면 황비홍 무술에 빠지지 않을 수 없다. 더구나 무술 영화는 가장 대중적인 장르다. 기본적으로 흥행이 보장된다. 하지만 그보다 더 중요한 이유는 황비홍이라는 인물 자체가 지닌 매력 때문이다. 원래 무(武)와 협(俠)은 하나여야 한다. 무는 싸움을 잘하는 것일 터인데, 협이란 무엇인가. 『사기』에서 사마천은 이렇게 말한다.

"말은 반드시 지켜야 하고, 행동은 결과가 있어야 하고, 약속한 일은 어렵더라고 전심전력하여 자기 몸을 아끼지 않고 이행한다."

사마천이 말하는 것은 이른바 '무덕(武德)'이다. 싸움을 잘하는 것은 물론 사마천이 말한 무덕을 지녀야 비로소 무협인이라고 할 수 있다. 영화에서 황비홍은 무술 실력뿐 아니라 중국인이 전통적으로 생각하는 이상적인 인격을 겸비했다. 겸손하고 '예(禮)'를 차릴 줄 알며, 옳고 그름이 분명하고 정의를 위해 행동하는 '의(義)'의 정신, 사람 사이의 정을 중요시하고 남에게 덕을 베푸는 '인(仁)'의 정신, 다른 사람을 넓게 품어 감싸는 '서(恕)'의 정신을 고루 지녔다.

물론 황비홍에 관해서는 알려진 바가 거의 없기 때문에 황비홍이 진짜 그러했는지는 알 수 없다. 출생과 사망 연도에 대해서조차 이설(異說)이 많다. 황비홍이 알려진 것은 영화에서 영락없는 돼지 형상을 하고 돼지고기 장수로 나오는 수제자 린스룽(林世榮)에 의해서다. 그의 책에 황비홍에 대한 언급이 있는데, 단편적인 사실들만 적혀 있어 실제 황비홍이 대단한 영웅이었는지는 가늠할 수 없다. 하지만 그런들 어떤가. 중요한 것은 적어도 중국 민중, 특히 광저우 일대 중국인의 기억과 전설 속에서 황비홍은 늘 그런 영웅으로 영원히 살아 있다는 점이다.

쉬커 감독이 새롭게 탄생시킨 '황비홍'

쉬커는 영화와 텔레비전 드라마로 이미 여든다섯번이나 재탕된 황비홍을 쉬커식으로 다시 창조한다. 쉬커가 창조한 황비홍(리렌제 분)의 특징은 두가지다. 우선 쉬커의 황비홍은 젊다. 젊은데도 그는 이미 무술과 인격 면에서 절대지존이다. 젊은 황비홍은 '사부'로서 아버지와 스승 노릇을 제대로 수행한다. 철없는 제자를 다독이면서 사태를 이성적으로 파악하는가 하면 무술 스승뿐 아니라 정신적·인격적 스승 역할까지 훌륭히 수행하는 것이다. 미국인의 총에 맞아 부상당한 사람들을 지극정성으로 돌보는가 하면 민중에 대한 사랑이 넘친다. 한없이 부드럽고 자신의 힘을 옳은 일에만 사용한다. 진정한 무협인의 모습 그대로다.

이전의 황비홍과 가장 확실하게 구별되는 황비홍의 두번째 개성은, 쉬커 감독이 황비홍을 광동 일대의 영웅에서 중국인의 영웅으로, 중국 운명의 상징으로 만든 것이다. 사실 황비홍이 홍콩에서 끊임없이 재탕되면서 인기를 끈 것은 황비홍이 홍콩과 광둥을 비롯한 이른바 중국 영남지방 문화의 상징 구실을 한 때문이다. 영남지방은 광저우와 선전, 홍콩 등을 포함하는 광둥, 광시(廣西) 지역을 말한다. 영남지방은 다른 지역과 구별되는 독자적인 문화전통을 지니고 있다. 무엇보다도 말이 다르다. 광둥어를 듣다보면 광둥이 중국 맞나 하는 생각이 절로 든다. 도무지 다른 나라 말 같다. 중국 어느 지방이나 사투리가 있다. 하지만 그 지방 사투리로 방송을 하고, 학교에서도 공공연히 지방 사투리를 쓰는 지역은 광둥이 유일하다. 표준어가 침투하지 못해 광저우에서는 아예 광둥어가 표준어다.

사실 광둥어가 표준어가 될 뻔한 적도 있다. 쑨원이 1912년 중화민국정부를 출범시켰을 때 몇몇 의원이 광둥어를 중화민국의 표준어로 정하자고 주장했다. 당시 국회의원 중 광둥 출신이 과반수였으니 투표를 하면 그대로 통과될 수 있었다. 하지만 역시 광둥성 출신인 쑨원이 동향 출신 의원들을 설득해 결국 없던 일이 되었다. 광둥어가 표준어가 되었다면 중국어 배우는 것이 얼마나 더 힘들었을지, 참으로 다행이다! 말이 다른 지역과 워낙 다르다보니, 생각과 문화도 달라져 중국의 다른 지역과 구별되는 영남지방만의 독특한 개성과 독자적인 자의식도 생겼다.

황비홍은 영남인을 하나로 묶어 상상의 공동체를 만드는 문화적 아이콘이자 자존심이다. 영남 문화권에 속하는 홍콩에서 황비홍 영화와 드라마가 끊임없이 만들어진 것도 이런 영향이 크다. 그동안 홍콩에서 만들어진 황비홍 영화가 모두 영남지방 언어인 광둥어로 제작되고, 광둥 지역 민속음악「시양양(喜洋洋)」이 배경음악으로 자주 등장

영남 문화를 간직한 영화 「황비홍」은 사자춤으로 시작한다.

하는가 하면, 새 기르기, 찻집 문화 같은 광둥사람들 특유의 생활문화
가 많이 들어 있는 것도 그런 맥락에서였다.

물론 쉬커의 「황비홍」 또한 영남 문화의 요소를 지니고 있다. 영화
가 사자춤으로 시작하는 것도 그렇다. 사자춤은 이 지방의 대표적인
민속놀이로 서역에서 불교와 함께 전래되었다. 삼국시대에는 중국을
거쳐 우리나라에도 전해졌다. 우리나라에서는 사자춤이 탈춤의 일부
로 들어가지만 중국에서는 독자적인 하나의 연행양식이다. 중국인들
은 사자가 위엄과 용맹, 힘을 상징하고, 요귀(妖鬼)와 사악한 것들을
몰아내 사람들을 안전하게 지켜줄 것이라고 여겼다. 그래서 새해가
시작되면 요란하게 북과 징을 치고 사자춤을 추면서 사악한 귀신들을
내쫓고 복이 깃들기를 기원했다.

사자춤에는 두가지 유파가 있다. 남방식인 '남사(南獅)'와 북방식인
'북사(北獅)'가 그것이다. 북방식은 바지까지 완전히 사자차림을 해
사람이 보이지 않고 사자와 사람이 분간이 되지 않아 외형을 보면 흡
사 사자 같다. 사자가 작을 경우 한 사람이, 클 경우 두 사람이 들어간
다. 이에 비해 남방식은 외형이 훨씬 화려하고 주로 사자의 희로애락
을 표현하는데, 사자탈 속에 들어간 무용수들은 사자차림을 하지 않

고 중국 전통복장을 한다. 춤을 추는 사람이 드러나는 것이다. 보통 두 사람이 추는데 한 사람이 머리를 맡고 다른 한 사람이 꼬리를 맡는다. 황비홍의 고향 포산은 남방식 사자춤의 탄생지다. 광둥을 비롯해 동남아나 미주 등 해외 차이나타운에서 주로 연출되는 사자춤은 대부분 남방식이고, 우리가 흔히 접하는 사자춤도 마찬가지다.

사자춤의 꽃은 '채청(采靑)'이라고 불리는 일종의 시합이다. 사자춤을 추는 무리가 자기 짝의 어깨 위에 올라가 높이 매달린 '청(靑)'을 먼저 따내는 것인데, 이때 '청'은 돈이나 비싼 물건인 경우가 많다. 영화 「황비홍」에서는 채청의 순간, 서양인들이 총을 발사한다. 광둥사람들이 복을 빌고 악귀를 몰아내며 가장 성스럽고 즐거운 의식을 치르는 순간에 재를 뿌리는 격이다. 채청을 하려던 사람이 총소리에 놀라 떨어지자 황비홍이 대신 나선다. 황비홍은 생전에 사자춤을 잘 춰 '사자왕'으로 불렸다고 한다. 명성에 걸맞게 황비홍은 사자 가면을 쓰고 현란한 무공으로 줄을 차고 하늘로 치솟아 '큰 뜻은 구름을 뚫고, 정의로운 기상은 하늘을 찌른다'(壯志凌雲, 俠氣仲天)고 적힌 대련(對聯)을 손에 넣는다. 황비홍이 하늘을 찌르는 기개로 큰 뜻을 품고 나서서 악귀들을 물리치고 정의를 수호할 것이라는 메씨지를 암시하는 셈이다.

쉬커 감독은 영화 「황비홍」을 통해 영남 문화의 특징을 보존하는 것에 그치지 않고, 황비홍을 중국의 상징, 중국 근대 운명의 상징으로 다시 태어나게 했다. 그는 영화 「황비홍」에서 서구 근대의 위협 앞에 선 중국의 운명을, 중국 민족이 가야 할 길을 묻는다. 그래서 「황비홍」을 광둥어가 아니라 보통화로 만들었고, 홍콩 배우가 아니라 중국대륙의 대표적인 무협 영화배우 리롄제를 주연으로 썼다. 그리고 중국

광저우를 상징하는 양 조각상.

이 서구 열강에 침략당하면서 중화제국의 자존심이 땅에 떨어지고 민족위기에 휩싸이던 청년 황비홍 시기를 배경으로 삼았다. 중국과 서구, 전통과 근대 사이에서 곤경에 처한 황비홍을 그린 것이다.

양과 꽃의 도시, 광저우

광저우의 대표적인 공원 웨이슈(越秀) 공원은 생각보다 크다. 조그만 산이라고 해야 옳을 것이다. 덥고 습한 여름 날씨 탓에 공원 계단을 오르기가 힘겹다. 중국에서는 절대 조급하게, 빠르게 움직이면 안된다는 교훈을 되새기면서 옆의 중국사람들의 보폭과 속도에 맞추어

걸음을 늦춘다. 이 공원에서 가장 유명한 것은 다섯마리의 양 조각상
이다. 광저우를 상징하는 조각물이다. 여기에는 유명한 전설이 서려
있다. 옛날, 가뭄이 들어 곡식 한톨 건질 수 없던 시절에 백성이 밤낮
없이 하늘에 기도를 올리자 하늘이 감동해 신선을 내려보냈다. 다섯
신선은 오곡을 입에 문 다섯마리 양을 타고 내려왔다. 신선은 광저우
사람이 다시는 배고픔과 가뭄을 겪지 않도록 곡식을 나눠주고 하늘로
다시 날아갔고, 그들이 타고 온 양은 돌로 변했다. 그후 광저우는 해
마다 풍년이 들었다. 오양탑(五羊塔)은 바로 그 양들을 기리는 탑이
다. 광저우를 양의 도시라는 뜻으로 '양청(羊城)'이라 부르는 것은 이
전설 때문이다. 화청(花城)이라고도 하는데, 사시사철 꽃이 피는 도시
라고 해서 그렇게 부른다.

중국과 서양, 대립하는 두 세력

영화 「황비홍」은 중국과 서양이라는 두 대립항을 축으로 이야기가
전개된다. 중국 쪽이라고 할 수 있는 황비홍의 제자 중에는 서양 귀
신, 즉 '양귀(洋鬼)'만 보면 무조건 몰아내야 한다며 적개심을 불태우
는 푸줏간 주인 세룡이 있는가 하면, 미국에 오래 살다 중의(中醫)를
배우기 위해 온, 중국말을 전혀 못하는 중국인 아소도 있다. 세룡이
고집불통의 폐쇄적인 보수주의자라면 아소는 서구에서 중의학으로
상징되는 중국의 가치를 다시 발견한 인물이다.

매력적인 여인도 등장한다. 쉬커 판(版) 「황비홍」만의 개성있는 발
명품이자 명품이다. 황비홍과 의남매 사이로 나오는 스싼이(十三伊,

관즈린 분)라는 여자다. 어린 시절을 황비홍과 함께 보낸 이 여인은 영국에서 유학하고 돌아왔다. 서양 귀족 부인 차림에 영어를 유창하게 구사하는 그녀는 카메라를 들고 나타나 사람들을 놀라게 한다. 서양 근대문명을 상징하는 인물이다. 서양 문물을 일찍 받아들인 스싼이는 황비홍을 사랑한다. 자신의 양복을 만드는 스싼이에게 황비홍이 묻는다. "외국이 그리 좋은가, 왜 그들에게 배워야 하는가?" 스싼이는 "서양은 기관차도 만들고 과학도 우리보다 발달해서 배우지 않으면 뒤떨어진다"고 말한다. 그러자 황비홍은 나중에 그곳 세상에 대해 이야기해달라고 말한다. 영화에서 스싼이는 황비홍에게 서양 근대문명을 전달하는 메씬저 역할을 한다.

두 사람의 관계에서 스싼이가 훨씬 적극적이다. 황비홍에 대한 사랑의 감정도 적극적으로 표현한다. 황비홍이 그녀에게 "서양이 그리좋은데 왜 돌아왔느냐"고 묻자 "그곳에는 보고 싶은 사람이 없다"고 대답한다. 황비홍은 스싼이의 유혹을 짐짓 모른 척하면서 자기감정을억누른다. 스싼이가 서구 근대문명을 상징한다면, 황비홍은 육박해오는 서구 문명에 한편으로는 매력과 유혹을 느끼면서도 선뜻 다가서지못하는 중국의 모습이다.

황비홍은 중국 전통을 상징하는 무술과 중의학을 한몸에 체현하고있다. 반면 스싼이는 서구 문명을 상징하는 카메라를 늘 지니고 있는데, 그녀와 카메라는 이미 하나의 문명이어서 황비홍이 그녀만 받아들이고, 카메라를 거부할 수는 없다. 스싼이가 황비홍에게 "중국도 세계의 흐름을 따라야 한다"면서 양복을 입으라고 권하는데도 "중국인이 모두 양복을 입으면 그때 입겠다"며 거부하는 한 황비홍은 그녀의사랑을 받아들일 수 없고, 두 사람의 사랑이 실현될 가능성도 희박하

황비홍과 스짼이. 둘 사이에는 중국과 서양이 가로놓여 있다.

다. 두 사람을 중국과 서양으로 가르는 이분법적 심연이 둘 사이에 놓여 있기 때문이다.

중국 쪽에는, 중국인이지만 황비홍 편이 아닌 사람들도 있다. 오직 무술만을 생각하는 산둥의 가난한 무술인 엄진동, 미국 잭슨파에 기대어 사익을 챙기는 사하파가 그렇다. 세상 물정 모르고 굶주림 속에서 무술만 생각하는 엄진동은 무술로 황비홍에게 도전하고, 사하파는 미국인과 손을 잡고 황비홍의 바오즈린에 불을 지르는가 하면 황비홍을 죽이려는 음모에 가담한다. 청 정부 또한 황비홍에게 적대적이어서 황비홍을 감옥에 가둔다. 황비홍은 서구와 중국 내부의 적대자들 사이에서 고립무원이다. 그러한 상태에서 감옥에 갇힌 그를 몰래 탈출시켜 잭슨파에게 잡힌 스짼이를 구하고 잭슨 일당과 사하파를 응징하도록 도운 사람들은 다름아닌 일반 민중이다. 황비홍은 중국 민중의 영웅으로 거듭난다.

서구 쪽 구성은 비교적 간단하다. 영국군과 미국군, 그리고 신부가 등장한다. 영화 시작 부분에서 신부와 신도들이 찬송가를 부르며 중국인 거리를 지나가자 찻집에 있던 중국 전통악단이 광둥 민속음악 「시양양」을 더욱 크게 연주한다. 상대방에게 지지 않겠다는 심산이다.

그런데 신부측과 중국인의 대결은 서양 군함에서 울려나오는 뱃고동 소리로 일시에 그친다. 힘은 그쪽에 있었던 것이다.

영화에는 스싼이나 신부처럼 중국과 서양을 중개해주는 이들이 존재한다. 그러나 영화가 진행될수록 이들은 중개자의 위치를 잃는다. 신부는 황비홍에게 무관에 불을 지른 사하파를 관에 고발하면 자신이 증인으로 나서겠다고 제안하는 등 서양의 양심 세력을 대변하지만 결국 불운하게도 잭슨 일파가 황비홍을 제거하기 위해 쏜 총에 맞아 죽는다.

스싼이는 사하파에게 붙잡혀 겁탈당할 뻔하고 미국에 팔려갈 위기에 처한다. 그럼으로써 서양문화 메씬저 역할이 불가능해지고, 중국 남자 황비홍의 구조를 기다리는 중국 여인으로 돌아온다. 황비홍이 스싼이를 구하는 것은 연인을 구하는 것이자 중국을 구하는 일이기도 하다. 그렇게 중국과 서구 사이에 선 중개자들이 사라져갈수록 중국과 서구, 황비홍과 잭슨 일파 사이의 대립은 불가피해진다.

밤이 되면 살아나는 도시 광저우

해가 저물고 어둠이 내려도 달구어진 도시는 여전히 덥다. 그런데 해가 지고 밤이 깊어질수록 광저우는 살아난다. 광저우는 밤의 도시다. 낮이 덥다보니 밤에 활동을 많이 한다. 그래서 유명 식당들은 24시간 영업한다. 주강(珠江) 옆에 있는 유명한 해물요리집 야외 식탁에 앉았다. 환한 조명이 밝혀진 주강 야경이 절경이다. 아침에는 죽을, 오후에는 각종 딤섬을, 저녁에는 주로 해물을 파는 초대형 식당이다.

뱀, 자라, 악어, 랍스터 등 온갖 싸고 싱싱한 해산물과 민물고기까지 있다. 해물을 고르면 원하는 조리법에 따라 요리를 해준다. 혼자이다 보니 이럴 때가 낭패다. 중국요리는 여럿이 먹어야 하는데 혼자서는 유명한 요리를 맛볼 수가 없기 때문이다. 어쩔 수 없이 마늘을 얹은 굴찜 반근하고, 가리비찜 한근만 주문했다. 11시가 넘었는데도 3층 식당이 꽉 찼다. 외국인들이 끊임없이 드나들어 인종 전시장이다. 광둥 요리는 중국요리 중에서 외국인이 즐기기에 가장 좋다. 음식 맛이 깔끔하고 담백하다. 오늘날 중국요리가 세계에 널리 알려진 것은 모두 광둥 요리 덕분이라고 해도 과언이 아니다. 화려한 조명이 주강 다리를 장식하고 유람선이 오르내린다.

서구 열강은 주강을 타고 광저우로 들어왔다. 이 일대에서 서구와 가장 먼저 충돌이 일어났다. 주강 삼각주는 지금 중국 최대의 경제 벨트다. 광저우가 삼각형의 맨 위 꼭짓점이라면, 삼각형의 왼쪽 변으로 후먼(虎門)과 선전이 있고, 그 아래 꼭짓점이 홍콩이다. 삼각형의 오른쪽 변으로 주하이(珠海)와 마카오가 있다. 선전과 주하이는 중국 최초로 1979년에 경제특구가 되었고, 홍콩과 마카오는 각각 영국과 포르투갈에 조차되었다가 홍콩은 1997년에, 마카오는 1999년에 각각 중국으로 반환되었다. 주강 삼각주는 최근 들어, 특히 홍콩과 마카오가 본토로 귀속된 이후 급속하게 통합되고 있다. 이들 지역을 오가는 버스들이 광저우에서 수시로 출발한다. 최근 선전정부는 중앙정부에 선전인들이 홍콩을 쉽게 오갈 수 있는 전자카드를 발급해 출입국 수속을 단축해달라고 요청하기도 했다.

주강 삼각주는 비약하는 중국 경제의 상징이지만, 한편으로는 중국 근현대사의 비극의 상징이다. 주강 삼각형의 왼쪽 변에 위치한 후먼은 중국 근대사에 관심있는 사람들이 꼭 들르는 곳이다. 광저우에서 2시간가량 걸린다. 아편을 금지하기 위해 영국 상인들의 아편을 모조리 압수하여 폐기한 이른바 '소연지(銷煙池)'가 이곳에 있다.

영국은 1715년부터 중국과 본격적으로 무역을 시작했다. 영국은 차와 도자기 등을 주로 수입해갔는데 중국에 가져다 팔 것은 별로 없다 보니 무역에서 늘 적자였다. 영국의 막대한 은이 중국으로 유출되는 무역역조 현상을 해소하기 위해 생각해낸 것이 아편을 가져다가 중국에 파는 것이었다. 당시 영국은 인도산(産) 아편의 전매권을 갖고 있었다. 차를 수입하는 대신 마약을 가져다 판 것인데, 당시 영국 제국주의의 수준을 짐작할 수 있는 대목이다. 아편에 중독된 중국인이 늘어가면서 아편값으로 영국에 지급하는 은도 늘었다. 광저우 일대에서 시작된 아편이 내륙으로 퍼져갈수록 영국은 떼돈을 벌었다.

당시 중국은 아편 구입을 위해 청나라정부 1년 예산의 약 3분의 1에 해당하는 돈을 영국에 지급했다. 결국 중국정부는 당시 후난(湖南), 후베이(湖北), 광둥, 광시 지역을 관할하던 후광(湖廣) 총독 임칙서(林則序)에게 전권을 부여하고 아편을 금하도록 한다. 1839년 임칙서는 아편 반입을 금지하고 영국 상인들의 아편을 압류한다. 그렇게 압류한 아편이 무려 1,425톤이다. 후면의 소연지는 이렇게 압수한 아편을 소금물에 넣어 폐기처분하기 위해 만든 네모난 연못이다. 아편을 소금물에 넣고 다시 석회를 붓는 등 아편성분을 완전 분해하여 주강에 흘려보냈다. 압수한 아편을 모두 처리하는 데 20여일이나 걸렸다.

일이 여기서 끝났으면 좋았을 텐데, 영국은 급기야 아편전쟁을 일으키고 말았다. 마약 장사를 위해 전쟁을 일으키는, 영국사에 두고두고 치욕으로 남을 일을 저지른 것이다. 영국은 끝내 승리하여 그 댓가로 홍콩을 빼앗고 광저우와 상하이 등 5개 항구를 개항시켰다. 이후 광저우에 서양인이 대거 몰려들어 수강 가운데 있는 사몐다오(沙面島)는 외국인 전용 거주지역이 되었다. 원래 이곳은 이름 그대로 주강이 휘어돌아가면서 생긴 모래사장이었다. 그런데 아편전쟁 이후 영국의 조계지가 되면서 서양인 거주지역으로 변모했다.

황금의 산은 미국에 있는가 중국에 있는가

영화 「황비홍」의 배경은 아편전쟁이 끝나고 45년이 지난 1885년 청나라와 프랑스 사이에 전쟁이 일어날 무렵의 광저우다. 당시 프랑스는 베트남을 차지했는데 청나라는 이를 인정하지 않고 흑기군을 베트남에 파견해 프랑스와 전쟁을 벌인다. 중국이 영국, 프랑스와 첨예하게 대립하던 때다. 그런데 영화는 영국이나 프랑스가 아니라 미국인 잭슨 일당을 악의 화신으로 등장시킨다. 영화 시작에서 영국은 미국과 똑같은 서양 세력으로 나오지만, 영화 마지막 부분에서 영국은 인신 무역을 하는 '양키'들과 구분된다.

잭슨 일파는 미국에 가면 황금을 캐서 일확천금할 수 있다고 중국인을 속여 미국에 송출하는 일당이다. 미국 쌘프란씨스코는 중국어로 '지우진산(舊金山)'이라고 한다. 옛 황금의 산이라는 뜻이다. 미국 서부에 금광 개발이 한창이던 1850년대 무렵부터 중국인은 미국을 황금의 땅이라고 생각했다. 쌘프란씨스코를 금산이라고 부른 것은 거기서 연유했다.

많은 중국인이 자의로, 또는 영화에서와 같이 미국인 중개업자들에

「황비홍」은 미국과 중국의 미묘한 관계 사이에서 만들어졌다.

게 속아서 황금의 산을 찾아갔다. 그런데 불행하게도 그들이 도착했을 때는 이미 채산성 있는 채굴은 모두 끝난 뒤였다. 대다수 중국인이 비참한 하급 노동자 '쿨리(苦力)'로 전락했고, 여자들의 경우 성 노예인 이른바 '저화(猪花)'로 팔려갔다. 영화에서 스싼이도 미국으로 끌려가는 신세가 될 뻔한다.

그런데 영화는 왜 영국이 아니라 미국으로 중국인들이 팔려가는 이야기를 다루었고, 악의 화신으로 왜 영국이 아니고 미국이 등장한 것일까? 아마도 영국이 여전히 홍콩의 주인으로 남아 있던 1990년대 현실에서, 그리고 대다수 홍콩인이 영국에 우호적인 감정을 지닌 현실에서 영국인을 주요 표적으로 삼기는 어려웠을 것이다. 이에 비해 미국을 표적으로 삼으면 여러가지 효과를 거둘 수 있다. 영화가 나온 1990년대 초반의 홍콩과 중국대륙의 현실을 고려할 때 그렇다.

1990년대 초반 홍콩이 대륙에 반환되는 것을 두려워한 많은 홍콩인이 미국으로 이민을 떠났다. 미국을 새로운 기회의 땅이라고 여긴 것이다. 중국대륙에도 비슷한 사정이 있었다. 대륙인들은 문화대혁명이 끝난 뒤 1980년대에 미국을 기회의 땅이라고 생각하면서 '아메리칸 드림'에 빠져 있었다. 문화대혁명 동안 중국인은 마오쩌둥의 말대로 중국이 세계에서 가장 발달한 선진국인 줄 알았다. 그런데 문화대혁명이 끝난 뒤 문을 열고 세계를 보니 그것이 아니었다. 중국은 여전히 봉건적인 상태로 낙후되어 있었고 미국은 중국보다 훨씬 앞서 있었다. 서구보다 형편없이 뒤떨어졌다는 절망감, 이렇게 계속 가면 도태되어버릴지도 모른다는 위기감이 중국인을 사로잡았다.

이런 가운데 중국적인 것을 타파하고, 서구에서 배워서 중국을 서구적으로 바꿔야 한다는 주장이 쏟아져나왔다. 특히 중국 지식인들, 체제에 비판적인 지식인일수록 더욱 그러했다. 이들은 중국 대 서구라는 이분법 속에서 중국의 모든 것은 어둠이고, 중국 전통은 모두 타도해야 하며, 서구의 상징인 미국은 빛이자 중국이 배워야 할 모델, 지상의 천국이라고 생각했다. 능력있는 중국 대학생들은 너나없이 토플을 보고 기회만 되면 중국을 떠나 미국으로 가려 했다. 1981년 중국에서 처음으로 토플 시험이 치러졌는데, 그해에는 285명만이 응시했지만 2년 뒤에는 2,500명으로 늘었고 1986년에는 1만 8천명이 응시했다. 토플 시험을 치를 실력이 되지 않은 중국인들, 특히 여성들은 국제결혼으로 중국을 탈출하여 서구로 가려고 했다. 1983~87년 사이에 국제결혼이 비약적으로 늘어난 것은 이 때문이다.

중국에서 1980년대는 전면적이고 급진적인 서구화의 시대였고, 서구 특히 미국은 천국이었다. 1989년 천안문 민주화운동의 핵심 인물들 가운데도 이런 생각을 한 사람이 꽤 많았다. 천안문 사태의 원인은 물론 여러가지지만 이들의 서구식 현대화와 서구식 개혁 주장이 중국 공산당의 정책과 충돌한 것도 한 원인이다.

그런데 천안문 유혈 참극을 겪은 뒤 1990년대 들어 중국대륙에서는 그런 전면적인 서구화 조류에 반성이 일어나기 시작한다. 미국은 천국이자 지옥이기도 하다는 인식이 서서히 싹트고, 미국에서 중국 봉쇄론이 나오기 시작하는 가운데 반미(反美) 민족주의, 애국주의 흐름이 생겨난 것이다.

쉬커의 「황비홍」은 바로 그 지점에 서 있다. 홍콩인이 미국으로 이민을 떠나고 중국대륙 역시 미국에 대한 인식 조정이 일어나는 지점에서 「황비홍」은 미국을 매개로 하여 서구에 대해 다시 묻고, 중국의 길에 대해 묻는다. 역사 속 실제 인물 황비홍이 중국과 서구, 전통과 근대가 충돌하는 시공간을 살았듯이 쉬커의 「황비홍」은 1990년대 초반 다시 중국과 서구, 전통과 근대가 충돌하는 가운데 중국의 길, 중국의 선택을 묻는 지점에 서 있다. 역사는 돌고돌아 중국이 다시 아편전쟁 시기와 같은 전환점에 서 있던 무렵, 또다시 다가온 그 전환점에서 쉬커의 「황비홍」이 나온 것이다.

그 전환점에서 1990년대 쉬커가 창조한 황비홍은 영화 마지막 부분에 이르러 총을 들고 양복을 입는다. 돈과 무술만을 생각하던 산둥의 무술인 엄진동은 잭슨의 총에 죽으면서 황비홍에게 말한다. "아무리 강해도 총알은 못 막아." 황비홍은 무술이나 총이 아니라 총알을 손으로 튕겨 잭슨을 응징한다. 무공과 총알, 중국과 서구의 기막힌 대비다. 더구나 청 정부 관료와 시종 대립관계에 있던 황비홍은 결국 관료들과도 화해하여 국제법을 어긴 잭슨 일당을 해치운다. 그런 뒤 정부 관리와 함께 배 위에 서서 바다를 바라보며 이렇게 자문자답한다.

"이 세상에 금산(金山)이 정말 있을까? 금산이 정말 있다면 양인들이 이곳에 왜 왔겠어? 우리가 서 있는 곳이 금산일지도 몰라."

황비홍은, 아니 감독 쉬커는 홍콩을 떠나가는 사람들에게, 미국을 천국이라고 여기는 대륙사람들에게 아마도 이렇게 말하는 것이리라.

지금 서 있는 이곳이 황금의 땅일지 모른다고, 아니 황금의 땅으로 만들어야 한다고.

여기서 영화 「황비홍」은 홍콩 영화, 중국 영남지방 문화를 상징하는 영화를 넘어서 중국 영화로 확장된다. 그리하여 중국의 선택을, 중국의 운명을 다시 묻는다. 양복 입기를 거부하던 황비홍은 마지막 장면에서 양복을 입고 스싼이와 나란히 서서 사진을 찍는다. 황비홍이 양복을 입었듯이 중국인도 양복을 입고 카메라를 사용할 줄 알아야 한다.

그렇다고 그 길이 금산을 찾아 떠나는 서구화는 아니다. 무공으로 총알을 튕겨 잭슨을 제압했듯이, 양복차림에 중국 부채를 들고 사진을 찍듯이, 그가 여전히 중국 선통무술과 숭의를 전수하는 바오즈린의 사부로 남아 있듯이, 양복 입은 황비홍의 선택은 전면적인 서구화라기보다는 중국과 서구를 결합한 현대화를 추구하는 길이다. 현대화를 통해 자신이 발 딛고 선 곳을 황금의 땅으로 만드는 일이다.

미국에 갔던 거북이들이 중국으로 돌아오다

아마도 그것이 영화 속 황비홍의 꿈이라면 그 꿈을 황비홍의 고향 후대들이 얼마쯤은 실현시킨 듯 보인다. 이제 광저우가 황금산으로, 기회의 땅으로 바뀌어가기 때문이다. 그리고 그런 기회의 땅은 광저우를 넘어 중국 전역으로 빠르게 확산되고 있다. 그래서 그런지 1980년대 중국을 떠나 기회의 땅 미국으로 갔던 중국인들이 최근 다시 중국으로 돌아온다. 거북이가 알을 낳기 위해 뭍으로 나갔다가 다시 바다로 돌아오듯이, 미국으로 갔던 젊은이들이 다시 돌아오는 것이다. 그래서 중국에서는 다시 조국의 바다로 돌아오는 그런 사람들을 바다 거북, 중국어로 '하이구이(海龜)'라고 부른다. 하이구이들이 갈수록 늘어난다. 1978~95년 사이에는 중국정부가 국비로 해외에 파견한 사람 중 70퍼센트가량이 돌아왔지만, 1996~2005년 사이에는 96.2퍼센트가 돌아왔다. 이제 황금의 땅, 기회의 땅은 미국이 아니라 중국인 셈이다. 물론 이렇게 다시 중국으로 돌아오는 사람들이 늘어난 것은 중국정부가 귀국 유학생들에게 갖가지 면세 혜택을 주고 창업을 돕는 적극적인 유인책을 썼기 때문이기도 하다.

우리 근대도 그렇지만 중국 근대의 가장 중요한 문제 역시 중국과 서구, 전통과 근대의 문제를 적절히 처리하는 일이었다. 중국 근대사의 지난한 역정은 대부분 이 문제를 둘러싸고 벌어졌다고 해도 과언이 아니다. 또하나의 역사적 전환기에 선 지금, 중국이 100년 묵은 과제를 이제야말로 제대로 처리할지, 아니면 또다시 파행을 겪을지, 중국을 넘어 세계의 주목거리가 아닐 수 없다. 중국이 근대 이후 해묵은 숙제를 이번에야말로 잘 처리하여 중국과 서구, 전통과 근대의 틈바귀에서 고민하던 황비홍이 이제는 더 나오지 않을지 모르겠다.

베이징 ●

황하

창강

항저우 ●
저장성

타이완

● 홍콩

09
항저우
杭州

시후, 사랑에 물들다

청　사　　양　축
青　蛇　　梁　祝

● **청사** 青蛇, 1994
쉬커 徐克 감독
왕주셴 王祖賢 · 장만위 張蔓玉 주연

● **양축** 梁祝, 1995
쉬커 徐克 감독
우치룽 吳奇隆 · 양차이니 楊采妮 주연

항저우 자존심의 상징, 시후

요즘 중국에서 유행하는 말 가운데 '슈셴(休閑)'이란 말이 있다. 레저란 뜻이다. 중국인들에게 그만큼 경제적 여유가 생겼다. 사회주의 시장경제가 제대로 가동하기 시작한 것이 1992년부터니까 15년 가까운 세월이 흐르는 사이 먹고사는 문제를 해결하고, 이젠 삶의 여유를 찾는 중국인이 늘었다는 증거다. 중산층 수준인 이른바 '샤오캉(小康)'에 도달한 사람이 크게 늘고, 이들을 중심으로 레저 수요도 늘어나면서 레저산업, 그중에서도 여행업이 유례없는 호황을 맞았다.

요새 중국에서 유행하는 여행 코스는 크게 두가지다. 그중 하나가 역사적 명승지를 찾아가는 것이다. 이 여행 코스에서 항저우는 단연 첫머리에 있다. 또다른 여행 코스는 '붉은 혁명'의 성지를 찾아가는 것이다. 마오쩌둥의 고향이나 공산당의 해방구가 있던 옌안(延安)을 찾는 이른바 '홍색 여행'이 대유행이다. 고대 중국의 뿌리와 현대 중국의 고향을 찾는 셈이다.

항저우는 예전 월(越)나라 땅이다. 오(吳)나라에 패한 월왕 구천(句踐)이 쓸개의 쓴맛을 보며 복수의 의지를 가다듬었다는 '와신상담(臥薪嘗膽)'이라는 성어가 나온 고장이자, 왕소군, 양귀비, 초선과 함께 중국 4대 미인으로 꼽히는 서시의 고장이다. 하지만 항저우의 얼굴은 역시 시후(西湖)다. 항저우는 시후가 있어서 비로소 항저우다. 항저우에 가서 항저우 음식이 소문만 못하다고 불평할 수는 있다. 하지만 항저우사람들 앞에서 시후를 나쁘게 이야기해서는 절대 안된다. 항저우사람들에게 시후는 자존심 그 자체다.

항저우는 3천년 역사를 자랑하는 고도(古都)다. 마르꼬 뽈로(Marco Polo)가 "세상에서 가장 아름다운 도시"라고 극찬한 곳이다. 사계절이 뚜렷하고, 산과 나무, 호수, 강이 어우러져 경치가 좋다. 더구나 쌀과 물고기의 고향이라고 할 정도로 먹을거리가 풍부하다. 그래서 예부터 쑤저우(蘇州)와 함께 항저우를 인간 세계의 천당이라고 불렀다. 지금도 상하이사람들의 꿈은 돈 벌어 항저우에 별장을 마련하는 것이다.

처음 시후를 본 것이 1993년 5월인데, 10여년이 지나 다시 시후를 찾았다. 처음 시후에 왔을 때 호수 주변 길을 따라 자전거를 타는 맛이 일품이었다. 마침 비가 내렸는데, 안개비 속에서 바라보는 호수가 한폭의 동양화였다. 시후는 복잡하고 소란스러우면 그 매력을 제대로 감상할 수 없다. 시후는 조용한 때에 호수 주위를 산책하거나 배를 타면서 느껴야 제격이고, 그중에서도 아침, 특히 안개 낀 아침이나 저녁

시후의 절경. 안개비 속의 풍경이 한폭의 그림 같다.

노을이 질 무렵, 그리고 달밤에 보는 것을 최고로 친다. 물론 사람에 따라서는 눈 덮인 시후를 제일로 꼽기도 한다.

세상에는 모두 36개의 시후가 있다고 한다. 경치 좋은 호수는 모두 시후라고 부르기 때문에 그렇다. 물론 그중에서 항저우 시후가 최고다. 중국인들은 자연을 자연 그대로 두기보다는 거기에 인문의 숨결을 불어넣어 재탄생시킨다. 시후 역시 그렇다. 시후는 처음에는 경치가 빼어난 자연 명승지였지만 수천년의 세월이 흐르면서 문화적 명승지, 인문적 향기가 가득한 명승지가 되었다. 역사가 새겨지고, 숱한 전설과 시와 노래, 이야기가 탄생하고, 사람의 발길과 혼이 시후 물결에 켜켜이 쌓이면서 시후는 자연물에서 인문 명승지로 바뀌었다. 시후는 중국 인문의 향기가 넘치는 시이자 역사고, 문화다.

동아시아 문화콘텐츠의 원형, 백사전

중국에는 4대 민간전설이 있다. 중국 민중의 욕망과 꿈이 담긴 이야기들이다. 우리에게도 잘 알려진 「견우직녀」를 비롯해 「맹강녀(孟姜女)」 「백사전(白蛇傳)」 「양산백(梁山伯)과 축영대(祝英臺)」 이야기가 그것이다. 이 가운데 「백사전」과 「양산백과 축영대」 이야기는 시후와 항저우 일대의 이야기이고, 영화 「청사」와 「양축」의 모태가 되었다. 최근 항저우에는 새로운 관광상품이 하나 생겼다. '쑹청(宋城)'이라는, 송나라 때 거리를 재현한 일종의 테마파크인데 이곳에 설치된 초대형 극장에서 중국 전통예술을 공연하는 상품이 관광객에게 큰 인기다. 이 공연의 주요 레퍼토리가 「백사전」과 「양산백과 축영대」 이야기다. 공연을 보고 있으면 중국 4대 민간전설 가운데 두가지가 자기 고장에서 탄생했다고 하는 항저우사람들의 문화적 자부심을 유감없이 느낄 수 있다.

「백사전」은 중국의 민간전설이지만 우리나라와 일본에도 전파되어 조금씩 변형되거나 예술작품으로 재창조되었다. 1958년에 일본에서 제작된 최초의 극장용 컬러 애니메이션이 「백사전」일 정도다. 우리나라에서도 신상옥(申相玉) 감독이 일찍이 1960년에 「백사부인」이라는 이름의 영화로 만들었다. 당대 최고의 배우 신성일(申星一)이 허선으로, 최은희(崔銀姬)가 남편을 위해 목숨을 바치는 백사부인으로 나왔다. 「백사전」은 동아시아 문화 컨텐츠의 원형인 셈이다.

전설이라는 것은 본래 핵심적인 줄거리는 있지만 시대와 지역에 따라 부분적으로는 다른 내용으로 전해진다. 대부분 구전(口傳)되어 이야기하는 사람에 따라 내용을 추가 또는 삭제하기도 하고, 변형하기도 하기 때문이다. 1994년 쉬커 감독의 「청사」도 민간전설 「백사전」을 토대로 했지만 약간의 변화를 주었다.

「백사전」은 뱀의 변신 이야기, 변신설화다. 옛 중국인들은 하나의 생명체가 다른 생명체로, 어떤 경우에는 전혀 다른 종류의 생명체로 변신하는 것이 가능하다고 믿었다. 기원전 2천년경부터 생활 속에서 유충, 고치, 나방 등의 변신을 관찰하고 양잠술을 완전히 터득한 사람들이었으니 당연할지도 모른다. 더구나 불교가 수입된 뒤 변신에 윤회의 성격이 더해진다. 이런 변신에 관한 생각은 신화에도 침투해 우(禹) 임금의 아버지가 홍수를 다스리지 못해 자라로 변신하는 처벌을 받는다든가, 불사약을 훔친 항아(姮娥)가 달로 달아났다가 두꺼비가 된다든가 하는 이야기로 자주 등장한다. 『장자(莊子)』도 거대한 물고기가 새로 변하는 이야기로 시작하지 않는가. 변신을 생명의 한 원리로 여긴 점도 주목된다. 고대 중국인들에게 변신은 존재의 형식 그 자체였다. 우리 단군신화에서 곰이 쑥과 마늘을 먹으며 수련한 끝에 인간으로 변신하는 것도 같은 맥락이다. 물론 아무나 변신하는 것은 아니다. 곰이 오랫동안 수련한 끝에 인간이 되고, '여우가 50년을 묵으면 여인으로 변한다'고 말하듯이, 대개의 경우 늙거나 오랜 세월을 견딘 후에 변신이 가능하다. 그래서 동양의 원시신앙과 도교적 사유에서는 오래된 사물에는 정령이 깃들어 매우 영험하다고 여겼다.

「백사전」에서 백사는 시후 호수 속에서 5백년 동안 수행한 끝에 여자가 된다. 이름은 백소정(白素貞)이다. 흰 아가씨란 뜻으로 백낭자(白娘子)라 부르기도 한다. 이름 그대로 하얀 뱀이 한없이 순결한 백옥의 여인으로 변신한 것이다. 그의 곁에는 푸른 뱀에서 변신한 소청(小靑)이라는 하녀가 있다. 영화에서는 백소정이 천년을 수련해 사람이 되고, 소청은 5백년을 수련한 것으로 나온다. 수련 기간에 차이가 나는만큼, 백소정은 완벽하게 사람이 되었지만 소청은 아직 뱀의 티를 벗지 못했다. 영화에서 백소정 역은 왕주셴이, 소청 역은 장만위가 맡았다.

두 배우의 비중을 반영하듯, 원래 전설은 백소정 이야기가 중심인데 영화는 소청의 비중을 크게 늘려 백소정과 나란한 위치로 올려놓았다. 그래서 영화 제목도 「백사」가 아니라 「청사」로 바뀐 것이다. 「백사전」은 우리에게 다소 낯설 수 있다. 뱀에 대한 이미지가 별로 좋지 않기 때문이다. 성경에서 하와를 유혹해 선악과를 따먹게 한 것이 뱀이다. 뱀은 음험하고 사악하고 사람을 타락하도록 유혹하는 악마의 화신 이미지가 강하다. 서양 신화에서 뱀은 흔히 퇴치해야 할 대상이지만 중국 신화에서는 사정이 다르다. 중국 신화에서 인간을 창조한 것은 여와(女媧)다. 여와는 상체는 인간이지만 하체는 뱀의 형상을 한 여인이다. 이처럼 중국 신화에서 인간을 낳은 태초의 어머니가 뱀의 형상을 한 것은, 뱀이 중국 원시 인류에게 여성성의 상징으로 받아들여진 것과 관련이 있다. 끊임없이 몸을 폈다 구부렸다 하는 율동의 리

「청사」의 주연을 맡은 왕주셴과 장만위.

듬, 탈피를 거듭하며 영원한 생명력을 유지하는 뱀의 생리가 고대인
들에게는 생명의 원천이자 모태인 여성의 이미지와 겹쳐 보였을 것이
고 그래서, 뱀의 몸을 한 여와가 인간을 창조했다는 발상이 자연스러웠
던 것이다.

　중국 신화에서 뱀은 근원적인 생명력을 상징하는 동물이다. 뱀은
언뜻 약해 보이지만 독이 든 이빨이 있고 신비하면서도 빠르다. 또 새
와 더불어 중국 고대에 많이 사용된 토템 가운데 하나다. 뱀은 용과
함께 비바람을 불러오는 신비한 능력까지 지닌 영물 이미지도 갖고
있다. 「백사전」은 그런 뱀의 이미지에서 탄생한 이야기로, 아름답고
부드러우며 다정하고 순수한 인간이 백사가 변신한 여인 백소정의 이
미지다.

<h2>시후의 명물 요리, 둥보러우의 유래</h2>

　시후에는 호수를 가르는 바이디(白堤)와 쑤디(蘇堤)라는 두개의 유
명한 제방이 있다. 바이디는 원래 이곳이 흰 모래가 있던 곳이라 붙여

소동파의 석상(왼쪽)과 그가 발명한 요리 둥보러우(오른쪽).

진 이름이다. 당(唐)나라 때 시인 백거이(白居易)가 죽성한 바이궁디(白公堤)도 바이디라고 불렸는데, 바이궁디가 사라지면서 본래 바이디가 백거이의 둑이 되었다. 쑤디는 송나라 때 시인 소식(蘇軾), 즉 소동파(蘇東坡)의 둑으로 소동파가 관리로 있을 때 호수가 범람하는 것을 막기 위해 준설했다. 소동파는 쑤디를 쌓은 뒤 유명한 둥보러우(東坡肉)를 발명한다. 둑을 쌓자 항저우사람들이 소동파에게 감사의 표시로 돼지고기를 가져다주었는데, 그 많은 고기를 어떻게 처리할지 고민하던 소동파가 새로운 요리법을 개발한 것이다.

소동파는 '식신(食神)'으로 불릴 만큼 요리에 관심이 많았다. 둥보러우는 돼지고기를 네모지게 썰어 껍질째 살짝 튀겨낸 뒤 설탕, 간장, 대파, 술(황주)을 넣고 국물이 졸 때까지 약한 불에 오랜 시간 고아내는 요리로 한국인들도 좋아하는 일종의 삼겹살찜이다. 연하고 윤기가 자르르 흐르는 고기를 쪽파나 청경채와 함께 먹는다. 둥보러우는 고기에 기름과 설탕을 넣어 볶은 뒤 간장을 넣고 오래 익혀서 검붉은 색이 나도록 하는 요리법, 즉 홍소(紅燒)요리의 대표 음식이기도 하다.

연인끼리는 우산을 선물하지 마라

「백사전」의 두 주인공, 즉 백사에서 변신한 여인 백소정과 시후에 놀러나온 허선(許仙, 자오원쥐 분)이 처음 만난 곳이 바이디 중앙에 놓인 아치형 다리 돤차오(斷橋)다. 흔히 시후 절경으로 열가지를 들고 이른바 '시후 10경'이라 부른다. 그 가운데 하나가 '돤차오 잔설'(斷橋殘雪)이다. 겨울에 눈이 내리고 나면 다리 밑부분에 눈이 남아 있는데 중간부분은 눈이 녹아 다리가 끊어진 듯 이어진 듯 보인다고 하여 붙여진 이름이다. 이 다리는 나중에 백소정이 법해선사에게 제압당해 허선과 영원히 작별하는 곳이기도 하다.

백소정과 허선의 만남에 계기를 제공한 것은 다름아닌 우산이다. 허선이 시후에 놀러나온 날 마침 비가 내린다. 허선은 미모의 여인에게 넋을 잃는다. 백소정 쪽도 마찬가지다. 비는 오는데 여인에게는 우산이 없었다. 허선은 그 기회를 포착해 미모의 여인에게 우산을 빌려준다. 그러자 백소정이 허선에게 훗날 우산을 돌려주러 갈 터이니 사는 곳을 알려달라고 한다. 그후의 스토리는 능히 짐작하고도 남는다. 백소정이 허선의 집을 찾아가고 둘이 좋아하게 되고 그래서 결혼한다. 우산이 남녀 사이의 '작업' 도구로, 연애의 메씬저로 등장한 것이 이때부터다. 그런데 작업 용도로 우산을 쓸 때는 조심해야 한다. 우산은 남녀를 맺어주는 메씬저이기도 하지만 이별의 상징이기도 하다. 중국사람은 우산을 선물로 주지 않는다. 연인 사이에는 특히 그렇다.

백소정과 허선의 만남에는 우산이 큰 역할을 한다.

우산에서 '산(傘)'자와 헤어진다는 뜻인 '산(散)'자의 중국어 발음이 '싼'[san]으로 똑같기 때문이다. 그래서 우산 선물은 이별의 암시 또는 헤어지자는 간접 메씨지로 사용된다. 우산이 인연이 되어 맺어진 커플은 사랑하는 동안에도 노심초사할지 모른다. 백소정과 허선처럼 우산으로 말미암아 만났지만 우산이 암시하는 불길한 조짐 때문에 사랑이 어그러질 수도 있기 때문이다.

　백소정과 허선은 행복하게 잘 산다. 백소정의 신비한 공력으로 한약방을 운영해 돈도 많이 번다. 그렇게 잘 살고 있는 둘 사이에 훼방꾼이 나타난다. 법해선사라는 요괴 퇴치 전문 스님이다. 사악한 기운이 느껴지는 곳이면 어디든 달려가 요괴를 제압하는 이 스님은 특히 벌레나 동물에서 인간으로 변신한 '요망한 것들'은 절대 용납하지 못한다. '변신하여 형체는 변하더라도 그 본질적인 영혼은 변하지 않는다'(形變而神不變)는 전통 신선사상에서 보자면 사람이 되었다고 해도 백소정의 영혼은 여전히 뱀의 것이어서 법해선사는 그녀를 뱀으로 여긴다. 법해선사는 허선의 집에서 요괴의 기운을 느끼고 허선에게 말한다. 부인이 요괴라고. 하지만 허선은 믿지 않는다. 아니, 믿고 싶지 않다.

그런 가운데 단오가 되었다. 단오절은 중국에서 초나라 시인 굴원(屈原)을 기념하는 날이다. 굴원은 조정 대신에게 모함을 받은 뒤 자신의 결백을 증명하기 위해 먹라수에 몸을 던져 죽은 충절의 시인이다. 단오절에 배를 타고 호수로 나가는 것은 그의 시체를 건진다는 상징적 의미를 지닌다. 단오에 용 모양의 용주(龍舟)로 시합을 벌이는 것은 여기서 연유했다. 찹쌀밥을 댓잎으로 싼 쫑쯔(粽子)를 물속에 던지기도 하는데 이는 고기들에게 굴원의 사체를 뜯어먹지 말고 대신 쫑쯔를 먹으라는 뜻이다.

단오에 굴원을 기리는 풍속만 있는 것은 아니다. 단오가 음력으로 5월 5일이니 날이 더워지기 시작하는 때다. 그래서 중국에서는 이날, 날이 더워지면 나타날 벌레들을 퇴치하고 예방한다. 속설에는 단오절에 웅황주(雄黃酒)를 마시면 여름 해충을 막을 수 있고 나쁜 기운을 멀리할 수 있다고 한다. 웅황은 독성이 있는 맵고 신맛이 나는 광물질인데 이것을 갈아서 그 가루로 아이들 이마에는 임금 왕(王)자를 쓰고, 어른들은 가루를 술에 타서 마시면 여름 내내 병이 없고 독충이 접근하지 못한다고 한다. 또한 창포나 쑥을 대문에 걸어두면 사악한 기운이 감히 집안에 들지 못한다고 여겼다. 이렇듯 중국에서 단오절은 굴원을 기념하는 날이자 사악한 기운을 물리치는 날이다.

법해선사의 말을 들은 허선은 단오절에 아내 백소정에게 웅황주를 권한다. 그때 이미 백소정은 허선의 아이를 잉태하고 있었고 웅황주를 마시면 백소정의 원형이, 자신이 뱀이라는 사실이 드러나버린다.

결국 백소정은 웅황주를 마시고 마시자마자 원래 모습인 뱀으로 변한다. 그 모습을 본 허선은 기절해 숨을 거둔다. 놀란 백소정이 허선을 구할 신선초를 구하러 간다. 그곳은 뱀만 잡아먹는 학이 사는 곳인데 소정은 목숨을 걸고 신선초를 구해와 남편 허선을 살린다.

다시 살아난 허선은 곤혹스럽다. 아내는 백사다. 그렇지만 그녀를 사랑하고, 더욱이 그녀는 목숨을 걸고 자기를 살려냈다. 허선은 아내와 뱀, 사랑과 두려움 사이에서 갈등한다. 그러던 중 법해선사가 다시 나타나 허선을 진산사(金山寺)로 데려간다. 아니, 강제로 끌고가서 수도를 하며 요망한 기운을 떨쳐버리라고 한다. 백소정은 출산일이 다가올수록 남편의 애정과 신뢰를 회복할 다짐을 한다. 법해선사가 남편을 데려간 것을 알고는 진산사로 가서 법해선사와 부숭 대결을 펼친다. 물에 사는 새우와 게가 총동원되어 백소정을 돕지만 끝내 법해선사를 이기지 못한다.

싸움에서 패한 백소정은 하녀 소청의 부축을 받으며 시후의 판차오로 온다. 출산이 임박해 산통이 더 심해졌다. 그런데 뜻밖에도 그곳에서 허선을 만난다. 하녀 소청이 나서서 칼을 뽑아 배은망덕한 허선을 해치려 하자 백소정이 말린다. 자신이 부끄러워진 허선은 백소정에게 미안하다고 말한다. 백소정은 허선과 헤어지더라도 아이만은 무사히 낳기를 바란다.

그 순간 법해선사가 나타나서는 법력으로 백소정을 원래의 뱀으로 변하게 해서 바랑 속에 담아 시후의 레이펑(雷峰) 탑 밑에 구멍을 파고 바랑을 넣고는 밖으로 나오지 못하도록 탑으로 눌러버린다. 백소정과 허선의 사랑은 법해선사로 인해 이렇게 비극으로 끝나고 만다.

레이펑 탑은 원래 벽돌탑이다. 레이펑 탑이 시후에 세워진 뒤 시후

레이펑 탑. 백소정의 전설이 서린 시후의 명물이다.

에 또 하나의 명물이 생겼으니 '레이펑 낙조'가 그것이다. 탑의 그림자
가 맑은 호수와 푸른 산 사이로 비껴서고, 넘어가는 해가 시후를 비추
는 '레이펑 낙조' 역시 시후 10경에 든다. 중국인들은 탑 밑에 백사가,
백소정이 갇혀 있다고 믿었다. 그래서 다들 안타깝게 여기고 백소정
을 동정했다. 백소정이 탑에 눌려 있다는 생각 때문에 레이펑 탑을 바
라보는 중국인들의 마음이 편치 않았다.

그런데 그 탑의 벽돌을 갈아서 먹으면 약효가 있다는 미신이 퍼지
면서 사람들이 탑의 벽돌을 훔치기 시작했다. 1924년 9월 25일, 결국
레이펑 탑이 무너졌다. 지금 시후에 있는 레이펑 탑은 2002년 9월에
새로 만든 것이다. 한편 법해선사는 중국인들에게 줄곧 미움을 받았
다. 중국 작가 루쉰은 레이펑 탑이 붕괴되었다는 소식을 듣고 통쾌해
하며 이렇게 말했다.

"스님이 제 염불이나 하면 그만인 것을, 백사가 허선에게 반하고 허

선이 요괴를 아내로 삼은들 스님과 무슨 상관이 있단 말인가."

루쉰뿐 아니라 대대수 중국인, 항저우사람들도 같은 생각이었다. 뱀이 변신했든 어쨌든 두 사람이 사랑하면서 잘 살고 있는데 왜 나서서 간섭하고 사랑을 깨냐면서 법해선사를 미워했다. 법해선사를 미워하는 이러한 마음 때문에 훗날 옥황상제의 미움을 산 법해선사가 도망을 다니다가 게껍데기 속에 숨어서 다시는 나오지 못하게 되었다는 이야기가 만들어지기도 했다. 항저우 요리 가운데 가을철 민물게 요리가 일품이다. 이곳 사람들은 게를 먹으면서 게껍데기 속에 숨어사는 법해선사를 욕하곤 했다고 한다.

「백사전」 전설에는 사랑으로 대표되는 인간의 욕망을 옹호하면서 그것을 억압하는 도덕이나 종교, 권위에 대한 저항이 담겼다. 뱀에서 변신한 백사는 인간의 원초적인 욕망과 본능, 감정을 상징하고, 법해선사는 인간 삶을 규율하고 옥죄는 권위와 도덕, 종교 등을 상징한다. 둘 사이를 오가면서 갈등하는 허선은 평범한 인간의 상징이다. 「백사전」이 두고두고 사람들 사이에서 회자되면서 영화로, 애니메이션으로, 게임으로 다양하게 각색되는 것은 예나 지금이나 사람 사는 모습이 별반 다르지 않기 때문일 것이다. 늘 그렇게 법해선사로 상징되는 도덕과 종교와 낡은 관념에 억눌리며 살아가면서도 백사와 사랑을 나누고 싶어하는 원초적 욕망에 목말라하기 때문이리라.

여성의 고장 항저우의 양산백과 축영대 이야기

시후에는 「백사전」 못지않은 비극적인 사랑 이야기가 하나 더 있으니 「양산백과 축영대」 이야기가 그것이다. 「양산백과 축영대」 이야기에는 동성애적 요소가 포함되었다. 샌님처럼 곱고 섬세하고 유약하고 다소 여성화된 모습으로서의 '꽃미남'은 예부터 항저우 남성의 전형적인 이미지다. 「백사전」의 허선도 그렇다. 중국 둥베이(東北)지방이나 산둥(山東)지방이 남성의 고장이라면, 항저우는 여성의 고장이다.

「양산백과 축영대」 이야기를 두고, 중국 여러 곳에서 서로 자기 고장에서 일어난 이야기라고 주장한다. 물론 가장 널리 알려진 곳은 항저우 인근 닝보(寧波)다. 대부분 항저우 인근에서 연고권을 주장하지만, 멀리 산둥에서도 「양산백과 축영대」가 공자 고향의 이야기라고 주장하기도 한다. 시후에 있는 창차오(長橋)는 양산백과 축영대가 작별하던 다리다. 시후에서 멀지 않은 만송서원(萬松書院)에서 함께 공부하던 두 사람이 결혼하라는 부모의 독촉에 훗날을 기약하면서 작별하던 다리로 이름과 달리 3미터도 되지 않을 만큼 짧다.

쉬커 감독의 「양축」은 「양산백과 축영대」 이야기를 영화로 만든 것이다. 영화에서 여주인공 축영대(량차이니 분)는 시집갈 나이가 되었지만 행동거지도 학문도 엉망이다. 부모는 축영대를 공부시키기 위해 남장을 시켜 서원으로 보내는데 축영대는 그곳에서 가난한 서생 양산백을 만난다. 축영대는 자기가 여자인 것을 숨기고 양산백(오지룽 분)에게 의지하며 생활한다. 양산백은 축영대에게 끌리는 마음을 동성애 감정이라 생각하고, 축영대에게 마음을 빼앗기지 않으려고 애를 쓴다. 양산백은 결국 축영대가 여자라는 것을 알게 되고, 둘 사이에 사랑이 싹튼다.

양산백이 과거를 보러 갈 무렵, 축영대에게 집으로 돌아오라는 통

문당호대. 대문 위의 나무 표지가 호대이고 앞의 돌이 문당이다.

지가 온다. 시집을 보내려는 것이다. 축영대가 떠난다는 소식에, 길을 떠난 양산백이 다시 돌아오고 둘은 마침내 남자와 여자로 사랑을 나눈다. 둘은 시후의 다리 창차오에서 차마 헤어지지 못한다. 양산백이 축영대를 저만큼 배웅하면 다시 축영대가 양산백을 그만큼 배웅하기를 18번이나 반복한다. 둘이 그렇게 서로 배웅하며 오간 길의 길이가 18리였다는 설도 있다. 그래서 이 다리는 연인들의 다리로 알려져 있으며 최근에는 중국에서 '정인절(情人節)'이라고 하는 밸런타인데이가 되면 젊은 커플들이 일부러 이곳을 찾기도 한다.

집으로 돌아간 축영대는 집에서 정한 혼처로 시집을 간다. 「춘향전」에서는 이몽룡이 과거에 급제해 변사또에게서 춘향을 구해내지만 양산백은 그러지 못한다. 과거에 급제해 현령이 되어 돌아왔지만 소용이 없다. 관리의 힘보다도 지방 토호, 지방 문벌의 힘이 더 세던 시절이었다. 당시 결혼의 첫째 원칙은 '문당호대(門當戶對)'였다. 중국 전통가옥의 대문 앞에 있는 북 모양의 돌이 '문당'이고, 대문 위의 원이나 육각형의 나무 표지가 '호대'다. 문당은 문관인지 무관인지를 표시하는데, 원형으로 되어 있는 것은 무관의 집을 가리키고 네모로 되어 있으면 문관의 집을 가리킨다. 보통 짝수로 된 호대의 숫자는 그 집에 사는 사람의 벼슬을 암시한다. 대문 위에 원 또는 육각형 나무가 두개이면 5~7품 관리의 집이고 네개이면 1~4품 관리의 집이다. 아예 대문에 집 주인의 신분을 명시해놓은 것이다. 이처럼 대문에 '문당'이 있으면 반드시 '호대'가 있어야 한다. 여기에서 연유하여 '문당호대'는 결혼할 때 양쪽 문당과 호대가 비슷하고, 집안의 계급과 문화, 경제적 능력이 맞아야 한다는 것을 의미한다. 전통사회에서만 그런 것은 아니다. 마오쩌둥이 주도한 사회주의시대를 거쳤지만 중국은 어쩔 수 없는 등급사회, 계급사회라는 생각이 들 때가 많다.

교통혼잡 속 난중유서의 비밀

중국에 가본 사람이면 누구나 교통혼잡에 혀를 내두른다. 택시와 버스, 자전거, 사람이 서로 뒤엉킨 교차로를 보면 저런 곳에서 어떻게 운전을 하는지 이해할 수 없다고들 한다. 그리고 중국은 아직 멀었고, 현대화되려면 한참 멀었다고 말한다. 그런데 신기한 것은 충분히 현대화된 타이완(臺灣)에서도 그런 교통혼잡을 경험한다는 점이다. 단순히 현대화 수준의 문제가 아닌 것이다. 그렇게 교통이 뒤엉키면 한국에서는 대혼란이 일어나고 교통이 마비될 것이다. 그런데 중국에서는 그런 혼잡 속에서도 소통이 되고 나름의 질서가 유지된다.

그것을 가능하게 하는 원리가 '난중유서(亂中有序)'다. 어지러운 가운데서도 질서가 있다는 말이다. 그 질서의 원리는 고차원의 것이 아니고 한국과 중국의 교통문화를 유심히 살펴보면 쉽게 이해할 수 있다. 서로 먼저 가려고 앞을 다투고 끼어들려고 차의 머리를 들이미는 것은 똑같다. 그런데 중국에서는 먼저 머리를 밀어넣고 자리를 차지하면 그것이 인정되고 뒤차가 양보해 순서가 정해진다. 우리처럼 중간에 끼어든 차를 뒤쫓아가면서 빵빵거리거나 기어이 추월하려고 기를 쓰지 않는다. 자기 차보다 고급 차가 끼어들면 그대로 양보하는 경우도 있다. 혼란 속에서도 교통질서가 유지되는 비결이다. 중국에 거주하는 한국인들 사이에 회자되는 유명한 일화가 있다. 막다른 골목에서 차 두대가 만났다. 누가 양보할 것인가. 둘 사이에 신경전이 시작된다. 한 사람이 차를 세우고 담배를 꺼낸다. 그러자 다른 운전사는 신문을 펼쳐든다. 담배를 꺼내문 사람이 차의 시동을 꺼버린다. 최종 승부에서 시동을 꺼버린 사람이 이겼다. 졌다고 판단한 상대편 운전사가 신문을 접고 차를 뒤로 돌려 길을 터준다. 등급, 순서가 정해지기까지는 치열하게 경쟁하지만 일단 정해지면 등급질서에 순응하고 그것을 존중한다. 수천년 동안 중국 사회는 이런 원리로 움직여왔다. 마오쩌둥은 그것을 뒤흔들어놓으려 했으나 결국 실패했고, 중국 전통 사회를 움직여온 등급사회의 원리가 이제 자본주의 계급사회의 원리로 다시 중국에서 실현되고 있다. 중국이 자본주의 씨스템에 이토록 빨리 적응하는 문화적 배경 가운데 하나가 바로 이 점이다.

시후에 서린 낭만적 사랑의 전설

영화 「양축」에서 가난한 북방 출신 양산백은 과거에 급제했음에도

결국 중국 남부 문벌세력의 벽을 넘지 못한다. 축영대의 어머니가 양산백을 찾아와 말한다. 축영대가 결혼을 거부해서 방에 갇혔고 이러다가는 병이 나 죽을지도 모른다고. 그러자 양산백은 축영대를 포기하겠다고 약속한다. 그리고 축영대에게 쓴 붉은 각혈의 편지를 어머니 손에 보낸다. 양산백은 죽고 축영대는 하는 수 없이 정해진 혼처에 시집을 간다. 결혼식날 축영대는 양산백의 무덤이라도 지나게 해달라고 간청한다. 그녀의 아버지는 혼사를 그르치면 안된다고 거절한다. 그런데 결혼 행차가 양산백의 무덤이 있는 곳이 아닌 다른 곳으로 가려 하자 흙이 무너지고 길이 끊긴다. 결국 혼례 행차는 양산백의 무덤 앞으로 간다. 축영대는 양산백의 무덤에 시를 지어 바치고 '양산백의 묘'라고 씌어진 나무 팻말에 자신의 이름을 같이 새긴다. 그 순간 바람이 일고 비가 내리고 무덤 가운데가 갈라지면서 축영대가 무덤 속으로 빨려들어간다. 그러고는 무덤이 닫힌다. 날이 개고 무덤 위로 무지개가 뜨고 나비 두마리가 난다. 둘은 죽어서 비로소 하나가 된 것이다.

영화에서 결국 양산백과 축영대가 만나 사랑을 이루게 한 것은 사람이 아니라 하늘이다. 하늘은 축영대의 행차를 기어이 양산백의 무덤 쪽으로 돌려놓는다. 중국인에게 하늘은 인격신이다. 하늘의 뜻에 따라 사는 것이 자연의 이치대로 사는 것이다. 「백사전」을 토대로 한 영화 「청사」나 「양산백과 축영대」 이야기를 재현한 「양축」에는 자연의 이치에 따라 살아가는 삶을 가로막는 세상을 고발하려는 중국 민중의 의지가 담겼다.

항저우 시후에 수천년 세월 동안 켜켜이 서린 낭만은 그저 빼어난 자연 풍경이 주는 낭만과 다르다. 억압된 이곳 너머 사랑이 있는 저곳을 갈망하는 순수한 인간들의 낭만이다. 단순한 자연물을 넘어, 시이자 역사이고 문화다. 사실, 중국의 모든 자연물은 자연물 그대로의 순수한 자연물이 아니다. 사람의 숨결, 사람의 꿈과 사람의 역사가 깃들어 새롭게 태어난 '인문 자연'이다. 시후 역시 그렇다. 자연물인 호수 시후는 소동파의 시와 백사전과 양축의 이야기가 깃들어서 다시 태어난다. 시후에 가면 세계에서 몰려든 관광객들로 아무리 소란스럽고 정신없더라도 백소정과 허선, 양산백과 축영대를 떠올리면서 시후에 깃든 그런 낭만을 생각할 일이다.

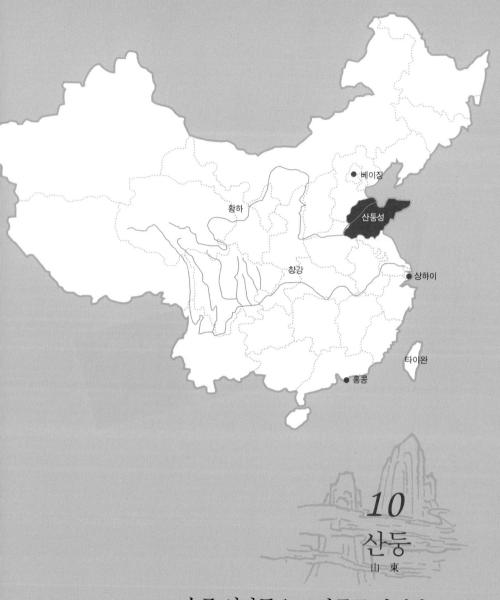

10
산둥
山 東

순종 인간들은 고량주를 마신다

붉은 수수밭
紅 高 粱

●붉은 수수밭 紅高粱, 1998
　장이머우 張藝謀 감독
　궁리鞏利 · 장원姜文 주연

산둥 호걸들의 땅

　중국 영화의 불후의 명작 「붉은 수수밭」의 무대는 산둥성, 구체적
으로는 산둥성 가오미(高密)다. 이곳에서 수수밭과 관련된 주요 장면
을 찍었고, 나머지는 인촨(銀川)에 있는 서부 영화 쎄트장에서 촬영했
다. 「붉은 수수밭」은 모옌(莫言)의 연작 장편소설 『붉은 수수밭 가족』
을 각색한 것이다. 영화는 전5편의 연작장편 가운데 「붉은 수수밭」과
「고량주」 두 편의 이야기를 중심으로 만들었다.

　원작자 모옌은 중국 문단을 대표하는 작가다. 우리나라에도 「탄샹
싱」「풍유비둔」「술의 나라」 같은 작품이 번역, 소개되었다. 모옌의 고
향이 바로 산둥성 가오미다. 모옌에게 가오미는 태어나고 자란 곳이
자 문학의 고향, 그의 표현을 그대로 옮기자면 '문학의 공화국'이다.

모옌의 많은 작품이 기본적으로 가오미 이야기인데, 「붉은 수수밭」도 그렇다. 영화감독 장이머우는 산둥성 출신은 아니지만 「붉은 수수밭」은 궁극적으로 산둥성 가오미의 이야기라는 점을 제대로 포착해 영화로 만들었다.

산둥성은 한국인에게 매우 친근한 곳이다. 한국에서 가장 가까운 중국이기도 하다. 인천에서는 중국 닭울음 소리를 들을 수 있다고 할 때, 그 중국은 바로 웨이하이(威海)와 옌타이(煙臺), 칭다오(靑島)가 있는 차오둥(膠東) 반도이다. 그래서 근대 초기 중국에서 한국으로 건너온 화교 대부분이 산둥 출신이고, 우리나라에서 먹을 수 있는 중국요리도 대부분 산둥요리 계열이다.

산둥요리는 중국 4대 요리 중 하나다. 산둥이 과거 노(魯)나라 땅이어서 산둥요리를 '노채(魯菜)'라고 부르는데, 담백하고 재료 고유의 맛이 살아 있는 게 특징이다. 우리나라 중국음식점에서 먹을 수 있는 요리 가운데 닭고기를 재료로 한 것은 라조기, 깐풍기 등 대부분 '기' 자로 끝난다. 이는 일부 산둥 사투리에서 계(鷄)를 '기'로 발음한 데서 온 것이다. 하지만 한국사람들이 산둥에 특별한 애착을 느끼는 것은 지리적으로 가까워서만이 아니다. 산둥사람들은 기질 면에서 한국인과 많이 닮았다. 흔히 산둥 남자들을 '산둥 호한(好漢)', 즉 산둥 대장부, 산둥 호걸이라고 한다. 거칠다 싶을 정도로 기질이 호탕하고 열정적이며 다혈질이다. 그런 기질 때문인지는 몰라도 산둥사람들은 술을 아주 잘 마신다.

10여년 전 산둥을 처음 방문해 성도(省都)인 지난(濟南)에서 저녁을 먹을 때였다. 접대를 받는 자리였다. 테이블에 중국 고량주 바이지우가 가득한데 그걸 따라마실 작은 잔이 보이지를 않았다. 그러더니

청다오 전경. 산동성 일대는 한국에서 가장 가까운 곳이다.

식사가 시작되자 맥주컵의 3분의 2정도 되는 유리잔에 고량주를 가득 따라주는 게 아닌가. 나눠마시라고 하기에 그나마 다행이다 싶었는데, 그것도 잠시일 뿐, 원탁에 앉은 사람들이 돌아가면서 한사람씩 건배를 제의하는 데 버텨낼 재간이 없었다. 중국에서는 접대를 하는 주빈이 문에서 가장 먼 안쪽에 앉고, 그 오른쪽에 접대받는 사람이 앉는다. 그리고 주빈에게 둥근 테이블에 앉은 모든 사람들이 돌아가면서 '간베이!'를 외치며 술을 한잔씩 권한다. 물론 간베이를 하자고 해서 꼭 잔을 다 비워야 하는 것은 아니지만, 그것도 한두번이다. 특히 산둥에서는 통하지 않는다. 더구나 중국에서는 첨잔이 자연스럽기 때문에 술잔이 조금만 비어도 계속 따라주면서 권한다.

혼성의 도시 칭다오

「붉은 수수밭」은 그런 산둥 대장부, 산둥 호걸의 기질을 유감없이 보여주는 영화다. 「붉은 수수밭」의 무대 가오미에 가기 위해 먼저 칭다오로 간다. 가오미는 칭다오에서 기차나 버스로 1시간 30분 거리에 있다. 칭다오 공항에 내려 시내로 들어가는데, 길가에 보이는 것이 온통 한글 간판이다. 베이징과 상하이에 각각 5만여명의 한국인이 사는데, 산둥에는 8만여명이 산다. 칭다오에 진출한 한국 기업의 숫자가 약 1만 8천개라고 한다. 베이징과 상하이에 있는 한국 기업 수를 합친 것과 맞먹는다. 우리나라가 중국에 투자한 금액의 절반가량이 산둥에 집중되었다. 칭다오는 산둥지역 중에서도 한국인이 가장 많이 진출한 곳이다. 최근 몇년 사이 한국인들이 이곳 부동산에 집중 투자해 투기 바람을 일으켰고, 지금도 여기저기서 한국인용 아파트가 건설중이다.

칭다오는 이민도시이자 식민도시이고, 중국과 서양, 동양과 서양이 뒤섞인 혼성의 도시다. 도시 성격이 상하이와 흡사하다. 칭다오에 들어온 첫 이방인은 독일인이다. 그때가 1897년 11월이었다. 아편전쟁 이후 영국과 미국, 프랑스는 상하이를 비롯한 남부지방 곳곳을 벌써 차지해버렸으니 독일로서는 한발 늦은 셈이다. 독일은 아직 다른 서구 제국이 발을 들여놓지 않은 칭다오에 군침을 흘렸다. 톈진과 비교하면 베이징에서 멀기는 하지만 부동항(不凍港)인데다 산둥성의 자원이 더없이 탐났다. 호심탐탐 기회를 노렸는데, 천우신조로 우연히 기회가 왔다. 독일 선교사 두명이 산둥성의 한 교회에서 살해당한 것이다. 이른바 '교주만 사건'이다. 독일은 이 사건을 구실로 칭다오를 침공해 1897년 11월 13일에 칭다오의 주인이 된다. 독일로서는 동아시아 최초의 식민지를 구축하는 영광스러운 날이었다. 지금도 칭다오 해변을 따라 남아 있는 서구식 건물들, 산 정상에 우뚝 선 독일군 사령관 관저 등이 바로 독일 점령시대의 유물이다.

칭다오의 한국 열기

독일의 뒤를 이어 일본이 칭다오에 들어왔다. 1914년 1차대전 중에 일본이 독일군을 격퇴하고 칭다오를 차지한 것이다. 일본인이 칭다오에 몰려들면서 칭다오에 일본 바람이 불었다. 독일 점령 시절에는 316명이던 일본인 숫자가 1921년에는 2만명으로 늘어났다. 독일과 일본이 물러간 뒤, 사회주의 시장경제시대를 맞아 이제 칭다오에 한국사람들이 몰려오고 한국 바람이 불고 있다. 독일과 일본은 모두 제국주의 침략의 형태로 칭다오에 들어왔지만 한국은 사회주의 시장경제시대에 개발 열풍을 몰고서 칭다오에 자본주의 성공신화의 씨앗을 뿌리고 있다. 한국인에게 칭다오는 새로운 사업 기지이지만, 칭다오에 사는 중국인에게 한국은 어떤 의미일까. 칭다오를 거쳐간 독일인이나 일본인과 달리 한국인은 칭다오에서 중국인과 상생하는 가운데 칭다오 역사에 없던 새로운 시대를 만들 수 있을 것인가.

그러기 위해서는 칭다오로 달려가는 한국인들이 좀더 겸손해질 필요가 있다. 중국을 만만하게 보지 말 것이며, 칭다오사람들을 무시하지 말아야 한다. 싼 임금 하나만 보고 무턱대고 칭다오를 황금목장으로 여기지 않는 냉철함도 지녀야 한다. 요즘 칭다오에는 야반도주하

한국과 비슷한 칭다오의 자연 덕에 한국사람이 많다.

는 한국 기업인이 늘어났다. 무작정 칭다오에 왔다가 완전히 실패하고 직원들에게 임금도 못 줄 처지로 내몰려 공장까지 내팽개치고 야밤에 도망하는 것이다. 한국 기업을 위해서도 칭다오를 위해서도 진출 계획을 세우는 한국인은 좀더 신중할 필요가 있다.

칭다오에 한국사람이 많은 것은 자연환경이 한국과 비슷한 이유도 있다. 칭다오는 도교(道敎)의 명산 라오산(嶗山)에 에워싸였다. 흡사 북한산에 둘러싸인 서울을 보는 듯하다. 한국사람들은 뒤에 산이 있고 앞에 물이 있어야 정서적으로 안정감을 느끼는데, 칭다오가 딱 그렇다. 기후가 쾌적하고 환경이 깨끗하며 가로수와 녹지가 푸르게 가꿔진 모습이 한국과 매우 흡사하다. 이렇게 자연환경은 친근하지만

건축물은 이국적이다. 칭다오의 전통주택은 붉은색 기와지붕에 노란
색 벽으로 되어 있다. 이런 전통주택들이 해변 산등성이를 따라 층층
이, 굽이굽이 늘어섰다. 중국의 다른 도시에서 느낄 수 없는 이국적인
풍경, 맑은 공기와 깨끗한 환경, 조용한 해변이 어우러져 멋진 휴양지
를 연출하는 매력적인 도시가 칭다오다. 그래서 그런지 이곳 칭다오
에는 골목골목 유명인사가 살던 옛집이 즐비하다. 유명 작가 라오서
(老舍)가 대표작 『낙타상자』를 이곳에서 썼고, 근대 초기의 사상가이
자 개혁가 캉유웨이도 여기서 말년을 보냈다.

칭다오맥주와 비극의 식민 역사

독일이 점령한 뒤 칭다오에 세가지가 생겼다. 철도와 맥주, 그리고
해수욕장이다. 1899년 9월 독일은 칭다오와 산둥성 내지(內地)를 잇
는 철도를 건설하기 시작한다. 산둥성 내지에 있는 석탄을 비롯한 자
원을 효율적으로 반출하기 위해서였다. 그리고 1903년에는 독일인답
게 맥주 공장을 지었다. 전세계적으로 칭다오의 이름을 알린 칭다오
맥주가 탄생한 것이다. 칭다오맥주 공장 앞을 맥주 거리라고 부른다.
해마다 8월 10일을 전후하여 이 거리에서 맥주 축제가 열린다. 칭다오
맥주가 맛이 좋은 이유는 독일인들이 전수한 제조기술 덕도 있지만
칭다오의 명산 라오산의 물맛 덕분이다. 칭다오맥주의 상쾌함에는 독
일 식민지시대 칭다오의 슬픈 역사가 녹아 있다.

칭다오에서 가오미로 가려고 기차를 탔다. 중국 근대의 비극이 서
린 철로다. 이 철로 때문에 수많은 중국인이 죽었다. 「붉은 수수밭」의

칭다오의 맥주공장. 해마다 8월 공장 앞에서 축제가 열린다.

원작자인 모옌의 또다른 소설 「탄샹싱」은 독일이 철도를 건설할 때 저항한 산둥사람들 이야기다. 독일은 1901년 칭다오에서 가오미까지 철도를 건설한다. 그런데 철도 공사에 반대한 중국인들이 있었다. "쇳덩어리의 후손인 서양 귀신"이 철로를 놓아 "천지를 깨어나게 하고" 가오미의 "풍수지리를 파괴하고 동네 물길을 망가뜨린다"는 이유에서였다. 당시 산둥에서는 독일이 철도 놓는 것에 저항하는 민중봉기가 격렬했다. 의화단운동(1900)이 대표적이다. 민간신앙과 의화권이라는 민간무술을 결합하여 조직한 의화단의 근거지가 바로 산둥이었다. 이들은 산둥을 넘어 베이징까지 진격해, 미국·영국·프랑스·독일·일본·러시아·이딸리아·오스트리아 등 8국 연합군과 일전을 벌인다. 추억의 영화 「북경 55일」이 바로 이에 관한 이야기다. 소설 「탄샹싱」에서는 그렇게 철도 부설에 반대한 사람들의 우두머리가 독일군과 청나라 관군에 잡혀 끔찍한 탄샹싱 형벌을 당한다. 탄샹싱 형벌은 항문에서부터

박달나무 쐐기를 박아넣어 입으로 나오게 하되, 죽지 않고 살아서 죄인이 극심한 고통을 맛보게 하는 형벌이다.

그런 고난이 서린 철길을 따라 1시간 30분 만에 가오미에 도착했다. 가오미는 시이지만 우리 읍내만 하다. 시내에서 약 20킬로미터 떨어진 촬영지까지 왕복 100위안(약 1만 3천원)을 내기로 하고 택시를 잡았다.

모옌 문학의 고향, 가오미

원작자 모옌에게 사전에 이메일로 도움을 받은 대로 먼저 모옌의 고향 마을로 간다. 30분 정도 걸려서 모옌의 생가에 도착했다. 물론 지금은 아무도 살지 않는다. 2002년 설날 일본 작가 오오에 켄자부로오가 다녀가 더욱 유명해진 곳이다. 생가를 한바퀴 둘러본다. 평범하다 못해 초라해 보인다. 사진을 찍고 있는데 나이든 어르신이 다가온다. 뭐라고 하는데 알아들을 수가 없다. "모옌을 아시냐?"고 묻고는 한국에서 왔다고 하자 어르신이 악수를 청한다. 어르신은 내 말을 알아듣지만 나는 어르신의 말을 알아들을 수가 없다. 중국어를 배워도 소용이 닿지 않는 이런 때가 가장 난감하다. 운전기사의 보통화(普通話) 실력도 그 어르신과 오십보백보였지만 그래도 좀더 나은 그가 나서서 어르신 말을 통역해준다.

"영화 「붉은 수수밭」을 촬영한 곳이 이 마을이냐?"고 물었더니, 여기가 아니란다. 모옌에게서 그의 고향만 확인한 것이 탈이었다. 여기서 10분쯤 더 가야 한단다. 멀지 않아서 그나마 다행이다. 어디라고

칭사교. 여주인공 주얼이 시집갈 때 건넌 바로 그 다리다.

설명하는데 택시기사도 통 못 알아듣는 눈치다. 답답했는지 어르신이 직접 안내하겠다고 나선다. 어르신이 택시 앞자리에 타고 비포장 길을 20분가량 달려 도착한 곳이 쑨자커우(孫家口). 한겨울이라 주위에는 마른 수수더미만 널렸을 뿐「붉은 수수밭」을 찍었음직한 곳이 도무지 눈에 들어오지 않는다.

막막한 표정을 짓자 영감님이 손으로 다리 하나를 가리킨다. 순간, 눈이 번쩍한다. 바로 그 다리다. 칭사교(靑紗橋). 다 돌로 된 짧은 칭사교는 영화에서 스바리(十八里) 마을과 붉은 수수밭을 잇는 다리다. 여주인공 주얼(궁리 분)이 돈에 팔려 나병환자에게 시집갈 때 이 다리를 건너고, 혼례 후 사흘째 되는 날, 친정으로 신행을 떠날 때도 이 다리를 건넌다. 그런데 겨울에 찾아온 것이 잘못이었다. 텅 빈 평원에 차가운 바람만 달리고 있다. 작열하는 붉은 태양이 수숫잎 사이사이로 섬광처럼 빛나면서 붉은 수수가 파도를 이루어 일렁이던 그 장관의 붉은 수수밭은 찾아볼 수가 없다. 원래 이곳 수수밭은 영화에서처럼 그렇게 넓지는 않다. 영화 속에 나오는 수수는 촬영을 위해 일부러 심은 것이다.

애초에 장이머우가 가오미에서 영화를 찍겠다고 했을 때 원작자 모옌은 반대했다. 소설 속의 붉은 수수밭은 할아버지 시대의 이야기이자, 소설 속에서 만들어낸 신화이고, 꿈의 경계일 뿐이어서 가오미에 그런 수수밭이 없다는 것이 이유였다. 하지만 장이머우 감독은 막무가내였다. 1987년 봄, 땅을 빌려 수수를 심었다. 그렇게 수수를 심은 곳이 바로 칭사교 건너편이다. 그런데 수수를 심은 뒤 얼마 지나지 않아 수수 절반이 죽어버리고, 남은 것마저 키가 고작 1미터밖에 되지 않는데다 잎도 다 말라 타들어갔다. 장이머우는 현(縣) 사무실로 달려가 현 서기를 졸라서 화학비료 5톤을 얻어냈다. 수수를 살려내는 것이 한가한 시골 현의 중요한 업무가 되었고, 현 서기를 비롯한 전 주민이 동원되어 마침내 수수를 살려냈다. 영화에서 사랑, 원시적인 힘, 열정, 야성, 순수를 상징하는 붉은 수수밭은 그렇게 만들어졌다.

잡종의 시대에 들려주는 순종 인간들의 이야기

「붉은 수수밭」은 내레이터인 손자가 할아버지와 할머니의 이야기를 한다. 지금 시대를 사는 손자가 붉은 수수밭에 살았던 영웅들을 회상하는 형식이다. 모옌의 원작 소설은 과거 그 붉은 수수밭 세계에 살던 순종 인간들, 할아버지와 할머니로 상징되는 붉은 수수밭의 영웅들을 기리기 위해 지금 잡종의 시대를 살고 있는 불초(不肖)한 손자가

영화는 주얼이 시집가는 장면으로 시작한다.

마련한 기억의 제단이다.

장이머우는 그런 소설의 핵심을 절묘하게 포착하여 빼어난 영상 미학으로 빚어낸다. 장이머우의 초기 대표작들은 대부분 소설이 원작이다. 소설을 영화로 만들면 대개는 원작보다 못한 태작이 되고 마는데, 장이머우는 영화감독으로서 원작 소설의 핵심을 제대로 포착해 원작보다 나은 영화를 만드는 빼어난 능력을 지녔다. 영화 「붉은 수수밭」이 성공하면서 원작자 모옌도 유명해졌다. 그래서 모옌은 자주 이렇게 말하곤 한다. "처음에는 장이머우가 내게 빚을 졌고, 나중에는 내가 장이머우에게 빚을 졌다."

영화에서 내레이터의 할머니는 시집가던 날 할아버지를 처음 만난다. 할아버지와 할머니가 새신랑 새신부로 만난 것은 아니다. 할머니가 돈에 팔려 나병환자에게 시집가면서 탄 가마를 할아버지가 멨다. 중국에서는 원래 신부를 가마에 태우고 가면서 가마놀이를 하는데, 가마꾼이던 할아버지도 가마를 흔들면서 노래를 불렀다. "누이여, 누이여, 용감하게 앞으로 나아가라, 앞으로……." 돈에 팔려서 나병환자에게 시집가지 말고 그 운명에서 벗어나라고 꼬드기는 것이다. 이 노래는 「붉은 수수밭」이 상영된 뒤 중국에서 한동안 유행했다. 그런데 가마가 붉은 수수밭에 이르렀을 때 산적이 나타나 신부를 겁탈하려

한다. 그때 신부를 위기에서 구하는 이가 바로 가마를 메던 사내, 즉 훗날 영화 속 내레이터의 할아버지 위잔아오다.

수숫잎 사이로 반짝이는 태양을 강조한 영화의 포스터.

무사히 혼사를 치른 새신부가 결혼 후 사흘이 지나 친정으로 신행을 가면서 붉은 수수밭을 지날 때, 가마꾼 사내는 새 신부를 납치한다. 혼자 나귀를 타고 친정으로 가던 새 색시를 수수밭으로 안고 들어간 것이다. 가마꾼은 수수를 밟아 둥그런 터를 만들고 한가운데에 새색시 주얼을 눕힌다. 두팔과 두발을 편 채 수수밭에 누운 주얼은 엷은 두려움 속에서도 평온해 보인다. 그렇게 누운 주얼 앞에 위잔아오(장원 분)가 무릎을 꿇는다. 두 사람을 수수가 에워싸고, 태양은 수숫잎 사이로 황금처럼 반짝인다. 「붉은 수수밭」의 명장면이다.

주얼과 위잔아오가 붉은 수수밭에서 사랑을 나누는 것은 일종의 제의다. 이 제의를 관장하는 것은 태양과 대지, 붉은 수수다. 그 제의를 통해, 수수밭 대지에 누워 음기를 받은 주얼과 태양의 양기를 받은 위잔아오가 결합한다. 그들은 태양과 대지, 붉은 수수와 하나가 되고, 태양과 대지, 붉은 수수가 내뿜는 원시적이고 야성적인 힘과 기운을 온몸으로 호흡한다. 그렇게 스며든 힘과 기운으로 두 남녀 주인공이 결합하고, 이렇게 결합한 두 사람은 자식을 마음대로 팔아넘기는 매매혼으로 상징되는 기존의 억압적인 관습과 부권(父權)에 저항하고 그것을 해체한다. 원시적 열정과 생의 디오니소스적 충동이 기존의 억압적인 도덕률을 해체하는 것이다. 그리하여 마침내 붉은 수수밭의 순종 인간, 붉은 수수밭의 영웅이 탄생한다. 영화에서 붉은 수수밭은 이렇게 인간에게 원시적 생명력과 열정을 불어넣어 인간을 원래의 순종 인간으로 거듭나고 생명력을 되찾게 하는 제의의 장소이자, 억압된 본능과 열정, 활력, 야성이 풀려나는 카니발의 장소다.

붉은 고량주와 원시적 생명력의 영웅들

주얼이 친정에 갔다가 돌아오자 나병환자 남편이 죽어 있다. 영화에 분명하게 드러나지는 않지만 위잔아오가 그렇게 한 것이라고 충분히 짐작할 수 있다. 원작 소설에서는 위잔아오가 주얼의 남편과 친정아버지를 모두 살해한다. 분명 살인을 저지르고 남의 부인을 차지했지만 영화에서는 이것이 범죄로 다가오지 않는다. 살인사건을 전후로 태양, 황토, 붉은색, 에로스적 충동, 열정 등이 배치되고, 돈을 받고 딸을 파는 아버지, 비참한 여자의 운명 등이 이것들과 대립하는 까닭에 불법적인 살인이 비도덕적이고 부정한 것으로 여겨지기보다는 삶의 원시적 열정에 따른 자연스러운 생명의 논리처럼 처리된다. 살인과 범법을 도덕의 기준이나 법의 논리가 아니라 생명의 논리, 생의 충동 속에서 바라보도록 만들어버리는 붉은 수수밭 세계의 원시적 생명력이 영화에 넘쳐흐르기 때문이다. 법이나 규범, 문명의 논리를 뛰어넘어 자신의 솟구치는 생명의 열정에 따라 사는 야성이 충만한 사람들, 그들이 곧 붉은 수수밭 세계의 영웅들인 것이다.

나병환자 남편이 죽자, 남편 소유이던 술도가는 주얼의 차지가 된다. 주얼은 새로 양조장을 열기로 하고 집 안을 말끔히 청소한다. 집 주위에 붉은 고량주를 뿌리고, 양조장 지배인 노릇을 하는 라오한은 집 열쇠를 붉은 고량주로 씻는다. 붉은색은 원래 액막이를 상징하는 색이다. 여기에 고량주의 소독 효과를 곁들인 것이다. 그렇게 새로 단장을 하고 있을 때 수수밭에서 위잔아오가 나타나 자기가 주얼의 남편이라고 떠들다가 밖으로 끌려나간다.

양기가 충만한 영화 「붉은 수수밭」

주얼은 본격적으로 새 술을 빚기 시작한다. 붉은 수수밭의 수수를 가지고 술을 만드니 그 붉은 고량주가 얼마나 뜨겁고 달 것인가. 드디어 9월 9일에 새 술이 완성되어 나온다. 9월 9일은 음력으로 치면 중양절(重陽節)이다. 양이 두번 겹치는 날이다. 중국인은 홀수는 하늘의 숫자인 양수이고, 짝수는 땅의 숫자인 음수라고 생각한다. 9는 양의 숫자인 홀수 중 가장 큰 수로 양기가 가장 충만한 숫자이다. 더구나 9의 발음이 오랠 구(久)자와 같아서 영원히 지속되길 바라는 마음을 이 9자에 담기도 했다. 옛날 중국인들은 하늘도 땅도 9개로 되어 있다고 생각했으니, 9는 지상의 최다·최고를 나타내는 숫자다. 9자가 황제를 상징하는 숫자로 사용된 것은 이 때문이다. 베이징 톈탄(天壇)과 자금성의 계단, 건물 조각, 장식물 등이 온통 9와 9의 배수로 이루어진 것은 이 때문이다. 중양절은 그처럼 양기가 충만한 9가 두번이나 겹친 날이다. 더구나 여주인공 이름이 주얼인 것은 집안의 아홉째이고 생일이 9월 9일이어서다. 주얼은 숫자 9의 중국음 '지우'와 2의 중

산적을 해치우고 돌아온 위잔아오는 주얼의 안방을 차지한다.

국음 '얼'을 합하여 만든 이름이다. 「붉은 수수밭」에는 이렇게 양기가 흘러넘친다. 붉은 태양, 늘 웃통을 벗고 있는 남자들, 붉은 고량주 등 양기로 가득 찬 영화이고, 남성성이 충만한 영화다.

그런데 영화에서 그러한 양기, 남성성이 촉발되고 생의 원시적 열정으로 발휘되는 계기를 제공하는 것은 여성이다. 산적에게 붙잡힌 주얼이 위잔아오를 바라보는 시선은 그가 산적을 해치우게 하는 기폭제로 작용한다. 또한 술도가 지배인 라오한이 일본군에게 참혹한 죽임을 당하자 붉은 고량주를 내놓으며 인부들에게 "당신들이 사내라면 라오한의 원수를 갚으라"고 부추기는 것도 주얼이다. 음이 양을 추동하는 가운데 양이 온 생명의 힘을 발휘해 자신의 쓰임새를 다하고, 그렇게 한껏 부푼 양과 음이 만나 음 또한 온전한 생명력과 열정이 넘치게 되는 것이다.

영화에서 남성성이 가장 희화되어 드러나는 장면은 위잔아오가 주얼을 납치한 산적을 살해하고 돌아와서는 술도가 사람들이 새 고량주 빚은 것을 축하할 때 돌연 술독에 소변을 보는 대목이다. 위잔아오는 시원하게 소변을 본 뒤 주얼을 안고 들어가 안방을 차지한다. 그런데 다음날 새벽 술도가 지배인 라오한이 술독을 들고 와서는 한방에서 자고 있는 주얼과 위잔아오를 깨운다. 그러고는 오랫동안 술을 만들

276

었지만 이렇게 훌륭한 명주는 처음이라고 말한다. 위잔아오가 심술을 부리면서 오줌을 눈 술독에서 맛과 향이 더없이 좋은 명주가 탄생한 것이다. 붉은 수수밭 세계에 걸맞은 술, 붉은 수수밭의 영웅을 상징하는 붉은 수수로 빚은 붉은 고량주가 탄생했다.

사실, 영화에 나오는 것 같은 붉은 고량주는 실재하지 않는다. 중국 술은 크게 백주(白酒)와 황주(黃酒)로 나눈다. 백주는 흔히 고량주라고 하는 투명한 증류주이고, 황주는 발효주다. 황주로는 샤오싱지우(紹興酒)가 대표적이다. 한국사람들은 간장 맛이 난다고 해서 싫어하는데, 따뜻하게 데운 뒤 말린 매실을 술잔에 넣어 마시면 맛이 썩 괜찮다. 증류주인 백주의 주 원료는 수수인데, 아무리 붉은 수수로 만든다고 해도 영화에서처럼 붉은색을 띠지는 않는다. 모두 투명하다. 그래서 백주다. 영화에서는 시각적인 효과를 위해 일부러 붉은색을 낸 것이다. 장이머우 감독의 탁월한 색채 감각이다.

그런데 왜 하필 붉은 고량주인가? 중국인이 좋아하는 색깔은 노란색과 붉은색이다. 원래 중국인들은 천지만물은 음양과 음양의 교감으로 생긴 목(木), 화(火), 토(土), 금(金), 수(水)의 다섯가지 원소로 이루어졌다고 보았다. 이른바 오행(五行)이다. 이 오행에 오색(五色)과 오방(五方), 즉 다섯 색깔과 다섯 방위가 결합한다. 여기서 토(土)는 색깔로는 노란색이고 방위는 중앙이다. 그래서 노란색은 존귀함과 고귀함을 상징하는 황제의 색이다. 예전에는 황제 이외에는 노란색 옷을 입을 수 없었다. 장이머우의 최근작「황후 화」에서 노란색이 화면을 가득 채운 것은 이 때문이다.

화(火)는 방위로는 남쪽이고 색으로는 붉은색이다. 붉은색은 기쁨과 행운을 상징하고, 액운을 막아주는 의미를 지닌다. 중국인들이 가장 좋아하는 색이다. 그래서 중국사람들은 설날이면 붉은색 속옷과 양말을 갖추고 붉은 봉투에 세뱃돈을 넣어주는가 하면 결혼이나 생일 등 기쁜 일이 있을 때도 온통 붉은색으로 장식한다. 황제가 살던 자금성이 붉은색과 노란색 물결이고, 중국 국기인 오성홍기가 붉은색 바탕에 노란별이 새겨져 있는 것은 이런 상징적 의미 때문이다. 영화 속 붉은 고량주에는 기쁨과 행운, 열정이 들어 있고 액운을 막아주는 신비한 마력이 들어 있는 것이다. 영화에서 붉은색은 처음에는 돈에 팔려서 붉은 옷을 입고 붉은 가마를 타고 시집가는 장면에서 보이듯이 억압의 상징이었다. 하지만 종반으로 흐를수록 붉은색은 점차 해방과 열정을 상징하게 된다. 색채의 관점에서 보면 이 영화는 붉은색이 원래 자신의 의미를 찾아가는 과정이다.

붉은 고량주가 탄생하던 날 지배인 라오한은 술도가를 떠난다. 몰래 주얼을 사랑했는데 위잔아오가 와서 안방을 차지하고, 그동안 만들어왔던 것보다 더 맛좋은 술이 빚어졌으니 자신이 있을 자리가 없어졌다고 여긴 것이다. 라오한이 떠나고, 우연히 오줌을 눈 것이 기대하지 않던 효과를 발휘한 것이지만 어쨌든 자신의 기술(?)로 천상의 맛을 지닌 고량주를 탄생시키면서 위잔아오는 명실상부한 집주인이 되고 주얼의 남편이 된다. 그후 아이도 낳는다.

붉은 수수밭을 짓밟는 일본군

그러던 어느날, 일본군이 가오미의 붉은 수수밭에 나타난다. 일본군은 1914년에 독일군을 몰아내고 칭다오를 점령했다. 그러나 일본군이 칭다오에서 가오미까지 이어지는 철도를 차지하자 중국정부와 영국, 미국 등이 크게 반발해 일본의 산둥 점령은 오래가지 못한다. 독일은 강압이기는 하지만 중국과 조약을 맺고 칭다오를 차지했다. 그런데 일본은 그런 절차마저 없이 독일을 물리쳤다는 이유 하나만으로 옛 독일의 점령지를 승계해야 한다고 우긴 것이다. 오랜 협상 끝에 일본은 결국 1922년 12월 10일 철수하고 칭다오를 중국에 돌려준다. 칭다오로서는 반세기 동안의 식민 역사에 종지부를 찍은 것이다.

하지만 15년 후인 1937년, 중일전쟁이 발발하고 일본군은 다시 칭다오를 점령한다. 그리고 칭다오를 발판 삼아 철로를 따라 산둥 내지로 점령지를 확대해간다. 그 와중에 자동차를 앞세운 일본군이 가오미의 붉은 수수밭까지 들어온다. 영화에서 일본군은 마을 사람들을 동원해 붉은 수수밭에 길을 내려고 한다. 일본군은 자동차로 수숫단을 넘어뜨리고, 마을 사람들을 일렬로 세워 붉은 수수를 짓밟도록 한다. 이처럼 붉은 수수밭 영웅들의 삶의 터전이자 생명의 공간이 훼손되기 시작한다.

그러던 중 일본군은 그렇게 짓밟은 수수밭에서 일본군에 대항하던 중국인 유격대원을 잡아 살가죽을 벗겨 죽이는 끔찍한 공개처형을 감행한다. 그 처형을 당하는 이가 바로 주얼의 술도가 지배인이던 라오한이다. 그는 술도가를 떠난 뒤 항일 유격대에 가담한 것이다. 라오한이 일본군에게 죽임을 당한 뒤, 집에 온 주얼은 예전에 남편이 오줌을 누어서 탄생시킨 명주를 꺼낸다. 그러고는 "당신들이 사내라면 이 술을 마시고 가서 라오한의 복수를 하라"고 말한다. 붉은 고량주에 불을 붙이자 활활 타오르는 고량주 불길을 앞에 두고, 위잔아오와 술도가 사내들은 붉은 고량주를 항아리 뚜껑에 가득 따라 마시면서 복수를

쑨자커우 항일투쟁 기념비. 모옌은 이 사건에 착안해 원작을 썼다.

다짐한다. 일본군에 맞서기 위해 이들이 들고 나선 무기는 바로 고량주다. 고량주를 항아리에 가득 담아 불을 붙이면 터지는 고량주 폭탄을 만든 것이다.

땡볕이 내리쬐는 한여름, 태양이 가장 높은 곳에 있는 시각, 웃통을 벗은 사내들이 수수밭에 매복하고서 일본군을 기다린다. 기다려도 오지 않자 위잔아오는 주얼에게 먹을거리를 내오라고 한다. 주얼이 먹을거리를 머리에 이고 아들(내레이터의 아버지)과 함께 수수밭으로 오는 찰나, 저쪽에서 수수밭 사이를 가로질러 일본군 트럭이 달려온다. 아들이 "일본군이다!" 하고 외치는 순간 일본군의 기관총이 불을 뿜는다. 주얼이 쓰러진다. 기관총에 맞서 고량주 화염병과 고량주 폭탄이 연이어 터진다.

영화를 찍은 가오미시 쑨자커우에는 항일투쟁 승전비가 있다. 1938년 4월 16일에 400여명의 유격대가 일본군을 격퇴한 전적이 기록되어 있다. 이날 전투는 아침 8시부터 오후 3시까지 계속되었는데, 매복했

다가 일본군을 포위 공격해 장교를 포함한 39명의 일본군을 사살하고, 차량 7대를 파괴하고 1대를 노획했다고 적혀 있다. 「붉은 수수밭」의 원작자 모옌은 바로 이 이야기에 착안해 소설을 썼다고 한다. 자기가 살던 고향에서 일어난 조그만 역사적 사건을 가지고 이처럼 웅장하고도 매력적인 이야기를 만들어내는 작가의 상상력과 역사의식, 서사를 이끄는 힘이 그저 감탄스러울 뿐이다. 그리고 장이머우는 빼어난 색채감과 연출력으로 작은 역사적 사건을 생생하게 재현했으니, 가오미의 선조들로서는 후손을 잘 만난 셈이다.

항일 영화를 넘어서

영화는 전투로 폐허가 된 붉은 수수밭에서 태양빛을 받고 우뚝 선 위잔아오와 그의 아들을 보여주는 것으로 끝을 맺는다. 주얼은 죽었고 붉은 수수밭도 사라졌다. 일본군이 붉은 수수밭에 온 뒤에 벌어진 일이다. 그렇다면 붉은 수수밭에 살던 사람들에게 일본군은 무엇인가. 일본군은 붉은 수수밭을 파괴하는 세력이다. 그들은 자동차와 기관총으로 무장하고 붉은 수수밭에 와서 수수를 망가뜨리고 길을 내려

했다. 또한 그들은 붉은 수수밭의 순종 인간들, 원시적 열정을 지닌 순수하고 용감한 영웅들을 없애려는 세력이다.

붉은 수수밭에 사는 이에게 일본군의 침략은 국가의 재난이라기보다는 붉은 수수밭 세계의 재난이다. 이 영화가 단순한 항일 민족주의 영화를 넘어서는 것은 이 지점에서다. 영화에서 일본군은 단순한 제국주의 외세만이 아니다. 인간의 살가죽을 벗겨 죽이듯이 인간의 생명을 파괴하는 세력이고, 자동차 길을 내서 붉은 수수밭을 파괴하는 세력이기도 하다. 그렇게 현대적으로 무장한 비인간적인 제국주의 일본군 때문에 붉은 수수밭 세계는 사라졌다. 일본의 침략은 중국인을 죽인 것이기 이전에 붉은 수수밭의 영웅들을 죽인 것이고, 중국 이전에 붉은 수수밭을 침략한 것이다. 이런 차원에서 보자면, 「붉은 수수밭」을 단순한 반(反)제국주의, 반일본 민족주의로만 해석하는 것은 이 영화를 형편없이 축소시켜 해석하는 일이 아닐 수 없다.

되살아나는 공자

「붉은 수수밭」의 무대인 산둥성의 성도는 지난이다. 하지만 지난의 위상은 퍽 곤혹스럽다. 그저 성도일 뿐, 주변에 있는 세 도시가 지난보다 더 명성을 누리면서 오히려 산둥의 상징처럼 되었기 때문이다. 산둥에 여러 차례 가는 사람도 지난에 들르는 경우는 흔치 않다. 성도인 지난보다 더 유명한 세 도시, 칭다오, 취푸(曲阜), 타이안(泰安)만 거쳐간다.

취푸는 공자의 고향이다. 요즘 '공자 붐'이 일어나면서 이곳을 찾는 중국인들의 발길이 부쩍 늘었다. 그동안 중국에서 공자는 낡은 봉건 문화의 상징으로, 중국을 낙후하게 만든 장본인으로 지목되면서 줄곧 비탄의 대상이 되어왔다. 그런데 이제 중국인들은 다시 공자를 되살려내고 있다. 이러한 공자 부활운동을 적극적으로 추동하는 주체는 역시 중국공산당과 정부다. 2004년 9월 28일에는 공자 탄생 2555주년을 맞아 중국 관방이 주최하는 최초의 기념제와 기념 학술대회가 열렸는가 하면, 베이징에서는 '공자문화의 달' 행사가 인민대회당에서 열리는 등 전국 각지에서 기념사업이 진행되었다.

공산당과 정부가 공자 탄생 기념행사를 주관하는 등 적극적인 유교 부활운동과 전통문화 진흥정책을 펼치는 것은 사회주의 정권 탄생 이후 처음 있는 일이다. 자신들의 정체성을 민족문화의 계승자, 중화문화의 수호자에서 찾고, 전통문화를 통해 민족적 단결을 도모하려는 것이다. 중국공산당은 반전통, 반자본주의 등 자고로 반대와 파괴, 부정이라는 '네거티브'에서 자신의 정체성을 추구해왔지만, 요즘에는 '포지티브'로 방향을 돌리고 있으며 그 상징이 바로 공자 부활운동이다. 유교란 '아랫사람이 윗사람에게 순종하는 수직적인 계층 질서가 바로 서야 사회와 권력의 안전이 보장된다'는 이념이라고 보면, 중국 공산당이 유교와 공자를 부활시키는 의도를 능히 짐작할 수 있다.

물론 공자 부활이 정부와 공산당의 의도적인 노력만으로 일어나는 것은 아니다. 여기에 민간의 자발적인 움직임이 합쳐져서 공자 붐이 일어나고 있는데 그 덕에 공자의 고향 취푸가 인기 관광지로 부상했다. 취푸에 있는 공자의 무덤에 가면 그곳 비석들을 유심히 보라. 부서진 곳을 땜질한 비석이 대부분이다. 문화대혁명 때 봉건주의 타도를 외치며 죄다 깨뜨린 것을 복원한 것이다. 금석지감(今昔之感)이다.

타이안에는 유명한 타이산(泰山)이 있다. 인문적 정취가 가득한 산이다. 역사의 숨결, 옛 황세와 선비들의 흔적을 살피면서, 산능이 옛날 제나라 땅이자 노나라 땅이었다는 것을 새기면서, 진시황을 비롯한 5명의 중국 황제가 이 산에 올라 하늘과 땅에 제사지낸 의미를 새기면서, 모두 6,660개나 되는 계단을 올라보는 것도 의미있는 체험이 될 것이다.

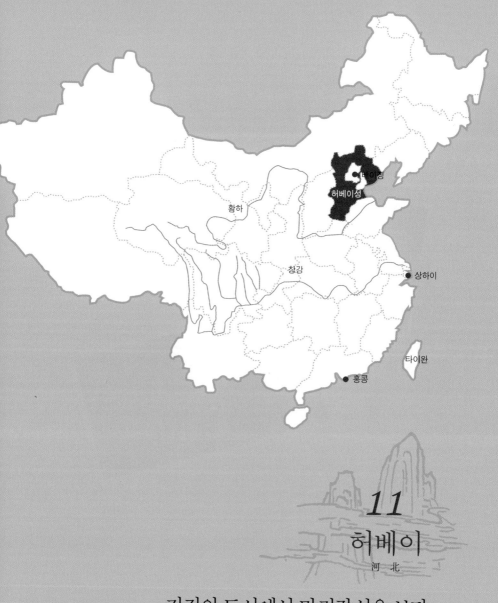

베이징

허베이성

황하

창강

상하이

타이완

홍콩

11
허베이
河北

지진의 도시에서 만리장성을 보다

귀신이 온다
鬼 子 來 了

● 귀신이 온다 鬼子來了, 2000
　장원姜文 감독
　장원姜文 주연

지진의 도시 탕산

베이징에서 탕산(唐山)까지 고속버스로 2시간이 걸렸다. 기차로 이동하는 것보다 빠르다. 예전에는 기차가 거의 유일한 이동수단이었지만 요즘 들어 주요 도시를 연결하는 고속도로망이 발달하고 쾌적한 신형 고속버스가 증가하면서 도시와 도시를 이동할 때 어지간한 거리는 고속버스를 이용하는 것이 편하다. 장거리를 운행하는 고속버스는 대개 2층으로 되어 있는데, 1층은 짐칸과 화장실이다. 이런 2층버스를 탈 때는 1층으로 내려가는 계단과 멀리 떨어져 앉는 것이 좋다. 화장실 냄새 때문이다.

탕산을 거쳐 영화 「귀신이 온다」의 무대인 허베이성의 외딴 시골까지 갈 것이다. 외딴 농촌에 일본군이 들어오면서 일어나는 사건을 다룬「귀신이 온다」의 무대는, 중국에서 유일하게 물에 잠긴 만리장성을 볼 수 있는 곳이다. 대중교통편도 없고 웬만한 지도에는 나와 있지도 않은 그곳까지 얼마나 걸릴지, 과연 제대로 찾기나 할 수 있을지 막막하다. 베이징에서 청떠(承德)를 거쳐가는 방법과 탕산을 거쳐가는 방법이 있는데, 탕산 쪽으로 길을 잡은 것은 내 기억 속의 탕산, 정확하게는 탕산지진 때문이다. 탕산은 명나라 때부터 유명한 자기 생산지다. 이곳에서는 종이처럼 얇은 자기를 만들어낸다. 중국 유명 자기는 대부분 탕산 제품이다. 하지만 나에게 탕산은 자기의 고장이 아니라 지진의 도시다.

탕산지진을 처음 접한 것은 리영희(李泳禧) 선생의 글을 통해서였다. 한국과 중국이 수교한 뒤 탕산 대표단이 방한한다는 기사를 접하고 리영희 선생이 쓴 「당산 시민을 위한 애도사」라는 짧은 글이었는데, 탕산지진에 대한 깊은 인상을 심어주었다. 1976년 7월 탕산에서 지진이 일어났고, 그해 12월 미국 뉴욕에서는 12시간 동안 정전사태가 발생했다. 그 글은 그렇게 재난을 당한 두 도시 사람들의 모습을 극명하게 대비시켰다. 탕산사람들은 대규모 지진이 일어났지만 조그만 난동도 없이 질서정연했고 이웃을 돕는 희생정신을 발휘하는 아름다운 공동체의 모습을 보여주었다. 당시 탕산을 목격한 주중 일본대사가 "땅은 흔들리고, 건물은 계속 허물어졌다. 모든 사람이 자기를 희생하고 남을 위해, 전체를 위해 행동했다. 나는 너무나도 큰 충격과 감동에 말없이 숙연하게 서 있을 뿐이었다"고 술회한 그대로였다.

그런데 지진에 비하면 아무것도 아니라고 할 수 있을 12시간 정전이 일어난 뉴욕은 정반대였다. 백화점과 상가가 약탈당하고, 살인과 강간, 방화, 파괴, 난동이 잇따랐다. 그야말로 공포의 밤이었다. 그날 밤 뉴욕 경찰은 범죄를 저지른 3만 7천여명을 체포했다. 리영희 선생은 두 도시에서 일어난 상황을 대비시키면서 이렇게 썼다. "부자나라의 시민들은 남의 것을 빼앗고 강간했다. 세계에서 어쩌면 제일 가난한 사회의 탕산 시민들은 자기 것을 버리면서 이웃을 도왔다. 그것은 너무나도 엄청난 인간행동의 질적 차이였다."

탕산지진 당시 충격으로 멈춰버린 시계.

탕산에 대한 인상이 깊이 새겨진 것은 그때였다. 중국 기록이 아닌 다른 나라 목격자들의 증언을 보더라도, 지진 피해를 입은 탕산에서 리영희 선생이 글에서 소개한 것과 같은 감동적인 모습이 연출되었던 것은 분명하다. 그리고 일시적 정전 때 보여준 뉴욕의 혼란도 과장이 아니라 여실한 사실이라는 것도 인터넷 검색으로 쉽게 확인할 수 있다. 그래서 두 도시의 사람들을 미국과 중국 사회를 상징하는 것으로 대비시키는 것도 무리는 아니다.

하지만 뉴욕과 탕산을 자본주의 부자나라와 사회주의 가난한 나라의 은유로 상정하고, 재난에서 보여준 사람들의 행동을 통해 두 체제 속 인간의 우열관계를 곧바로 대비하는 것은 분명 문제가 있다. 그런데 리영희 선생의 그 글을 처음 읽었을 때, 그 대비가 너무도 강렬하고도 자연스럽게 와닿았다. 아마도 환(幻)이 실(實)보다 앞서 달려서 그랬으리라. 미국과 한국의 현실에 대한 불만이 중국의 모습을 환상적으로 상상하게 만든 것이다. 마음이, 관념이 현실의 중국을 제쳐두고 저 혼자 달려간 때문에 그랬으리라. 미국과 한국의 어두운 현실 반대편에 중국이 놓였고 그런 만큼 중국은 부풀려지고 환상이 되었다. 그러한 중국 상상은 분명 기형이고, 이제는 극복해야 할 역사적 유제다.

그런데 당시 한국의 지식인 사회, 청년들 사회에서 그런 기형의 중국 상상이 왜 생겼던 것일까. 개인의 책임도 있지만 그보다는 당시 한국의 현실 탓이 더 크다. 당시 한국 현실의 문맥에서 현대 중국에 대한 상상은 숨막히고 탈출구 없는 한국 현실에 대한 저항의 한 형식이었다. 그러기에 그러한 환상적인 중국 상상이 들불처럼 젊은이들에게 번진 것 아니겠는가. 나에게 탕산은 실(實)인지 환(幻)인지 곰곰이 따져보기도 전에 깊이 들어온 현대 중국의 상징이다.

황제인 마오쩌둥이 탕산사람을 데려갔다

탕산에 가면 아무래도 제일 먼저 탕산지진 관련 기념물들을 찾기 마련이다. 탕산 시내 한복판에 '항진(抗震) 기념탑'이 우뚝 서 있다. 기념탑 바로 옆에는 '항진 기념관'이 있다. 재미있는 것은 이 기념관은 지진으로 인해 얼마나 피해를 입었는지를 기록하고 보여주기보다는 중국인이 얼마나 일치단결하여 초인적인 의지로 지진에 대항했는가에 촛점을 맞추고 있다는 것이다. 이름 그대로 지진에 대항했던 것을 기념하는 곳이다.

탕산 대지진은 1976년 7월 28일 새벽 3시 42분에 일어났다. 진도 7.8의 강진이었다. 당시 사진을 보면 제대로 서 있는 건물이 하나도

탕산 항진 기념탑. 지진에 맞선 중국인을 기리는 탑이다.

없다. 철거하기 위해 일부러 폭파한 것처럼 온도시가 폐허로 변했다. 중국 기록에 따르면 24만 2천명이 죽고, 16만 5천명이 부상을 당했다. 당시 서방세계에서는 사망자를 80만명가량으로 추정하기도 했다. 당시 탕산 인구가 약 100만이었으니까 거의 전멸하다시피 한 셈이다.

1976년은 중국에 있어 지진의 해였다. 지진은 탕산만이 아니라 역사에도 일어났다. 한 시대의 지반이 갈라져 내려앉은 것이다. 그해 1월, 중국인의 영원한 총리 저우언라이(周恩來)가 세상을 떠났다. 7월에는 홍군(紅軍)의 아버지 주더(朱德)가 죽었다. 한사람은 정치와 외교를 맡고, 한사람은 군대를 맡아 중국공산당을 승리로 이끌었다. 마오쩌둥의 왼팔과 오른팔이었다. 두 사람이 없었으면 공산 혁명의 승리도 마오쩌둥도 없었다. 그 두 사람이 세상을 떠난 뒤 탕산에 진도

장정을 끝낸 뒤의 저우언라이, 주더, 마오쩌둥
(왼쪽부터)

7.8의 대지진이 일어났고, 지진이 채 수습되기도 전인 9월 9일 마오쩌둥이 죽었다.

중국국민에게 마오의 죽음은 또하나의 지진이었다. 탕산지진은 마오의 죽음을 알리는 하늘의 계시이자 예진이었을까. 당시 중국인 사이에 이런 이야기가 떠돌았다. "이제 와서 보니 탕산지진이 괜히 난 것이 아니다. 황제 마오쩌둥이 세상을 떠나면서 탕산사람들을 데려간 것이고, 탕산지진은 마오쩌둥의 죽음을 알리는 전조였다." 중국인들은 용이 승천할 때 많은 사람을 데리고 간다고 여긴다. 중국에서 황제는 용이다. 많은 중국인들은 현대 중국의 황제 마오쩌둥이 하늘로 올라가면서 사람들을 데려가려고 일어난 사건이 탕산지진이라고 본 것이다. 마오쩌둥이 죽고 한달 뒤 마오의 부인 장칭(江淸) 등 문화대혁명을 이끈 이른바 '4인방'이 체포되었다. 이로써 마오쩌둥시대의 지반이 내려앉고 한 시대가 막을 내린 것이다. 그래서일까. 마오시대가 무너지는 해에 일어난 탕산지진은 그 수습 과정에서 마오시대의 빛과 그늘을 여실히 보여주면서 마오시대의 한 상징이 되었다.

'항진 기념관'에는 마오쩌둥 이름으로 중국공산당이 내려보낸 '13호 지시'가 전시되어 있다. 탕산 일대에 발생한 지진에 전국 당원과 군, 인민이 모두 긴급 복구에 나서라고 지시한 문건이다. 아마도 마오쩌둥이 중국 각급 기관과 인민에게 내린 최후의 지시였으리라. 기념

탕산 시내. 지진의 흔적은 찾아볼 수 없이 평온하다.

관에는 지진으로 형편없이 구겨진 철로 등 피해 사례를 보여주는 사진도 있지만, 대부분의 전시물은 당과 군, 인민이 하나가 되어 피해 복구 사업을 펼친 '위대한 인민 승리의 기록'이다. 그런 항진 승리의 기록 사진들을 전시한 전시관 위에 '사람은 결국 하늘을 이긴다'(人定勝天)라고 적혀 있다. 이른바 항진의 총화(總和)이자 항진의 교훈이라는 뜻이리라. 마오쩌둥은 사람의 힘, 사람의 의지를 믿었다. 지성이면 감천이라고 생각했다.

인간이 결국 하늘을 이긴다고 믿었던 마오쩌둥

마오는 『열자(列子)』에 나오는, 우리에게도 익숙한 '우공이산(愚公移山)' 이야기를 좋아했다. 옛날 한 마을에 아흔살 된 우공이 살고 있었는데, 우공 집 앞을 두 산이 가로막고 있어서 통행이 불편했다. 우공은 산을 옮기기로 작정하고 돌을 퍼서 날랐다. 주위에서 비웃었다. 그러자 우공이 말했다. 내가 못하면 나의 아들 손자들이 할 것이고, 나의 자손은 계속 대를 잇겠지만 산은 더이상 불어나지 않을 것이니 언제인가는 옮길 수 있을 것이라고. 결국 우 노인에게 감동한 옥황상제가 두 산을 옮겨주었다. 마오는 이 이야기를 자기 글에 자주 인용하면서 국민 교육용으로 사용했다. 우공의 정신을 본받자! 마오는 역사는 사람들의 의지에 달려 있어서 어려운 난관도 극복할 수 있고, 하늘은 그런 사람을 도와주기 마련이라고 생각한 것이다. 온갖 악조건을 무릅쓰고 세계사에 유례가 없는 2만 5천리 장정에 성공하고 마침내 중국대륙을 차지한 마오쩌둥으로서는 이렇게 생각하는 것도 무리가 아니다. 인간이 기필코 하늘을 이긴다고 믿은 마오쩌둥은 인간 중심주의자였고, 자력갱생의 신봉자였다.

마오의 이러한 생각은 그가 정권을 잡자마자 대규모 자연 개조 사업을 펼치는 사상적 밑바탕이 되었다. 벌거벗은 산에 대규모 식수사업을 벌이는가 하면 황하와 창강 유역에서 대규모 치수사업을 벌이기도 했다. 인간이 결국 하늘을 이긴다는 신념을 실현하는 자연 개조 작업에 적극 나선 것이다. '사람이 결국 하늘을 이긴다'는 마오의 생각은 전통적으로 하늘의 질서에 따르고 순응하는 것을 인간 삶의 기본 원리라고 생각하던 중국인들에게는 무척 낯설었다. 하지만 돌이켜보면 그 낯섦은 의외로 중국인들에게 신선하게 받아들여지기도 했다. 공산 혁명이 성공한 뒤 그토록 많은 중국인들이 자연 개조 작업에 흔쾌히 나섰던 것도 이 때문이었다.

옛부터 중국인들은 하늘의 질서에 순응하는 것을 삶의 절대 진리로

탕산지진 극복을 위한 정치학습에 나온 어린이들.

여겼다. 자연이 주는 재앙이든 정치로 인한 재난이든 모든 것을 그저 하늘의 뜻이라고 여기면서 순응할 뿐, 그것에 저항하거나 그것을 바꿀 생각을 하지 않았다. 황하가 범람하여 집을 잃고 농사를 망치는 자연재해에 시달리면서도, 더 나아가 위정자와 정치 때문에 초래된 인위적 재해에 고통을 당하면서도 이것이 다 하늘의 뜻이라고 여기면서 묵묵히 순응했다. 이런 생각에 익숙한 중국인들, 특히 중국 농민들에게 사람이 결국 하늘을 이기고 자연을 바꿀 수 있다는 마오의 메씨지는 그만큼 충격적이었고, '나도 운명을 바꿀 수 있다'는 희망과 용기를 주는 더없이 매력적인 설교였다. 이는 중국인들이 마오에게서 느끼는 영원한 매력 가운데 하나이기도 하다.

마오는 자신의 신념을 모든 중국인과 나누어가지려고 했다. 모든 중국인이 자신처럼, 중국인이 단결하여 노력하면 세계에서 가장 선진적인 나라를 만들 수 있다는 믿음, 사람은 노력하면 누구든 운명을 바꿀 수 있다는 믿음을 갖기를 원했고, 이를 중국인들에게 하나의 사상으로서 교육하려 했다. 탕산의 지진 복구 작업은 이런 마오쩌둥 정신을 교육하고 실천하는 과정이었고, 마오 정신의 마지막 교육장이자 체험장이었던 셈이다.

마오시대의 정오이자 황혼

탕산에 지진이 나고 사흘 뒤부터 마을별로 정치교육이 시작되었다. 당시 기록을 보면, 당 간부들이 상황을 설명하는 기자회견을 할 때마다 "지진은 곧 공산주의 교육이다"라는 말을 빼놓지 않았다. '지진이 쓸고 간 곳에서 우리는 혁명을 한다' '지진이 태산처럼 우리를 눌러도 우리는 허리를 굽히지 않을 것이다' '공산당은 끝까지 인민의 재산을 복구한다' '탕산의 재난을 보지 말고, 그 재난 위에 핀 붉은 꽃을 보라.' 지진으로 폐허가 된 탕산에는 이런 정치구호의 붉은 꽃이 만발하였다. 지진은 마오사상을 교육하는 교재였고, 탕산은 마오사상을 학습하는 교실이었다.

당시 중국정부는 미국 등 서방국가들의 거듭된 인도주의적 원조 제의를 모두 거절했다. 외국 구호팀에 스파이가 묻어 들어올지도 모른다는 우려 때문이었다. 사상교육이 차질을 빚을까 두려웠을 것이고, 이미 정치학습 교실이 된 재난 현장에 외국인의 진입을 허용해 공산주의 정치교육을 망치고 싶지 않았으리라. 당시 현장을 취재한 한 기자의 취재수첩에는 정치학습의 교실이 된 탕산의 사정이 이렇게 기록되어 있다.

"8월 3일 '항진 학교'라는 이름으로 학교가 다시 문을 열었다. 개학

식장에는 이런 구호들이 걸려 있었다. '지진을 이기기 위해 학교를 열고 재난 속에서 새로운 사람을 키워내자.' 200여명의 학생이 참석했고, 혁명적인 학부모 대표와 초등학교 홍위병 대표, 빈농 대표들이 연설을 했다. 다들 항진 학교의 개학은 마오주석의 혁명노선의 위대한 승리라고 말했고, 초등학교 홍위병들은 '우리는 적들의 파괴책동을 막는 데 각별히 노력하고 인민해방군을 도와 우리의 역할을 다하자'고 외쳤다."

탕산지진은 마오시대의 한 축도다. 이웃을 생각하는 순박한 사람들의 공동체 의식이 살아 있던 때가 마오시대였고, 폐허가 된 탕산을 정치학습의 장으로 둔갑시키는 과잉 정치화된 사회, 개인과 사회가 국가에 철저하게 조종되고 통제된 때가 또한 마오시대였다. 탕산의 두 모습이 그대로 마오시대 중국인들의 모습이었다. 탕산지진 복구 현장은 그런 마오시대의 정오이자 황혼이었다.

개발 광풍에 숨이 막히다

갈 길이 아득해 아침 일찍 눈을 떴다. 중국에 오면 늘 그렇듯이 콩국인 더우장(豆漿)에 죽 한그릇 그리고 속에 아무런 소가 들어 있지 않는 주먹만한 만터우(饅頭)로 아침으로 먹었다. 이렇게 아침을 먹을 때마다 우리나라에서도 싼값에 아침마다 콩국을 먹을 수 있었으면 싶다. 든든하게 먹었으니 이젠 택시비 흥정에 나설 차례다. 일단 중간 지점인 첸시(遷西)현까지 택시로 갈 작정이다. 탕산에서 첸시까지 약 80킬로미터. 1시간 30분쯤 걸릴 것이다. 택시를 잡고 흥정한 끝에 150

위안(약 1만 9,500원)에 가기로 했다.

　중국에서, 특히 관광지에서 가장 힘들고 싸증나는 것이 가격 홍정이다. 예전에 항저우에서 자전거 인력거를 타고 골목길을 돌아볼 때였다. 10위안에 가기로 했는데, 도착해서는 20위안을 내라는 것이다. 어떻게 된 거냐고 따졌더니 중간에 사진을 찍는다고 해서 한번 대기했으니 10위안을 더 내라는 것이었다. 아무리 따져도 당할 수가 없어서 결국 10위안을 더 얹어주고 말았다. 그 뒤로는 특히 관광지에서 인력거나 말, 택시를 탈 때는 중간에 쉬어도 되는지, 사람 수에 따라 요금이 다른지, 편도인지 왕복인지, 기다리는 시간까지 포함이 되었는지 등을 두번 세번 거듭 확인한다. 중국인들과의 거래, 특히 돈 거래를 할 때는 아무리 친구 사이라노 확실하고 철저하게 따지고 셈을 하는 것이 서로 오해도 없고 뒤끝도 없다. 우리에게는 꺼림칙하지만 중국인들에게는 자연스러운 일이다.

　원래 첸시까지만 탕산 택시로 가려던 것을 목적지까지 계속 타고 갔다. 운전사도 좋아 보이고 다시 또 홍정할 일이 귀찮았다. 목적지까지는 미터기 요금대로 가고, 탕산으로 돌아올 때는 100위안을 내는 조건이었다. 나중에 탕산에 돌아와 계산해보니 총 450위안(약 5만 8,500원)이 들었다. 이른 아침부터 저녁 6시까지 점심도 먹지 않고 꼬박 열한시간을 달린 것을 생각하면 싸게 다녀온 셈이다. 대중교통을 이용했으면 갈아타고 또 갈아타고, 아마 2박 3일은 족히 걸렸을 것이다.

　최종 목적지는 시펑커우(喜峰口)라는 곳이다. 그곳에 가면 물속에 잠긴 장성이 있고, 영화 「귀신이 온다」를 찍은 쎄트장이 있다. 어떻게 장성이 물에 잠겨 있을까. 얼른 보고 싶어 마음이 다급하다. 탕산에서부터 다섯시간을 내리 쉬지 않고 달렸다. 살면서 그처럼 많은 먼지와 매연을 뒤집어쓴 적도 없다. 일대가 온통 석탄과 철광석 광산지대다. 산에는 죄다 밤나무다. 이곳 밤은 철광석지대에서 자라서 달고 맛이 좋기로 유명하다. 우리나라에도 수입되는 조그만 단밤은 대부분 이곳에서 난 것들이다.

찻길 옆으로 철광석이 나뒹굴고 동네 수레들이 철광석을 싣고간다. 철광석 채취는 불법이다. 모든 철광은 국유재산이다. 끝없이 노천 철광이 이어진다. 중국은 철광석 매장량이 세계 3위다. 하지만 세계 1위의 철강 소비국이자 미국과 더불어 세계 최대 철강 수입국이다. 중국은 우리나라에서 철강을 가장 많이 사가고, 전세계 철강 생산의 23%를 소비한다. 최근 들어 중국의 자동차, 가전, 조선, 건설업이 활기를 띠면서 철강 수요가 급증해 세계적으로 철강 가격이 급등하는 원인이 되기도 했다.

인근 제련공장으로 철광석을 실어나르는 트럭들이 일으키는 시커먼 흙먼지를 대책없이 들이마셨다. 옷도 얼굴도 온통 새까맣다. 목이 칼칼해 침을 뱉으니 역시 까맣다. 따가운 목을 생수로 헹구는데 문득 공포스럽다. 대관절 이곳 사람들은 어떻게 이런 환경 속에서 살아가는 것일까. 이런 무지막지한 난개발의 끝은 어디인가?

항일 영화의 새로운 모델

'나는 몇 퍼센트 한국인인가?'라는 책을 본 적이 있는데, 이렇게 퍼센트를 따지면서 한국인의 순도를 측정한다고 할 때 빠질 수 없는 요소가 일본에 대한 불타는 적개심일 것이다. 이런 사정은 중국에서도 마찬가지다. 한국과 중국에서 일본에 대한 분노와 적개심은 국민이 되기 위한 필수조건이자, 국민과 비국민(혹은 2등국민)을 가르고 국민을 하나로 연결하는 핵심 고리다. 이런 측면에서 보자면, 한국과 중국 두 나라에서 '항일(抗日)'은 대외용이자 대내용이다.

마오쩌둥이 이끄는 중국공산당이 중국대륙을 차지하기 위해 장제스의 중국국민당과 경쟁할 때, 중국인들의 마음을 사로잡은 가장 중요한 요소 가운데 하나가 항일운동이었다. 중국국민당이 일본보다는 공산당 타도에 열을 올리고 있을 때 중국공산당이 벌인 항일운동은 중국인들이 중국공산당을 민족주의 세력으로 인식하는 데 큰 몫을 했다. 항일이 없었으면 중국공산당의 성공은 없었다고 해도 과언이 아니다. 사정이 이러하기에 중국에서 항일 관련 교육이나 상작물들은 일본의 잔악한 제국주의 침략 행위를 폭로하고 민족을 구한 반제국주의 민족주의 서사인 동시에, 중화민족을 위기에서 구한 것이 바로 중국공산당임을 부각시키는 이데올로기 선전이다. 중국공산당과 중국정부가 항일전쟁의 기억을 조직적으로 생산하고 공급하는 데 적극 나서는 것도 이런 정치적 이유에서다. 중국에는 '주선율(主旋律) 영화'와 '주선율 드라마'란 말이 있다. 우리로 치자면 한때 유행한 '새마을 드라마'처럼 정부와 당을 선전하는 정치선전 영화와 드라마를 말한다. 항일은 이들 영화와 드라마의 단골 레퍼토리다. 중국인들에게 사회주의 정당이자 민족을 위기에서 구한 구국의 정당으로서의 중국공산당의 이미지를 심어주는 데 이들 항일 관련 영화와 텔레비전 드라마들이 큰 역할을 한다.

이들 항일 영화와 드라마에는 천편일률적인 구도가 있다. 잔악한 일본인, 일본인의 만행에 분노하지만 저항의 수단을 찾지 못하는 중

국 민중, 부패하고 무능한 국민
당과 군인, 중국공산당의 개입과
지도로 승리하는 항일전쟁 등의
구도가 그렇다. 그런데 영화「귀
신이 온다」는 이 구도를 허물어
뜨린다. 틀에 박힌 중일전쟁의
서사에서 빗겨 서 있는 것이다.
영화에는 항일운동을 지도하는
중국공산당도, 항일 게릴라 부대
도 등장하지 않는다. 일본군에게
점령당한 마을 주민들은 일본에
대한 분노나 적개심이 없다. 마

「귀신이 온다」의 포스터. 영화는 항일 영화의 공식을
깨뜨린다.

을을 점령한 일본군과 아무일 없이 잘 지낸다. 항일전쟁에서 승리하
는 것도 아니다.

　그렇다고 친일 영화는 아니다. 영화에서 일본 제국주의의 침략은
민족과 국가의 재난이 아니라 마을의 재난, 외딴 농촌 공동체의 재난
이다. 기존 항일 영화와 다른 개성이다. 이 영화는 일제 침략으로 인
한 민족적·국가적 차원의 재난에 관한 영화가 아니라 허베이성 외딴
시골 마을에, 농사만 알고 사는 농촌 마을 사람들에게 일어난 재난에
관한 이야기다. 일본 제국주의가 중국을 침략하면서 벌어지는 중일전
쟁은 이 영화에서 국가의 재난이라기보다는 귀신들이 이 마을에 들어
와 촌락과 농민들의 삶을 송두리째 무너뜨려버리는 농촌 공동체의 재
난이다.

만리장성, 물에 잠기다

탕산을 떠난 지 다섯시간, 길은 양쪽으로 늘어선 산을 굽이굽이 돌며 이어진다. 어지간히 온 듯싶다. 택시기사도 길을 몰라 물어물어 가는데, 신기하게도 길을 물으면 지나가던 나이든 시골 할아버지조차도 영화 촬영지를 훤히 알고 있다. 이 일대 제일의 명소가 그곳이었다. 영화를 찍은 뒤 쎄트장은 이 영화의 감독이자 주인공인 장원의 이름을 따서 '장원 마을(姜文村)'로 불린다. 먼 산으로 장성이 보인다. 장성이 서쪽 종착지 산하이관(山海關)을 향해, 황해 바다를 향해 산을 오르내리고 있다.

차가 더는 나아갈 수 없는 곳, 길이 다한 곳까지 왔다. 조그만 마을을 지나자 물이 보이기 시작하고 길이 끊어졌다. 장성도 사라지고, 마을도 보이지 않는다. 제대로 찾아온 것인가? 길 아래로 호수처럼 물이 많다. 호수 쪽에서 웃통을 벗은 열살 남짓한 소년이 올라온다. 장성과 마을을 보기 위해서는 여기서 배를 타고 산모퉁이를 돌아가야 한단다. 30위안(약 3,900원)을 달란다. 또다시 흥정이다. 편도인지 왕복인지, 왕복 요금이면 마을과 장성을 둘러볼 동안 얼마나 기다려줄 수 있는지를 확인한 뒤, 결국 20위안에 1시간 구경하는 것으로 흥정을 끝냈다. 주위 형용을 보니 많지는 않아도 관광객들이 꾸준히 찾는 모양이었다.

나룻배를 타고 호수로 나아갔다. 고기잡이 발이 곳곳에 세워져 있다. 조용한 호수로 배가 나아가 삐져나온 산모퉁이를 돌자 파란 호수 한가운데 장성의 봉화대가 둥둥 떠 있다. 산등성이를 따라 굽이굽이

「귀신이 온다」의 촬영지인 장원 마을(위)과 물에 잠긴 장성(아래). 봉화대에 자란 풀이 마치 머리털 같다.

내닫던 장성이 물속으로 들어가 봉화대 끝만 떠 있다. 장성의 나머지 부분은 물 아래 잠겼다. 몸을 물에 담근 채 머리만 물 위로 내민 형상이다. 봉화대에 자란 풀들이 머리털 같다. 참으로 절경이다. 봉화대 통로로 물이 드나든다. 그 물의 드나듦에 장성의 벽돌들이 조금씩 침식되고 허물어져간다. 계곡 하류에 댐을 세워서 생긴 천하의 절경이다. 그런데 어쩌자고 여기에 댐을 만든 것일까. 장성이 잠길 줄을 몰랐을까. 물에 떠서 고개만 내민 저 장성이 얼마나 더 버틸 수 있을까.

장성은 우주에서 보이지 않는다

장성은 중화문명의 상징이자 중국 역사의 상징이다. 중국 역사는 장성을 쌓아간 역사라고 해도 지나치지 않다. 중국은 중원의 발달된 문명을 탐내는 북방 오랑캐를 막기 위해 끊임없이 장성을 쌓아야 했다. 진시황은 천하를 통일하고 제국을 건설한 뒤 장성을 쌓기 시작했나. 천하를 통일한 진시황이 장성을 쌓았다는 것은 역설적이다. 드넓은 자신의 영역이 어디까지인지를 확인하고 싶어서였을까. 아니면 영토가 넓어진 만큼 그것을 지켜야 한다는 압박감과 강박관념도 커진 것일까. 가진 게 많은 사람일수록 담장을 높이 치듯 진시황도 자기가 가진 좋은 것을 지켜야 한다는 강박관념이 없지 않았으리라. 중국은 넓은 영토를 지키기 위한 강박관념에 늘 시달려왔다. 예나 지금이나 중국인들이 느끼는 가장 큰 공포, 특히 역대 황제들의 가장 큰 두려움은 분열이었다. 나라가 여러개로 쪼개지고 분열하는 것에 대한 공포와 강박관념 때문에 늘 통일, 일통천하(一統天下)를 꿈꾼다. 그 넓은 땅을 연방제로 나누지도 않고 중앙집권의 형태로 끌고 가는 것은 정치적 배경과 더불어 이런 문화적 배경이 작용하고 있다고 해야 옳다. 장성은 외침을 막는 성벽이기보다는 중국인들의 그런 압박감과 강박관념의 문화적 상징이다.

장성이 우주에서 보일까? 2003년에 중국 최초의 유인 왕복 우주선이 비행을 마치고 돌아왔다. 기자회견장에서 한 기자가 비행사에게 "우주에서 장성을 보았는가?" 하고 물었다. 비행사는 "보지 못했다"고 답했다. 달에서 지구를 볼 때 인공 구조물 중 유일하게 보이는 것이 장성이라는 중국 교과서 내용을 수정해야 하는 순간이었다. 우주에서 보이든 보이지 않든 장성은 인간이 지구에 쌓은 가장 긴 인공 건축물이다. 장성은 진나라 때부터 명나라 때까지, 동쪽 고비사막의 자위관(嘉峪關)에서 동쪽 해안가 산하이관까지 쌓은 총 길이 5천킬로미터의 거대한 장벽이다. 한반도 남쪽 끝에서 북쪽 끝에 이르는 길이의 5배쯤 된다. 장성을 쌓기 시작할 당시, 진나라 인구가 2천만명이었다. 그중 노동이 가능한 남자 인구가 5백만명이었는데, 이중 절반이 넘는 300만명이 장성을 쌓는 데 동원되었다. 장성을 쌓는 동안 수많은 사람이 죽어나갔다. 그렇게 죽은 사람들의 시체마저 장성을 쌓는 데 사용될 정도로 장성에는 중국 민중의 피와 땀이 서려 있다.

장성에 서린 맹강녀의 한

중국의 4대 민간전설 가운데 하나인 「맹강녀(孟姜女) 이야기」가 중국 민중들 사이에서 회자된 것도 그런 사정 때문이다. 「맹강녀 이야기」는 장성에 동원되었다가 죽은 남편을 기리는 여인 이야기다. 맹강녀의 남편은 결혼한 지 사흘 만에 장성 쌓는 데 징발당한다. 맹강녀가 남편을 찾아나서는데 남편은 벌써 시체가 되어 장성에 파묻힌 뒤였다. 맹강녀가 얼마나 슬프게 울었던지 장성이 무너지고 거기서 남편의 시체가 나왔다. 맹강녀가 장성을 무너뜨렸다는 보고를 받은 진시황이 진노한다. 하지만 진시황은 잡혀온 맹강녀의 출중한 미모를 보고는 생각이 달라져 후궁으로 삼으려 한다. 맹강녀가 세가지 조건을 내건다. 남편 무덤을 만들고 정중하게 장례를 치를 것, 그런 뒤 절을 할 것, 자신과 함께 사흘 동안 바다에서 놀 것. 진시황은 앞의 두가지 약속을 지킨다. 자기의 뜻이 이루어진 것을 확인한 맹강녀는 진시황이 세번째 약속을 이행하기 위해 찾은 바다에서 자살한다. 그후 맹강녀가 은어로 변했다는 설도 있고, 모기 같은 벌레로 변해 진시황을 물어서 죽게 했다는 설도 있다. 만리장성을 쌓는 것이 당시 민중에게 얼마나 큰 고통을 주었는지, 당시 민중들이 진시황을 어떻게 바라보았는지를 잘 보여주는 민간전설이다. 중국에 가서 장성에 올라설 때면 그 위대함에 감탄하기에 앞서 벽돌 하나하나에 깃들인 중국 민중의 희생을 떠올릴 일이다.

위대하고도 저주스러운 장성이여!

북방 오랑캐의 침입을 막기 위해서 장성을 세웠다고 하지만, 장성이 외침을 막은 적은 별로 없다. 칭기즈 칸이 "성벽의 힘은 성벽이 아니라 성벽을 방어하는 병사들의 용기에 달려 있다"고 했다지만, 몽골족에게도 여진족에게도, 남하하는 북쪽 오랑캐들에게 장성은 전혀 힘을 쓰지 못했다. 그래서 중국 작가 루쉰은 "많은 인부들이 이 장성 때문에 고역에 시달리다 죽기만 했지, 장성 덕분에 오랑캐를 물리쳐본 적은 없다"면서 "위대하고도 저주스러운 장성"이라고 한 것이리라.

영화 「귀신이 온다」에서도 장성은 오랑캐를 막지 못한다. 반대로 장성을 통해서 마을에 일본 귀신들이 들어온다. 전쟁중에는 일본 귀신이, 전쟁이 끝난 뒤에는 중국 정부군과 연합군인 미군이 장성을 통해 들어온다. 아편전쟁이 일어나고 외국인이 몰려들자 중국인은 외국인에게 '귀신 귀(鬼)'자를 붙여서 불렀다. 처음 영국인이 광둥에 장사를 하러 왔을 때 밤에도 쉬지 않고 바쁘게 일하며 돌아다녔다고 한다. 해가 뜨면 일어나 일하고 해가 지면 잠을 자는 농사짓는 사람들 눈에 기이하게 보였다. 그래서 광둥사람들은 영국 사람을 '귀신(鬼子)'이라고 불렀다. 지금도 중국에서 심야에 열리는 시장을 '귀신 시장(鬼市)'이라고 부르는 것은 이런 맥락에서다. 이런 귀신이라는 뜻이 점차 '서양귀신(洋鬼子)' '일본귀신(日本鬼子)' 같은 형태로 쓰이면서 '귀신'이 오랑캐를 뜻하는 말로 바뀌었다. 영화 제목에서 '귀신'은 우선은 일본인이다. 그런데 마을에 출현한 귀신은 일본인뿐일까? 영화에서 일본인은 어떤 귀신인가?

"사람이 어떻게 사람을 죽여?"

물에 둥둥 떠 있는 장성을 옆으로 스쳐지나자 산기슭에 조그만 마을이 참으로 순하고 조용하게 계곡 사이에 들어 있다. 영화의 무대가 된 곳으로 장성이 마을의 병풍처럼 놓여 있다. 투명한 햇살, 초록빛 뒷산, 허물어진 장성, 마을 앞에 마당처럼 깔린 파란 호수가 그대로 그림 한폭이다. 영화 촬영을 위해 지은 쎄트라지만 방금 전까지 사람들이 살던 곳 같다. 인적 드문 골목에 잡초가 웃자란 것만 빼고는 영화에서 본 광경 그대로다.

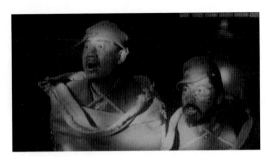
영화는 두 사내가 마을에 들어오면서 시작된다.

입장료 10위안을 냈다. 영화가 유명해지고 이곳을 찾는 사람이 늘면서 인근 마을 사람들이 쎄트장을 관리한다. 옥수수를 파는 할머니가 따라온다. 그러면서 이곳저곳을 설명한다. 이렇게 나이든 시골 할머니도 「귀신이 온다」를 본 것일까. 송구스럽게도 어쩔 수 없는 호기심 때문에 영화를 보았느냐고 물었다. 그랬더니 대답 왈, 보지 않았단다. 설명을 들은 값으로 옥수수 4개를 10위안 주고 샀다. 탕산에서 5시간을 쉬지 않고 달려오느라 점심도 먹지 못한 차였다.

영화는 농촌 마을에 사는 주인공 마다산(馬大山)의 집에 갑자기 낯선 사내가 들이닥쳐 포대 두개를 던지는 것으로 시작된다. 사내는 권총으로 위협하면서 섣달 그믐날 찾으러 올 테니 그때까지 자루를 잘 보관하라고 말하고는 사라져버린다. 두개의 포대 안에는 각각 일본 군인과 그의 중국인 통역이 들어 있었다. 물론 그 포대가 던져지기 이전에 일본군은 벌써 마을에 들어와 있었다. 하지만 그들이 마을에 큰 위협이 된 것은 아니고, 마을이 중일전쟁에 휩싸인 것도 아니었다. 그런데 두개의 포대가 들어오면서 마을은 이제 중일전쟁의 회오리에 빠져든다. 마을을 송두리째 집어삼키고 마는 귀신이 마을에 찾아온 것이다.

마다산과 그의 여인은 사내가 찾으러 올 때까지 두 사람에게 밥을 해먹이며 잘 보관하려고 애를 쓴다. 그런데 사내는 약속한 날짜가 지나도록 찾으러 오지 않는다. 마다산은 결국 마을 사람들에게 이 일을 알리고 마을 사람들 모두 전전긍긍한다. 마을을 점령한 일본군에게 알리자니 자루를 맡긴 사내가 돌아오면 큰일 날 것만 같고, 감추고 있자니 일본군에게 발각되면 큰일이다. 다행히 일본군에게 발각될 고비를 넘기면서 6개월을 데리고 있게 된다.

중국 항일 영화의 전형적 패턴으로 보자면 마을 사람들은 일본군에 불타는 적개심을 가지고 있어야 하고, 일본군 하나야와 그 앞잡이 통역관을 벌써 살해했어야 한다. 그런데 이 마을 사람들은 그렇게 하지 못한다. 마을의 안전이 위태로우니 살해하자고 의견을 모으지만, 마다산은 결국 죽이지 못하고 장성에 숨겨놓고 온다. 그는 왜 적군인 일본인을 죽이지 못했는가? 마다산은 이렇게 대답한다.

"사람이 어떻게 사람을 죽여? 마누라 뱃속에 아이가 있는데 어떻게 내가 사람을 죽여?"

주인공 마다산에게 일본 군인 하나야는 일본인이기 이전에 사람이다. 이 '사람의 기준'은 마을 사람들이 일본 군인을 심문하는 과정에서 '농민의 기준'으로 한걸음 더 나아간다. 일본 군인이 원래는 농민이었다는 것이 밝혀지기 때문이다. 일본 군인 하나야가 자신들과 같은 농민이라는 것을 확인하는 순간 마을 사람들의 경계심은 한결 풀어진다. 하나야는 이제 일본 제국의 군인인 동시에 농민이다. 이때, 하나야가 제안을 한다. 자신을 풀어주면 일본 군대에 돌아가 양식을 주겠다는 것이다. 먹을것이 부족한 마을 사람들은 하나야의 제안을 선뜻 반기고, 약속 내용을 문서로 만들어 정식 '계약'을 체결한다. 침략자 일본인과 피해자 중국인이라는 국가의 기준, 국민의 기준이 아니라 사람과 사람, 나아가 농민과 농민의 기준으로 계약을 맺고 약속을 한 것이다.

항일전쟁에 대한 농민의 기억

이 영화를 본 많은 중국인은 이런 내용이 불만이었다. 중국 농민이 얼마나 어리석은지를 보여주는 대목이라고 생각한 것이다. 마을 사람들이 루쉰 소설 「아큐정전」의 주인공 아큐를 닮았다고 생각하였다. 하지만 영화에서는 마을에 들어온 일본군이 나쁜 짓을 한 것도 아니고, 하나야는 중국인의 살가죽을 벗기거나 여자를 겁탈한 것도 아니어서 침략한 일본군은 무조건 사살해야 한다는 항일 민족주의 관념 자체가 이들 농민들에게는 없다. 영화에서 마을 사람들은 일본의 침략을 당해 국토와 국민들이 유린당하고 있는 중국 국민의 입장에서 하나야를 대하는 것이 아니라 농민의 입장, 농민들의 생존 논리에 따라 대한다. 그래서 곡식과 맞바꾸기로 한 것이다. 그들은 일본에 대해 분노와 적대감을 갖는 중국 국민이기에 앞서 하루하루 생계를 이어가는 것이 다급한 농민이다. 영화에서 양식과 일본 군인을 맞바꾸기로 한 결정은 농민들의 삶의 논리이지 중국 국민의 논리는 아니다.

문제는 이러한 농민의 논리가 항전을 정체성과 정통성의 기반으로 삼는 중국정부와 중공당의 일제점령기 역사 기억과 배치된다는 것이다. 물론 중국의 정치선전 드라마나 영화에서 공산당 주도 아래 인민들이 일치 항전하여 승리하는 서사가 전적으로 역사에 대한 왜곡인 것은 아니다. 중국공산당이 중국 민중을 조직하여 항일 선봉에 섰던 것은 분명한 역사적 사실이다. 하지만 문제는 어떤 특정한 부분만 도드라지게 기억하고 어떤 부분들은 배제한다는 데 있다. 국가가 역사를 기억하는 주체가 되어, 그것도 유일한 기억의 주체로서 기억을 관리하고 통제할 때, 역사에 대한 국가의 기억은 정치적이고 억압적이다. 중국정부가 난징 대학살을 교과서에서조차 다루지 않고 연구도 하지 않다가 1982년에 일본 역사 교과서 파동을 겪으면서 비로소 관심을 갖기 시작한 것도 국가가 일본 제국주의시대에 대한 기억을 통제하고 관리한 때문이다. 일제시기에 중국인들이 당한 치욕과 굴욕을 드러내기보다는, 공산당 주도 아래 중국 민중들의 항쟁과 승리 등 영광스러운 역사를 강조하는 차원에서 역사에 대한 기억을 관리하고 통제해온 것이다.

이런 맥락에서 보면, 영화 「귀신이 온다」에 담긴 일본 점령기 역사에 대한 기억은 소중하다. 국가의 기억이 아니라 민간의 기억, 소수자의 기억, 농민의 기억을 담고 있기 때문이다. 그 기억은 항일의 기억, 승리의 기억이라기보다는 피해와 패전의 기억이고, 어찌보면 무지와 몽매의 기억이다. 이 기억은 주류 이데올로기가 된 국가의 항일 기억과 다르다. 이 영화가 중국과 중국인들에게 불편한 것은 이 때문이다. 항일전쟁에 관한 국가의 기억, 국민적 기억에 균열을 냈기 때문이다. 그래서 중국정부는 일부 장면이 불온하다면서 삭제를 요구했으리라. 제작진이 정부의 요구에 응하지 않자 결국 영화는 중국에서 공개상영되지 못했다. 한동안 DVD 판매도 금지됐고, 감독 장원은 7년 동안 영화제작 금지처분을 받았다가 2007년에야 비로소 감독의 신분을 회복했다.

일본 국민의 논리에 배반당하다

한국인이 장성을 보러 가장 많이 찾는 곳은 베이징 인근의 바다링(八達嶺)이다. 케이블카가 설치되어 편하게 장성을 볼 수 있다. 하지만 관광객들이 너무 많고 재미도 없다. 차라리 베이징 인근의 쓰마타이(司馬臺)나 진산링(金山嶺)으로 가는 것이 낫다. 바다링 장성이 박제된 전시용이라면 이들 두곳은 그보다는 좀더 야생의 장성을 느낄 수 있는 곳이다. 장성 트레킹도 할 수 있다. 그러나 그곳의 장성도 이곳 「귀신이 온다」 촬영지에 있는 장성에는 비할 바가 아니다. 마을을 관통해 올라가니 병풍처럼 마을을 둘러치고 있는 장성이다. 이미 허물어지고, 어떤 곳은 금방 허물어질 것 같은 장성 위를 조심스럽게 걷는 기분이 남다르다. 그야말로 장성의 아우라가 느껴진다. 산 위에서 호수 속으로 자진해 들어가는 장성, 그리고 물에 둥둥 떠 있는 봉화대와 호수, 그리고 마을이 어우러진 경치가 순하고 고요하면서도 아름답다.

일본 군인과 곡식을 교환하기로 계약을 체결한 마을 사람들은 일본 군인 하나야를 넘겨주러 장성을 통과해 일본 병영에 간다. 그런데 뜻밖에도 일본군 장교는 원래 계약했던 것보다 더 많은 양식을 내놓으며 직접 마을까지 실어다주고 잔치까지 열어준다. 일본군과 마을 사람들이 한데 어울려 신나게 파티를 한다. 이미 일본 천황이 항복한 뒤지만, 마을 사람들은 그 사실을 알지 못한다.

마을 사람들과 일본 군인들이 모두 취하고 즐겁게 노래 부르고 노는 순간, 극적인 반전이 일어난다. 한창 흥이 났는데 일본군 장교 하

일본군 장교가 하나야를 비판하면서 극적인 반전이 일어난다.

나가, 전쟁에서 죽어야 할 일본 제국의 군인이 중국 농민에게 잡혀 여섯 달을 지냈으니 하나야는 일본 제국군의 명예를 실추시킨 쓰레기라고 말한다. 그러면서 하나야를 이 마을에 데려온 자가 누구냐고 묻는다. 그때 마을 사람이 나서서 그게 중요한 것이 아니라 하나야가 어쨌거나 살아왔으면 되지 않느냐고 말한다. 그 마을 남자에게 일본군 장교는 마다산의 행방을 묻는다. 혹시 하나야를 마을에 데려온 그 사람들을 부르러 간 것이 아닌가 하고 의심하는 것이다. 술에 취한 마을 남자가 당신 겁먹고 있는 것 아니냐고 농담을 하는 순간 하나야가 일본도로 그 남자를 죽인다. 마을 사람들과 같이 있을 때는 농민이었던 하나야는 다시 일본 군영으로 돌아간 순간 일본 제국의 군인이 되어 마을 사람들에게 일본 국민, 일본 군인의 논리로 화답했다. 그 살인이 신호탄이 되어 일본군은 마을 사람들을 참혹하게 몰살한다. 하나야도 일본군도 결국은 제국의 군인이었고 일본 국민이었다. 일본 제국 군인의 눈으로, 제국 군인의 자존심으로 보자면 마을 사람들은 무지렁이고 파리 목숨이다. 일본 제국 군인들과 시골 농민들 사이에서 양식을 매개로 맺은 화해는 깨지고, 농민들은 죽고 마을은 파괴된다.

　그래도 유일하게 살아남은 사람이 있었다. 영화의 주인공 마다산이다. 양식을 실은 수레를 끌고 마을로 오다가 한몫이라도 더 분배를 받으려고 해산하러 친정에 있는 아내를 데리러 간 덕분이었다. 살인극이 끝난 뒤 일본군이 들어왔던 장성을 통해 이번에는 중국 정부군(국민당군)과 미군이 들어온다. 그들은 자동차를 타고 매우 위압적인 자세로 확성기에 대고 시골 주민을 호령한다. 하나야를 포함하여 일본 군인들은 포로수용소에 갇혀 있다.

마을 사람들이 몰살당했다는 것을 안 마다산이 포로수용소에 도끼를 들고 쳐들어간다. 배은망덕한 일본 군인을 죽이기 위해서다. 하지만 마다산은 중국 정부군에 붙잡힌다. 중국 정부군이 나서서 대신 복수를 해주는가 싶었는데, 그게 아니다. 중국 정부군은 "중국정부는 포츠담선언에 따라 포로를 대우할 것"이라면서 마다산을 포로를 살해하려고 한 죄로 처형장에 세운다. 중국 정부군 장교가 포로인 일본군 장교에게 하나야를 처형하라고 하자 그 일본 장교는 다시 하나야에게 마다산의 목을 베라고 한다. 하나야가 칼로 마다산의 목을 벤다. 농민에게 잡혀 일본군의 명예를 실추시켰다고 비난받았던 하나야는 이제 중국 농민의 목을 베었다. 하여 하나야는 일본 제국 군인으로서의 명예를 회복한 것일까.

마지막 장면. 몸통에서 떨어져나간 머리가 눈을 세번 끔벅이다가 입가에 살짝 미소를 짓더니 편안하게 눈을 감는다. 영화에서 유명한 망나니가 말한 바 있다. 자기 목이 떨어지는지도 모르게 잘려나가면 머리가 아홉번 구르고 눈을 세번 깜빡이다가 한쪽 입에는 미소를 짓는다고. 죽음에 감사하는 미소를 그렇게 짓는다는 것이다. 마다산의 미소가 그런 것일까. 그는 죽음에 감사하는 것일까? 그의 마지막 표정은 세상이 원래 이런 것이라는 것을 이제 안 사람, 그래서 세상에 아무런 미련이 없는 사람의 표정 같기도 하고, 달관이나 체념의 경지에 들어선 사람의 편안한 표정 같기도 하다. 그런 뒤 흑백이던 영화는 컬러로 바뀐다. 마다산도 죽이고 마을 사람도 몰살시킨 세상이 컬러로 열린다. 그리고 영화는 끝난다.

중국 농민은 누구인가

마을 사람들은 모두 죽었다. 농민들은 모두 죽었다. 영화에서 마을 사람들은 중국 국민이이라기보다는 농민이었다. 중국 소설가 까오샤오성(高曉聲)은 한 소설에서 중국 농민의 특징을 이렇게 열거한 적이 있다. "손을 잘 쓰지만 입을 잘 쓰지 못하는 사람들, 노동은 잘하지만 사색은 못하는 사람들, 손해를 볼 정도로 순진하지만 따질 줄 모르는 사람들, 단순해서 사기를 당해도 그것을 느끼지 못하는 사람들, 초인적인 인내력으로 고난을 견디면서도 즐거움을 추구할 줄 모르는 사람들, 시종 두개의 믿음, 즉 어떤 힘든 조건에서도 자기 노동력으로 살아갈 수 있다는 믿음과 공산당이 자신들의 생활을 개선해줄 것이라는 믿음을 굳게 지니고 있는 사람들."

영화에 나오는 마을 사람들은 이런 중국 농민의 전형이다. 단순하고 순진하고 어리석다. 그래서 단순한 기준으로 복잡한 현실을 파악한다. 농민의 어리석음이자 지혜다. 영화 속 농민들에게 중요한 것은 먹고사는 것이다. 그냥 사는 것이다. 일본 제국 군인들이나 중국 정부군처럼 국가에 자신을 걸고 사는 것이 아니라 식량의 논리, 먹고사는 논리로 산다. 영화 속 농민들은 그런 농민들이다. 전형적인 중국 농민이다. 그런 농민들이 왜 몰살되었는가? 귀신이 마을에 온 뒤 마을은 해체되었다. 귀신 때문에 마을 사람들이 몰살당했다. 그런데 그 귀신은 대관절 무엇인가? 일본제국의 포악한 군인인가? 전쟁의 광포함인가? 아니면 전쟁에서 으레 발현되기 마련인 인간의 악마적 본성인가? 그것도 아니면 일제 침략이 계기가 되어 시골 마을까지 들어와 농민들의 삶의 논리를 짓밟아버리는 국가주의 논리인가? 시골 사람들의 삶을 앗아가고 마을을 파괴한 귀신은 이중 어느 하나가 아니라 이 모든 것일지 모른다. 일본 제국주의의 침략으로 일어난 전쟁은 그 귀신을 이 시골 마을에 끌고 들어왔다. 그리고 농민들은 죽고 농촌 마을은 사라졌다. 이 영화가 단순한 항일 영화를 넘어서는 명작이 되고, 2000년 깐느 영화제에서 심사위원 대상을 수상한 것은 한 외딴 농촌 마을의 순박한 사람들의 삶을 앗아간 귀신에 대한 이런 풍성한 질문들을 담고 있어서가 아니겠는가.

12
난징
南京

중국은 하나가 될 수 있을까

송 가 황 조

宋 家 黃 朝

● 송가황조 宋家黄朝, 1997
　　장완팅 張婉停 감독
　　양쯔충 楊紫瓊 · 장만위 張蔓玉 · 우쥔메이 鄔君梅 주연

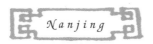

초라해진 난징의 역사

개인적인 선입견 탓일까. 난징에 들어서면 왠지 시간은 느리게 흐르고, 도시를 감싼 공기는 무겁게 느껴진다. 중국인들 중에도 '중국에서 가장 우울한 도시'로 난징을 꼽는 이가 있는 것을 보면 나만의 선입견은 아닌 모양이다. 그 유명한 난징학살(1937)이 남긴 음산한 기운 때문인가, 아니면 난징 도처에 폐허가 된 채 널려 있는 역대 왕조의 유적 때문인가.

당연한 이야기겠지만 역사가 오랜 중국에는 고도(古都)가 많다. 왕도의 존속 기간을 기준으로 시안, 즉 창안이 가장 오래된 도시고, 베이징, 러우양, 난징 순이다. 이들 도시가 4대 고도다. 여기에 카이펑(開封)을 추가하면 5대 고도가 되고, 항저우까지 포함하면 6대 고도

난징 학살의 희생자 숫자가 새겨진 유적지의 벽면.

가 된다. 1980년대 들어 일부 지리학자들이 7대 고도를 주장했는데, 이 경우 은나라 도읍지 은허가 있는 안양(安陽)을 넣는다.

중국에서는 천자가 있는 곳을 경(京)이라고 했는데 남쪽의 도읍이라는 뜻의 이름에서도 짐작되듯 난징은 2,500년의 긴 역사를 자랑하는 도시다. 동오(東吳)에서부터 시작해 동진, 남조, 남당의 수도였고, 주원장(朱元璋)이 몽골족의 원나라를 무너뜨리고 명나라를 세웠을 때도 그 수도였다(후에 명나라는 수도를 베이징으로 옮긴다). 근대에 들어서는 청나라가 무너지는 데 결정적인 타격을 가한 홍수전(洪秀全)의 농민 반란군이 세운 태평천국의 수도였고, 아시아 최초로 근대 민주공화정의 기원을 연 쑨원의 중화민국 수도도 난징이었다. 군벌을 타도하고 통일 국민국가를 세운 1928년에는 중국 유일의 수도는 난징이라고 하여, 베이징의 이름에서 천자가 있는 곳이라는 뜻의 징(京)을 빼서 '베이핑(北平)'으로 고쳐부르기도 했다. 난징의 지위가 가장 높았던 때다. 하지만 국민정부가 타이완으로 물러난 뒤 수도는 다시 베이징 차지가 되고, 베이핑은 베이징이라는 이름을 회복했다. 난징은 역대로 10개 왕조, 혹은 국가의 수도였다.

물론 도시의 명칭은 그때마다 바뀌었다. 삼국시대에는 건업(建業)이라 불렸고, 명나라가 베이징으로 천도한 뒤에는 남도(南都)로, 태평천국 시기에는 천경(天京)으로 불렸다. 사실 난징은 지금도 수도이긴 하다. 타이완에 있는 국민당에게 난징은 여전히 수도다. 타이완 국민당은 공산당에 져서 대륙을 내주고 타이완으로 후퇴했지만, 그렇다고 대륙의 영토를 포기한 것은 아니다. 대한민국의 영토가 북한을 포함하듯이, 국민당에게 중화민국의 영토는 타이완 섬만이 아니라 대륙을 포함한다. 그들에게 대륙 본토는 언젠가는 돌아가 되찾아야 할 땅이며, 타이베이는 임시 수도이고 난징이 정식 수도인 것이다.

난징의 과거는 찬란하지만 현재는 그렇지가 않다. 난징을 수도로 정한 국민당의 중화민국이 공산당에 패해 타이완으로 간 뒤 수도로서 난징의 역사는 끝났다. 하지만 수도의 지위를 베이징에 넘겨줘 난징이 초라해진 것은 아니다. 난징이 이렇게 된 것은 베이징 때문이 아니라 상하이 때문이다. 난징은 이제 더이상 상하이의 경쟁상대가 아니다. 난징의 대표적인 거리인 푸즈먀오(夫子廟)에는 옛날 과거시험장인 공원(貢院)이 있다. 당시 과거시험이 어떻게 치러졌는지 엿볼 수 있는 곳이다. 과거를 치를 정도로 난징은 베이징과 견주는 도시였다. 100여 년 전 상하이는 작은 어촌이었지만 난징은 이미 중국 강남의 중심이었다. 그런데 강남지역의 정치·경제·문화 중심으로서 난징의 지위는 100여년 사이에 상하이로 완전히 넘어가고 말았다.

요즘은 더욱 말이 아니다. 난징은 분명 장쑤(江蘇)성의 성도(省都)다. 장쑤성 남부에는 유명한 쑤저우가 있고, 우시(無錫)가 있다. 둘 다 난징 주위의 소도시들이다. 그런데 이 도시들이 최근 들어 세계 최대

자동차 부품업체인 보쉬(BOSCH)와 한국 하이닉스 반도체의 공장을 유치하며 자동차, 반도체를 중심으로 비약적인 발전을 하고 있다. 지리적으로는 분명 장쑤성에 속하지만, 경제적으로는 상하이권으로 편입되어가고 있다. 그런 가운데 경제규모나 도시발전 면에서 난징을 위협한다. 가난한 가장이 식솔을 잃듯, 쑤저우와 우시가 난징을 버리고 인근 상하이의 경제권으로 편입되면서 난징은 그 외곽에 외로이 떨어져 있는 형국이다. 물론 난징의 번화가 신제커우(新街口) 일대에 세련된 고층건물들이 속속 들어서고 있지만, 중국의 다른 도시들에 비해 활력이 떨어진다. 태평천국의 몰락과 국민당정부의 파탄, 일제에 의한 대학살 등 난징이 겪은 근대의 어두운 역사가 활력을 앗아가 버린 것일까.

다른 곳과 달리 난징 여행은 죽은 자들을 기리거나 죽은 자들이 묻힌 곳을 돌아보는 것으로 시작된다. 몽골족이 세운 원나라를 무너뜨리고 한족의 나라인 명나라를 세운 주원장의 무덤 효릉(孝陵)과 아시아 최초의 공화제정부 중화민국을 세운 쑨원이 잠들어 있는 중산릉(中山陵)을 둘러보고, 난징대학살 기념관을 관람하는 것이 그렇다. 난징을 방문하는 여행객이라면 누구나 그러한데, 난징의 역사가 거기에 있어서다.

국부 쑨원이 누워 있는 중산릉

효릉과 중산릉은 난징을 상징하는 명산 쯔진산(紫金山)에 있다. 효릉은 명나라 개국 황제의 무덤이니 규모가 클 수밖에 없을 터인데도,

중산릉 입구. 국부로 추앙받는 쑨원이 잠든 곳이다.

중화민국이라는 근대 민주공화국의 초대 총통 쑨원의 중산릉이 더 웅장해 보인다. 중산릉은 '국부(國父)'이자 '현대 중국의 아버지'로 추앙받는 쑨원의 자취를 찾는 사람들로 늘 붐빈다. 2005년 4월에 렌잔(連戰)이 타이완 천도 후 국민당 총재로서는 처음으로 대륙을 방문했을 때, 가장 먼저 찾은 곳이 바로 난징 중산릉이다. 렌잔은 방명록에 날짜를 '중화민국 94년, 서기 2005년 4월 27일'이라고 적었다. 타이완에서 사용하는 연호를 쓴 것이다. 중화민국이 건재하다는 것을 쑨원에게 보고하려는 뜻이었을까. 렌잔이 방문하고 난 뒤 중산릉을 찾는 중국인이 더욱 늘었다.

중산릉 입구에 서면 그 규모에 압도당한다. '博愛(박애)'라는 금박 글씨가 적힌 큰 패방(牌坊)이 있는 광장에서 쑨원의 유체가 안치된 묘지까지 아스라하게 놓인 오르막 계단이 무려 392개다. 난징은 우한(武漢), 충칭(重慶)과 함께 중국에서 가장 더운 '3대 화로'로 불린다. 난징의 불같은 여름 땡볕 아래 392개 계단을 오르는 일은 여간 곤욕이 아니다.

숨을 헐떡이며 계단을 올라 '天下爲公'(세상은 모든 사람의 것이다)이라고 적힌 능문(陵門)과 비정(碑亭)을 지나 '민족, 민생, 민권'이라는 쑨원의 삼민주의가 적힌 제당에 들어서면 백옥으로 만든 쑨원의 좌상이 있다. 그 좌상을 돌아 들어가면 쑨원의 유해가 안치된 묘실이다. 묘실은 원형이다. 묘실 천장에는 푸른 하늘에 빛나는 태양을 상징하는 중화민국 국기 '청천백일기'가 새겨져 있다. 종 모양의 둥근 원으로 된 화강암 묘실의 한가운데 놓인 대리석 관에 쑨원의 유해가 안치되어 있다. 대리석 관이 깊이 5미터 아래에 있어서, '불경스럽게도' 내려다보아야 한다.

쑨원은 1866년에 태어나 1925년 3월 12일, 59세의 나이로 베이징에서 숨을 거두고, 베이징 시산(西山)에 묻혔다. 쑨원은 난징에 묻히기를 원했다. 자신이 평생 염원하던 중화민국이 세워지고, 자신이 (임시)총통을 지낸 곳이 바로 난징이다. 그래서 난징에 묻히면 혁명의 정신이 이어질 것이라 믿었다.

그의 바람대로 1929년 6월 1일, 쑨원은 난징에 묻힌다. 1926년 봄부터 시작된 무덤 조성 작업과 이장 작업을 총괄하면서 쑨원의 묘소를 황제의 능처럼 웅장하게 만든 이는 다름아닌 장제스다. 장제스는 쑨원의 묘를 왜 이렇게 거대하게 꾸민 것일까. 중화민국정부에 대한 애정과 쑨원에 대한 존경심의 발로였을까. 쑨원의 후계자로서 자신의 입지를 강화하기 위한 정치적 선전이었는가.

쑨원의 묘가 이장되던 날, 쑨원의 부인(사실은 두번째 부인) 쑹칭링(宋慶齡)도 이장식에 참석했다. 당시 소련에 머물고 있었는데 이장식에 참석하러 일부러 온 것이다. 하지만 남편의 이장식에 참석한 쑹칭링의 표정은 내내 무겁고 어두웠다. 쑹칭링은 이장식이 진행되는 내내 장제스는 물론이고 국민당 간부들, 그리고 장제스의 부인이자 자신의 여동생인 쑹메이링(宋美齡)과도 멀리 떨어져 다른 추모 행렬에 섞여 있었다. 그럼으로써 장제스가 주도하는 이장식에 참석은 하지만, 그것이 장제스를 쑨원의 후계자로 인정한다는 뜻은 아니라는 것을 공공연히 알렸다. 쑹칭링은 쑨원의 정신을 장제스가 아니라 자신이 계승했다고 믿었다. 이날 이장식은 매우 상징적인 의미를 갖는다. 쑨원의 부인 쑹칭링과, 쑨원에 이어 중화민국의 총통이 된 장제스의 부인으로서 중화민국의 퍼스트레이디가 된 쑹메이링 자매의 갈등을 암시적으로 보여주었기 때문이다.

돈과 나라와 권력을 사랑한 세 자매

영화 「송가황조」는 그렇게 중화민국의 퍼스트레이디를 둘이나 배출한 송씨 집안 이야기로, 쑹칭링(장만위 분)과 쑹메이링(우쥔메이 분) 자매가 서로 다른 길을 가게 되는 과정을 공산당과 국민당의 대립, 즉 중국 분열의 상징으로 그리고 있다. 「가을날의 동화」「유리의 성」 등을 감독한 장완팅 감독의 1997년 작품이다.

"과거 중국에 세 자매가 있었다. 한사람은 돈을 사랑했고, 한사람은 나라를 사랑했고, 한사람은 권력을 사랑했다."

영화 「송가황조」는 이런 자막으로 시작한다. 돈을 사랑한 사람은 첫째딸 쑹아이링(宋愛齡, 량쯔충 분), 나라를 사랑한 사람은 둘째딸 쑹칭링, 권력을 사랑한 사람은 셋째딸 쑹메이링이다. 큰딸은 갑부이자

공자의 후손인 쿵샹시(孔祥熙)와
결혼해 돈을 움켜쥐었다. 둘째딸
쑹칭링은 쑨원과 결혼해 그의 이
상을 지키고 실천하면서 한평생
중국 민중의 사랑과 존경을 받았
다. 셋째딸 쑹메이링은 장제스와
결혼하여 중화민국의 퍼스트레이
디로서 권력과 정치를 제 손안에
쥐고 흔들었다. '그가 남자로 태
어났으면 중국을 통치했을 것이

중국을 뒤흔든 세 자매. 쑹칭링, 쑹아이링, 쑹메이
링(왼쪽부터).

다'라는 이야기가 나올 정도로 장제스를 움직이는 가장 강력한 배후세
력이 바로 쑹메이링이었다. 송씨 집안의 세 딸이 중국 근대사를 좌지
우지했다고 해도 과언이 아니다.

이런 대단한 딸들을 키운 아버지가 쑹자수(宋嘉樹)다. '찰리 송'이
라는 영어 이름으로 더 잘 알려졌다. 하이난다오(海南島) 출신인데 어
려서 자바 섬을 거쳐 미국으로 들어갔다가 그곳에서 목사가 되어 귀
국했다. 귀국한 뒤에는 제분업에 손을 대고 외국 기계를 수입해 중국
에 팔기도 하면서 큰돈을 벌었다. 인쇄소를 차려 성경을 펴내기도 했다.

그러던 중 쑨원을 만나 절친한 친구이자 정치적 후원자가 된다. 쑨
원이 펴내는 정치 선전물을 자기 인쇄소에서 몰래 찍어주거나 자금을
대주기도 했다. 쑨원과 쑹자수는 1894년 청 왕조 타도를 위해 뭉친 한
비밀결사에서 만났다. 이 둘은 청 왕조를 타도하고 근대적인 새로운
국가를 만들자는 데 의기투합했고, 둘 다 미국에서 지낸 경험이 있는
데다가 기독교인이어서 쉽게 친해졌다.

영화에서의 유년. 세간에선 쑹자수의 자식 교육이 큰 관심을 끌었다.

영화에서 쑹자수는 개명한 민족주의자로 그려진다. 서구 제국주의에 반대하는 시위에 가담해 "서양인의 물건을 사용해서는 안된다"면서 어린 딸들이 가지고 놀던 인형과 악기를 불태우도록 한다. 그런가 하면 '중국이 움직이면, 세계가 움직일 것이다'라는 나폴레옹의 말을 딸들에게 들려주며 영어를 가르친다.

하지만 실제의 쑹자수는 영화에서처럼 서구에 배타적이었던 인물이 아니라 중국에 서구와 닮은 근대체제가 들어서기를 갈망하던 사람이었다. 당시 쑨원을 지지하는 대다수 해외 화교 기업가들이 그러했다. 이들은 쑨원이 염원하는 나라, 요컨대 서구와 같은 민주공화정의 근대국가가 중국에 수립되면 자신들의 기업 활동이 훨씬 자유로워져 돈을 더 많이 벌 수 있을 것이라고 믿었다. 이들에게서 정치자금을 찬조받은 쑨원도 그런 점을 강조했다. 쑨원을 후원하는 사람들 중에는 세례를 받은 기독교도가 많았다. 세 자매의 아버지 쑹자수도 그런 사람이었다.

원래 쑹자수의 세 딸은 상하이에 있는 서양 선교사들이 운영하는 미션스쿨에 다녔다. 큰딸 아이링이 13세가 됐을 때(1903) 아버지는 딸을 미국에 보내야겠다고 결심한다. 그는 자신이 미국에서 15세 때 대학에 들어갔던 것을 생각하면서 자신보다 더 똑똑한 딸은 13세에 미국에 가서 충분히 적응할 수 있을 것이라 판단했다. 영화에서는 세 딸이 함께 미국으로 가는 배에 오르고, 부두에서 아버지와 애틋하게 이별하는 장면이 나오지만 사실은 큰딸 아이링이 혼자 먼저 미국에 갔고, 둘째와 셋째는 4년 뒤(1907)에 뒤따랐다. 미국 유학을 떠날 때 둘째 칭링은 15세, 셋째 메이링은 10세였다. 메이링보다 세살 위인 큰아들은 그때 이미 미국에서 하바드대 입학을 준비하고 있었다.

아이들을 크게 키우려면 큰 세상으로 내보내라

'송가황조' 신화를 두고 세계적으로 많은 사람이 어떻게 하면 자식들을 저렇게 키울 수 있을지, 그 교육법에 큰 관심을 보였다. 저마다 다양한 해석을 내놓았지만, 송가황조가 탄생한 가장 중요한 토대는 역시 어린 자식들을 미국에 보내 넓은 세상을 체험하게 한 점이다.

중국에 이런 풍속이 있다. 중국에서는 아이가 태어난 지 만 한달이 되면, '만월(滿月)'이라 하여 큰 잔치를 연다. 만월에 하는 풍습 중에 '이과(移窠)'라는 것이 있다. 글자 그대로 풀이하면 둥지를 옮긴다는 뜻인데, 외할머니나 외삼촌 집에 가서 며칠 묵는 것이다. 한달밖에 안된 아이를 밖으로 돌리는 이치는 이렇다. 아이에게 바깥세상을 보게 하고 견문을 넓혀서 담력과 식견을 지니게 하는 것. 한달밖에 안된 아이가 집을 떠나면 밤새 우는 것이 전부겠지만, 자식은 밖으로 돌려야 고생하며 경험을 많이 쌓고 식견도 넓어져 큰 인물이 될 수 있다는 중국인의 교육철학을 엿볼 수 있다. 아이들을 크게 키우려면 밖으로 내

보내 큰 세상을 보게 하라, 송씨 가문의 성공 사례가 주는 메씨지다.

영화에서 세 딸은 자매지만 성격이 매우 다르게 묘사된다. 실제로도 그랬다. 큰딸 아이링은 계산이 빠르고 현실적이었다. 아이링은 미국에서 돌아온 뒤 쑨원의 비서 노릇을 했다. 그러는 동안 쑨원이 아이링을 좋아했고 청혼했다는 설도 있다. 그러나 쑨원이 어떻게 생각했건 아이링은 쑨원에게 관심이 없었다. 쑨원은 아이링의 이상형과 거리가 멀었다. 쑨원이 낭만주의자라면 아이링은 현실주의자였다. 아이링이 보기에 쑨원은 강한 신념을 지니고 있지만 현실적이지는 못했다. 결국 아이링은 당대 최고 부자이던 쿵샹시와 결혼한다.

셋째딸 메이링은 활달하고 사교적이고 야무졌다. 영화에서 장제스가 붙잡혀 있는 시안으로 가서 중국공산당의 저우언라이와 협상해 장제스를 구출해낼 때의 모습은 여장부답다. 그후 미국 의회에서 최초로 연설한 여성으로 기록되고, 명연설로 미국의 지원을 이끌어내는 외교적 수완을 발휘하기도 했다. 장제스의 대미외교는 순전히 메이링 덕분이었다.

둘째딸 칭링은 낭만적이고 순박하고 열정적이며 신념이 강했다. 언니 아이링이 결혼을 해서 쑨원의 곁을 떠나자 칭링은 언니를 대신해 '쑨원 아저씨'의 비서를 하겠다고 나선다. 당시 쑨원은 위안스카이(袁世凱)에게 쫓겨 일본으로 도망와 있었다.

1911년 10월 10일 중국에서 '쌍십절'이라고 부르는 이날 신해혁명이 성공한다. 그리고 1912년 1월 1일 새해 첫날 중화민국이 탄생한다. 쑨원은 임시총통에 취임한다. 그러나 당시 중국을 장악한 사람, 특히 베이징을 장악한 실권자는 위안스카이였다. 서구 열강들도 위안스카이에게 힘을 실어주었다. 쑨원은 하는 수 없이 위안스카이가 청 정부

쑨원과 쑹칭링. 26년의 나이 차를 극복하고 결혼에
성공했다

를 물러나게 하고 공화국에 충성
을 맹세한다면 총통직을 위안스
카이에게 넘겨줄 수 있다고 말한
다. 쑨원은 위안스카이가 '마지
막 황제' 푸이를 폐위시킨 다음
날(1912년 2월 13일) 총통직을 위
안스카이에게 양보한다. 총통으
로 취임한 지 43일 만이다.

쑨원에게서 총통직을 넘겨받
은 위안스카이는 독재자의 본색
을 드러냈다. 공화제를 하겠다는
약속을 팽개치고 자신이 새로운 황제가 되려 한 것이다. 이에 저항하
는 국민당 인사들을 과감하게 제거해버렸다. 쑨원은 자신도 체포와
처형의 대상이 되자 1913년 일본으로 피신한다.

혁명은 실패하고 일본으로 도망와 절망적 상황에서 재기를 도모하
던 쑨원에게 쑹칭링이 다가온 것이다. 언니 아이링 대신 비서를 자임
한 칭링은 쑨원의 혁명을 누구보다 지지하고 신봉했다. 혁명에 대한
열정과 신념으로 만나 사랑이 싹텄다. 1915년 10월 25일, 인생의 겨울
로 들어서는 남자 쑨원과 인생의 봄을 맞은 여자 쑹칭링은 일본에서
결혼했다. 쑨원이 49세, 쑹칭링이 23세였다. 나이 차가 무려 26년이다.

당시 중국에서는 이런 식의 결혼이 유행했다. 남자들은 대개 집에
서 부모가 정해주는 배필과 전통 방식으로 일찍 결혼했다. 그런 뒤 학
교를 다니고 유학을 하면서 스스로 선택한 사람과 연애를 했다. 어느
정도 사회적으로 성취를 이룬 남자와 신식 교육을 받은 신여성 커플

쑹자수는 자신의 동료와 딸의 결혼을 끝까지 반대한다.

이 탄생한 것이다.

작가 루쉰도 그랬다. 부인이 있는 상태에서 17세 연하의 제자와 결혼했다. 첫째 부인은 베이징에서 시어머니를 모시고 살고, 루쉰은 상하이에서 새 부인과 살았다. 쑨원의 경우도 그렇다. 쑨원은 일찍이 집에서 정해준 동향 아가씨와 결혼해, 부인이 하와이에서 시어머니를 모시고 자식을 키우며 살고 있었다. 루쉰도 쑨원도 첫 부인을 두고서 자유연애를 해 새 부인을 맞았다. 근대로 접어들면서 자유연애 바람이 불면서 벌어진 과도기적 현상이었다.

하지만 아무리 자유연애가 유행이고, 미국 문명의 세례를 받은 아버지라고 해도, 쑹칭링의 결혼에는 결코 동의할 수 없었다. 딸이 자기 친구와 결혼한다는 데 선뜻 동의할 부모가 있겠는가. 당시 상하이 언론이 두 사람의 관계를 대단한 스캔들로 대서특필하는 바람에 세상의 웃음거리가 된 것은 놔두고라도, 쑨원은 엄연히 본처가 있는 유부남이 아닌가. 더구나 쑹자수는 쑨원이 예전에 일본에 머물 때 일본 여자와 동거한 사실도 알고 있었다.

영화에서 아버지는 칭링과 쑨원의 결혼을 막기 위해 그녀를 중국으로 불러들여 집에 가둔다. 하지만 칭링은 하녀의 도움을 받아 창문으로 도망쳐 쑨원과 결혼한다. 뒤늦게 결혼식장에 나타난 아버지가 "이 결혼식은 무효야!"라고 외치지만 소용없다. 그것으로 부녀 사이는 끝이 났다. 쑹자수와 쑹원이 나눈 오랜 우정과 동지애도 그날로 종지부를 찍었다. 그러나 이 결혼은 송씨 집안이 '황조'가 되는 결정적 계기였다. 이 결혼으로 돈과 나라, 권력이 세 자매와 연결되면서, 이들은 장차 한 나라를 좌지우지하게 된다.

쑹원과 쑹칭링이 같이 산 기간은 불과 10년이다. 하지만 쑹칭링은 1981년 81세로 죽기까지 56년 동안을 혼자 살면서 쑹원의 정신을 지키고 계승했다. 쑹원과 같이 보낸 기간은 짧지만 평생을 쑹원의 정신과 함께한 것이다. 두 사람은 인생의 동지이자 혁명의 동지였다.

영화에서 쑹칭링은 임종 무렵 동생 쑹메이링을 찾는다. 쑹칭링의 집사가 전화국에 가 주미 중국대사관에 전보를 친다. '장제스 부인 쑹메이링 급히 귀국 요망.' 대륙이 공산화되고 국민당이 타이완으로 간 뒤 중국대륙 전화국에서 장제스의 이름을 불러보기는 처음이었다. 죽어가는 순간 동생을 찾지만 쑹칭링은 끝내 쑹메이링을 보지 못했다. 중국공산당을 따라 대륙에 남아 부주석을 지낸 쑹칭링은 죽은 뒤 명예주석으로 추대되었다.

쑹칭링은 쑹원의 정신에 따라 국민당과 공산당이 연합해야 한다고 주장하면서, 공산당을 탄압하는 국민당을 비판하고 공산당에는 우호적이었다. 쑹메이링은 타이완으로 가서 막강한 권력을 지닌 퍼스트레이디 생활을 하다가, 1975년 장제스가 죽은 뒤 타이완을 떠나 미국에서 지냈다. 대륙과 타이완으로 갈려 떨어져 산 지 40여년. 자매는 끝내 만나지 못하고 죽는다. 메이링은 2003년 뉴욕에서 106세로 죽었다.

여자는 남자에게 도박을 걸어야 한다

쑹칭링과 쑹메이링 자매가 어긋나게 된 것은 쑹메이링이 장제스와 결혼하면서부터다. 장제스는 일본과 러시아의 군사학교를 나온 군인 이었다. 그는 1921년 크리스마스이브에 쑨원의 집 파티에서 처음으로 메이링을 본다. 그후 메이링을 향한 '작업'을 시작한다. 쑨원에게 메이링이 자기를 받아들이도록 설득해달라고 부탁하기도 했다.

쑨원은 장제스를 무척 신임했다. 그도 그럴 것이 쑨원에게는 군사력이 절실했는데, 쑨원에게 충성을 맹세한 몇 안되는 군인 중 하나가 장제스였다. 쑨원은 거듭된 실패를 통해서 혁명에는 군대가 꼭 필요하다는 것을 깨닫고 1924년 6월 16일 광저우 황푸(黃埔)에 군관학교를 연다. 쑨원의 생애에서 획기적인 의미를 갖는 순간이었다. 쑨원은 초대 교장을 장제스에게 맡겼다. 쑨원은 그만큼 장제스를 믿었다. 쑨원이 생전에 이렇게 장제스를 믿었기에 쑨원이 죽은 뒤 장제스는 자신이 쑨원의 진정한 계승자라고 자부했다. 장제스가 난징에 거대한 중산릉을 세운 것도 이런 사정과 무관하지 않다.

칭링은 장제스가 동생 메이링을 마음에 두고 있다는 말을 쑨원에게서 전해듣고 펄쩍 뛰었다. 장제스는 본처와 이혼한 뒤 기생 출신의 새 아내를 맞은 상태였다. 게다가 고향에도 기생 출신의 첩이 있었다. 그러나 장제스는 메이링을 아내로 맞는 데 성공한다. 영화에서 두 사람은 쑨원의 사진 앞에서 결혼식을 올린다. 1927년 12월 1일이다. 쑨원이 죽은 뒤 장제스가 4·12 반공 쿠데타를 일으켜 쑨원이 성사시킨 국민당과 공산당의 합작을 무산시키고 공산주의자들을 무자비하게 토

장제스와 쑹메이링. 이 결혼으로 자매는 어긋나기 시작한다.

벌하면서 국민당 최고 실력자가 되던 무렵이다. 그때 메이링의 언니 칭링은 갈수록 쑨원의 뜻을 거스르는 장제스를 역겨워했다.

장제스와 메이링이 결혼하는 데 일등공신은 세 자매 중 계산이 가장 빠른 현실주의자 쑹아이링이었다. 둘째 칭링이 두 사람의 결혼에 반대하자 아이링은 이렇게 말한다.

"남자는 좋고 나쁜 게 없어. 남자는 강한 남자와 약한 남자만이 있는 거야. 장제스는 지금 중국에서 가장 유망한 청년이야. 장씨 집안의 권력과 송씨 가문의 명망, 쿵씨 집안의 재산이 합쳐진다면, 우리들은 중국에서 가장 강해질 수 있어."

메이링도 처음에는 탐탁지 않게 생각했지만 결국 장제스를 택한다. 그러면서 결혼에 반대하는 칭링에게 이렇게 말한다.

"여자는 남자에게 가장 큰 도박을 걸게 되어 있어."

숲속으로 난 중산릉 가는 길을 오르다보면 능 입구에 못 미쳐 '메이링궁(宮)'이라고 불리는 쑹메이링의 별장이 숲속에 푹 파묻혀 있다. 1931년에 장제스가 메이링을 위해 지은 것이다. 입구에 당시 메이링이 타고 다니던 최고급 미제 승용차가 서 있다. 미국정부가 선사한 것이란다. 2층에는 침실, 집무실, 식당, 거실이 있다. 인상적인 것은 욕실의 좌변기다. 어려서부터 완벽하게 미국식으로 갖춰진 집에서 자란 메이링의 처소답다.

메이링궁을 둘러보다가 화장실을 찾아 1층 마당 한켠에 허름하게

쑹메이링의 별장(위)과 그녀가 타던 최고급 미제 승용차(아래).

세워진 건물로 들어갔다. 그런데 이게 웬일인가. 오랜만에 보는 정통 중국식 공중 화장실이었다. 칸막이도 없이 줄줄이 늘어앉아 일을 보는 악명 높은 중국식 재래 화장실이다. 1930년대 대혼란기에도 메이링의 욕실에는 최신 좌변기가 있었는데, 사회주의 시장경제시대인 지금, 별장 밖 화장실은 여전히 재래식이라니. 쑹메이링 별장을 중국인들이 '궁'이라 부르는 이유를 알 만했다.

2층 거실 중앙 벽에는 예수 초상이 걸려 있고, 그 아래 성경책이 놓여 있다. 장제스와 메이링은 이 거실에서 늘 기도를 했을 것이다. 결

국민당 총통부 건물. 이곳에서 쑨원은 임시 총통직을 수행했다.

혼하기 전, 메이링은 장제스에게 세가지 다짐을 받는다. 첫째, 메이링 만을 사랑하겠다(이미 두번이나 결혼한 몸으로 첩까지 두었고, 평소 기생집 출입이 잦은 것으로 소문이 자자하던 만큼 이런 요구는 당 연!). 둘째, 지금 부인과 이혼하겠다(기생 출신 둘째 부인을 버릴 절 호의 기회!). 셋째, 기독교인이 되겠다(역시 목사의 딸!). 장제스는 그 요구대로 메이링을 따라 독실한 기독교 신자가 된다.

메이링궁을 나와 버스를 타고 옛 중화민국 총통 관저, 즉 총통부(總 統府)로 갔다. 쑨원이 43일간 임시총통직을 수행할 때 묵은 곳이다. 총통부 입구에 있는 높다란 국기게양봉은 1949년 4월 23일 이후 국기 를 달아본 적이 없다. 난징이 공산군에 함락되어 중화민국 깃발이 내 려온 뒤로, 중화민국 청천백일기도 중화인민공화국 오성홍기도 걸리 지 않은 채 주인을 잃었다.

쑨원은 이곳 총통부에서 생활하며 세가지 역사적인 일을 했다. 첫 째, 음력을 폐지하고 양력을 쓰도록 했다. 둘째, 청나라 백성임을 상징하는 변발을 없앴다. 영화에서 세 자매의 아버지 쏭자수는 신해혁명이 성공한 뒤, 변발을 자르는 사람에게 국수를 사준다. 당시 중국인들은 혁명정부의 단발령을 잘 따르지 않았다.

루쉰의 「아큐정전」에는 신해혁명이 일어나고 변발을 자를 때의 풍경을 묘사한 대목이 있다. 단발령에도 불구하고 아큐는 변발을 자르지 않는다. 대젓가락을 이용해 긴 변발을 둘둘 말아올린다. 아큐식 생존법이다. 지금은 혁명파가 득세했지만 혁명파가 곧 물러가고 다시 복고의 물결이 밀려들지 모른다는 계산이었다. 그러니 일단 머리를 둘둘 말아올렸다가 돌아가는 상황을 보아 여차하면 풀어내릴 셈이다.

과연 아큐와 같은 민중이 예상한 대로 쑨원의 혁명정부, 민주공화제는 오래가지 못했다. 복고와 반동의 물결이 밀려든 것이다. 위안스카이는 민주공화제를 폐지하고 다시 봉건체제로 돌아가 자신이 황제가 되려 했다. 아큐처럼 변발을 자르지 않고 말아올리는 것은 나라의 주인이 바뀔 때마다 수난당하던 쓰디쓴 경험에서 터득한 중국 민중의 생존법이다. 그때마다 손해보는 것은 늘 민중이었기 때문이다. 하지만 이는 변화를 거부하는 노예의 생존법이기도 하다. 위안스카이는 당시 중국 민중에게 그러한 노예속성이 가득하다는 것을, 중국 천지에 아큐들이 가득하다는 것을 잘 알기에 대범하게 역사를 되돌리려 했던 것이 아닐까.

쑨원, 중산복을 만들다

쑨원이 세번째 벌인 역사적인 일은 문화 차원, 특히 패션 차원의 업

적이다. 인민복이라고도 부르는 '중산복(中山服)'을 유행시킨 것이다. 북한 김정일 위원장이 즐겨 입는 옷의 원조가 바로 중산복인데, 마오쩌둥시대에는 중국인들의 정장이자 예복이었다. 마오쩌둥, 덩샤오핑, 저우언라이, 장쩌민까지 중국 지도자들은 한결같이 중산복을 입었다.

쑨원은 임시총통 취임식 날 중산복을 입고 나왔다. 쑨원이 입은 뒤로 중산복은 동아시아 대학생들의 교복이자 혁명가들의 복장으로 유행했다. 중산복은 쑨원이 고안했다고 한다. 광둥사람들이 입던 옷을 토대로 개조했다고도 하고 일본 교복을 토대로 만들었다고도 하는데, 위아래에 각각 호주머니를 단 것이 특징이다. 어떻게 이런 옷을 생각하게 되었냐고 사람들이 묻자, 쑨원이 이렇게 답했다고 한다.

"청나라 전통 복장을 입는 것은 시대에 맞지 않고 서양 양복은 너무 비싸서 중국인들에게는 이것(중산복)이 제격이다."

총통부는 원래 태평천국의 천왕 홍수전이 살던 천왕부를 개조한 것이다. 옛날 홍수전이 살던 곳에 자신이 들어와 살며 쑨원은 무슨 생각을 했을까. 태평천국은 농민혁명과 만주족 정부 타도를 내걸었지만 실패했다. 실패한 태평천국의 역사를 딛고 쑨원은 '제2의 홍수전'이 되려고 한 것일까.

쑨원은 태평천국과 인연이 깊다. 쑨원은 광저우 출신인데 홍수전도 그렇다. 쑨원이 어릴 적 고향에서 공부할 때 한 스승이 이 운동에 가담한 전사였던 터라 어려서부터 태평천국의 용맹스러운 전투이야기를 들으며 자랐다. 원시공산주의와 홍수전이 나름대로 해석한 독특한 기독교 원리를 결합해 농민이 주인이 되는 천국을 지상에 건설하겠다는 태평천국의 정신을 쑨원은 높이 평가했고, 일생 동안 홍수전을 찬양했다.

쑨원은 태평천국이 지향한 '균부(均富)'에 상당한 매력을 느꼈는데, 이는 그가 '중국동맹회'(1905)를 조직해 조직 강령의 하나로 '땅의 권리(地權)를 평등하게 한다'고 규정한 것과 이어진다. '제2의 홍수전'이라 자칭한 것도 이 때문이다. 홍수전의 후계자로서 태평천국을 이어 청나라를 무너뜨리고 농민과 민중이 주인이 되는 새로운 시대를 열겠다는 쑨원의 다짐은 결국 실패했다. 그러나 그 다짐의 절반은 장제스가 실현하고, 나머지 절반은 마오쩌둥이 실현한 것 아닐까.

쑨원은 1924년 중국 공산당과 국민당의 합작을 성사시킨다. 이른바 1차 국공합작(1924~27)이다. 1920년대 들어서 쑨원과 서구 열강 사이가 점점 벌어졌다. 서구 열강은 중국을 마음대로 요리하고 이권을 챙기는 데 쑨원이 걸림돌이 된다고 여겼다. 서구 열강을 신뢰하던 쑨원도 더는 서구에 기대지 않고 민족주의에 경도된다. 쑨원은 서구의 대안으로 공산혁명에 성공한 러시아에 관심을 가졌다. 1924년 쑨원은 국민당을 개조하면서 '소련과 협력하고(聯俄), 공산당과 동맹을 맺으며(容共), 노동자 농민운동을 지원한다(勞農扶助)'는 3대 정책을 내놓는다. 쑨원이 국공합작을 실현한 뒤 중국공산당 최고 지도자들은 국민당 중앙집행위원이 된다. 마오쩌둥도 이때 어엿한 국민당원이 된다.

1차 국공합작은 쑨원이 죽은 뒤 장제스가 1927년에 4·12 군사 쿠데타를 주도해 공산당원들을 국민당에서 축출하면서 끝난다. 쑹칭링은 쑨원의 국공합작 정신을 수호하고 실천하려 했다. 쑹칭링과 장제스. 쑹메이링이 대립하게 된 것은 바로 이 때문이다. 장제스는 외세에 맞서기 전에 먼저 국내를 깨끗이 청소해야 한다고 판단했다. 공산주의자를 토벌해 내부를 안정시켜야 외부에 맞서 싸울 수 있다는 생각이었다.

국공합작을 놓고 쑹칭링과 장제스는 대립한다.

일본이 중국을 침략(1937년 7월)한 뒤에도 장제스는 여전히 항일보다 공산주의자 박멸에 중점을 두었다. 학생과 지식인 들이 연일 시위를 벌이며 장제스를 압박했지만 요지부동이었다. 장제스의 고집은 쑨원의 뜻을 거스르고, 국민당의 정신에도 위배되는 것이었다. 결국 쑹칭링은 국민당을 탈당하고, 장제스가 눈엣가시인 쑹칭링을 살해하려 하면서 둘의 갈등은 최고조에 이른다. 영화는 이 과정을 다큐멘터리 식으로 처리했다.

영화는 쑹칭링과 장제스. 쑹메이링 사이의 갈등을 보여주다가 국민당과 공산당이 2차 합작을 하고 항일전쟁에 나서는 지점에서 끝난다. 2차 국공합작은 1936년 12월 장제스가 시안에서 붙잡혔다가 공산당을 지지하고, 항일에 나서겠다고 약속한 뒤 풀려난 것이 계기가 되어 이루어졌다. 영화 막바지에 첫째딸 쑹아이링은 전쟁이 지긋지긋하다면서 전투기를 기증하고 홍콩으로 떠난다. 둘째 칭링과 셋째 메이링이 나란히 서서 큰언니를 전송한다. 국공합작이 칭링과 메이링 자매의 합작으로 이어진 것이다. 영화는 여기서 끝난다.

물론 그후 국민당과 공산당의 합작은 종전(終戰)과 함께 끝이 난다. 공산당이 승리해 쑹칭링은 대륙에 남는다. 쑹칭링은 중국의 운명을 담당할 세력이 공산당이라며 우호적으로 생각했지만, 공산당원은 아니었다. 이 때문에 문화대혁명 때 홍위병들에게 비판을 당하기도 한다. 쑹칭링은 죽기 전에야 공산당에 가입한다. 쑹메이링은 장제스와 함께 국민당을 따른다. 중국의 분열이자 두 자매의 영원한 이별이었다.

실패 전문 혁명가였던 쑨원

합쳐진 지 오래되면 다시 분열하는 것이 중국 역사의 법칙이라고 했는데, 결국 중국은 둘로 분열되고 송가황조는 해체되었다. 그런데 영화는 중국의 분열과 송가황조의 해체를 보여주지 않고, 국공합작으로 인해 자매합작이 이루어진 지점에서 끝이 난다. 영화는 결국 관객에게 '가족끼리 싸우지 말라' '동족끼리 싸우지 말라' '중국인이 중국인과 싸우지 말라'(中國人不打中國人) 같은 이야기를 하는 셈이다.

쑨원 전기로 유명한 쉬프린(Harold Z. Schiffrin)은 "쑨원에게 한가지 한결같은 재주가 있었다면 그것은 실패하는 재주였다"고 지적한 바 있다. 그의 일생은 실패의 연속이었다. 하지만 더 중요한 것은 그가 거듭된 실패 속에서도 죽는 순간까지 자기의 꿈과 이상을 포기하지 않았다는 점이다. 그래서 루쉰은 '실패한 영웅' 쑨원을 '영원한 혁명가'라고 불렀다. 쑨원이 사람들의 존경을 받는 이유도 여기에 있을 것이다.

생전에 늘 실패만 했던, 실패 전문 혁명가 쑨원은 죽은 뒤에나마 자신의 노력을 보상받을 수 있을까. 쑨원은 현재 중국대륙과 타이완에서 공동으로 추앙받는 유일한 현대 영웅이다. 쑨원에 대한 이러한 공동의 추앙이 타이완 해협 양안(兩岸)을 잇는 심리적 가교와 정서적 유대의 고리가 될 가능성은 충분하다. 아마도 그 가교와 고리가 현실에서 실현될 때, 일찍이 국민정부의 성지였던 난징이 새로운 의미를 찾으면서 부활할지도 모를 일이다.

물론 지금 타이완의 사정을 보면 한편에서는 3차 국공합작이라 부를 정도로 국민당과 공산당 사이에 새로운 협력관계가 만들어지고 있지만, 다른 한편에서는 독립파가 더욱 기세를 올리고 있다. 독립파 인사들은 중국 역사가 아니라 타이완 역사를 학생들에게 가르쳐야 한다면서 쑨원을 역사책에서 삭제해야 한다고 주장한다. 중국의 국부이지 타이완의 국부는 아니라는 것이다. 쑨원은 지금 중국 통일과 타이완 독립의 교차점에서 부유하고 있다. 이런 점에서 보자면 영화 「송가황조」의 메씨지는 아직도 진행형이 아닐까.

베이징과 난징의 오리요리

난징 관광에서 빼놓을 수 없는 곳은 옛날 과거를 치르던 강남공원(江南貢院)과 공자사당 등을 중심으로 전통 거리가 조성된 푸즈먀오다. 옛날 과거 응시생들이 들어갔던, 채 한평이 안되는 과거장의 모습을 볼 수 있다. 이곳 가게들은 공교롭게도 갈 적마다 유난히 불친절하고 불쾌한 일을 당해 개인적인 인상이 별로 좋지 않지만, 푸즈먀오 바로 입구에서 파는 다왕샤오빙(大王燒餠)이라는 중국식 밀가루 빵만큼은 그 맛이 일품이다. 긴 줄을 서서 다리품을 판 보람이 있다. 난징의 전통 오리요리 진링엔수이야(金陵鹽水鴨)를 먹어보는 것도 좋다. 중국 밖에서 페킹 덕으로 불리는 베이징 카오야(烤鴨)는 오리를 불에 굽는다. 그런데 난징에서는 오리를 소금물에 삶아서 요리한다. 재료인 오리 역시 다르다고 알려졌다. 베이징 카오야에 사용하는 오리는 부화한 뒤 50일이 지나면 운동을 시키지 않고 가두어두고서 강제로 약재를 먹여 키운다. 그래서 고기가 부드럽다. 지금도 중국에서 주입식 교육을 가리켜 오리 입에 먹을 것을 채워넣는다는 뜻으로 '전압식(塡鴨式) 교육'이라고 부르는 것은 여기서 유래했다. 하지만 난징 요리에서 쓰는 오리는 논밭에서 키운 것이라고 한다(지금도 그런지는 믿기 어렵지만!). 중국 남북의 오리요리 맛을 한번 비교 체험해볼 일이다.

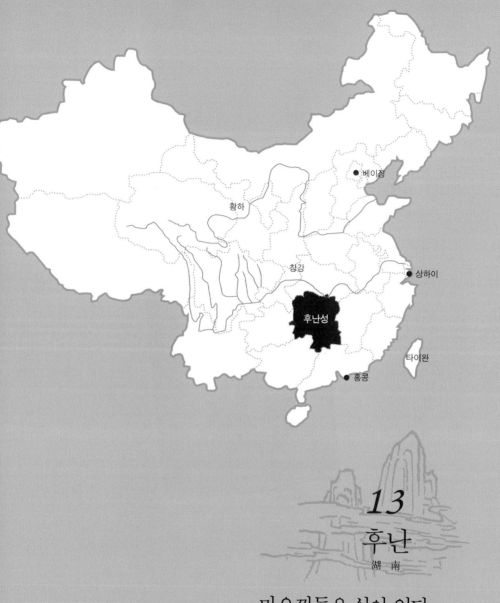

베이징

황하

창강

상하이

후난성

타이완

홍콩

13
후난
湖 南

마오쩌둥은 살아 있다

부 용 진
芙 蓉 嶺

● 부용진 芙蓉鎭, 1986
세진謝晉 감독
류샤오칭 劉曉慶 · 장원姜文 주연

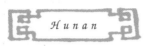

'마오교'의 신도들

태양이 붉다 못해 하얗다. 후난성의 여름은 이렇다. 햇살이 바늘이
다. 콕콕 찌른다. 볕에 나가자마자 살이 익기 시작하는지 피부가 따갑
다. 일기예보는 보통 33, 34도로 나오지만 이곳 사람들은 믿지 않는
다. 보통 38도는 오르내린다는 것이다. 그나마 다행인 것은 습도가 낮
아 그늘에 들어가면 그래도 견딜 만하다.

창사(長沙)에서 마오쩌둥의 생가가 있는 사오산(韶山)으로 간다.
창사에서 150여킬로미터로, 버스로 약 2시간 거리다. 하루에 창사 일
대를 모두 돌아볼 욕심으로 택시를 대절했다. 한국사람이 마오쩌둥
생가를, 그것도 택시까지 대절하여 간다고 하자 쩡(曾)씨 성의 기사는
신이 났다. 마오의 고향인 후난성 사람들에게 마오는 이미 신이다. 택

기념품 가게 안의 마오 초상. 중국인들에게 마오는 점점 신성화되고 있다.

시기사 역시 마오교의 열렬한 신도였다. 그의 택시는 온통 마오쩌둥으로 도배되었다. 마오쩌둥 사진과 흉상 등이 운전석 주위로 6개나 붙어 있다(이것도 부족했는지 돌아오는 길에 마오 사진이 박힌 매듭 걸이를 하나 더 사서 차에 걸었다).

마오쩌둥(1893~1976)이 죽은 지도 30년이 지났다. 하지만 마오쩌둥은 여전히 중국의 심장 천안문 광장에 누워 있고, 중국인의 가슴에 살아 있다. 그리고 세월이 흐를수록 점점 신이 되어간다. "마오주석이 우리를 지켜줄 것이다"(毛主席 保佑我們)라는 말을 입에 달고 사는 중국인, 가게나 집 한가운데 마오 사진을 걸어두는 중국인이 갈수록 늘고 있다. 가난한 사람들 특히 농민들에게 마오는 재물과 평화, 안녕을 가져다주는 신이다. 마오는 삼국지의 주인공 관우와 더불어 지금 중국인들이 가장 떠받드는 재물신이자 수호신이다.

중국인 중에서도 운전기사들, 특히 남쪽지방의 운전기사들은 마오쩌둥 사진을 부적처럼 차안에 달고 다닌다. 그야말로 믿거나 말거나 한 이야기지만, 여기에는 이런 유래가 있다. 그러니까 1993년 마오쩌둥 탄생 1백주년이 되던 해, 중국에서는 마오가 죽고 문화대혁명이 끝난 뒤 최초로 대규모 마오쩌둥 신드롬이 일어났다. 그해 광둥지방에서 이런 일이 있었다고 전해진다. 버스 교통사고가 났는데, 큰 사고여서 버스에 탄 사람들이 모두 부상을 당할 정도였다고 한다. 그런데 유독 한 사람만이 멀쩡했다. 마오쩌둥 사진을 사들고 차에 탄 사람이었다. 그때부터 마오는 교통사고를 막아주는 수호신이 되었고, 마오 사진은 부적이 되었다. 이미 신이 된 마오와 관련된 신화는 또 있다. 천안문 사태 때 흥분한 시위대 가운데 한 사람이 천안문 중앙에 걸린 마오의 초상에 달걀을 던졌다. 그런데 그 순간 하늘이 어두워지고 비가 내렸다고 한다. 마오는 이렇게 중국에서 이미 신이 되었다.

중국인들이 이렇게 마오쩌둥을 숭배하는 것을 외국인들은 좀처럼 이해하기 힘들다. 아니, 외국인만이 아니라 중국인 중에도, 특히 문혁 때 고난을 당했던 중국 지식인들도 그런 경우가 많다. 그래서 이렇게 마오쩌둥을 숭배하는 것은 중국인이 우매한 때문이라고 진단하기도 한다. 하지만 중국인에게 마오쩌둥과 덩샤오핑 중 누가 나은지를 물으면 대다수 중국인은 이렇게 답한다. "마오쩌둥은 중국을 일어서게 했고, 덩샤오핑은 중국을 잘살게 해주었다." 아편전쟁 이후 서구 제국주의와 일본의 침략으로 100년 동안 시달린 치욕의 역사를 끝내고 중국을 다시 일어서게 한 사람이 마오쩌둥이고, 문화대혁명 때 잘못을 범했다고 하더라도 그 공로는 사라질 수 없다는 것이다. 마오쩌둥은 1949년 10월 1일 천안문 광장에서 중화인민공화국 성립을 선포하면서 이렇게 말했다. "중국인들이 이제 일어섰다!" 마오의 이 말에 중국인들은 감격했다. 근대 1백년 동안의 굴욕과 설움이 씻겨내려가는 기쁨을 맛본 것이다. 마오쩌둥과 중국공산당이 여느 사회주의 지도자나 정당과 구분되는 것이 바로 이 점이다. 중국인들에게 마오쩌둥은 단순한 사회주의 이념의 실천자가 아니라 청말 이래 중국 민족이 당한 굴욕을 씻어주고, 민족해방을 가져다준 지도자다. 이것이 마오쩌둥이 농민의 황제를 넘어 전체 중국인들에게 영원히 살아 있는 한 이유다.

길거리에 선 '샤오제'들

창사에서 고속도로로 1시간 정도 달리자 벌써 사오산 톨게이트다. 머지않아 마오쩌둥 생가 앞까지 고속도로가 날 것이라고 한다. 톨게이트에서 생가까지 20여분 걸리는 2차선 길을 한참 가는데, 10대 중후반쯤으로 보이는 앳된 얼굴의 여자들이 길가에 양산을 들고 듬성듬성 서 있다. 운전기사가 나더러 뭐 하는 여자들인지 아느냐고 묻는다. 점심 무렵이어서 자기네 식당에 오라고 호객하는 여자들로 보였다. 그런데 둘러보니 주위에 그럴만한 식당이 없다. 알고 보니 50위안, 우리 돈으로 6천원가량을 받고 몸을 파는 아가씨들, 중국어로 '샤오제'란다. 기절할 노릇이다. 그러고 보니 그런 아가씨들 뒤로 허름한, 우리로 치면 여인숙 같은 건물들이 있다. 시골 경제사정이 워낙 좋지 않다보니 이렇게 나서는 농촌 여성들이 갈수록 늘어난다는 것이다.

원래 '샤오제'라는 말은 아가씨, 미스란 호칭인데, 사회주의혁명 이후에 사라졌다가 마오쩌둥시대가 끝나고 덩샤오핑 개혁개방시대가 열리면서 부활했다. 마오쩌둥시대는 남녀 사이에 성적 구별이 없는 무성(無性)의 시대였다. 남성 같은 여성, 일 잘하고 힘세고 피부가 까만 여성이 제일이었다. 마오쩌둥은 중국 여성들은 군복을 좋아하고 화장을 싫어한다고 말하기도 했다. '철의 여인(鐵姑娘)'이 마오시대 여성미의 기준이다. 그 시절 중국 남녀 모두는 '퉁쯔(同志)'로 불렸다.

그러던 것이 덩샤오핑 개혁개방시대가 시작되면서 여성과 남성을 구분하여 여성만의 호칭이 생겨났는데, 그것이 바로 '샤오제'다. 무성의 시대가 끝나고 남녀간의 성적 구별이 있는 유성(有性)의 시대가 시작된 셈이고, 그 상징이 바로 '샤오제'란 호칭이었다. '샤오제'는 개혁개방을 상징하는 문명어다. 그런데 요즘 중국에서는 음식점 종업원 등을 부를 때 '샤오제'라고 부르기가 무척 조심스럽다. 특히 남쪽지방일수록 더욱 그렇다. 술집 접대부나 성매매에 종사하는 여성들을 부르는 호칭으로 바뀌어가고 있기 때문이다.

이러다보니 요즘 중국 여성계에서는 시장경제가 확산되어가면서 중국 여성의 지위가 낮아진다는 우려가 나오기도 한다. '샤오제'란 호칭의 변화가 그것을 단적으로 말해준다. 그런가 하면 '전업주부'도 예전보다 훨씬 늘어간다. 사회주의 정권이 들어선 뒤 중국의 가정 형태는 기본적으로 맞벌이 형태로 바뀌었다. 그런데 1990년대 후반 이후부터 역사에서 사라졌던 전업주부가 다시 등장한 것이다. 특히 부유계층을 중심으로 전업주부가 등장하면서 중국 사회에 많은 변화가 일어났다. 화장법과 살림요령, 요리법, 집안 인테리어 정보 등을 담은 여성지가 기하급수적으로 늘어나고 전업주부들이 자녀 교육을 전담하면서 사교육이 늘었다. 물론 전업주부 당사자들은 자신들의 선택을 두고 여성의 지위와 연결시키는 것을 못마땅하게 여기는 경우가 많지만, 중국 여성계는 중국 여성이 남성에게 종속되어가면서 여성의 지위가 하락하는 현상의 하나라고 우려한다.

대낮에 대로상에서 공공연하게, 그것도 마오쩌둥 생가로 통하는 길에서 '샤오제'들이 버젓이 성매매 영업을 해도 되는 것일까? 단속을 하지 않는 것일까? 운전기사가 시원스럽게 4자 대구로 궁금증을 풀어준다. "지방보호, 개혁개방!" 지방경제를 위해 단속을 하지 않고 지금은 개혁개방시대가 아니냐는 것이다. 덩샤오핑은 개혁개방을 역설하면서 파리, 모기가 들어오더라도 창문을 열어야 한다고 했다. 하지만 창문을 열어 파리, 모기가 들어와도 유분수지, 지금 중국에서는 파리, 모기 때문에 못살겠다고 아우성치는 사람들이 갈수록 많아지고 있다. 마오쩌둥이 집권한 뒤 가장 먼저 청산한 것이 도박과 아편, 성매매였다. 그런데 지금 중국에서 이것들이 완벽하게 부활했다. 뿐만 아니다. 농민과 노동자들은 좀처럼 생활이 나아지지 않는 가운데 빈부 격차는 갈수록 심해지고 있다. 한쪽에서는 1년 사이에 부동산 가격이 배로 치솟아 횡재를 하는가 하면 부동산 개발 때문에 하루아침에 강제로 땅을 빼앗기고 거지 신세가 된 사람들이 수두룩하다.

이런 상황 때문에 중국 지식인들 사이에서 '신좌파'가 등장하고, 문학에서는 민중의 고통을 대변하겠다는 '신좌익 문학'이 등장했다. 그런가 하면 중국 최고의 칭화대학에는 관방 사회주의가 아니라 지금 중국 현실을 비판하기 위한 이론적 무기로서 맑스주의를 공부하는 학생단체가 결성되기도 했다. 사회주의를 표방하는 나라에서 좌파와 맑스주의가 비판이론으로 새롭게 부상하는 기막힌 역설이 벌어지고 있는 것이다. 또한 개혁개방, 사회주의 시장경제의 정당성과 방향을 둘러싼 새로운 사상논쟁도 최근 베이징 지식인 사회와 정가를 뜨겁게 달구고 있다. 후진타오도 사정이 다급하다는 것을 안다. 그래서 '화해 사회' 건설을 목표로 내세웠다. 뿐만 아니다. 농촌을 살리려는 '신농촌 건설'을 추진하고, 사회주의 가치와 목표를 한시도 잊어서는 안된다는 사설을 『인민일보』에 자주 실으면서 이데올로기 통제를 시도하고 있다. 흔히 중국의 문제는 농촌의 문제라고 이야기한다. 개혁개방의 향방이, 사회주의 시장경제의 미래가, 중국의 내일이 농촌에 달렸다는 것을, 길가에 늘어선 '샤오제'들을 보면서 절감한다.

인기 관광지가 된 마오의 생가

사회주의 시장경제가 빛을 발할수록 그 그늘도 더욱 짙어가고, 빈부격차가 커져가면서 요즘 들어 마오쩌둥을 찾는 사람들, 마오쩌둥을 불러내는 사람들이 갈수록 늘어난다. 마오쩌둥시대야말로 중국 농민들에게는 황금시대였다는 농촌 현장 보고서들이 나오기도 한다. 중국 정저우(鄭州)에서는 노동자들이 정기적으로 공원에 모여 마오 찬가를 부르고 마오를 기념하는 갖가지 의식을 행하기도 한다. 1992년 마오 탄생 1백주년에 일어난 마오 열풍에 비해 지금 중국의 마오 열풍은 사회주의 시장경제시대의 어둠을 자양분으로 한다는 점에서 중국 사회의 한 뇌관이다. 요즘 중국에서는 이른바 '홍색 여행'이 유행이다. 공산혁명의 성지들을 따라가는 여행이다. 절반은 관에서 주도하고 절반은 민간에서 자율적으로 이루어진다. 홍색 여행의 출발지는 대개 최초로 공산 쏘비에트가 건설되었던 징깡산(井岡山)이거나 마오쩌둥의 생가다. 내가 마오의 생가를 찾던 날도 85차 홍색 여행단이 마오쩌둥 생가에서 발대식을 가졌다.

마오 생가에 모인 관광객들.

마오쩌둥 생가는 주변 경치가 일품이다. 앞에 호수가 있고, 뒤로 작은 산을 지고 있다. 별장 터로도 손색이 없을 정도다. 생가를 구경하려는 사람들이 38도의 무더위 속에서도 길게 늘어섰다. 바늘처럼 찌르는 햇살 아래서 20분을 기다렸다. 하지만 오늘은 사람이 적은 편이란다. 붉은 깃발을 올린 단체 여행객이 줄지어 섰다.

마오쩌둥 아버지는 쌀장사로 돈을 벌었다. 그래서 그런지 집이 꽤 넓다. 돼지도, 소도 키울 정도로 부자였다. 마오쩌둥은 아버지와 사이가 좋지 않았다. 마오의 아버지는 아들이 일을 배우고 장사를 하기를 바랐지만, 마오쩌둥은 일하기보다는 책 읽고 공부하는 것을 좋아했다. 그의 집 앞에 있는 서당은 마오가 어려서 고전을 공부하던 곳이다. 최근 영국에 살고 있는 중국인 소설가 장융(張戎)이 마오쩌둥 전기를 내놓았는데, 미국 부시 대통령이 그 책을 언급하면서 유명해졌다. 이 전기에서 장융은 책과 공부를 좋아하던 마오의 어린 시절에 착안하여 마오의 위선을 고발한다. 마오는 다른 사람에게는 육체노동이 중요하다는 것을 강조하면서도 정작 자신은 육체노동을 매우 싫어한 이중인격자였다는 것이다.

장융의 마오 전기는 마오의 신화를 걷어낸 점에서는 성과가 있지만 마오를 비판하려는 정치적 관점이 너무 강한 나머지 마오의 삶과 사상을 총체적으로 이해하는 데 분명 한계를 지닌다. 장융은 에드거 스노우(Edgar P. Snow)의 『중국의 붉은 별』에 나오는 마오의 이미지와 정반대 지점에서 마오를 묘사했다. 장융에게 마오는 육체노동이 싫어서 프랑스 유학을 포기한 사람, 농민들에게 그리 관심이 없는 사람, 남의 공을 가로채는 사람, 권력욕이 가득한 사람 등등인 반면, 스노우가 본 마오는 매우 겸손하고 부드러우며, 총명하고 독서광이며, 중국 농민들을 가장 잘 이해하는 사람이다. 장융은 문화대혁명이라는 비극적 경험을 토대로 마오쩌둥이 얼마나 사악한 인물인지를 드러내려는 정치적 목표 속에서 마오의 모든 것을 해석한다. 문혁 시기의 마오, 말년의 마오로 마오의 일생을 해석하는 것이다. 장융에게 문혁 시기의 마오만 있고 혁명 시기의 마오가 없다면, 스노우에게는 혁명 시기의 마오만 있고 건국 이후의 마오쩌둥은 없다. 둘 다 부분적인 마오쩌둥의 모습이다. 그 극단적 이미지 속에서 마오쩌둥에 대한 평가는 저울처럼 극단을 오간다. 중국에서도 그렇고 세계적으로도 그렇다.

마왕두이의 귀부인

마오의 생가와 마오 탄생 1백주년을 맞아 세워진 거대한 마오 동상을 돌아보고 마을 입구의 식당으로 들어섰다. 마오 생가 주변의 식당

마오가 좋아한 홍샤오러우. 삼겹살에 간장을 넣고
볶다가 쪄낸다.

메뉴는 거의 마오쩌둥이 좋아하던 요리들이다. 마오가 가장 좋아했던 것은 삼겹살에 간장을 넣고 볶다가 찌는 요리인 홍샤오러우(紅燒肉)다. 흔한 중국요리다. 별 기대를 않고 그저 관광하는 심정으로 주문했는데, 마오씨 집안 가양주라는 52도짜리 술과 곁들여서 그런지 맛이 일품이다. 시골 돼지라서 그런지 껍질, 지방, 살코기 맛이 제대로 어우러지고, 기름도 적당히 빠져 고소하다.

마오쩌둥 생가에서 다시 창사로 돌아와 한나라 때의 마왕퇴(馬王堆) 귀부인을 만났다. 후난 박물관은 오직 이 귀부인을 모시기 위해 지어졌다. 2천년 동안 잠들어 있다가 1973년에 우연히 발굴되었을 때 마치 달게 한숨 잔 뒤에 깨어난 듯한 생생한 얼굴을 하고 있었던 여인, 방금 먹은 것 같은 생선뼈나 과자들, 여전한 피부색과 머리칼, 피를 수혈하면 곧장 혈관을 타고 피가 돌아 이내 얼굴에 화색이 돌 것 같은 저 여인이 2천년 동안 땅속에 묻혀 있었다는 사실을 차마 믿을 수 없다. 고대 중국 문명의 수준이 어느정도였는지 참으로 놀라울 뿐이다. 한나라 때 귀부인의 무덤이 이 정도라면, 진시황의 무덤 내부는 대관절 어느 정도일까. 상상이 되지 않는다.

그런데 귀부인의 시대가 너무 찬란하고 아름다워 보여서 그럴까. 154센티미터 키에 몸무게 35킬로그램의 가녀린 몸을 아홉겹 비단으로 감쌌던 여인을, 숱한 시종을 거느리고 악사를 불러 음악을 듣고 도덕경을 읽으며 그림을 즐기면서 2천년 동안 땅속 자신의 성에서 평화롭게 지내던 저 귀부인을 잠에서 깨워 오장육부를 드러낸 뒤 하얀 천으로 몸 가운데만 가린 채 누워 숱한 사람들의 시선을 받게 한 지금 이 문명이 너무 난폭하고 야만스럽게 느껴진다. 저 귀부인이 유리관에서 당하는 수치가 한없이 안쓰러워 보인다. 당나라 때도 청나라 때도 땅속에서 평화롭게 안식을 했을 그녀가 이제 저렇게 땅 밖으로 나와 몸을 드러내고 누워 있는 것이 그녀의 수모인가, 아니면 후세들을 위한 희생인가.

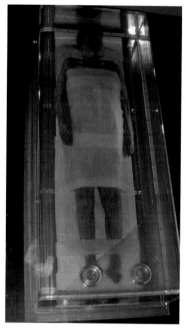

마왕퇴 부인의 미라. 당장이라도 살아나올 듯 생생하다.

장자제에서 쌀두부의 고장 왕춘으로

후난 박물관에서 나와 내친 김에 마오가 다녔던 후난 제일사범학교를 둘러보고, '마오주석이 당신을 지켜줄 것이다'라는 택시기사의 작별인사를 받으며 장자제(張家界)행 밤기차에 올랐다. 영화「부용진」의 무대 왕춘(王村)으로 가기 위해서다. 왕춘은 장자제를 거쳐가는 것이 가장 수월하다. 장자제에서 차로 2시간 거리다. 왕춘 인근의 멍둥허(猛洞河)가 래프팅으로 유명한 곳이어서 래프팅과 왕춘 관광을 묶은 당일 코스 패키지가 장자제에 많다. 중국인들과 함께 1일 패키지에 끼는 바람에 장자제 협곡에서 래프팅이라는 것을 난생 처음, 그것도 4시간 동안이나 했다. 하늘이 손바닥만하고 가파른 산들이 끝없이 시위하고 선 장자제 협곡에서 래프팅을 하다가 신나게 물싸움하는 중국인들 덕분에 온몸이 물에 젖어버렸다.

영화 「부용진」은 마오쩌둥시대에 관한 이야기다. 마오의 고향 후난성에서 마오시대를 비판적으로 반추하는 영화가 나온 것이다. 구화(古華)의 동명 소설을 셰진 감독이 영화로 만들었다. 이 영화는 중국뿐 아니라 세계적으로 마오쩌둥시대가 어떠했는지, 문화대혁명이 어떠했는지에 대한 기억을 만들어내는 데 결정적인 역할을 한 작품이다. 우리나라와도 각별한 인연이 있는 영화다. 중국과 수교가 단절된 이후 우리나라에 최초로 공개 상영된 중화인민공화국 영화로 1989년 호암아트홀에서 상영되었을 때 '중공' 영화가 대관절 어떤지를 보려는 호기심 때문에 사람들이 몰리기도 했다.

영화는 부용진이라는 마을에서 1960년대부터 1970년까지 일어난 일련의 정치운동을 다루고 있다. 마을의 유명한 쌀두부집이 정치적 격변 속에서 사라졌다가 문화대혁명이 끝나고 다시 되살아나는 이야기가 핵심이다. 이 마을은 영화 때문에 유명해져서 왕춘이라는 원래 마을 이름보다도 부용진(푸룽전)이라고 더 많이 불린다. 장자제 일대는 중국 소수민족 중 하나인 토가족(土家族)이 사는 곳이며, 영화 배경이 된 왕춘 역시 그렇다. 요사이 중국에는 우리로 치면 민속촌 같은 곳을 관광하는 것이 유행인데, 이 마을은 토가족의 이국적인 정취와 그들의 생활상을 엿볼 수 있는 곳이어서 중국인 관광객들로 붐빈다.

왕춘 마을에 도착하여 제일 먼저 쌀두부를 먹으러 가는 사람들은

왕춘의 쌀두부집이 몰려 있는 골목. 대부분 목조 건물이다.

영화를 본 뒤 그 기억에 이끌려온 사람들이고, 그렇지 않은 사람들은 영화를 찍은 곳이라는 것만 아는 사람들로, 래프팅을 한 뒤 그저 패키지 코스에 따라 토가족의 옛 거리와 집들을 보러 온 사람들이다. 이 마을에서 토가족 전통가옥이 보존된 곳은 극히 일부다. 영화를 찍은 골목이 전부라고 해도 과언이 아니다. 토가족의 전통주택은 대부분 목조 건물이다. 목조 건물들 사이로 난 조그만 골목이 영화의 주요 무대다. 장충동에 가면 집집마다 원조 장충동 할머니 족발집이라고 간판을 내걸었듯이, 골목에 들어서자 온통 류샤오칭 쌀두부집이라고 적힌 간판들뿐이다. 류샤오칭은 쌀두부집 주인 호옥음 역을 맡은 여배우의 이름이다.

세상에 쌀두부도 있나? 쌀을 가지고서 어떻게 두부를 만들까? 이

쌀두부. 쌀을 갈아 끓인 뒤 대나무 대롱을 통해 찬물
에 떨어뜨려 만든다.

영화를 1989년 호암아트홀에서 처음 보면서 그런 생각이 들었다. 후난성 전지역이 다 그렇지만 장자제 일대 역시 쌀이 많이 난다. 날씨가 더워서 일년에 두 번 쌀농사를 한다. 쌀이 많이 나서 쌀로 술을 담그기도 하고, 엿도 만든다. 물론 쌀로 두부도 만들어먹는데, 토가족의 전통 음식 쌀두부는 영화 덕분에 세계적으로 유명해졌다.

마을에서 한 어르신이 들려준 쌀두부 제조법은 의외로 간단했다. 먼저 쌀을 갈아 그것을 끓인다. 그런 뒤 끓인 쌀가루를 조그만 대나무 대롱에 한숟가락씩 떠 넣어 찬물에 떨어뜨린다. 그러면 찬물에 떨어져 식으면서 길죽한 모양이 만들어진다. 쌀두부가 일반 두부처럼 네모진 것이 아니라 손가락 마디 하나 크기로 길쭉한 것은 이 때문이다. 이렇게 만든 쌀두부는 파와 간장, 고춧가루, 그리고 잘게 썰어 볶은 돼지고기를 얹어 먹는다. 한그릇에 2위안(약 260원)이다. 입에 들어가는 순간 사르르 녹을 정도로 부드러워 참으로 별미다. 점심도 거른 참이어서 단숨에 세그릇을 비웠다. 옆자리에 앉은 홍콩 관광객들 눈길 때문에 더 먹지 못한 것이 지금까지도 한이다.

맵지 않을까 걱정하는 후난사람들

그런데 쌀두부를 먹을 때는 함부로 고춧가루를 뿌리지 마시라. 매운 것을 먹는데 우리나라 사람들도 일가견이 있지만 후난성의 매운 맛은 한국의 매운 맛과는 계보가 다르다. 후난성사람들은 중국에서 가장 맵게 먹는 사람들이다. 중국에서 쓰촨(四川)사람들도 맵게 먹기로 유명한데 후난사람들은 더하다. 이런 말이 있다. 쓰촨사람들은 매워도 걱정하지 않는다(不怕辣). 그런데 후난사람들은 이보다 한술 더 떠서 혹시 음식이 맵지 않을까봐 걱정한다(怕不辣). 두 지방의 매운 맛은 차이가 있다. 쓰촨의 매운 맛이 박하처럼 톡톡 쏘면서 화한 맛이 곁들여진 매운 맛(麻辣)이라면, 후난성의 매운 맛은 단순하게 화끈하고 지독하게 맵다(干辣). 그래서 중국인들은 쓰촨성 출신의 덩샤오핑과 후난성 출신의 마오쩌둥을 비교하면서 그런 매운 맛의 차이로 설명하곤 한다. 쓰촨과 후난의 매운 맛에 비하면 우리나라의 경우는 단맛이 녹아 있는 매운 맛(甛辣)이라고 할 수 있다.

후난 촌놈 마오쩌둥도 매운 것을 무척 좋아했다. 만두를 먹을 때 고추를 끼워서 먹었고, 매운 것을 좋아하는 사람들은 모두 혁명가라는 이론을 설파하기도 했다. 매운 것을 얼마나 좋아했으면 마오쩌둥은 혁명을 하면서 「붉은 고추의 노래」라는 것을 즐겨 불렀다. 가사의 내용은 대강 이렇다. 사람들에게 반찬 노릇이나 하는 고추는 자기 신세가 불만스러웠다. 그러던 중 배추, 시금치같이 아무 생각 없이 바보처럼 세상을 사는 채소들을 선동하여 마침내 봉기한다는 내용이다. 붉은 고추의 혁명 이야기인 셈이다.

자본주의 독초로 몰리다

영화에서 주인공 호옥음은 쌀두부 가게를 차려 돈을 번다. 돈을 많이 벌어 새로 큰 집을 짓고 개업 잔치를 하는 날, 당 간부 이국향이 이 마을에 온다. 이제, 지금까지 평화롭던 마을에 정치운동이 시작되고, 여주인공의 비극, 마을의 비극이 시작된다. 이국향은 사회주의 정권이 수립된 지 15년이 지났지만 이 마을에 아직도 우파 분자들이 남아 있다면서 운동을 벌이기 위해 이 마을에 왔다고 말한다. 그러고는 여주인공 호혹음의 가게를 찾아가 이 집 수입이 고급 당원 수입에 맞먹는다면서 쌀을 어디서 구했느냐고 따지고, 비판대회를 열어 마을 사람들 앞에서 아직도 자본주의의 길을 가는 사람이 있다고 경고한다.

중국 학자들 중에는 마오쩌둥이 건국 이후 중국혁명의 원리였던 '신민주주의 혁명'을 포기하고 너무 일찍, 그리고 너무 과격하게 중국을 사회주의 사회로 개조하려고 한 데서 마오쩌둥시대의 비극이 시작되었다고 보는 사람들이 있다. 물론 이런 평가는 그렇게 잘못 진행된 역사가 아쉽고 안타깝다는 생각에서 나온 것이다.

알다시피 마오쩌둥이 추구한 중국혁명은 신민주주의 혁명이다. 서구 근대사회처럼 봉건제에서 근대사회로 이행하는 혁명(마오의 표현에 따르면 구민주주의 혁명)도 이루는 한편, 궁극적으로는 이를 토대로 사회주의의 길을 가는 것을 목표로 했다. 마오쩌둥은 자본주의 근대를 거치지 않은 중국이 바로 사회주의 사회로 나아가는 것은 바람직하지도 않고 불가능하다고 생각했다. 그래서 마오는 한편으로는 서구와 같은 근대의 길도 가되, 다른 한편으로는 서구 근대를 넘어 서구 근대가 아직 가지 못한 길을 가려고 했다. 마오쩌둥은 중국에서는 프롤레타리아 혁명이 불가능하다고 생각했고, 개명한 부르주아와 소자산계급, 지식인, 노동자, 농민이 연합한 혁명이 절실하다고 생각했다. 원래 마오가 구상한 신민주주의 혁명은 첫 단계가 근대 민주주의 혁명이고, 두번째 단계가 사회주의 혁명이었던 것이다. 마오쩌둥의 이러한 혁명노선은 무척 매력적으로 여겨졌다. 중국인들에게만 그런 것이 아니라 당시 조선의 지식인들을 망라하여 중국과 유사한 역사를 겪고 있던 다른 제3세계 국가 지식인들에게도 그렇게 비쳤다. 마오의 혁명노선을 서구 자본주의도, 소련식의 사회주의도 아닌 제3의 길로 받아들인 것이다.

그런데 새로운 공화국이 들어서고 얼마 되지 않은 1953년부터 신민주주의 혁명은 폐기되기 시작한다. 마오쩌둥은 서둘러 중국 사회를 사회주의 방식으로 개조하려 했고, 사회주의 혁명으로 나아가려 했다. 자본주의적인 것, 개인의 사유재산을 모두 쓸어내야 한다는 마오의 생각은 그 과정에서 생겨났다. 영화에서 여주인공이 중화인민공화국이라는 신정권이 수립되고도 쌀두부 장사를 계속하며 돈을 많이 벌수 있었던 것은 그러한 신민주주의 혁명노선으로 신중국이 건국되었기 때문이며, 1960년대 들어서서 돈을 많이 벌었다는 이유로 자본주의의 독초로 몰리는 것은 중국이 사회주의적 개조의 길로 나아가면서 자본주의적인 것을 척결해나간 때문이다.

영화에서 여주인공 호옥음은 "우리가 이렇게 고생하는 것은 잘살아보겠다는 것인데, 우리가 무엇을 잘못한 것이냐?"고 따지지만 역사는 이미 신민주주의의 길이 아니라 사회주의의 길로 접어들고 있었다. 차츰 조여오는 위험을 피해 호옥음은 그동안 번 돈을 한때 사랑하던 사이이자 의남매 관계를 맺은 오빠에게 맡기고 잠시 친척집으로 피신한다. 얼마동안 피했다가 다시 마을에 돌아왔을 때, 마을의 상황은 절망적으로 변해 있었다. 남편은 가정을 깨뜨리고 자신의 꿈을 앗아간 당 간부 이국향을 살해하려다가 죽음을 맞았고, 돈을 맡긴 오빠는 자신이 혹시 위험에 빠질까봐 당에 호옥음이 돈 맡긴 것을 고자질했다. 더군다나 자신에게 쌀을 공급해주던 옛 혁명 간부 곡연산도 감옥에 갇혔다.

호옥음은 우파로 몰려 매일 빗자루를 들고 마을 골목을 청소한다. 그녀의 옆에는 마을에서 오래 전부터 자본주의를 찬양했다는 혐의로 우파분자로 낙인찍힌 인물, 진숙전이 있다. 두 사람이 같이 청소하던 마을길이 바로 지금 토가족 민속 거리 중심에 있는 골목길이다. 두 사람이 빗자루를 들고, "이, 얼, 싼……" 하면서 춤을 추는 것은 이 영화의 명장면 가운데 하나다. 많은 사람들이 「부용진」 하면 이 장면을 떠올린다. 춤을 넣은 것은 남자 주인공 진숙전 역을 맡은 배우 장원의 아이디어다. 훗날 영화감독으로 대성하는 장원의 자질이 여기서부터 드러난다. 둘이 빗자루 춤을 추는 장면은 무겁던 영화 분위기를 덜어낸다. 고난 속에서도 좌절하지 않고 그것을 이겨내는 밝고 낭만적인 장면이 보는 이들의 가슴을 덥힌다.

되살아난 쌀두부집

그렇게 거리 청소를 하며 지내던 어느날 호옥음은 병이 난다. 진숙전은 정성스레 간호해주고 그런 가운데 둘 사이에 동병상련의 사랑의 감정이 싹튼다. 하지만 당은 두 무뢰한에게는 결혼을 허락할 수 없다고 한다. 그러자 진숙전은 '한쌍의 개 부부'라는 글을 써서 대문에 붙이고는 부부 사이를 공식화해버린다. 두 사람은 몰래 술과 생선을 장만하여 둘만의 결혼식을 올린다. 그런데 뜻밖에도 곡연산이 술을 들고 찾아온다. 감격한 호옥음이 말한다. "모든 간부가 반장님 같으면 세상 살기가 편했을 거예요." 곡연산이 이들을 보살펴주고 지지해주는 것은 이때만이 아니다. 불법 결혼식으로 남편 진숙전은 10년 징역을 받아 마을을 떠나고 호옥음은 3년 형을 받는다. 임신한 호옥음은 혼자 아이를 낳다가 생명의 위기를 맞는데 이번에도 곡연산이 자기 부인이라고 속여서 읍내 큰 병원에 입원시켜 생명을 구해준다.

곡연산은 원래 혁명전쟁에 가담했던 옛 간부다. 영화에서 곡연산은 마을 사람들을 이해하고 함께하는 진정한 간부, 진정한 공산당원의 모습으로 나온다. 이국향과 곡연산은 둘 다 공산당원이고 간부지만 천양지차다. 이국향은 마을에 정치운동 풍파를 몰고오고 마을 사람들을 이해하지 못한다. 어렵게 사는 인민들은 아랑곳하지 않으며 자기는 닭다리를 뜯고 몰래 바람도 피우는 당 간부다. 곡연산은 해방전쟁에도 참여한 옛 간부로서 누구보다 마을 사람들을 잘 이해하고 자기를 던져 마을 사람들을 보호하고 고락을 같이한다. 영화는 중국인들이 원하는 진정한 당 간부, 이상적인 지도자 이미지를 곡연산을 통해 보여준다.

당의 허가를 받지 않고 결혼했다는 이유로 3년 형을 받은 호옥음은 마을 골목길을 청소하면서 혼자 아이를 키운다. 그러던 중 문화대혁명이 끝난다. 당에서 간부가 나와 원래 호옥음의 쌀두부집과 압수한 돈을 돌려준다. 다른 요구 사항이 더 없느냐고 묻자, 호옥음이 절규한

「부용진」의 포스터. 이 영화는 80년대 중국에서 크게 흥행에 성공했다.

다. "내 남자를 돌려주세요!" 호옥음은 쌀두부집을 다시 열고 마을에는 평화가 찾아온다. 그리고 그녀의 남자, 진숙전이 돌아온다. 가족이 재회하고 쌀두부집이 다시 살아나고 마을은 평화롭다. 그리고 영화는 끝난다. 마을 사람들이 호옥음의 가게에 모여 즐겁게 쌀두부를 먹는 장면으로 영화가 시작되었듯이 마지막도 다늘 모여 쌀누부 먹는 것으로 끝난다. 다만 다른 것은 즐겁게 쌀두부를 먹는 마을 사람들 곁을 혁명운동에 부화뇌동하면서 역사에 농락당해 정신 이상이 된 왕추사가 징을 들고 다니면서 "운동이야, 운동!"이라고 외친다는 점이다.

왕추사는 문혁이라든가 여러 정치운동의 이념에 동의해서 가담하고 앞장선 것이 아니다. 그는 정치운동 때문에 더없이 신나게 살았고 정치운동 때문에 재미를 본 인물이다. 루쉰의 소설 「아큐정전」에서 아큐가 혁명이 일어나자 그동안 자신을 괴롭히던 잘사는 사람들이 벌벌 떠는 것이 통쾌하고, 갖고 싶은 것을 마음대로 가질 수 있다는 생각에 혁명당에 가담하겠다고 선언하듯이, 왕추사도 그런 이유로 혁명에 가담한다. 왕추사에게 운동은 계속되어야 한다. 그는 문혁이 끝난 뒤에도 여전히 "운동이야, 운동"을 외치고 다닌다. 왕추사에게서 보듯이 마오시대 역사의 상처와 후유증은 남았지만, 마을을 비극과 재난으로 몰아넣었던 정치운동, 이국향이 외부에서 평화로운 이 마을에 가지고 왔던 '운동'은 이제 끝이 나고 마을은 평화로워졌다. 그리고 쌀두부집이 다시 회복되었듯이 마을도, 역사도 정상으로 회복되었다.

문혁에 대한 상투적인 기억

중국에서 문혁에 대한 기억은 금기의 기억이다. 중국정부와 중공당은 문혁 기억을 철저히 관리하면서 스스로 규정한 문혁에 대한 해석 이외의 다른 해석이나 기억은 일체 용납하지 않는다. 특정 정권이 만들어내는 과거시대에 대한 기억이 대부분 자기 정권의 정통성을 부각시키기 위한 정권용 기억이듯이, 개혁개방 정권이 만들고 보급하는 문혁 기억 역시 개혁개방의 이데올로기를 정당화하는 방향에서 구축되었다. 「부용진」은 그런 차원에서 구축된 중국정부와 중공당의 문혁 기억, 마오시대에 대한 기억을 상징적으로 보여주는 영화다.

영화 속 문혁의 기억은 선명한 이원대립 구도로 되어 있다. 인물로 보자면 '곡연산, 진숙전, 호옥음/이국향, 왕추사'로 갈린다. 지식인 진숙전은 우파로 몰리지만 호옥음의 힘이 되어주고 보호하는 인물이고, 옛 혁명 간부 곡연산은 인자하고 선량할 뿐만 아니라 역사의 재난에 굴하지 않고 마을을 지키는 수호자 역할을 한다. 이에 비해 혁명운동을 주도하는 이국향과 왕추사 등은 혁명의 대의를 늘 앞세우지만 기실 자신들의 사적 이익과 감정 때문에 상대방을 우파로 모는 사람들이자, 인민들과 유리된 관료주의자, 도덕적으로 문제가 있는 사람들이다. 영화 속 인물들 사이의 대립은 '다수의 선량한 사람들/소수의 악인' 사이의 도덕적 대립 구도인 것이다. 그럴 때 문혁은 이렇게 이해된다. 지식인, 옛 혁명 간부, 선량한 농민, 부지런히 일해 돈을 벌려는 사업가 등, 도덕적으로나 인간적으로 선한 다수의 사람들이 소수의 악한 사람들에게 무고하게 희생당하고 고통당한 역사적 사건이 바로 문혁이라고 기억되는 것이다.

문혁이 왜 일어났는지, 문혁 때 어떤 사람들이 어떤 동기로 앞장섰는지를 이렇게 도덕의 차원, 소수 몇몇 개인의 인격 차원에서 추궁하는 일은, 말할 것도 없이 문혁의 실상을 깊이있게 드러내고 제대로 반성하는 데는 턱없이 함량미달이다. 하지만 적어도 1980년 중국 대륙에서의 문혁 비판은 대부분 이런 차원에서 이루어졌다. 그리고 이 영화 역시 그런 문혁 기억을 만드는 데 크게 일조했다.

이러한 문혁 기억을 제조한 사람들은 대부분 지식인이었다. 그런데 이러한 지식인의 문혁 기억이 중국에서 폭넓게 퍼진 이유는 덩샤오핑 정부가 당시에 시도하던 마오쩌둥시대에 대한 과거사 정리 작업과 코드가 맞았기 때문이다. 덩샤오핑 정부는 중공당의 권위를 훼손하지 않는 범위 내에서 마오쩌둥시대에 대한 비판 작업을 진행했고, 그래서 문혁의 착오는 당 전체의 문제가 아니라 사인방과 같은 소수 개인의 탓으로 돌렸다. 더구나 개혁개방 정책에 도움이 되는 방향에서만 문혁을 기억하고 해부하도록 통제했다. 영화 「부용진」에 드러난 문혁 기억은 바로 그러한 새로운 정권의 요구에 부합하는 방식으로 문혁을 기억하고 비판한 영화다. 이국향은 문제가 있지만 중공당에는 이국향 같은 사람만이 아니라 곡연산처럼 선하고 옳은 사람도 있다는 것, 그리고 자기 노력에 의해 돈을 벌어 부자가 되는 것이 결코 나쁜 것이 아니라는 것, 그런 소수의 사람들이 부자가 되는 것을 용인해야만 중국사회가 발전할 수 있다는 것, 문혁이 종결되면서 역사가 이제 제자리로, 정상으로 돌아왔다는 것, 마오쩌둥시대, 특히 50년대 후반부터 문혁 시기까지는 역사의 궤도에서 일탈한 시기였다는 것 등등으로 이루어진 문혁에 대한 기억은, 덩샤오핑의 개혁개방 정책을 정당화하기 위해 만들어진 문혁의 기억이다.

요컨대, 「부용진」에서 문혁의 기억은 민간의 기억이자 덩샤오핑 정권의 기억이다. 이 영화가 1980년대 중국에서 크게 흥행한 데에는 이런 배경이 작용했다. 일부에서 당시 문혁을 다룬 영화와 소설을 두고서 또다른 관방작품이라고 부르는 것은 이런 문혁 기억의 정치성 때문이다. 문혁이 종결된 지 30년도 더 지났지만 여전히 중국정부는 문혁에 대한 어떤 토론이나 공개적인 논의도 하지 못하도록 통제하고 있다. 중국정부와 중공당이 규정한 문혁에 대한 해석과 기억 이외의 다른 문혁 기억이 만들어지고 유통되는 여지를 차단하려는 의도다. 지금 중국에는 중국정부가 허용하는 문혁 기억만이 유통된다. 그리고 그럴수록 문혁이라는 비극이 벌어진 원인에 대한 깊이있는 토론과 연구는 불가능하다. 영화에서처럼 소수의 악인과 도덕적으로 타락한 사람들만 문혁에 동조한 것이 아니었는데도, 왜 그토록 많은 중국인들이 문혁에 가담했는지, 중국 농민과 노동자들에게 문혁은 무엇이었는지 등등의 질문은 금기시된 채 여전히 창고에 쌓여 있다. 그래서 문혁은 중국에 있었지만, 문혁에 대한 연구는 중국에 없다는 말이 나오는 것이다.

그런데 역설적이게도 중국정부와 중공당이 문혁에 대한 기억을 통제 관리하면 할수록, 개혁개방의 혜택에서 소외된 농민과 노동자들이 문혁 시기를 자신들의 황금 시기로 기억하면서 그리워하는 일이 벌어지고 있다. 중국에서 문혁 기억이 시한폭탄이 된 것이다. 사정이 이렇게 된 원인의 내부분은 중국정부가 문혁 기억을 철저하게 통제하면서 제대로 된 문혁 청산, 제대로 된 문혁 해부를 오히려 방해하고 있는 데 있다. 영화 「부용진」은 중국의 전형적인 문혁 기억을 보여준다. 그 기억이 문혁의 실체를 얼마나 여실하게 드러냈고, 문혁과 같은 비극이 다시는 재연되지 않도록 하는 데 얼마나 유용할 것인지는 별도의 문제다. 「부용진」에 담긴 문혁 기억을 주목해야 하는 이유는 마오쩌둥 시대의 비극을 이해하기 위해서이기도 하지만, 다른 한편으로는 개혁개방 이후 중국에서 문혁의 기억이 왜, 어떻게 제조되고 있는지, 그런 문혁의 기억 속에 어떤 정치적 동기가 개입되었는지를 확인하기 위해서이기노 하나.

문혁 기억을 통제하라

후난성에는 다양한 볼거리가 널렸다. 후난성을 돌아보자면 대략 세 갈래 코스가 가능하다. 먼저, 빼어난 자연 경치를 감상하고 독특한 소수민족 문화를 느껴보는 코스다. 최근 들어 한국 관광객이 가장 많이 찾는 장자제를 중심으로 위안자제(遠家界), 톈먼산(天門山)을 보고, 장자제에서 2시간 거리에 있는 왕춘에서 토가족의 거주지와 문화를 체험한 뒤, 다시 여기서 2시간 거리에 있는 펑황(鳳凰)으로 가서 묘족 문화를 체험하는 코스다. 개인적으로 이 코스의 매력은 장자제의 절경도 절경이지만 톈먼산에 있다. 톈먼산은 장자제 시내에서 케이블카로 올라간다. 해발 1,500미터의 깎아지른 절벽을 장장 7,200미터나 되

톈먼둥. 바위산 가운데가 뻥 뚫려 장관을 이룬다.

는 케이블카를 타고 오르는 경험은 어느 놀이공원의 롤러코스터보다
도 스릴이 있다. 하지만 백미는 바위산 가운데 휑하니 뚫려 있는 하늘
로 오르는 문, 즉 톈먼둥(天門洞)에 오르는 일이다. 999개의 계단을
올라 절벽 바위 사이에 뻥 뚫린 높이 1,300미터, 넓이 150미터의 구
멍, 하늘로 통하는 문에 서는 순간 쏟아져오는 맞바람에 두팔만 벌리
면 바람을 타고 그대로 하늘로 오를 것만 같다. 그 황홀함과 장쾌한
감동이 압권이다. 더구나 지상의 가장 큰 수 9를 상징하여 톈먼둥까지

오르는 산길에 일부러 99개의 굽이와 999개의 계단을 만들어서 그 지상의 숫자가 다하는 곳에서 한걸음을 더 내디니면 이제 지상을 떠나 하늘로 비상할 것 같은 환상을 불러일으키는, 그 인문적 상상력을 위한 배려가 황홀하고도 존경스럽다.

후난성 여행에서 고대 중국의 역사와 문화를 느끼는 코스는, 우선 창사 시내의 후난성 박물관에서 2천년 만에 잠에서 깨어난 불가사의한 미라의 주인공 마왕퇴 귀부인을 만나보는 것으로 시작하는 것이 좋다. 그리고 성리학을 세운 주희(朱熹)가 후학을 양성했던 우에루(岳麓)서원을 둘러본 뒤, 창사에서 배를 타고 샹강(湘江)을 유람하면서 고대 시인들이 즐겨 시를 읊던 둥팅후(洞庭湖)로 가서 악양루(岳楊樓)를 보는 코스다. 이 길에는 불본 조나라 시인 굴원이 빠져숙은 먹라와 굴원 기념관을 추가해야 한다.

근현대 중국의 역사를 느끼려고 한다면 역시 마오쩌둥의 흔적에서부터 시작해야 한다. 마오쩌둥을 싫어하는 사람이든 좋아하는 사람이든 그렇다. 사오산(韶山)의 마오쩌둥 생가와 마오쩌둥이 다녔던 후난 제일사범학교를 돌아보는 것이다. 여기에 중국에서 가장 많은 정치 지도자를 배출한 후난성 정치 인물들의 사적지를 돌아보는 것이 좋다. 시기적으로 가까운 인물인 주룽지(朱鎔基)에서부터 후야오방(胡耀邦), 류샤오치(劉少奇)가 후난성 출신이어서 이들 생가가 모두 보존되어 있다. 그런가하면 근대시기로 좀더 내려가면 황싱(黃興), 탄쓰퉁(譚嗣同)과 쩡궈판(曾國藩)의 생가와 기념관, 그리고 마오시대에 창조된 사회주의 인민 영웅 레이펑(雷鋒) 기념관이 있다. 후난성을 제대로 보려면 2주는 잡아야 한다.